# 为 你 沉 沦

［美］丹尼斯·勒翰　著
胡绯　译

中信出版集团·北京

图书在版编目（CIP）数据

为你沉沦 / (美) 丹尼斯・勒翰著 ; 胡绯译 . -- 北京 : 中信出版社, 2019.1
书名原文: Since We Fell
ISBN 978-7-5086-9661-4

Ⅰ. ①为… Ⅱ. ①丹… ②胡… Ⅲ. ①长篇小说－美国－现代 Ⅳ. ①I712.45

中国版本图书馆 CIP 数据核字 (2018) 第 239441 号



为你沉沦

著　　者：[美] 丹尼斯・勒翰
译　　者：胡　绯
出版发行：中信出版集团股份有限公司
（北京市朝阳区惠新东街甲 4 号富盛大厦 2 座　邮编　100029）
承 印 者：北京诚信伟业印刷有限公司

开　　本：880mm×1230mm　1/32　　印　　张：14.5　　字　　数：270 千字
版　　次：2019 年 1 月第 1 版　　印　　次：2019 年 1 月第 1 次印刷
京权图字：01-2018-7503　　广告经营许可证：京朝工商广字第 8087 号
书　　号：ISBN 978- 7- 5086- 9661- 4
定　　价：58.00 元

谨以此书

纪念

普罗维登斯王子兼货真价实的酷猫

大卫·威克汉姆

Since We Fell

当一味付出真情却从无回报

那你不如放手

我深知其中道理，可惜我也深知

我无法将你从心中抹去

——巴迪·约翰逊《为你倾心》

戴上假面，我前行。

——勒内·笛卡儿

# 目录

*CONTENTS*

前言

# 阶梯之后

五月的一个周二，在瑞秋三十五岁那年，她开枪杀死了她的丈夫。他跌跌撞撞地向后倒去，脸上有种奇怪的神情，仿佛早有所料，仿佛他心底深处自始至终都明白，她会要他的命。

他看上去还吃了一惊。瑞秋觉得自己也吃了一惊。

瑞秋的母亲倒不会惊讶。

瑞秋的母亲终身未嫁，写过某部名著，教人如何维持婚姻。对所有因互相吸引而堕入爱河的情侣，伊丽莎白·蔡尔兹博士将其恋爱划分为不同的阶段，书中各章节正依照这些阶段命名。这本名叫“阶梯”的书曾一度大火，瑞秋的母亲又跟风写了两部续篇（按瑞秋母亲的说法，是“被逼着”写了两部续著）——《重登阶梯》和《阶梯进阶指南》，结果一部卖得比一部差。

私底下，瑞秋的母亲觉得三本书都只能算是“小儿科情感类万金油”，但母亲对《阶梯》好歹有几分偏爱，因为在写那本书的时候，她还没有意识到自己“其实什么也不懂”。这是瑞秋十岁时，她告诉瑞秋的原话。同年夏天，伊丽莎白·蔡尔兹在某个下午多喝了几杯鸡尾酒，对女儿说道：“男人嘴里把自己说成什么样，那他就是什么样。大多数时候，他们都是在瞎扯，千万别追究得太深。如果你抓到他撒谎，会让你们两个人都下不来台，还是随他胡诌好了。”

瑞秋的母亲说完吻吻女儿的头，拍了拍她的脸颊，告诉女儿，她不会有事。

《阶梯》出版的时候，瑞秋才七岁。她记得当时电话一个接着一个，旅行一趟接着一趟；记得妈妈又成了烟鬼；记得那种令人绝望而又清晰分明的吸引力席卷了自己。她记得自己有种几乎说不清道不明的感受：功成名就之后，向来不开心的妈妈竟然变得更加像个怨妇。多年以后，瑞秋猜测，其原因恐怕在于，名利害得妈妈再也没有借口怏怏不乐了。说到分析陌生人的种种症结，瑞秋的母亲堪称高手，可惜她从来不知道该如何给自己把脉。于是，伊丽莎白·蔡尔兹穷尽一生寻找着对策，解决自己身上涌现出来、悬而不解、最后消失无踪的问题。当然，七岁的瑞秋对这一切没有半点头绪，甚至到了十七岁，她也不甚了了。她只知道，妈妈是个不开心的女子，因此她是个不开心的孩子。

向丈夫开枪的时候，瑞秋正在波士顿港的一艘船上。仅仅过了片刻——七秒钟或十秒钟后？她的丈夫便猛然栽倒，从船尾跌了下去，坠入无尽波涛之中。

但在最后几秒钟里，他的眼中涌起了种种情感。

沮丧，自怜，惊骇。一时间，他什么也顾不上了，像是足足减了三十岁，在瑞秋眼前摇身变成了十岁孩童。

当然了，还有愤怒。万丈怒火。

还有突如其来的一份坚定，仿佛即使鲜血已经涌出了他的心脏，流过他捂在胸口的手，他也不会有事。他会安然无恙，会熬过这一劫。毕竟，他是个强大的人，单凭意志力便亲手打造了自己生命中的所有珍宝，他也可以凭着意志力保住性命。

紧接着，他却猛然顿悟：不，他办不到。

他直直地凝望着瑞秋，某种最不可思议的情感浮上了他的脸，将其他所有感情通通淹没，犹如海纳百川：

那是爱。

那不可能。

可是……

绝对错不了。狂热，情不自禁，不掺杂质，与他衬衫上的血花一起灿然盛开。

跟他常在屋子拥挤的另一头所做的一样，他用嘴形说道：“我。爱。你。”

随后，他便从船上跌了下去，消失在黑沉沉的汪洋之中。

两天前，假如有人问她，她是否爱她的丈夫，瑞秋会回答："是的。"

事实上，假如有人在她扣下扳机的那一刻问她同样的问题，她依然会说："是的。"

瑞秋母亲的书中有一章写到了这种情形——第十三章："矛盾冲突"。

或者说，还是下一章，也就是那章"老调之死"，更加应景些？

瑞秋拿不准。有些时候，她会把这些章节弄混。

# I

## 瑞秋：镜中

*1979—2010*

# *Part 1*

# 七 十 三 个 詹 姆 斯

瑞秋出生于美国马萨诸塞州[1]西部的先锋谷。该地区因“五校”著称，也就是安默斯特学院[2]、汉普郡学院[3]、曼荷莲学院[4]、史密斯学院[5]和马萨诸塞大学[6]，整个地区雇了两千名教职员工，教两万五千名学生。瑞秋自小在咖啡馆、住宿加早餐酒店、带环形门廊与麝香味阁楼的隔板房、宽阔的公共草地的世界中长大。每逢秋季，纷飞的落叶把大街小巷堵得水泄不通，堆上了人行道，堵住了栅栏的洞眼。有些冬天，大雪会悄无声息地覆盖山谷，积成厚厚的漫漫雪原。七八月里，邮递员骑着车把上有铃铛的自行车；游客们则来寻古探幽，观赏夏季剧团的演出。

瑞秋的父亲叫詹姆斯。除此之外，她对他知之甚少。瑞秋记得，他长着卷曲的黑发，脸上会突然绽开忐忑的笑容。至少有那么两次，他曾把瑞

---

1 马萨诸塞州，正式名称为马萨诸塞联邦，位于美国东北部。又称麻省或麻州。——译者注

2 又译阿默斯特学院、艾姆赫斯特学院，位于美国马萨诸塞州的私立学院。——译者注

3 位于美国马萨诸塞州的私立文理学院。——译者注

4 美国著名的女子文理学院，位于马萨诸塞州。——译者注

5 私立女子文理学院，位于美国马萨诸塞州。——译者注

6 俗称麻省大学，最早创建于 1863 年。——译者注

秋带去一个有深绿色滑梯的游乐场，那里的天空低悬着伯克希尔的云层，他不得不先擦掉秋千上的露珠，再让瑞秋坐上去。还有一次，他带着瑞秋出门，瑞秋被他逗得哈哈大笑，可惜她已经记不清是为了什么。

詹姆斯是某所学院的讲师。瑞秋不知道究竟是哪所，也不知道他是兼职教授、助理教授、副教授，还是有个终身教职。她甚至不知道他任教的学院是否是“五校”之一；说不定他是在伯克希尔[1]、斯普林菲尔德技术、格林菲尔德社区学院、韦斯特菲尔德州立大学，或者那一带其余十几家学院和专科学校里教书呢。

詹姆斯离开瑞秋母女的时候，瑞秋的母亲正在曼荷莲学院任教。当时瑞秋还不满三岁，因此始终拿不准自己究竟是亲眼见证了父亲迈出家门的一幕，还是为了抚平没有父亲带来的伤痕而凭空想象。那一年，瑞秋家租住的是栋位于韦斯特布鲁克路的小房，透过墙壁，瑞秋听见了母亲的声音。**“你听见我说话了吗？你要胆敢走出那扇门，我就把你一笔勾销。”**伊丽莎白·蔡尔兹说。不一会儿，沉重的手提箱“咣”地磕在屋后的楼梯上，紧接着是汽车后备厢“当”地关上。小汽车“吱吱嘎嘎”地启动了引擎，车轮“哗哗”地碾过冬季的落叶和冻结的泥土，随后则是……一片死寂。

也许，当时瑞秋的母亲并不相信他真会踏出家门。也许，当他踏出家门以后，瑞秋的母亲向自己保证，他会回家。但当他始终没有回家，伊丽莎白·蔡尔兹的满心失望变成了怨恨，怨恨又变得一天比一天深。

“他走了，”快满五岁时，瑞秋开始一遍遍地打听父亲的下落，于是

1 又译伯克夏，位于美国马萨诸塞州。——译者注

母亲对她说，“他根本不想跟我们母女扯上什么关系。不过没关系，宝贝，因为我们用不着他来定义我们。”伊丽莎白·蔡尔兹屈膝蹲在女儿的面前，将一缕散落的头发拢到女儿耳后。“不要再提他了，好吗？”

可惜瑞秋当然还是会提起父亲，问起父亲。刚开始的时候，这会惹火她的母亲，让伊丽莎白·蔡尔兹的面孔浮现出惊恐的神情。但到了后来，瑞秋母亲脸上的惊恐变成了诡异的微笑，笑容很淡很淡，简直算不上什么笑容，不过是右嘴角轻轻地一扬，自得、哀怨与胜利之色尽在其中。

过了好些年，瑞秋才认定，正是在伊丽莎白·蔡尔兹脸上浮现出那抹笑容的一刻，母亲决心将瑞秋父亲的身份变成某场战争的主战场；而这场仗，瑞秋打了整整一个青春期。至于伊丽莎白·蔡尔兹究竟是有意还是无意，她的女儿将永远都无从知晓。

瑞秋的母亲答应，到了瑞秋十六岁生日，就告诉她詹姆斯姓什么，假如到时候瑞秋够成熟、应付得了这等大事的话。可惜，就在瑞秋快满十六岁的那年夏天，她跟贾罗德·马歇尔在一辆偷来的车里被抓了包，而瑞秋曾经信誓旦旦地答应过母亲，不再跟贾罗德约会。于是事情又推到了瑞秋高中毕业以后，谁知道当年的半正式舞会闹了场“摇头丸”风波，瑞秋差点就毕不了业。结果她母亲说，要是瑞秋真去念大学，先念个社区大学把成绩往上拉一拉，然后再去念个“正经”大学，说不定到时会告诉她吧。

母女俩经常为这件事吵嘴。瑞秋又是嚷嚷又是摔东西，她母亲的微笑则会变得越来越淡，越来越冷，还会一遍又一遍地问瑞秋：“为什么？”

**“你为什么非要知道不可？你为什么非要见一个从未在你生活中扮演**

**过什么角色、也从来没有出钱养过你的人？难道你不该先从自己的身上找找内因，看看是什么给你带来了这些烦恼，然后再去外面寻找某个根本无法给你任何答案、无法给你带来内心平静的人吗？”**

“因为他是我父亲！”瑞秋不止一次尖声叫嚷。

“他不是你父亲，”她母亲用假惺惺关心她的口吻说道，“我只不过从他那儿取了颗精子。”

那是母女俩吵得很凶的一场架，吵到最后，瑞秋的母亲说了这句。瑞秋丧气地倚着客厅的墙壁往下滑，低声说：“你真是折磨死我了。”

“我是在保护你。”她母亲答道。

瑞秋抬起头，惊骇地发觉母亲是真心相信她自己的话。更不堪的是，她的母亲以这份信念定义了自己。

在波士顿念大学三年级时，瑞秋正坐在“1550年以来英国文学研究入门”的课堂上，她的母亲却在北安普敦[1]闯了红灯。伊丽莎白·蔡尔兹的“萨博”汽车被一辆以限速行驶的油罐车拦腰撞上了。刚开始，有人担心油罐在车祸中裂了缝，不过事实并非如此。从皮茨菲尔德大老远赶来的消防与救援人员总算松了口气：那辆油罐车刚装得很满，事发的十字路口又在一个人口密集的区域，包括一家养老院和一家位于地下室层的幼儿园。

油罐车司机的颈部轻度扭伤，右膝韧带撕裂；一度大名鼎鼎的作家伊丽莎白·蔡尔兹，则在撞车事故中丧生。如果说伊丽莎白·蔡尔兹在全国范围内的名声早已一落千丈，她在本地的名气却还颇为响亮。《伯克希尔

1　北安普敦，美国马萨诸塞州西部的城市。——译者注

鹰报》和《汉普郡日报》都在头版下半版登载了伊丽莎白·蔡尔兹的讣告，一大群人出席了她的葬礼，不过葬礼过后，在家举行的聚会颇有些冷清，最后瑞秋干脆把大多数吃的都捐给了当地一家收容所。她跟母亲的几位朋友聊了聊，其中大部分是女人，只有一个男人——贾尔斯·埃利森。此人在安默斯特学院教政治学，瑞秋早就疑心他偶尔也充当母亲的情人。从女人们格外留心贾尔斯·埃利森和贾尔斯基本没怎么说话这两点，瑞秋看得出来，自己并没有猜错。通常来说，贾尔斯是个喜好社交的人，但聚会上他时不时张张嘴，似乎想要说几句，却又把话咽下了肚。他在屋里四下打量，好似要将一切尽收眼底，好似这里的一幕幕颇为熟悉，曾一度给他带来安慰；好似伊丽莎白留给他的只剩下了眼前景象，而他正消化着一件事：他将再也见不到这栋宅邸里的各种家什，再也见不到伊丽莎白·蔡尔兹了。那是个下着毛毛雨的四月天，贾尔斯·埃利森的身影镶嵌在客厅俯瞰着老磨坊巷的窗户之中，瑞秋不禁对他感到满腔同情，谁让他正飞快地变老，一步步朝着退休和过气迈去呢。他原本以为，在经历这种人生大事的时候，自己的身旁会有头恶狠狠的母狮，但眼下他只能孤军奋战了。贾尔斯要想找到一个比伊丽莎白·蔡尔兹更才华横溢又怒气满满的伴侣，可能性实在不大。

再说了，伊丽莎白·蔡尔兹通身魅力四射，有种独到的气质，既八婆又刻薄。她才不会迈步走进哪间屋，她会神气十足地从天而降；她才不会跟朋友和同事打成一片，她会一呼百应。伊丽莎白·蔡尔兹从不打盹儿，似乎难得犯困，而且没有人记得她什么时候生过病。当伊丽莎白·蔡尔兹离开某个房间，你会有所察觉，即使你是在她走后才抵达那里；当伊丽莎白·蔡尔兹离开人世，情况也差不了多远。

瑞秋惊讶地发觉，她对母亲过世丝毫没有心理准备。瑞秋的母亲具有很多特质，其中大多数在她女儿眼中算不上什么优点，但无论怎样，她始终陪在瑞秋的身旁。但现在，她却猛然间消失了，消失得无影无踪。

可惜的是，老问题依旧悬而未决，答案却随着瑞秋的母亲一起离开了人世。伊丽莎白或许始终不愿意把答案告诉瑞秋，不过毫无疑问的是，她的手中握着答案。至于现在，也许世上已经再没有人知道答案了。

贾尔斯也好，伊丽莎白的朋友、经纪人、出版商和编辑也好，不管他们多么了解伊丽莎白·蔡尔兹（他们倒似乎也都了解伊丽莎白·蔡尔兹的某一面，版本跟瑞秋所知的那个女人略有些不同，但那点不同偏偏又至关重要），他们认识伊丽莎白的时间总不会比已经认识她整整一辈子的瑞秋更长。

“真希望我知道任何关于詹姆斯的消息。”等到跟伊丽莎白在本地的老友安·玛丽·麦卡伦走够了过场，瑞秋总算提起了关于父亲的话题，结果对方说道，“不过，我第一次跟你妈妈出去是在他们俩分手几个月以后，我记得他在康涅狄格教书。”

“康涅狄格？”瑞秋和安·玛丽·麦卡伦坐在屋后的门廊上，康涅狄格边界正北仅仅二十二英里的地方。不知道为什么，瑞秋竟然从来没有想过，父亲或许并不在“五校”之一教书，也不在伯克希尔丘陵位于马萨诸塞州这一侧的其余十五家学院里教书，而是在从本地往南仅仅半小时车程的康涅狄格州教书。

“是哈特福德大学吗？”瑞秋问安·玛丽。

安·玛丽的脸皱成了一团。“我不知道。可能是吧。”安·玛丽伸手揽住瑞秋，“真希望能帮到你。不过，我也希望你能放手。”

“为什么啊？”瑞秋问（回头一想，她还真是次次都问“为什么”啊）。“他人品很差吗？”

“我从来没听说过他人品很差。”安·玛丽口齿不清地说，脸上浮现出哀伤的神色。她的目光越过纱窗，落在灰色山丘石青色的薄雾上，用斩钉截铁的口吻说道，“亲爱的，我只听说，他已经向前看了。”

瑞秋的母亲在遗嘱中将名下的一切都留给了瑞秋。财产比瑞秋想象中少，但瑞秋才二十一岁，根本用不着这么多。如果瑞秋节衣缩食，投资又有点眼光的话，她大可以靠继承的遗产过上十年。

在母亲办公室一个上锁的抽屉里，瑞秋发现了母亲的两本年鉴——一本北亚当斯高中年鉴、一本史密斯学院年鉴。伊丽莎白·蔡尔兹从约翰·霍普金斯大学获得了硕士和博士学位（“当时她才二十九岁，天哪”，瑞秋意识到），但那段经历的唯一记录是裱起来的挂在壁炉旁墙上的文凭。瑞秋把年鉴读了整整三遍，逼着自己每次都慢慢地读。她总共发现了四张母亲的照片，两张正式照，两张团体照。在史密斯学院年鉴里，瑞秋压根儿没有找到任何名叫“詹姆斯”的学生，因为那是所女校。但她在教员中间找到了两个“詹姆斯”，不过两人的年龄都对不上，也都没有黑头发。在北亚当斯高中的年鉴里，瑞秋发现了六个叫作“詹姆斯”的男生，其中有两个可能是她的父亲——詹姆斯·麦奎尔与詹姆斯·昆兰。瑞秋又到南哈德利图书馆的电脑上花了半个小时，查出北亚当斯高中的詹姆斯·麦奎尔在大学期间一场白水漂流事故中受伤瘫痪了，詹姆斯·昆兰则在维克弗斯特大学主修工商管理，难得离开北卡罗来纳州，还在北卡罗来纳州创立了一家成功的柚木家具连锁店。

卖掉房子之前的那个夏天，瑞秋造访了“伯克希尔安全合伙人公司”，见了布莱恩·德拉克洛瓦。他是位私家侦探，年纪只比瑞秋大几岁，举手投足间有种慢跑锻炼者般的自如。两人在布莱恩·德拉克洛瓦那间位于奇科皮[1]某工业园区二楼的办公室里见了面，丁点大的办公室里只有布莱恩、一张办公桌、两台电脑和一排文件柜。当瑞秋问起“伯克希尔安全合伙人”的其他合伙人在哪儿，布莱恩解释说，他就是那个合伙人，公司总部在伍斯特呢。他的奇科皮办事处属于特许加盟，刚开张没多久。布莱恩主动提出把瑞秋介绍给经验更丰富的侦探，但瑞秋真的不愿意钻回车里，再一路“吭哧吭哧”地开到伍斯特，于是她干脆孤注一掷，把自己的来意告诉了布莱恩。布莱恩问了几个问题，又在黄色拍纸簿上写了几笔，还不时迎上她的目光，让瑞秋从他的眼中读出了如水的温柔，看上去似乎比他本人成熟些。在瑞秋看来，布莱恩够认真，入行的时间够短，因此依然很诚实——两天后，当布莱恩劝她别雇自己、也别雇其他人调查此事时，倒是验证了瑞秋的看法。布莱恩告诉瑞秋，他大可以接下她这一单，说不定收她至少四十个小时的费用，然后再回来跟她讲现在讲的这番话。

“你提供的信息不足以找到这个人。”

“所以我才雇你嘛。”瑞秋说。

布莱恩在椅子上换了个坐姿。“我们第一次见面以后，我调查了一下，

1 奇科皮，美国马萨诸塞州的一个城市。——译者注

不是什么大规模调查，我不会收你费用……”

“我会付钱的。”

“……但也够了。如果这个人的名字叫‘特雷弗’，见鬼，甚至叫个‘扎卡里’，我们也有可能在马萨诸塞州或康涅狄格州二十多家高校中的某一家里查到某个二十年前在那儿教过书的人。不过，蔡尔兹小姐，我用电脑为你快速地分析了一下，过去二十年中，在我认为有可能的二十七所高校里，有七十三位……”布莱恩说着冲满脸震惊的瑞秋点点头，“名叫詹姆斯的兼职教授、代课教授、助理教授、副教授和正教授。有些教过一学期，有些连一学期也没有教完，另外一些则正好相反，获得了终身教职。”布莱恩说。

“你能查到就业记录，查到档案里的照片吗？”

“能查到有些人的，可能有一半吧。不过，假如他不在这一半里——再说，你又如何确定是不是他呢？——那我们还得去查另外三十五个‘詹姆斯’，找到他们二十年前的照片。从我国的人口统计动向来看，这三十五个‘詹姆斯’有可能遍布五十个州。到那个时候，我就不会收你四十个小时的费用了，我要收你四百个小时的费用，而且还不能保证我们能找到这个人。”

瑞秋咀嚼着自己的种种感受：焦急、恼火、无助（无助又害她更加恼火），最后执拗地对这个讨厌鬼生了一肚子气，谁让他不肯做好自己的本分呢。没关系，找别人办不就行了吗。

从瑞秋的眼神和她拿起钱包的动作，布莱恩看出了她的心思。

“要是你把这一单交给别人办，人家见到个刚刚有了点钱的年轻姑娘，恐怕会使劲榨干你的钱财，结果还让你空手而归。这种‘坑蒙拐骗’——在我看来，这就是种‘坑蒙拐骗’——半点儿也不违法。到那个时候，你就会变成个穷光蛋，也仍旧找不到你父亲。”布莱恩俯下身子，轻声说道。“你是在什么地方出生的？”

瑞秋向那扇朝南的窗户歪了歪头。“斯普林菲尔德。”

“有医院记录吗？”

她点点头。“父亲那一栏写的是‘不详’。”她说。

“不过他们当时在交往对吧，伊丽莎白和詹姆斯。”

瑞秋又点点头。“有一次，她多喝了几杯，告诉我，生孩子当夜，她在跟詹姆斯吵架，他出城去了。她生下了我，因为詹姆斯不在场，出于怨愤，她不肯把他写到出生记录上。”

两人默默无言地坐着，直到瑞秋开口说：“这么说，你是不会接我这一单的了？”

布莱恩·德拉克洛瓦摇了摇头。“放手吧。”他说。

瑞秋站起身来，双臂颤抖着，向私家侦探道了个谢。

瑞秋发现家里处处都藏着照片：母亲卧室的床头柜里，阁楼上一个匣子里，母亲办公室一只装得满当当的抽屉里。其中百分之八十五以上是母女两人的照片；伊丽莎白的浅色双眸中清清楚楚地流露出对女儿的爱意，让瑞秋心头一震，但即使是在照片中，伊丽莎白的爱却依旧显得很复杂，恰似她正在重新权衡。其他百分之十五则是跟学术界、出版界朋友同事的合影，大多数是假日鸡尾酒会和初夏野炊时拍下的，还有两张是在某间酒吧的合影，相片中的人瑞秋并不认识，但显然是些学术界人士。

所有照片里都找不出一个有着卷曲黑发、笑容忐忑的男子。

瑞秋是在卖掉房子时发现母亲的日志的。当时，她已经从爱默生学院[1]毕业了，正准备离开马萨诸塞州，奔赴纽约去念研究生。自从瑞秋念三年级起，她与母亲就住在南哈德利的那栋维多利亚式老宅中，可惜老宅带来的美好回忆实在没多少，还总有种阴魂不散的感觉。（“可这些都是教员的幽魂呀”，当走廊的尽头莫名其妙地传来“吱嘎”声，当阁楼里什么东西砰然作响时，瑞秋的母亲会说，“说不定人家正在读乔叟，细品花草茶呢。”）

日志并不在阁楼上，而是在地下室的一只箱子里，放在包装敷衍的外国版《阶梯》下面。日志写在带横隔线的作文本上，一则又一则，如日常生活中的伊丽莎白·蔡尔兹般随心所欲。其中有一半没有标明日期，瑞秋的母亲还有可能好几个月一篇也不写，有次甚至整整一年没有写。伊丽莎白·蔡尔兹最爱写到的主题是“忧心”。在《阶梯》之前，她忧心的是钱：作为一名心理学教授，伊丽莎白担心自己赚的钱不够还自己的学生贷款，更别提送女儿去念像样的私立高中，然后去念像样的大学了。等到她的著作登上全国畅销书排行榜以后，伊丽莎白又忧心她永远也写不出上得了台面的续作。她还忧心，等到再次出书的时候，自己将被逼着穿上“皇帝的新衣”满嘴胡诌；事实证明，在这一点上，伊丽莎白倒是颇有先见之明。

不过，她多半还是忧心瑞秋。瑞秋眼睁睁看着字里行间的自己从叽

1 爱默生学院位于美国波士顿。——译者注

叽喳喳、开开心心、偶尔让人恼火的心肝宝贝（“她跟他一样爱玩……她的心如此可爱，如此博大，一想到这个世界会如何践踏它，我就浑身发凉……”）长成了绝望、自毁的叛逆女孩。（“滥交比自残更让我心烦些；她才十三岁啊，看在上帝的分儿上……她简直是纵身跳进深渊，却嫌水太深，还把自己往下跳怪在我的头上。”）

又翻过十五页，瑞秋读到：“我必须直面那件丢人的事：我是个不合格的妈妈。对发育不全的脑子，我向来没有多少耐心。我动不动就发火，在该耐住性子的时候直奔正题。恐怕她是在一个行事粗暴、怎么简单怎么来的妈妈身边长大，而且还没有爸爸；这害得她内心深处有个空洞。”

几页之后，伊丽莎白又写到了这个主题。“我真担心，她会把她的人生白白浪费在遍寻各种事物填补那个空洞上，无论是寻找转瞬即逝的对策也好，灵魂上的摆设也好，新潮疗法也好，自疗也好。她觉得自己既叛逆又有韧性，可惜，她只是叛逆而已。她要的实在太多了。”

再翻过几页，在一则没有标明日期的日志中，伊丽莎白·蔡尔兹写道：“现在她正卧床不起，躺在陌生的床上生病，比平时更加黏人。那个阴魂不散的问题又来了：**‘他是谁，妈妈？’**她看上去真脆弱——一碰就碎，多愁善感，弱不禁风。她身上有许多闪光点，我那最宝贝的瑞秋，但她并不坚强。假如我真把詹姆斯的身份告诉她，她会去查他。他会把她的心伤个透。我为什么要把这种权力交到他手里？在经历过这一切之后，他凭什么还要再伤害她？让他去伤她那颗美丽、破碎的心？今天，我看见他了。”

瑞秋坐在地下室倒数第二级台阶上，屏住了呼吸。她紧攥住日志的边缘，眼前迷离起来。

**“今天，我看见他了。”**

“他却没有看见我。我把车停在了街上。他在抛弃我们母女后找的那栋房子的草坪上，新欢则在他的身旁——妻子，孩子。他掉了不少头发，腰上长了一圈赘肉，还长了双下巴。好歹算是让人解恨。他很幸福。神呐，救救我吧。他很幸福。难道这不是所有结局中最不堪的一种吗？我甚至并不相信‘幸福’（不信‘幸福’是理想状态，不信‘幸福’是种真实存在的状态；‘幸福’简直是小屁孩的目标），可惜，他竟然非常幸福。他从来就不想要瑞秋这个女儿，她出生后更是如此，这个女儿恐怕会让他感觉眼前的幸福岌岌可危。因为她会让他想起我，想起他变得有多恨我。他会伤害她。我是他生活中唯一一个不肯爱他的人，就凭这一点，他永远也不会原谅瑞秋。他会认定我在瑞秋面前诋毁他，而世人皆知，把自己看得万分宝贝、万分重要的詹姆斯，又哪里受得了别人的指摘呢。”

整整一生，瑞秋只“卧床不起”过一次，那是在念高中一年级的时候。临近圣诞假的时候，瑞秋染上了单核细胞增多症；时机真是巧得不得了。她在病床上待了十三天才好起来，又隔了五天才康复返校。到最后，她只错过了三天的课。

但伊丽莎白必定是在那期间见到了詹姆斯，当时她正在卫斯理安大学担任客座教授[1]。那一年，伊丽莎白在康涅狄格州米德尔敦租了一栋房，瑞秋躺的那张“陌生的床”就在那栋房里。现在回想起来，瑞秋真是又不

1 卫斯理安大学，又译维思大学，位于美国康涅狄格州米德尔敦，是一所私立文理学院。——译者注

安又自豪：当初瑞秋患病期间，伊丽莎白时刻不离女儿左右，只有一次例外——她去买杂货和酒了。当时瑞秋刚开始看《风月俏佳人》的录像，妈妈回来时，她还没有看完。伊丽莎白查了查瑞秋的体温，又说茱莉亚·罗伯茨的露齿一笑让她感觉"非常烦心"，然后才带着购物袋进了厨房，把东西取出来。

伊丽莎白回到卧室，一手端着酒，一手拿着块暖乎乎的湿毛巾。她对瑞秋露出寂寥、期盼的神情，嘴里说："我们过得还不赖，对吧？"

瑞秋抬头望着妈妈，伊丽莎白把毛巾敷在女儿的额头上。"当然。"瑞秋说；因为在那一刻，似乎她们母女过得确实不赖。

妈妈拍了拍她的脸颊，目光落在电视上。影片已经走到了尾声。"白马王子"李察·基尔带着鲜花前来搭救他的"风尘公主"茱莉亚。他向前递上鲜花，茱莉亚笑容灿烂，眼中泛起了泪光，配乐则适时悠然响起。

伊丽莎白开口说："哎哟，别再笑了行吗？"

这样算起来，那则日志写于一九九二年十二月，不然就是一九九三年一月初。八年后，坐在地下室的台阶上，瑞秋悟到：父亲曾经住在离米德尔敦不到三十英里的地方。不可能更远了。母亲曾经去过他住的那条街，查探他和他的家人，紧接着买好杂货，路上还去酒铺捎了些酒——来去花了不到两个小时。也就是说，詹姆斯恐怕在附近教书，最有可能的是哈特福德大学。

"如果当时他还在教书的话。"当瑞秋给布莱恩·德拉克洛瓦打去电话时，他说。

"没错。"瑞秋说。

不过布莱恩也同意，目前的线索够他往下查，因此他算是可以不昧良心接下瑞秋这一单了。于是，二零零一年夏末，布莱恩·德拉克洛瓦与“伯克希尔安全合伙人公司”正式着手调查起了瑞秋父亲的身份。

结果一无所获。

那年在康涅狄格州北部高校任教、名叫“詹姆斯”的人，一个个全都有据可查。其中一位是金发，另一位是个非裔美籍人士，第三个才二十七岁。

于是，布莱恩又一次劝瑞秋放手。

“我要走了。”布莱恩说。

“离开奇科皮？”

“不干这行了。所以，嗯，也要离开奇科皮，但我真的不想当私家侦探。太让人心里发毛了，知道吗？就算我办妥了对方花钱雇我干的活，我却似乎永远都在让人失望。很抱歉帮不上你，瑞秋。”

他的话好似在瑞秋的心上刺了一刀。她生活中的又一个人弃她而去。无论其影响多么微不足道，却依然不顾她的意愿转身离开。她连半点发言权也没有。

“那你准备改行做什么？”瑞秋问。

“我想，还是回加拿大吧。”布莱恩的口气显得很坚定，仿佛他已经找到了终生苦苦寻求的归宿。

“你是加拿大人？”瑞秋问。

他轻声笑道：“当然啦。”

“回加拿大干吗呢？”

“我家在那边有木材生意。你呢？”

“研究生院很棒。至于目前的纽约，”瑞秋说，“可就不太妙了。”

那是二零零一年九月下旬，距世贸双塔倒塌还不到三个星期。

“当然，”布莱恩用庄重的口吻说，“那是当然。希望你得偿所愿，祝你好运，瑞秋。”

听到自己的名字从他嘴里说出是那般亲密，瑞秋不禁有几分讶异。她想象着他的双眼，想象着他眼中那份温柔，有点恼火地发现：原来自己一直对他颇为动心，可惜当初竟没有悟到。

“加拿大，对吧？”瑞秋说。

布莱恩又轻声笑了笑。“加拿大。”

两人道了别。

“九一一”事件发生后的那个月，瑞秋坐在曼哈顿下城四散弥漫的尘灰之中，在她那间位于格林尼治村韦弗利广场的地下室公寓里（从这间公寓，瑞秋只需走上一段路，就可以去上她在纽约大学的大部分课程）。双塔受袭当天，瑞秋家的窗棂上积满了厚厚的灰，片片血肉残骸仿佛小雪般堆了起来。空气中有种烧焦的味道。当天下午，瑞秋四下徘徊着，途经圣文森特医院的急诊室，那里的许多轮床正在等待始终没有抵达的患者。接下来的几天，有人在医院的墙壁和围墙上贴出了照片，通常还写着句一目了然的话：“请问您见过此人吗？”

不，没有。他们已经不见了踪影。

瑞秋的身边处处有人失去亲友，其痛苦之深重大大超过她的一生所历。处处是悲恸、落空的祈祷、彻头彻尾的混乱，乱得五花八门，无论性爱也好，情感也好，心理也好，道德也好，而这一切迅速将人们连在了一起。

“世人皆迷失”，瑞秋恍然悟到。于是她决心尽全力包扎好自己的伤，永远不再揭开那块伤疤。

那年秋天，瑞秋在母亲的日志里偶然见到了两句话，于是整整几个星期，每晚沉入梦乡之前，她会一遍遍把那两句话说给自己听，好像那是一段咒语。

**“詹姆斯绝不是我们母女的归宿。”**瑞秋的母亲写道。

**“我们也绝不是他的归宿。”**

# Part 2

# 闪 电

二零零一年秋天，感恩节刚过没多久，瑞秋首次恐慌发作。当时她走在克里斯托弗街上，正好从一名跟她年龄相仿的女子身边经过。那女子坐在一家合作公寓的黑铁门廊上，头顶是扇拱门，正捂着脸啜泣。那段时间，纽约城里掩面哭泣的人可不少；人们在公园里哭，在洗手间里哭，在纽约地铁A线上哭，有些人不出声，有些人则高声号啕，总之屡见不鲜。但要是真的遇上，你却不得不问上一声，不得不弄个明白。

“你还好吗？”瑞秋伸手碰了碰那女子。

女郎躲开了她。“你在干吗？”

“只是看看你有没有事。”瑞秋说。

“我没事。”女子的脸上没有泪痕。她在抽烟，瑞秋之前根本没有注意到。“倒是你，没事吧？”

“那当然。”瑞秋说。“我只是……”

女子递给瑞秋几张纸巾。“没关系，哭个痛快吧。”

女子的脸上没有泪痕，眼里没有泪光，也没有捂住脸。她是在抽烟。

瑞秋接过纸巾，擦了擦脸，感觉到泪水淌过面颊，顺着下颌滴了下来。

“没关系。”对方再次说道。

她凝望瑞秋的眼神却并不像“没事”，根本不像“没事”。她的目光落在瑞秋身上，接着越过了瑞秋，仿佛正盼着被人救赎。

瑞秋喃喃地说了几句“谢谢”，蹒跚着落荒而逃，走到克里斯托弗与威霍肯的街角。红绿灯旁停着辆没熄火的红色货车。司机用淡色的双眼紧盯着瑞秋，对她露出笑容，也露出被烟熏黄的牙齿。这一下，瑞秋不仅眼泪汪汪，还感觉后背直冒冷汗。嗓子堵得死死的。她明白自己的喉咙卡住了，尽管当天早晨她还没有吃过东西。无法呼吸。见鬼，竟然无法呼吸。她的喉咙卡住了；她的嘴张不开。必须张嘴才行。

司机迈步出了货车。他一步步走过来，长着淡色的眼睛，煞白的鹰一般的面孔，姜黄色头发理得极短。当他走到瑞秋身旁时……

他明明是个黑人，身材有点胖墩墩的。牙并不黄，简直跟雪一样白。司机在瑞秋身边蹲下，（她怎么会一屁股坐到了人行道上？）棕色的大眼睛里是担忧的神色。“你没事吧？要我打电话叫人吗，小姐？你还站得起来吗？来吧，握住我的手。”

瑞秋握住司机的手，对方拉她站起身，伫立在克里斯托弗与威霍肯的街角。时间已经不再是早晨。太阳正在落山。哈得孙河被染上了浅浅的琥珀色。

胖嘟嘟的好心人将瑞秋搂进怀中，她靠在对方的肩上哭泣，流着眼泪逼人家答应陪在她身边，答应永远不会弃她而去。

“告诉我你叫什么，”她说，“告诉我你的名字。”

他名叫肯尼斯·沃特曼。不用多说，瑞秋当然再也没有见过他。他开着那辆红色货车把瑞秋送回了她的公寓，而那辆货车并不是瑞秋想象中带有机油和脏内衣味道的大型厢式货车，而是辆面包车，中间一排有儿童座椅，垫子上散落着“Cheerio”麦圈渣。肯尼斯·沃特曼家里有太太和三个孩子，住在纽约皇后区新鲜草原一带，是位家具工匠。他把瑞秋送回家中，又自告奋勇帮她打电话找人，但瑞秋向他保证自己已经没事了，没什么问题。只不过，有时候全怪这座城市，明白吧?

肯尼斯久久地、担忧地望着瑞秋，但两人身后的汽车越聚越多，夜色越来越浓。有人摁响了喇叭，接着又是一声。肯尼斯把名片递给瑞秋，上面写着“肯氏柜橱”，然后让她随时打电话给他。瑞秋道了谢，下了面包车。直到肯尼斯驱车离开，瑞秋才回过神：他的车甚至不是红色，而是青铜色。

瑞秋把纽约大学的课程往后推了一学期。她极少出门，除了走一段路去翠贝卡区看心理医生。心理医生名叫康斯坦丁·普洛科普，他只向瑞秋吐露过一条关于自己的信息：他的家人和朋友非要叫他“康尼”。康尼千方百计想说服瑞秋：她正用国家劫难让自己羞于正视自己的创伤，这种做法会害她不浅。

“我的人生又没遇过什么‘劫’。”瑞秋说。“有时候会很难过吗？那当然。谁不会难过呢？但我有吃有喝，有人照顾，在良好的家庭中长大。我的意思是，好惨哟，对吧？”

康尼的目光越过小办公室，落在瑞秋的身上。“你的母亲拒绝向你透露你父亲的信息，剥夺了你的一项基本权利。为了让你跟她亲近，她向你施以情感暴政。”

“她是在保护我。”

“保护你不受什么伤害？”

“好吧，”瑞秋改了口，“她相信她是在保护我，免得我伤到自己，免得我得知真相后做些什么。”

“原因真的是这样吗？”

“不然呢？”瑞秋突然恨不得纵身从康尼背后的窗户跳出去。

“假如某人拥有某件你不仅想要而且不可或缺的事物，那你绝不会对此人做出什么事？”

“拜托你千万别说‘怀恨在心’，因为我真的很恨她。”

“离开他们，”康尼说。“你永远不会离开那个人。”

“我母亲是我见过最独立的人了。”瑞秋说。

“只要你还离不开她，她就可以扮出最独立的模样。不过一旦你离开她身边，一旦她感觉到你在离她远去，结果怎么样呢？”

瑞秋听出了心理医生的言外之意，她毕竟是个心理学家的女儿。“去你妈的，康尼。别这么说。”

“怎么说？”

“那是场意外。”

“你不是说你母亲‘无比警觉’，‘无比能干’吗？出事当天，她的体内既没有毒品，也没有酒精。这样一个女人，光天化日之下，竟然在又不湿又不滑的路上闯了红灯？”

“照你的说法，现在变成我害母亲送命了喽。”瑞秋说。

“你这么说，跟我的意思恰好相反。”

瑞秋收拾起她的外套和包。“我母亲从未开诊所营业，原因就在于，她不愿意跟你们这种庸医混为一谈。”她说着瞥了瞥康尼挂在墙上的文凭。“罗格斯。”瑞秋奚落道，迈步出了门。

瑞秋随后去看的心理医生——苔丝·波特，风格就没有这么尖锐，去诊所的路也近得多。苔丝告诉瑞秋，他们会按瑞秋的节奏挖掘瑞秋及其母亲的关系，而不是按医生的节奏来。在苔丝身边，瑞秋感觉很安心。在“康尼”那儿，她总觉得对方咄咄逼人，于是也总觉得自己该见招拆招。

“如果真的找到他，你觉得自己会对他说些什么？”有天下午，苔丝问道。

“我不知道。”

“你害怕吗？”

“是的，是啊。”瑞秋回答。

“是怕他吗？”

“什么？不。”瑞秋想了想。“不。不是怕他，只是害怕那种情形。我的意思是，你要从何说起？‘嘿，老爸。该死啊，我这辈子你都躲到哪里去了？’”

苔丝轻笑了一声，接着说：“刚才，当我问你是不是怕他的时候，你明明有点犹豫。”

“真的？”瑞秋凝望着天花板，望了片刻。“嗯，比如，说起他的时候，她的说法也许会自相矛盾。”

“怎么自相矛盾？”

“大多数时候，她用形容女人的词语来形容他。‘甜蜜的小可怜詹姆斯，’我母亲会说。不然就是‘亲爱的、敏感的詹姆斯’，还经常翻白眼。她太前卫了，因此不好意思承认：对她来说，他不够有男子汉气概。我记得她说过几次，‘你有你爸的坏脾气，瑞秋’。听完我想，‘我有的明明是我妈的坏脾气，婊子’。瑞秋再次抬头望着天花板。“在他的眼中，找寻你自己。”

“什么意思？”苔丝从椅子上往前探过身子。

“这句话她对我说过几次。‘在他的眼中找寻你自己。告诉我你找到了些什么。’”瑞秋说。

“是在什么情况下说的？”

“喝了酒的情况下。”

苔丝的笑意很淡。“但你觉得她是什么意思？”

“我记得，那两次她都很生我的气。我一直认为，这句话意味着他……假如他真的见到我，他会……”瑞秋说着摇了摇头。

“会怎么样？”苔丝的声音很温柔。“假如真的见到你，他会怎么样呢？”

瑞秋花了一分钟镇定心神。“他会很失望。”

“会失望？”

瑞秋迎上苔丝的目光，盯了片刻。“会深恶痛绝。”

诊所之外，街道阴沉了下来，恰似巨大的异物正遮天蔽日，将阴影投向整座城市。冷不丁下起了雨，雷声好像重型卡车的轮胎轰隆隆碾过老旧的桥梁，闪电从远处劈过。

“你为什么在笑？”苔丝问。

“我吗？”

苔丝点了点头。

“是因为我妈妈爱说的另一句话，尤其是在今天这种天气。”瑞秋叠起了双腿。“她会说，她想念他的味道。当我第一次问她这话什么意思，他闻上去又是什么味道时，她闭上了眼睛，闻了闻空气，说道，‘闪电’。”

苔丝微微睁大了眼。“你也记得他闻起来像‘闪电’吗？”

瑞秋摇摇头。“他闻上去有股咖啡味。”她的目光追随着窗外飞溅的雨滴。“咖啡和灯芯绒味道。”

二零零二年春末，瑞秋从首次恐慌发作和轻度广场恐惧症中渐渐好转。她偶然邂逅了前一学期跟她一起上“高级研究技巧”课的一名男生，名叫帕特里克·曼尼恩。他为人十分体贴，长得有点苍白无力，听不清楚的时候就会眯起眼睛，而他听不清楚，是因为他的右耳在孩童时代的滑雪事故中失去了一半听力。

帕特里克·曼尼恩简直难以相信，把两个人一起上的那堂课谈了个遍之后，瑞秋竟然还会搭理他。他简直难以相信，瑞秋竟然建议两个人去喝一杯。几小时后，当他们双双回到他的公寓，瑞秋向他的皮带扣伸出手时，他脸上的神情仿佛某人抬头望天想瞧瞧天气，却见到了天使蹁跹飞过。与瑞秋恋爱的两年间，帕特里克的脸上多多少少都流露出这种表情。

当瑞秋终于跟帕特里克分手（瑞秋甩他甩得非常温柔，极力使他相信这是两人共同的决定），帕特里克瞪着她，脸上带着怪异、冷血的尊严，说道：

“以前我始终不明白你为什么会跟我交往。我的意思是，你美艳动人，我却……实在算不上。”

“你……”

他抬起手，示意瑞秋住嘴。“结果有一天，大概六个月前吧，我回过了神……对你来说，胜过一切的并不是爱，而是安全感。我明白，在我抛弃你之前，你迟早会甩掉我，因为——这是关键所在，瑞秋，我永远不会抛弃你。”他向她露出灿烂而又心碎的微笑。“而一直以来，我的作用便在于此。”

研究生毕业后，瑞秋在宾夕法尼亚州的威尔克斯－巴里待了一年，供职于《时代领袖报》[1]。此后，她又回到了马萨诸塞州，迅速晋升至昆西[2]的《爱国者纪事报》专题部门。她为该报写了篇关于欣厄姆警局种族定性的报道，一时广受赞誉，吸引了不少眼球，结果竟收到了布莱恩·德拉克洛瓦寄来的电邮。原来布莱恩因工出差，在布罗克顿一家木材经销商的休息室里无意中见到了一份《爱国者记事报》。他来信问她是不是他所认识的那位瑞秋·蔡尔兹，问她有没有找到父亲。

瑞秋回信说，她就是他认识的那个瑞秋·蔡尔兹；不过，她并没有找到她的父亲。他愿意再试试吗？

**“办不到啊，被工作压得喘不过气。出差出差还是出差。保重，瑞秋。你在《爱国者纪事报》待不了太久，前程无比光明。爱死了你写的文章。”**

布莱恩没有说错。一年以后，瑞秋便跻身大报，跳槽到了《波士顿环

1 位于美国宾夕法尼亚州威尔克斯－巴里的一家报纸。——译者注

2 昆西，美国马萨诸塞州的城市。——译者注

球报》。

正是在《波士顿环球报》，瑞秋母亲的产科医师 / 妇科医师——费利克斯·布朗纳医生，找到了瑞秋。他的来信主题是“你妈妈的老友”，但等到瑞秋回信以后，事实倒很清楚：与其说伊丽莎白·蔡尔兹把布朗纳医生当作朋友，不如说还是把他当作医生。除此之外，等到瑞秋懂事的时候，担任瑞秋母亲妇科医师的也不再是布朗纳医生了。当初瑞秋到了青春期，伊丽莎白将她介绍给了维纳·拉奥医生，瑞秋认识的大多数女人和小姑娘找的都是这位医师，瑞秋可从没听说过什么费利克斯·布朗纳医生。不过，费利克斯·布朗纳医生告诉瑞秋，伊丽莎白刚到马萨诸塞州西部时，他就担任了伊丽莎白的医师；事实上，把瑞秋带到人世的人正是他。“当初你可是个扭来扭去的宝宝。”他写道。

在接下来的邮件中，费利克斯·布朗纳医生写道，他手头还有些关于伊丽莎白的重要信息想要告诉瑞秋，不过只能当面跟瑞秋交代。于是两人约在波士顿和医生的住处——斯普林菲尔德的中间，最后定在米尔伯里一起吃顿晚餐。

趁着两人还没有碰头，瑞秋先查了查费利克斯·布朗纳医生。查到的结果很符合瑞秋收到医生第一封电邮起就有的直觉，看上去不太妙：去年，也就是二零零六年，费利克斯·布朗纳医生被吊销了行医执照，原因是女病人多次指控他性侵或性行为不检，最早的一宗可以追溯到一九七六年，当时布朗纳医生刚离开医学院一个星期。

赴宴时，布朗纳医生随身带来了两个带轮文件箱。他大约六十二岁左右，浓密的银发梳成上短后长、几乎有点蓬乱的发型，看上去活像开跑车、时常光顾歌星吉米·巴菲特演唱会的类型。他身穿淡蓝色的牛仔裤，光脚穿了双乐福鞋，夏威夷衬衫外面罩了件黑色的亚麻上衣。医生腰间长着足有三十磅的“游泳圈”，仿佛昭告着他是位成功人士，对女招待和餐馆杂工都应对自如。在瑞秋看来，布朗纳医生属于那种很讨陌生人欢心的人，但要是他讲笑话有人不笑，那他可就不太受用了。

布朗纳医生先对瑞秋丧母表示了同情，随后提醒瑞秋，她刚出生的时候是个多么滑溜溜的小家伙——“好像你在‘棕榄’牌洗洁用品里打了个滚。”紧接着，他大气也不喘地向瑞秋透露，第一个指控他性骚扰的女子也认识其他几名指控他的女郎。“我们就叫她‘莉安’吧，并不仅仅是因为这名字听上去像‘谎话精’[1]，好吗？”他说。布朗纳医生列了串名字，瑞秋立刻好奇起来：究竟他列的这些名字是化名呢，还是他正漫不经心地侵犯这些女子的隐私权？据布朗纳医生说，汤娅、玛丽、乌苏拉、简和帕蒂，全都彼此认识。

“嗯，这是个小地方。”瑞秋说。“大家难免互相认识。”

“是么？”布朗纳医生晃晃一包糖，然后打开糖包，对瑞秋抛来冰冷的微笑。“真的么？”他把糖洒进咖啡，将手伸进其中一只文件箱。“我已经发现，满嘴谎话的莉安有数不清的情人，已经离过两次婚，还……”

“医生……”

他抬起一只手，示意瑞秋噤声。“还有人说她是个‘狐狸精’，拆散了一桩婚姻呢。帕蒂就爱孤零零一个人喝酒。玛丽和乌苏拉有药物滥用问题，

1 该名字在英文中与“谎话精”音近。——译者注

至于汤娅……哎哟喂，汤娅还起诉另外一位医生性侵犯。”他瞪大了眼，假装气得要命。“很显然，伯克希尔丘陵到处是好色成性的医生嘛。天哪！”

瑞秋倒确实在那一带认识某个“汤娅”。汤娅·弗莱彻。她主管着“义勇兵”旅馆，似乎总是心不在焉，有点心神不宁。

布朗纳医生把一叠跟煤渣砖差不多大小的纸张扔到两人之间的桌上，带着胜利的神色冲瑞秋扬起了眉毛。

“怎么回事，”瑞秋说，“你信不过U盘吗？”

布朗纳医生没有理会。“我有她们所有人的把柄，知道吧。你明白了吗？”

“我明白了。”瑞秋说，“那你想让我做什么呢？”

“帮我啊。”布朗纳医生说道，仿佛那是世上唯一的答案。

“我为什么要帮你？”

“因为我是无辜的。因为我什么事情也没有做错。”他将手掌的掌心向上，伸过桌子。“这双手将生命带到了这个世界。这双手把你带到了这个世界，瑞秋。这可是世上搂住你的第一双手啊。就是这双手。”他直愣愣地瞪着自己的手，活像那是他的挚爱。“那些女人玷污了我的名声。”他又叠起两只手，低头凝望着它们。“就因为压力重重，飞短流长，我失去了我的家庭，失去了我的诊所。”他的下眼帘闪着泪花。“我不该落到这步田地，不应该。”

瑞秋冲他挤出一抹微笑，暗自盼望能流露出几分同情，却疑心自己看上去不过让人作呕。“我真的拿不准，你找我是为了什么。”

布朗纳医生从桌边向后仰过身子。“写点关于这些女人的东西，告诉大家她们在打自己的小算盘，她们挑了我下手。她们打算害我翻不了身，现在她们已经得逞了。她们必须赎罪，必须公开认错，必须被人揭开老底。她们还在民事法庭起诉我呢。你知道吗，小姑娘，民事案平均要花二十五万美元来辩护，仅仅只是辩护费啊。不管输赢，你都得往外掏二十五万美金。你知道吗？”

瑞秋的思绪还卡在“小姑娘”一词上没回过神来，但她点了点头。

“所以，所以嘛，所以嘛，是这群**妖婆**强奸了我。还能用哪个词来形容呢？她们玷污了我的名声，毁了我跟家人朋友的关系。但这还不够，是吧？不够。现在她们还想把我啃得连骨头也不剩。她们想要榨干我剩下的一丁点钱，让我的晚年穷得叮当响，让我死在收容所的破床上，身边没有朋友，变成个无名小卒。”他在那叠纸上摊开手指。“这里写的全是那群龌龊女人的龌龊事。写篇报道好了，向世人揭开她们的真面目。我是在把普利策奖拱手送给你，瑞秋。”

“我来见你，可不是为了普利策奖。”瑞秋说。

布朗纳医生眯起了眼。“那你为什么来？”

“你说过，你手里有关于我母亲的信息。”

他点点头。“以后再说。”

“什么时候？”

“等到报道出炉以后。”

“这种做法不合我的路子，”瑞秋说。“如果你有关于我母亲的信息，那就干干脆脆地告诉我，我们再说……”

“不是关于你母亲的信息，是关于你的父亲。”布朗纳医生眼光闪烁。

“你自己也刚说了，这是个小地方。大家爱说闲话。据传闻，亲爱的，伊丽莎白不肯告诉你你的父亲是谁。街坊邻居都很同情你，知道吧。我们想告诉你，可惜没人办得到。嗯，我本来是可以告诉你的。我跟你父亲很熟。可惜有医患保密法规，我又不能违背你母亲的意愿把他的身份透露给你。不过，现在她已经不在人世了，我也不能再行医啦。”他小呷了一口咖啡。“所以啊，瑞秋，你想知道你父亲是谁吗？”

花了片刻时间，瑞秋才说出话来。“是的。”

“你说什么？”

“我想。”

布朗纳医生轻轻耷拉下眼帘，算是听到了她的回答。“那就把那篇该死的报道写了，宝贝。”

*Part 3*

# J J

瑞秋越是细查法庭记录与布朗纳医生给的文件，形势就越发显得不妙。假如费利克斯·布朗纳医生不是个连环强奸犯，他看上去却足以担当“连环强奸犯”的代言人。他没有蹲监狱，只有一个原因：在诉讼时效内提出控告的那名女子，也就是莉安·芬妮甘，在案件审理的最后一周过量服食了止痛药，正好是在她出庭做证的前夕。莉安保住了命，但本该出庭做证的那天，她还待在康复中心里，于是地区检察官接受了认罪协议，其中包括吊销布朗纳医生的执照、缓刑六年（已执行六个月）以及言论禁止令，但无须坐牢。

瑞秋写完了报道，带着稿子去米尔伯里赴宴，一屁股坐在费利克斯·布朗纳医生的对面，从包里抽出了报道。他凝望着那叠薄薄的稿纸，却没有动。

“怎么回事，”布朗纳医生说，“你信不过U盘吗？”

瑞秋听完露出紧绷绷的笑容，算是示意。“你看上去很开心啊。”

他看上去确实开心。布朗纳医生扔掉了那副吉米·巴菲特风格的行头，换上了白生生的衬衣，外面套了件深棕色西服，头发光溜溜地向后梳，涂的发胶多得不得了，活像毛毛虫的眉毛也修剪过了。他显得脸色红润，双眼闪烁着希望。

“我感觉很开心，瑞秋。你看上去也很美。”

“多谢。”

“那件上衣很衬你的碧色眸子。”

“多谢。”

“你的头发总是这么丝滑吗？”

“我刚用吹风机吹过头发。”

“很衬你。”

瑞秋朝布朗纳医生抛去灿烂的笑容。他眼波闪动，暗自轻声笑了笑。“上帝呀。”他说。

瑞秋一句话也没有说，只是心照不宣地点点头，迎上了他的目光。

“我觉得，你是闻到普利策奖的味道了吧。”

“嗯，”瑞秋说，“话别说得太早嘛。”她把稿子递给他。

他在椅子上换了个舒服的坐姿。“我们应该点几杯喝的。”他边心不在焉地说，边读起了稿子。翻过第一页时，他抬眼瞥瞥对面的瑞秋，她微笑着给他打气。于是布朗纳医生继续往下读，谁知道期待渐渐变成了惊愕，接着变成绝望，最后变成万丈怒火，他的双眉也紧紧地绞到了一起。

“这篇东西，”他说着把正走过来的女招待赶开，“写着我是个强奸犯。”

“是有点这种意思，对吧？”

“上面写着，那群女人药物依赖、酗酒和滥交都是我造成的。”

“确实是嘛。”

“上面还写着，我千方百计地勒索你，想让你再次毁了这群女人的生活。”

“也是实情嘛。”瑞秋欣然点点头。“再说，你还当着我的面造谣中伤她们。我敢打赌，假如去本地酒吧随便查探一下，我会找到真材实料，证明你曾经当着马萨诸塞州西部半数男人的面造谣中伤过她们。这种做法违反了你的缓刑条款，也就是说，费利克斯，等到《波士顿环球报》登载那篇报道的时候，你就乖乖坐牢去吧。”

瑞秋坐回原位，看着对方变得哑口无言。当布朗纳医生终于抬眼迎上瑞秋的眼神，他的目光中全是可怜兮兮、难以置信的神情。

“是这双手……”他举起双手，“把你带到了人世。”

“让你的手滚一边去。”瑞秋说。“我们重新做桩交易。好吧？我不发这篇稿。”

“上帝保佑你。”布朗纳医生又挺直了腰。“我就知道，那一刻我……”

“把我父亲的名字告诉我。”

“万分乐意。不过我们还是先要点喝的，然后再讨论吧。”

瑞秋从他手里夺过稿子。“马上把我父亲的名字告诉我，不然我就发稿……”她伸手向吧台一指，“用那台电话发稿。”

布朗纳医生瘫倒在椅子上，打量着头顶缓缓旋转的吊扇。锈迹斑斑的吊扇“咿咿呀呀”地响着。“她叫他‘JJ’。”他说。

瑞秋把稿子放回包里，以免对方看出她的手正在发抖，一路抖到她的臂弯。“为什么叫‘JJ’？”

布朗纳医生在桌上摊开手掌，看似走投无路、向天乞怜的模样。“我该怎么办啊？我靠什么活下去？”

“她为什么叫他‘JJ’？”瑞秋意识到，自己正紧咬着牙关。

“你们都是一个德行，”布朗纳医生低声说。“活生生把男人榨干，把好男人榨干。你们就是祸水。”

瑞秋站起了身。

“坐下。”布朗纳医生高声说，惹得两名用餐的顾客朝他们两人的方向扭过了头。“求求你。别，别。坐下吧。我会乖乖听话的。”

瑞秋又坐了下来。

费利克斯·布朗纳医生从西服外套里掏出了一张纸。那张纸已经上了年头，叠了几道。他把纸打开，递给餐桌对面的瑞秋。接过那张纸时，她的手抖得更厉害了，但她并不在乎。

纸上的头一行是医生的诊所名：布朗纳女性健康诊所。下面一行写着：“父亲病历。”

“他只到我的诊所来过两次。在我看来，他们俩经常吵架。怀孕会把一些男人吓倒，像套索一样把他们套牢。”

“姓氏”一栏下用娟秀的印刷体和蓝墨水打印着几个字：“詹姆斯”。

这便是众人始终找不到他的原因。“詹姆斯”是他的姓。

他的名字叫作杰里米[1]。

1 英文中“杰里米·詹姆斯”的首字母缩写即为“JJ”。——译者注

*Part 4*

# B型

自一九八二年九月起，杰里米·詹姆斯便全职在康涅狄格学院任教，该校是一所文科小院校，位于康涅狄格州的新伦敦。同年，他在一个有七千居民的小镇达勒姆买了房，要是沿着九十一号州际公路从瑞秋位于南哈德利的故乡直走，只需六十英里就可抵达，距离瑞秋卧床不起时在米德尔敦住的那栋房子大约十分钟车程。

一九八三年七月，杰里米·詹姆斯娶了莫琳·魏德曼，他们的第一个孩子西奥出生于一九八四年九月，一九八六年底生了第二个孩子夏洛特，正赶上圣诞节。“我有同父异母的弟妹，是血亲呢。”瑞秋心想。自母亲去世后头一次，她感觉仿佛冥冥中心有所系。

有了“杰里米·詹姆斯”这个全名，不到一小时，瑞秋就把杰里米·詹姆斯的整整一生查得清清楚楚，至少公共记录可以查到的部分吧。他在一九九〇年当上了艺术史副教授，一九九五年成为有终身职位的正教授。瑞秋在二零零七年秋天找到他的时候，杰里米·詹姆斯已经在康涅狄格学院任教二十五年了，目前担任系主任；他的太太莫琳·魏德曼－詹姆斯则是哈特福德沃兹沃思学会的欧洲艺术策展人。瑞秋在网上找到了几张莫琳的照片，很喜欢莫琳的眼睛，因此决定把她当作突破口。她还在网上查了杰里米·詹姆斯，也找到了他的照片。眼下的他已经秃了顶，长着大胡子，在每张相片中都显得博学多识、仪表堂堂。

当瑞秋在电话中向莫琳·魏德曼－詹姆斯阐明自己的身份，对方只略微顿了顿，接着便开口说："二十五年来，我始终在琢磨你什么时候会来电话。终于听到你的声音了，瑞秋，我真无法形容这多让人如释重负。"

瑞秋挂断电话，定睛凝望着窗外，千方百计不掉眼泪。她紧咬着嘴唇，咬得如此用力，渗出了鲜血。

十月初的一个周六，瑞秋驱车前往达勒姆。达勒姆历来以农耕为主，汽车驶过的羊肠小道上遍布着硕大的老树和褪色的红色谷仓，时不时还冒出只山羊。空气中弥漫着烧木材和附近苹果园的味道。

戈勒姆巷一栋毫不起眼的宅邸里，莫琳·魏德曼－詹姆斯应了门。她是个英姿飒爽的女子，长着浅棕色眼眸，戴的圆眼镜更衬托出她那镇定却好奇的眼神，仿佛一眼能把人看透。她的栗色头发发根泛红，太阳穴和额头的几缕已经染上了银霜，她把头发扎成了凌乱的马尾辫。莫琳身穿红黑相间的工作衫，没有扎进黑色打底裤里，赤脚没有穿鞋。当她展颜微笑，笑容让她的脸熠熠生辉。

"瑞秋。"莫琳说，嗓音中半是解脱，半是熟稔，跟瑞秋在电话中听过的一样。果然如此，印证了一件让人心头发毛的事：在过去几十年里，瑞秋的名字从莫琳嘴里说出来恐怕不止几次吧。"进来。"

莫琳闪身走到一旁，瑞秋进了门。眼前这栋房看上去就像两位学术界人士的家：门厅里摆着书架，客厅的墙边摆着书架，厨房的窗下摆着书架；

墙壁漆成鲜艳的颜色，有些地方的漆已经剥落，却没有修葺；屋里各处陈列着来自第三世界国家的雕像和面具；墙上挂着海地艺术品。在伊丽莎白的职业生涯中，瑞秋曾经拜访过许多类似的宅邸。她深知客厅的嵌入式架子上搁的是哪些密纹唱片，洗手间的筐里摆的是哪些杂志；也深知厨房里的广播收听的是全国公共广播电台。她顿时有了自在的感觉。

莫琳领着瑞秋向屋后的一扇推拉门走去。她伸出双手搁在门缝上，扭头回望瑞秋。“你准备好了吗？”她问。

“这种事谁能准备好？”瑞秋坦承道，说着绝望地轻笑起来。

“不会有事的。”莫琳的口吻颇为亲切，但瑞秋发现她的眼中掠过一抹哀伤。众人或许抵达了某个开端，却也走到了另一个尽头——瑞秋说不清，莫琳是否因此而哀伤，但她疑心是这样。从今以后，他们所有人的生活都将不复从前。

他站在屋子正中；房门打开的时候，他转过了身。他的穿着跟太太没什么两样，不过穿的不是打底裤，而是条灰色牛仔裤。他的工作衫也是格纹，同样没有扎进长裤里，不过他那件是蓝黑相间，罩在一件白色T恤上，没有系纽扣。他身上有些波希米亚气质：左耳垂上戴着枚小银环，左腕上戴着三圈黑绳手镯，右手腕上则戴着块敦实的表，表带是粗粗的黑色皮革。他的光头熠熠生辉，胡须倒是修剪得比瑞秋在网上见过的照片整齐些，年纪显得更老些，眼睛陷得更深些，脸垮得更厉害些。他的个子比瑞秋想象中高，但却耷拉着双肩。瑞秋走到他身旁时，他笑了。瑞秋记得那笑容，那是她至死也不会忘记的、关于他的点点滴滴；这个笑容突兀而又忐忑的男子，在他一生中某个阶段，曾经惯于在表达快乐之前请求他人的许可。

他拉起瑞秋的手，目光在她身上游走，上上下下地端详，把她瞧了个遍。“上帝啊，”他说，“瞧瞧你，瞧瞧你。”他低语道。

他笨手笨脚地一把将瑞秋搂进怀中，瑞秋也同样拥抱了他。杰里米已经成了个虎背熊腰的壮汉，但瑞秋搂得如此之紧，简直能感觉到自己的骨架抵上了他的骨架。她闭上眼睛，听见他的心跳，好似黑暗中涌动的浪涛。

他闻上去依然有股咖啡的味道，瑞秋心想。不再有灯芯绒的味道，但还像咖啡。依然像咖啡。

“爸爸。”瑞秋低声说。

他却推开了她。无比轻柔，从他的怀中推开了她。

“坐吧。”他向瑞秋挥挥手，示意她坐到沙发上。

她摇摇头，打点精神处理刚冒出来的噩兆。“我还是站着吧。”

“那我们喝几杯好了。”他迈步向饮料小推车走去，给三人倒上饮品。“她去世的时候，我们正在海外，你母亲去世的时候。那年我在法国休假，结果好几年也没有收到她去世的消息。毕竟我们没有共同的朋友，会把她去世的事告诉我。非常遗憾你痛失亲人。”

他直视着瑞秋，神色中流露出深切的同情，那种神情拳头般击中了瑞秋。

不知道为什么，瑞秋能想到的唯一一个问题是：“你们两个人是怎么相识的？”

杰里米解释说，他在从巴尔的摩回程的火车上遇见了瑞秋的母亲。一九七九年春天，杰里米前往巴尔的摩参加自己母亲的葬礼；而伊丽莎白正手持约翰·霍普金斯大学的博士学位，前往东部到曼荷莲学院担任她的首任教职。当时杰里米在巴克利学院当兼职助理教授已经第三年了，该学院就在曼荷莲学院往北十五英里的地方。他们相识不到一个星期便开始约会，不到一个月就开始同居了。

杰里米给瑞秋和莫琳各端来一杯苏格兰威士忌，然后举了举杯。三人共饮起来。

“那是你母亲在一个自由主义盛行的州、自由主义盛行的地区工作的第一年，又正好赶上自由主义盛行的十年走向尾声，所以当时未婚同居没什么不可以。未婚生子也许更算不上什么；在某些人看来，它还是可钦可敬、挑战权威的义举呢。只不过，如果她不知道被谁弄大了肚子，那恐怕就会让她显得俗气、可悲，是个傻乎乎的受害者，终究无法超越她自己所属的阶层。至少，这就是她担心的事情。”

瑞秋注意到，莫琳正仔仔细细地打量着自己，她的苏格兰威士忌已经喝掉了一半。

这时杰里米加快了语速，他的话磕磕巴巴地一涌而出。“不过，鼓吹某种说法、让大众买账是一回事，比如她的同事之类。但在家里鼓吹，让家里人上钩，就完全是另外一回事了。我的意思是，我不是数学教授，但我总会数数吧。你妈妈有两个月对不上号。”

就是它。“他刚刚说出了口。”瑞秋一边想，一边狠狠灌了口苏格兰威士忌。“但不知道为什么，我听不见这句话。我知道他说了些什么，但我并不明白。我办不到。我真的办不到。”

“我本来会愿意帮她圆谎，甚至乐意帮她圆谎，但我不愿意在我们的厨房、我们的卧室，在我们生活中的一天又一天里继续圆这个谎。实在太下作了。”

瑞秋能感觉到自己的嘴唇微微翕动，嘴里却没有发出半点声音。房间里空气稀薄，四面墙向人压过来。

“我验了血。”杰里米说。

“验了血。”瑞秋缓缓重复道。

他点点头。“最简单的那种。无法确认两个人属于亲子关系，但可以证明两个人没有亲子关系。你是 B 型血，对吧？”

一阵麻痹传遍了瑞秋的全身，恰似她朝脊柱里注射了麻醉剂。她点点头。

“伊丽莎白是 A 型血。”杰里米一口喝干了杯中的苏格兰威士忌，把玻璃杯搁在桌子边上。“我也是 A 型。”

莫琳适时在瑞秋身后放了张椅子。瑞秋一屁股坐了下来。

杰里米还在讲话。“你明白吗？如果你妈妈是 A 型血，我是 A 型血，但你是 B 型血？那……”

瑞秋冲着屋子摆摆手。“那你绝不可能是我的生父。”她也一口喝干了杯中的苏格兰威士忌。“我明白。”

正在这时，瑞秋破天荒注意到了摆在杰里米桌上、散落在书架和办公室小桌上的照片，每张都是同样两个人的合影：杰里米与莫琳的子女——西奥和夏洛特。一年又一年的照片。西奥和夏洛特蹒跚学步，西奥和夏洛特在海滩上，西奥和夏洛特的生日聚会，西奥和夏洛特的毕业典礼。相片中是一个个重要时刻，但也有些可能会被人遗忘的时刻，假如不是被相机捕捉下来的话。不过无论怎样，从出生到大学，一幕幕全都展现在眼前。

刚过去的大约七十二个小时中，瑞秋曾经以为，他们是她的异母弟妹。此时此刻，他们不过是别人的孩子，而她再度成了独生子。

瑞秋觉察到了莫琳的目光，对她露出心碎的微笑。“依我猜，这事你偏偏不能在电话里告诉我，对吧？别说了。我明白，我真的明白。”

瑞秋站起身，莫琳也在自己的椅子上站起身，杰里米快步向瑞秋走去。瑞秋回过了神：他们觉得她可能会晕倒呢。

“我没事。”瑞秋发觉自己正紧盯着天花板，注意到它是铜制的。“我只是真的……”她斟酌着合适的用词。“应该说是难过？”她点点头，自问自答道。“没错。就是难过，也有点累。你知道吗？寻父寻了好久好久。我还是告辞吧。”她说。

“不，”杰里米说。“别走。”

“拜托。”莫琳说，“别走。我们已经收拾好了客房。今天晚上就留下来做客吧，打个盹儿。别走，瑞秋，拜托你了。”

瑞秋睡下了。真是丢脸丢到了家，她原本以为自己绝不可能留下呢。丢脸，因为她深知那两人有多么同情她，深知他们已经尽力对这个话题避而不谈，能拖多久拖多久，因为他们不愿意让瑞秋陷入眼下的境地：无父无母的孤儿。瑞秋合上眼的时候，远处遥遥传来拖拉机的响声，这声音响彻了一个瑞秋无法记起的梦。过了一个半小时，她睁开眼睛，却只觉得更加疲惫。她走到窗前，拉开厚重的窗帘，张望着詹姆斯家的后院和邻家院子。邻家院子里散落着好些儿童玩具，还有短短的硬塑料滑梯，粉黑相间的童车。越过院子是一栋科德角式小屋，带有苍白的石板屋顶；更远处则是片片农田，刚才传来声响的拖拉机便停在农田中。

瑞秋本来以为，自己已经深谙孤独的滋味，可惜她错了。她一度有种错觉，让她自己不至于孤单；一种错信，把一个缥缈无影的父亲供上了神坛。自从三岁起，她就告诉自己，当再度与他重逢时，她便不会再感觉有所缺失。可惜的是，现在她已经再度与他重逢，他却遥不可及，跟那台遥不可及的拖拉机差不了多少。

瑞秋迈步下了楼，詹姆斯夫妇正在楼梯底部的小客厅里等她。瑞秋在门口停下脚步，再次注意到了他们眼中的怜悯。她感觉自己活像个乞讨感情的乞丐，整整一生都在挨家挨户地向彻头彻尾的陌生人行乞。行行好吧，填满她心中的空洞，一次又一次。

“我是个无底洞，填满我吧。”

正在这时，瑞秋迎上了杰里米的目光，脑海中浮现出一个念头：或许她在杰里米眼中望见的并不是怜悯，而是惭愧。

“我明白，我们没有血缘关系。”瑞秋说。

“瑞秋，”莫琳开口道：“进来吧。”

“可是，你抛下我不觉得问心有愧吗？”瑞秋说。

“我并不愿意抛下你。”杰里米伸出双手。“不愿意抛下你，抛下我的瑞秋。”

瑞秋迈步进了屋，站到詹姆斯夫妇摆在沙发后面的椅子背后，他们两人则双双坐在沙发上。

杰里米垂下了手。“不过，一旦她认定我在跟她作对，她就绝不会手软。而在我没有乖乖依从她的白日梦，对孩子爸爸的身份表示出怀疑的第一天，她就已经认定我在跟她作对。”

瑞秋坐了下来。

“你比任何人都了解你母亲，瑞秋，因此我相信你对她的满腔怒火再清楚不过了。只要那怒火找到了目标，只要它知道要烧到哪里，那就什么也拦不住了，反正说真话是拦不住。等到我验了血，我在家里简直就从仇敌沦落成了毒瘤，她就全心全意紧咬着我不放，很……”杰里米在心中搜寻着字眼，“疯狂。要么她会逼着我就范，要么她就会把我赶出去。”

“会把你一笔勾销。”瑞秋说。

杰里米眨眨眼睛。“你说什么？”

“最后那天晚上，她曾经尖叫着对你说，‘我会把你一笔勾销’。”

杰里米和莫琳交换了一下震惊的眼神。

“你居然还记得？”

瑞秋点点头，从三人中间咖啡桌的水罐里给自己倒了杯水。“这是她的原话。假如当时她把你赶出去，杰里米，那我觉得，我们俩的日子都不会难熬到哪里去。可惜当她把你‘一笔勾销’，你就活生生被抹去了痕迹。死者也有名字和墓碑，被‘一笔勾销’的人却从未存在过。”

瑞秋喝了一口水，环视着客厅里的书籍、照片、唱机和黑胶唱片，唱片果然摆在她所料想的位置。她留意到了手工编织的沙发罩、双人沙发上的凹凸、硬木地板上的刮痕、护墙板上的擦痕；留意到了这间屋有点凌乱。“要是能在这里长大，做杰里米和莫琳的孩子，那该有多好啊！”瑞秋心想。她垂下头，闭上了眼睛。黑暗之中，她的眼前浮现出了她的母亲，浮现出孩提时杰里米曾带她去过的那个游乐场，游乐场边低悬着阴云，秋千一片濡湿；浮现出韦斯特布鲁克路上的那栋宅邸——杰里米离开后的次日清晨，那里堆满了湿漉漉的落叶。她的眼前浮现出了另一条人生之路：在那一幕中，杰里米并没有离去；抛开血缘不论，杰里米·詹姆斯在方方面面都扮演着瑞秋父亲的角色。他将瑞秋抚养长大，指点她，担任她中学足球队的教练。在那一幕中，瑞秋的母亲不会不依不饶非要身边所有人都任她摆布，把她那些见鬼的说法供上神坛；与此相反，瑞秋的母亲正是她在著述和教课时所描述的自己——客观、理性、自嘲，能简单、直接、成熟地去爱。

可惜的是，她与杰里米并没有遇到这样的伊丽莎白。他们遇到的是个矛盾重重、咄咄逼人、一团糟的害人精，聪明得不得了，焦虑得不得了，愤怒得不得了，而这一切偏偏深埋在又能干又酷又镇定、金发碧眼的外表之下。

**“我会把你一笔勾销。”**

**你确实把他一笔勾销了，妈妈。在此过程中，你也把我和你自己从我们原本可以拥有的家庭里一笔勾销了，我们原本轻轻松松、快快乐乐就可拥有的家庭啊，只要当初你别自作孽，见鬼，你这可怕的、害死人的毒妇。**

瑞秋抬起头，将发丝从眼前拂开。莫琳递上了一盒纸巾；不知怎的，跟瑞秋预料中分毫不差。这样的周到体贴该怎么形容呢？唔，没错。母性，正是如此。

杰里米已经坐到了瑞秋前面的地板上，双手握着膝盖，抬眼望着她，脸庞闪烁着善良与抱憾的光芒。

“莫琳，”他开口说，“我能跟瑞秋单独说会儿话吗？”

“当然，那是当然。”莫琳想把那盒纸巾放回书橱，接着改了主意，又把它摆到咖啡桌上。她给瑞秋倒上一杯水，有事没事地摆弄着小地毯的一角，接着向两人微微笑了笑，本意是想让他们安安心，可惜凝结成了一抹惊惶的笑容。她离开了房间。

“你两岁的时候，”杰里米说，“你妈妈跟我只要一碰头就几乎每分钟都在闹。你知道每天都跟某人闹是什么滋味吗？跟某个口口声声说自己反感争斗，但实际上缺了争斗根本活不下去的人？”

瑞秋朝杰里米歪歪头。“你真要问我这个问题吗？”

杰里米笑了，笑容稍纵即逝。“那会把人折磨得不成人样，你会感觉到自己正向死亡逼近。跟你妈妈一起生活（不管怎么说，从她把我认定为假想敌的那一刻起），就像活在永无止境的战争之中。有一天，下班后我走上车道，吐了。朝着我们家冰雪覆盖的草坪呕吐。在那一刻，事情并没有什么异样，但我心知，只要踏进家门，她必定会找个理由找碴儿，什么理由都有可能：我的语气啦，当天我挑的领带啦，三周前我说的某些话啦，别人讲了我的闲话啦，她的某种感受啦，或者她仿佛天意般悟到了我身上有些不对劲的地方，或者她做了一个梦表明我身上有些不对劲的地方……”杰里米摇摇头，倒吸了一口气，好像有些吃惊自己的记忆竟如此清晰，即使已经事隔快三十年了。

“那你为什么还待在家里不肯走？”

杰里米屈膝蹲到瑞秋的身前。他拉起她的手，贴上嘴唇，呼吸着它的气味。“你，”他说。“为了你，我本来会留下来，每晚在车道上呕吐，得上溃疡、早期心脏病和其他各式各样的病，如果这意味着我可以把你抚养长大的话。”

他放开了瑞秋的手，坐到她面前的咖啡桌上。

“但是。”瑞秋好歹挤出了一句。

“但是，”杰里米说，“你妈妈对此心知肚明。她明白，从法律意义上讲，我不是你的父亲，但她深知我会留在你的身边，不管她乐意与否。因此有天晚上，我跟她最后一次做爱的那晚，我一觉醒过来，她却不见了，我记得很清楚。我奔到你的卧室，你倒是在那儿，正睡着呢。我走遍了整间屋，找不到留言，也找不到伊丽莎白。当时还没有手机，我跟她也没有交到任何可以打个电话的朋友。”

“当时你到那儿已经两年了，你们没有朋友吗？”

他点点头。“两年半吧。”他从咖啡桌边俯下身。“一说到社交，你妈妈必定使坏。当时我没有发觉，毕竟我们不堪重负，又是工作又是怀孕又是照顾宝宝又是……嗯，总之养育孩子的每一步都得投入很多人力。所以直到那天晚上，我甚至不确定自己注意到了我们一家是多么与世隔绝。当时我在伍斯特教书，在圣十字学院。通勤很麻烦，你妈妈又不肯在伍斯特社交，还用说吗？但当我提议跟她的同事、同行之类一起出去的时候，她会说，‘某某私底下仇视女人’或‘某某装腔作势得很’，不然就是重磅爆料，‘某某盯着瑞秋的眼神有点不对劲’。”

“我？”瑞秋问。

杰里米点点头。“我该怎么回答这种话？”

“她也在我的朋友身上使过这招。”瑞秋说。“尽是些明褒实贬的反话，知道吧？詹妮弗挺不错的……对她那么一个没有安全感的人来说。”不然就是“克洛伊原本可以漂亮得不得了，但她为什么偏偏穿那些衣服？她知道那种穿法会招来什么祸害吗？”此时此刻，瑞秋对妈妈的话翻了个白眼，但她能感觉到心中隐隐作痛。伊丽莎白·蔡尔兹当初的话曾让瑞秋汗颜，活生生毁了她多少段友情哪。

杰里米说：“有时候，她还真的会跟别的夫妻或一群同事约好，把什么都准备得妥妥当当了。紧接着，就在最后关头，事情总会泡汤。保姆的车坏了啦，伊丽莎白觉得身体不舒服啦，或者你看上去像生了病……‘不觉得孩子有点发烧吗，JJ？’……不然就是另一对夫妇打电话取消了约会，即使我记不起什么时候听到过电话铃响。总之，借口听上去全都很有道理。可是久而久之，等到再度回想的时候，我才发觉这种事没完没了。不管怎么说，当时我们没有朋友。”

“她失踪的那夜又怎么样了？”

“她是在黎明时分回家的。”杰里米说。“她挨了打。”他垂下眼神，望着地板。“还不只挨了打。肉眼能看见的伤痕都在她的身上，不在脸上，但她被人强暴毒打过。”

“谁？”

杰里米抬起头，迎上瑞秋的目光。“这就是问题所在。不过，她去过警局了，拍了照片，也同意警方为强奸案取证。”他深吸了一口气。“她告诉警方，她不会指认强暴她的人，总之当时不肯。但等到她回家告诉我的时候，她向我保证，如果我不醒悟过来、承认事实的话，她就……”

“等一下，”瑞秋说，“什么‘事实’？”

“她生的是我的骨肉。”

“但明明不是啊。”

“没错。”

“所以……”

“所以，她非要我承认。她说，除非我老老实实说真话，别再撒谎，承认是你的生父，不然我跟她不可能在一起。我说：‘伊丽莎白，我会告诉全世界我是瑞秋的父亲。为了这点，什么文件我都肯签。如果我们离婚，我会付抚养费，直到孩子十八岁。但逼我向你承认，承认我是她的生父，那简直荒谬至极，我绝不会这么做，也不能这么做。对任何人来说，这个要求都太过分了。’”

“那她怎么回答？”瑞秋问道，尽管她已经猜了个八九不离十。

“她问我为什么非要撒谎不可。她问我究竟有什么毛病，竟然想要害她显得活像在这等大事上抽风。她逼着我承认，我就是想害她看上去像是发神经。”杰里米合起双掌，好似在祈祷，声音变得十分轻柔，几近私语。“依我看，她玩的招数在于：她永远不相信我爱她，除非我同意遵守一份不可理喻的合约，而不可理喻的要求正是重点所在。在这件事上，她绝不会通融：要么随我一起疯魔，要么道不同不相为谋。”

“你选择了道不同不相为谋。”

“我选择了真相。”杰里米在咖啡桌上朝后一仰。“选择让自己心智健全。”

瑞秋感觉自己的嘴角泛上了苦涩的微笑。“不太合她的意，对吧？”

“她告诉我，如果我一意孤行，非要过懦夫和谎话精的日子，那我将永远不会再见到你。如果我踏出那所房子，我将永远从你的生活中走开。”

“你离开了。”

“我离开了。”

“从来没有想办法联络过？”瑞秋说。

杰里米摇摇头。“到了最后，那正是她的撒手锏。”他向前俯过身子，将手轻轻地覆上瑞秋的膝盖。“你妈妈告诉我，只要我试图取得联络，她会告诉警方，强暴她的人是我。”

瑞秋竭力消化着杰里米的话。妈妈会大费周章把杰里米·詹姆斯（或其他任何人）从她的生活里赶出去吗？即使对伊丽莎白来说，这也未免太出格了，对不对？但紧接着，瑞秋回想起在自己的童年时代，那些冒犯伊丽莎白的人最终落到了怎样的田地。曾经有位系主任，伊丽莎白一步步煽动教员跟他对着干；有个心理学教授同事的合同没能续约；有个清洁工被炒了鱿鱼；镇上面包店有个雇员也丢了工作。上述所有人，再加上另外几个倒霉蛋，都曾跟伊丽莎白·蔡尔兹作对（不然就是伊丽莎白·蔡尔兹认定他们在跟她作对），而伊丽莎白的报复堪称深谋远虑而又冷血无情。瑞秋心里很清楚：妈妈无时无刻不在运筹帷幄。

“你觉得她是被强暴了吗？”她问杰里米。

杰里米摇摇头。“我认为她先跟我做爱，接着要么买通某人揍了她一顿，要么逼着某人这么做。这件事我已经揣摩了好多年，我觉得这是最有可能的情形。”

“就因为你不肯活在谎言之中，在自己的家里？”

他点点头。“也因为我见到了她有多么疯狂，她可永远不会原谅这种事。”

瑞秋在脑海中反复咀嚼着这些事，一遍又一遍。到了最后，她开口向那个本应是她父亲的人承认道："当我想起她（我想起她的次数实在太多了），有些时候，我说不清她是不是个毒妇。"

杰里米摇摇头。"不。她不是。她只是我见过伤得最深的人。假如有人跟她作对，她会毫不留情地向对方开火，这点我承认。不过，她的心中也埋着挚爱。"

瑞秋笑出了声。"对谁的爱？"

杰里米向她露出忧郁、迷惘的神色。"对你的爱，瑞秋。对你的爱。"

## *Part 5*

# 光色主义[1]

在跟她误认为是生父的男子相遇后，一件意外的事发生了：瑞秋与杰里米·詹姆斯成了朋友。没什么犹豫不决，两人一见如故，不太像六十三岁的男子与二十八岁的女郎，不太像两个实际上并无血缘关系的人，倒更像一对失散已久的兄妹。

伊丽莎白·蔡尔兹去世时，杰里米正跟他的家人待在诺曼底，趁休假期间研究某个长期以来让他情有独钟的课题——光色主义与表现主义之间可能的关联。目前杰里米的学术生涯日落西山，退休的日子也一天更比一天近，他打算写本书，主题是光色主义，一种常被人跟印象派弄混的美国风景画派。他告诉对艺术一窍不通的瑞秋，光色主义脱胎于哈得孙河画派。杰里米相信光色主义与印象派颇有渊源，尽管主流观点认为，这两种流派是于十九世纪零零年代末在大西洋的两侧各自发展起来的（“其实都是些教条”，杰里米奚落道）。

杰里米还告诉瑞秋，有个名叫科勒姆·贾斯珀·怀特斯通的人曾给最

1 “光色主义”为较早的译法，较新译法又有译作“透光风格”。本书循惯例沿用旧译法。——译者注

著名的两位光色主义画家当过学徒，也就是乔治·凯莱布·宾厄姆[1]和阿尔伯特·比尔施塔特[2]。谁知道，一八六三年，此人从其工作地点——西联汇款的办公室带着一大笔钱人间蒸发了。美洲大地上再也没有听到过科勒姆·贾斯珀·怀特斯通的消息，也再也没有见到那笔钱的踪影。不过，诺曼底有位家财万贯的寡妇兼艺术资助人德·方丹夫人，曾在一八六五年夏天的日记中两次提到某个"卡勒姆·怀特斯通"，说他是个来自美国的绅士，为人彬彬有礼，品位高雅，还有笔云遮雾绕的遗产呢。第一次跟瑞秋讲起这段逸事的时候，杰里米的双眸亮得好似正过生日的小孩，男中音也高了好几度。"莫奈和布丹[3]在同一年画了诺曼底海岸。他们每天都开工，就在沿着德·方丹夫人避暑宅邸那条街往下走的地方。"

杰里米认定，上述两位印象派大师与科勒姆·贾斯珀·怀特斯通有了交集，而科勒姆·贾斯珀·怀特斯通正是美国光色主义与法国印象派之间不为人知的纽带。只不过，杰里米必须证明自己的说法。于是，瑞秋帮他做起了研究，心里明白事情多么讽刺：她与她这位"假爸爸"正在四处寻找某个销声匿迹了一百五十年的人，但他们俩联手却也没能找到某个三十多年前成为瑞秋生父的人。

往返波士顿美术馆、波士顿图书馆和波士顿公共图书馆调研的路上，杰里米常常造访瑞秋的公寓。当时，瑞秋已经从《波士顿环球报》跳槽到了电视业，跟六频道的制片人塞巴斯蒂安同居。有时塞巴斯蒂安正好在家，

1 又译乔治·加勒伯·宾汉，或乔治·克勒伯·宾厄姆。——译者注

2 阿尔伯特·比尔施塔特，德裔美国风景画家。——译者注

3 即欧仁·布丹（1824 – 1898），又译为尤金·布丁，法国风景画家。——译者注

便会跟他们两个人共进晚餐或喝上一杯，不过大多数时候，塞巴斯蒂安要不是在工作，就是在他的船上。

“你们真是魅力非凡的一对璧人。”有天晚上，杰里米在瑞秋家说。从杰里米嘴里说出来，“魅力非凡”听上去真是毫无魅力。杰里米已经培养出了一种能力：他会对塞巴斯蒂安左夸右夸，谈起塞巴斯蒂安多么聪慧、帅气、幽默、能干，可惜听到人耳朵里，却偏偏活像他说的是瞎话。

杰里米仔细审视着他们两人在塞巴斯蒂安心爱的船上拍的合影，随后将照片放回壁炉架，心不在焉地向瑞秋抛去讨人喜欢的笑容，仿佛他正想再夸夸他们这对璧人，可惜脑海中一片空白。“他真是成天到晚埋头工作啊。”

“没错。”瑞秋附和道。

“我敢打赌，他希望有朝一日当上电视台的头。”

“他希望有朝一日当上电视网的头。”瑞秋说。

杰里米轻笑一声，端着酒杯走到书架旁，目光落在了瑞秋和伊丽莎白的一张合影上。瑞秋几乎已经忘记那张照片了。塞巴斯蒂安既不喜欢这张照片，也不喜欢它的相框，于是把它塞到了一排书的尽头，笼罩在一本《101 件物品告诉你美国历史》投下的阴影中。杰里米轻轻地拿起合影，又摆正了那本书。瑞秋凝望着他的脸上浮现出恍惚、凄凉的神情。

“那时候你多大？”杰里米问。

“七岁。”瑞秋说。

“所以缺了几颗牙。”

“嗯。塞巴斯蒂安觉得我在那张照片里活像个霍比特人。”

“他的原话吗？”

“他开个玩笑。”

“所以就当他是开玩笑了？”杰里米拿着照片回到沙发旁，坐到瑞秋的身边。

七岁的瑞秋，缺了两颗上门牙、一颗下门牙，在镜头前面没了笑脸。她妈妈可万万容不得这种事。伊丽莎白不知道从哪里弄了套橡胶尖牙，用记号笔涂掉了一颗上牙、两颗下牙。一个下着毛毛细雨的下午，在南哈德利的家中，她让安·玛丽给自己和瑞秋拍了好多合影。在这张照片，也是那天保存下来的唯一一张照片里，瑞秋被妈妈搂在怀中，两人都喜气洋洋地笑着，嘴能咧多开咧多开，要多难看有多难看。

“我已经忘了她有多漂亮了，天哪。”杰里米向瑞秋露出讥讽的笑容。“她看上去跟你男朋友还有点像呢。”

“闭嘴。”瑞秋说。可惜的是，杰里米没有说错。以前怎么从来没有注意到呢？塞巴斯蒂安和伊丽莎白看上去都活脱脱像是雅利安人的完美典范：发色比香草要淡上几分，颧骨跟下颌一样轮廓分明，冷淡的双眸，一张嘴小而薄，莫名地透露出几分神秘。

“我知道几个跟妈妈结婚的男人，”杰里米说，“但这……”

瑞秋用手肘捅了捅他的大肚皮。“够了。”

杰里米哈哈大笑，在她的头上吻了吻，又把照片放回原位。“你还有别的吗？”

“你是说照片？”

他点点头。“我一直没有机会见证你长大。”

瑞秋在壁橱里找到了装照片的鞋盒，把照片一股脑倒在小餐桌上。这样看来，她的人生恰似一幅没头绪的拼贴画，倒也算是实至名归：瑞秋的五岁生日派对，少女时代在海滩度过的某天，高中十一年级的半正式舞会，中学期间身穿足球服的照片，瑞秋跟卡罗琳·福特一起待在地下室里（肯定是在瑞秋十一岁那年照的，因为卡罗琳·福特的老爸就只在瑞秋十一岁那年当过客座教师），一张看上去像是伊丽莎白、安·玛丽和唐·克雷在鸡尾酒会上的合影，瑞秋中学毕业当天与妈妈的合影，伊丽莎白、安·玛丽、安·玛丽的首任丈夫理查德以及贾尔斯·埃利森在威廉斯敦戏剧节上的合影，然后是同一群人出门野餐的合影（在后一张照片中，所有人的头发都稀疏了些，泛白了些），瑞秋摘掉牙套当日的照片，还有两张伊丽莎白跟几个身份不明的朋友在酒吧拍下的合影。相片中的伊丽莎白年纪非常轻，说不定只有二十出头，瑞秋既认不出那群人中任何一个，也认不出他们所在的那个酒吧。

“这些人是谁？”瑞秋问杰里米。

杰里米瞥了瞥。“不知道。”

“看上去像是学术界人士。”瑞秋拿起那张照片和它下面的一张，第二张看上去似乎跟上一张是在一分钟之内拍下的。“她看起来真年轻，我觉得是在她刚到伯克希尔丘陵没多久的时候照的。”

杰里米琢磨着瑞秋右手上那张合影——相中的伊丽莎白是被偷拍的，目光落在吧台后面的酒瓶上。“不，这些人我都不认识，连这家酒吧也没见过。这不是在伯克希尔丘陵照的，至少不是在我去过的任何地方照的。”他挪了挪眼镜，俯身贴了过去。“小马队。”

“什么？”

“瞧。”

瑞秋顺着杰里米手指的方向望去。两张照片的角落里，紧挨着吧台的地方，镶板的走廊入口处（这种走廊通常通向洗手间），墙上挂着面锦旗。相片只照下了锦旗的一半，带有队标的那一半：那是只正中带有深蓝色马蹄铁的白色头盔，也就是印第安纳波利斯小马队的队标。

“她在印第安纳波利斯做什么？”瑞秋说。

“小马队到一九八四年才搬到印第安纳波利斯。在那之前，他们在巴尔的摩。这张应该是她在约翰·霍普金斯大学的时候照的，在你出生之前。”

瑞秋把伊丽莎白没看镜头的那张放回一堆乱七八糟的相片上面，她与杰里米都盯着相中人纷纷望向镜头的那一张。

“我们为什么紧盯着这张照片？”瑞秋终于开口问道。

“你见过你妈妈多愁善感，见过你妈妈怀旧吗？”

“没有。”

“那她为什么保存了这两张照片？”

“问得好。”

相片正中是三名男子、三名女子，包括瑞秋的母亲。众人围在酒吧的一角，把凳子拉到了一起；个个笑容灿烂，双眸闪亮。其中年龄最大的是最左侧一位体格魁伟的男子，看上去四十岁左右，留着络腮胡，身穿格子运动衣，亮蓝色衬衫，解开的衣领下松松地系着宽宽的针织领带。他旁边是个身穿紫色高领毛衫的女子，乌发往后梳成一个髻，极为娇小的鼻子几乎看不见，也几乎没什么下巴。挨着她的是个身材单薄的黑人女子，烫着卷发，身穿白色上衣，上衣的衣领翻到了黑色吊带衫外面，耳朵上夹着根又长又白、但还没有点燃的香烟，左手搁在一位身材纤瘦的黑人男子手臂上。男子身穿棕褐色三件套西服，戴着厚厚的方眼镜，目光诚挚而直率。此人旁边是个身穿白衬衫、打着黑领带的人，外面还罩着件丝绒拉链套衫。他有一头吹过的栗色头发，中分发型，太阳穴周围略显蓬松。碧色双眸透着几分顽皮，或许还有几分色眯眯的神气。他伸出胳膊搂着瑞秋的母亲，不过这群人全都搂着彼此，紧紧地挤在一起。伊丽莎白·蔡尔兹坐在最右侧，身穿衣袂飘飘的细条纹衬衣，最上面三个纽扣没有扣，堂而皇之地露出乳沟——瑞秋这辈子还从未见过母亲如此敞胸露怀呢。待在伯克希尔丘陵的时候，伊丽莎白一直剪短发，这张相片中她的头发却几乎垂到了肩膀，秀发两侧弄得蓬松松的，堪称当时风尚的真实写照。尽管这种发型当时烂了大街，伊丽莎白身上强大的气场却仍让她魅力四射。隔着三十余年的时间，相中的伊丽莎白凝神回望，仿佛照片拍下的那一刻，她便已经心知，有朝一日，她的女儿和某个差点与她结为夫妇的男子会走到今日这一步：他们再次审视着她的面孔，寻觅着蛛丝马迹，想要直达她的灵魂。可惜的是，正如真实的生活，相片中的蛛丝马迹既晦涩，又徒劳。伊丽莎白的笑容在一行六人中显得最美，但在众人之中，却也只有伊丽莎白的眼中没有半点笑意。她确实在微笑，是因为此刻她理应微笑，而不是因为她心里欢喜。这种感觉在另一张照片里显得更加强烈，那张看上去跟第一张拍摄的时间只有几秒钟的出入。

应该是拍完第一张以后，过了片刻再拍下的吧，瑞秋悟到。因为黑人女子指间的烟在第二张相片中亮起了红光。相中的伊丽莎白收起了笑容，她扭头回望着吧台，目光落在收银机右侧的酒瓶上。瑞秋有点惊奇地注意到，那是威士忌酒瓶，而不是她觉得妈妈会感兴趣的伏特加酒瓶。伊丽莎白脸上确实不再挂着微笑，看上去却开心了些，脸上有种专注的神色；假如她的目光不是落在威士忌酒瓶上，瑞秋只怕要认定那是意乱情迷的神色了。伊丽莎白似乎正遐想连篇，正盼着邂逅一场艳遇，跟人双双离开酒吧，或者稍后去见某人呢。

也有可能，伊丽莎白不过是打量着威士忌酒瓶，琢磨着明天的早餐该吃些什么。瑞秋不好意思地意识到：自己正拼命把自己的想法投射到伊丽莎白的身上，真让人受不了，因为她竟然想从毫无价值的照片里掘出宝来。

“真傻。”瑞秋说着去取她和杰里米放在台面上的那瓶酒。

“哪点傻了？”杰里米把两张照片并排摆好。

“我觉得我们恨不得从照片里把他找出来。”

“我们确实想从照片里把他找出来。”

“这是两张有天晚上在酒吧里照的相片，拍这两张照片的时候，她还在念研究生院呢。”瑞秋又给两人满上酒杯，将酒瓶放在她与杰里米之间的桌子上。“仅此而已。”

“我跟你妈妈同居了整整三年。除了你的照片，就再也没有见过别的照片了，一张也没有。到了今天，我才发现了这两张照片，当时居然从头到尾偷偷摸摸藏在哪里，从头到尾瞒着我。为什么？这天晚上的这些照片究竟有什么要紧？依我说，是你生父。”

“说不定只是个让她心动的夜晚呢。”

杰里米扬起了一条眉毛。

“说不定只是她把这两张照片忘光了呢。”

杰里米的眉毛依然高扬。

“好吧，”瑞秋说，“你说吧。”

杰里米伸手指指挨伊丽莎白最近的男子，也就是身穿丝绒套衫、长着蓬松褐发的男子。“这人的眼睛跟你有同样的颜色。”

有道理。跟瑞秋一样，相中人有着碧色的双眸，尽管他的眼睛颜色要鲜艳得多；瑞秋的眼睛颜色很淡，几近于灰色。跟瑞秋一样，相中人也有着一头褐发。他的头颅轮廓跟瑞秋差不了多少，鼻子大小也差不了多少。他的下巴很尖，瑞秋的下巴更方些，但话说回来，伊丽莎白的下巴也有点方，所以，谁说瑞秋不是继承了妈妈的下巴，以及爸爸的眼睛和头发？他留着酷似色情片男星的胡须，是个英俊男子，莫名地透露出一种轻率的气质。伊丽莎白什么时候对轻率的人动过心？杰里米和贾尔斯或许算不上瑞秋见过最有男人味的男子，但他们两个人生性外柔内刚，而且一眼就能看得出聪慧过人。至于穿丝绒衣服的男人，看上去却像正要去主持美少女选美大赛。

“他看起来像伊丽莎白的那杯茶吗？”瑞秋问道。

“我看上去像吗？”杰里米问道。

“你举止庄重，”瑞秋说，“我妈就爱庄重。”

“好吧，总之不是这个人。”杰里米伸手指向那个体格魁伟、身穿难看运动外套的家伙。“也不是这人。”他又往黑人男子一指。“或许是拍照片的人？”

“拍照片的是个女人。”瑞秋示意杰里米：酒吧的镜中映出了一名女子的影像，长着又长又密的褐发，头戴色彩斑斓的针织帽，双手拿着相机。

“噢。”杰里米说。

瑞秋审视着其他被无意中拍摄下来的人物：两位上了年纪的男人、一对坐在酒吧中央的中年夫妇、在收银机旁找零的酒保，还有一个看上去年纪颇轻、身穿黑色皮夹克的家伙，他刚刚踏进前门，定格在镜头中。

“是不是他？”瑞秋问道。

杰里米摆正了眼镜，弓着腰朝照片凑近了些。“看不太清楚。等等，等一等，等等。”他站起身，取来调研时随身携带的帆布背包。他取出一只放大镜镇纸，带到桌边，对准了身穿皮夹克的男人的面孔。那人满脸是惊讶的神色，仿佛不小心闯进了摄影师的镜头，打乱了画面。近看之下，他的肤色似乎更深些，或许是个拉美裔，不然就是印第安人。但不管是拉美裔还是印第安人，都跟瑞秋的种族血统对不上号。

杰里米又将放大镜对准了身穿丝绒衫的男子。此人无疑跟瑞秋有着同样颜色的眼睛。伊丽莎白的原话是怎么说的？“在他的眼中寻找你自己”。瑞秋透过放大镜，凝神紧盯着丝绒衫男子的双眸，直到眼前一片模糊。她掉转目光，又望了回来。

“跟我的眼睛长得像吗？”瑞秋问杰里米。

“同样的颜色。”杰里米说。“轮廓不同，不过你反正继承的是伊丽莎白的骨骼轮廓。要我打几个电话吗？”

“给谁？”

杰里米把镇纸摆到桌上。“我们干脆把步子迈大点吧，把这些人假定为伊丽莎白在约翰·霍普金斯念博士时的同学。如果这条猜得没错，我们或许能查到照片里的所有人。如果猜得不对，我也不过是多打了几个电话给约翰·霍普金斯大学的朋友而已。”

“好的。”

杰里米用手机把两张照片翻拍下来，又瞧了瞧拍得是否清楚，然后把手机放进了衣兜。

走到门边，杰里米扭过头，说道：“你没事吧？”

“没事。怎么这么问？”

“你似乎突然间有点失神。”

瑞秋花了一分钟才挤出话来。“你不是我的生父。”

“确实不是。”

“但我恨不得你是。那样一来，这一切就到头了。再说，我还会有个像你这么酷的人当老爸呢。”

杰里米扶正眼镜——瑞秋明白，这是杰里米感觉别扭时的举动。“我这一辈子，还从来没有听过别人夸我‘酷’呢。”杰里米说。

“所以你才酷嘛。”瑞秋说着，吻了吻他的脸颊。

瑞秋收到了布莱恩·德拉克洛瓦两年来发送的第一封电邮。邮件很短，不过三行而已，盛赞瑞秋两个星期前作的一系列报道，该报道声称马萨诸塞州缓刑部门里有人收回扣，拿赞助。部门主管道格拉斯·奥哈罗伦绰号“道基”，在该部门一手遮天，但目前有了瑞秋及瑞秋在《波士顿环球报》几个老同事的爆料，地区检察官正准备起诉。

“看见你朝他走过去的时候，‘道基’的脸色简直难看到家了”。布莱恩在信中写道。

瑞秋发觉，自己的嘴角浮上了笑容。

“很开心得知关于你的消息，蔡尔兹小姐。”

“彼此彼此。”瑞秋本想这么给布莱恩回信。

但紧接着，她看见了布莱恩在信末的附言：

“又要越过南部边境回新英格兰啦。你对落脚的地方有什么推荐？”

瑞秋立刻上网搜了搜布莱恩。在这之前，她一直刻意忍住不去搜他。谷歌图片只搜出一张布莱恩的照片，有点儿模糊，首发于《多伦多太阳报》二〇〇〇年关于某慈善晚会的报道。但不管怎样，图中正是布莱恩本人，穿着不太搭调的燕尾服，脑袋扭向一侧，图片说明给他安的名头是“木材大少布莱恩·德拉克洛瓦三世”。跟图片一起出炉的报道还声称，布莱恩“低调”“极为注重隐私”，毕业于布朗大学，并持有沃顿商学院的MBA学位。结果后来，手持上述学位，他竟然成了……

马萨诸塞州奇科皮的私家侦探，当了整整一年？

瑞秋记起了那间丁点小的办公室里的布莱恩，忍不住嘴角上扬。一个前途无量的青年才俊，千方百计不走家里人铺好的路，可惜做出的选择又显然让他纠结不已。如此认真，如此诚挚。假如当初她抬脚踏进了别家的办公室门，把自己这一单交给了别的私家侦探，对方定会被布莱恩不幸言中，照他当年预言的那么做——把瑞秋榨干。

布莱恩却没有走这条路。

瑞秋审视着布莱恩的人像照，想象着他就住在一两个街区之外。

“我在跟塞巴斯蒂安交往呢。”她大声说出了口。

“我爱塞巴斯蒂安。”

她合上了笔记本电脑。

她告诉自己，明天她会回复布莱恩的电邮，但她始终没有回。

过了两个星期，杰里米·詹姆斯打来电话，先问瑞秋是否已经坐稳了。答案本来应该是“没有”，不过瑞秋将身子倚上了墙壁，告诉杰里米，自己已经坐稳了。

“照片里几乎所有人都算是对上号了吧。那对黑人情侣依然在一起，都在圣路易斯的私人诊所里工作。另一个女人一九九零年过世了。大个子男人是个教职人员，也在几年前离开了人世。身穿丝绒套衫的男子名叫查尔斯·奥萨瑞斯，是个在瓦胡岛执业的临床心理学家。”

“夏威夷。”瑞秋说。

“如果他是你的生父，”杰里米说，“那你恐怕有个好地方可以去逛逛喽。到时候可得邀请我去哦。”

“那是当然。”

整整三天后，瑞秋才给查尔斯·奥萨瑞斯打去了电话。原因并非紧张，并非恐惧，而是绝望。瑞秋心知，对方并不是她的生父；在心底深处，在骨子里，她深知这个事实。

然而，在心底深处，她又有点盼望他是。

查尔斯·奥萨瑞斯证实道，在约翰·霍普金斯大学念临床心理学博士时，他跟伊丽莎白·蔡尔兹是同学。他记得有几个夜晚，他们曾结伴去过巴尔的摩东部的“米洛”酒吧，而且酒吧右侧的墙上确实挂着一面巴尔的摩小马队的锦旗。听到伊丽莎白过世的消息，他感觉很遗憾；在他看来，伊丽莎白是个有趣的女子。

“有人告诉我，你们俩曾经交往过。”瑞秋说。

“究竟是谁跟你瞎扯这种鬼话？”查尔斯·奥萨瑞斯的声音又像是咆哮，又像是发笑。“我从上世纪七十年代起就出柜了，蔡尔兹小姐。我也从来没有弄错过自己的性向——曾经有点晕头，没错，不过从来不曾有过错觉。从来没有约会过女人，甚至从来没有跟女人接过吻。”

“很显然，我听了别人的瞎话。”瑞秋说。

“还用说吗。你为什么会问我是不是跟你妈妈约会过？”

于是，瑞秋交了底，告诉对方，她正在寻找自己的生父。

“她一直没有把你生父的身份告诉你？”

“没有。”

“为什么？”

瑞秋开口回答说——尽管随着时光流逝，这种说法显得越来越荒谬：“不知道为什么，她认为她是在保护我。她把护着某个秘密和护着我弄混了吧。”

“我所认识的伊丽莎白绝不会在任何事上犯糊涂。”

“那为什么死守着这等大事不松口？”瑞秋问道。

查尔斯开口答话的时候，语调染上了淡淡的哀伤。“我跟你妈妈相处了两年，当时我算是方圆十里唯一一个没有想尽办法跟她上床的人，所以我可能算对她知根知底。她对我放心嘛。可是，蔡尔兹小姐，我其实半点也不了解她。她不对任何人敞开心扉。她喜欢过秘密生活，因为她喜欢秘密；

秘密是种权力，秘密胜过性爱。我从心底里相信，秘密正是你妈妈的特选兴奋剂。”

跟查尔斯·奥萨瑞斯聊过以后，瑞秋在一个星期之内遭遇了三次恐慌发作：在六频道的员工洗手间里犯了一次；在查尔斯河边的长凳上犯了一次（那本该是瑞秋晨跑的时间）；有天晚上，塞巴斯蒂安堕入梦乡后，还在淋浴间里犯了一次。瑞秋既瞒着塞巴斯蒂安，也瞒着同事。恐慌发作时能有多么自控，瑞秋感觉自己就有多么自控；她能一遍又一遍地提醒自己，她并非心脏病发作，她的喉咙并非堵得死死的，她还可以呼吸。

不过，她倒是越来越不愿意出门了。几个星期以来，只有心里那股不服输的劲头，再加上逼着自己，才能每天清晨把瑞秋一步步逼出门。到了周末，她会整天待在家。前三个周末，塞巴斯蒂安以为是瑞秋的“筑巢本能”作祟；到了第四个周末，他就炸了毛。当时，城里几乎所有派对都会邀请他们这一对，不管是各种盛会，慈善活动，还是任何以“混圈子”为借口觥筹交错的场合。他们已经成了重磅情侣档，动不动就上八卦爆料。瑞秋万般不情愿地意识到，这份风光让自己颇为心喜。回想起来，她悟到了一件事：即使无父无母，至少，这个城市还有一群同道中人向她敞开了怀抱。

于是，瑞秋又回到了聚光灯下。她跟人握手，行吻面礼，举杯畅饮，吸引着市长、州长、法官、亿万富豪、喜剧演员、作家、参议员、银行家、大学校长，或者红袜队[1]、爱国者队、棕熊队、凯尔特人队球员及教练的眼球。她在六频道像乘了火箭般步步高升，短短十六个月中，便一路从自由记者历经教育报道、犯罪报道，最后升至综合报道。六频道把瑞秋的面孔跟晚间新闻主播谢尔比和格兰特一起印上了广告牌，还在一条推介该台新版标识的广告里对她大吹特吹。当瑞秋与塞巴斯蒂安决定结为夫妇时，感觉仿佛两人戴上了返校节国王与王后的皇冠，整个城市都在为他们的结合欢呼雀跃，纷纷向他们道贺。

送出婚礼请柬一个星期之后，瑞秋偶遇了布莱恩·德拉克洛瓦。当时，瑞秋刚刚在州议会大厦就预算不足事宜采访了两位众议员，同事们去了采访车，瑞秋却决定走回地铁站。她刚来到灯塔街的另一侧，布莱恩便走出了波士顿图书馆，身旁是个身材矮小、年纪较大的男子，姜黄色的头发、姜黄色的胡须。瑞秋浑身一震，顿觉有些困惑，却又似曾相识——通常来说，只有她在街上从名人身边经过的时候，才会有这种感受："我认识你吧。不过，其实我并不认识。"当布莱恩的眼神迎上瑞秋的目光，他与同伴都在离瑞秋大约十到十二米的地方。猛然认出瑞秋之后，布莱恩的眼中掠过了一丝瑞秋难以描绘的神情——是恼火？是惧意？或者两者都不是？——紧接着，那种神色稍纵即逝，取而代之的是另一种表情；等到日后回想起来，瑞秋只能称之为"狂喜"。

"瑞秋·蔡尔兹！"布莱恩迈出了一大步，一步就迈到了瑞秋的身旁。"多少年没见啦……九年了吧？"

1 即"波士顿红袜"，美国职棒大联盟棒球队队名。——译者注他的手比瑞秋料想中握得更紧，有点太紧了。

“八年。”瑞秋说，“你是什么时候……”

“这位是杰克。”布莱恩说。他闪身站到一旁，好给身材矮小的男子腾出位置，于是在灯塔山顶的人行道上，他们三个人一起伫立着，正值午休时间的人群从他们的身旁穿梭而过。

“杰克·埃亨。”那人握了握瑞秋的手。他的手握得远不如布莱恩紧。

杰克·埃亨身上流露出强烈的老派气质。他的衬衫有着带银袖扣的翻边袖口，从定制西装的袖子下探了出来。戴着领结，胡须修得一丝不苟，双手干燥，皮肤细腻。瑞秋猜，这个人恐怕还有支烟斗，对古典音乐和干邑白兰地比大多数人都更为精通。

杰克·埃亨开口说：“两位是老朋友吧，你跟……？”

布莱恩插了句嘴。“说是‘老朋友’可能有点过了。我们是在十年前认识的，杰克。瑞秋是这里六频道的记者，出类拔萃。”

杰克冲瑞秋礼貌地点点头，几乎算得上有几分尊敬。“你喜欢这份工作吗？”

“大多数时候吧。”瑞秋说，“您从事的又是哪行呢？”

“杰克从事文物行业，”布莱恩赶紧说，“他是从曼哈顿过来的。”

杰克·埃亨微微笑道：“算是途经日内瓦吧。”

“我不太明白这话什么意思。”瑞秋说。

“唔，我在曼哈顿和日内瓦住，不过，我还是觉得家在日内瓦。”

“不是很厉害吗？”布莱恩说——尽管其实并没有什么厉害之处。布莱恩瞥了瞥手表。“得走了，杰克，预订的时间是十二点十五分。瑞秋，很高兴见到你。”他俯过身子，作势在她的脸颊旁行了个吻面礼。“我听说你要结婚了，真心为你高兴。”

“恭喜。”杰克·埃亨彬彬有礼地鞠了一躬，再次拉起瑞秋的手。“祝您与新郎百年好合。”

“保重，瑞秋。”布莱恩已经迈开了脚步，笑容有些疏离，双眸亮得过分。“很高兴见到你。”

他们迈步向公园街走去，向左转了个弯，从视野中消失了踪影。

瑞秋伫立在人行道上，兀自回味着刚才的邂逅。与二零零一年时相比，布莱恩·德拉克洛瓦圆润了些，倒是很衬他。当初的布莱恩太过清瘦，脖子跟头比起来显得太细，颧骨和下颌的轮廓不够分明；至于眼下，他的五官却犹如刀刻。布莱恩已经到了褪去稚气的年龄，到了开始酷似父亲的年龄——三十五岁吧，瑞秋觉得。他的衣着讲究了许多，比起二零零一年的他远不止俊朗了一倍，而二零零一年的布莱恩已然算得上英俊过人了。总之，就仪表来说，布莱恩是更上了一层楼。

但在客套寒暄的背后，瑞秋却隐隐感觉，布莱恩有几分心烦意乱，有几分焦灼。那是向你兜售分时度假屋的推销人员身上流露出的气质。瑞秋之前已经上网查到，目前，布莱恩在主管“德拉克洛瓦木业”的国际销售与收购业务。想到近十年的推销经历把布莱恩变成了看似非常热情、却作势行个吻面礼的花架子，瑞秋不禁有些难过。

瑞秋想象着此刻正在六频道工作的塞巴斯蒂安。说不定，他正倚在椅子上，边剪片子，边啃铅笔呢。塞巴斯蒂安，利落的剪片之王。其实吧，塞巴斯蒂安身上又有哪点不利落？利落，整洁，井井有条。瑞秋想象不出塞巴斯蒂安去做推销的一幕，正如她想象不出塞巴斯蒂安耕田种地。在那一刻，瑞秋意识到：塞巴斯蒂安对她富有吸引力，是因为塞巴斯蒂安身上没有一丝一毫绝望、黏人的DNA。

“布莱恩·德拉克洛瓦。生活把你变成了又一个推销员，真可惜。”瑞秋心想。

杰里米领着瑞秋迈下了圣约堂的红毯。她的面纱掀开时，杰里米的眼中泛着泪光。杰里米、莫琳、西奥和夏洛特一个不缺，全都出席了在“四季”酒店举办的婚宴。瑞秋只跟他们碰面过几次，但正如跟杰里米相处一向很自如，跟莫琳、西奥和夏洛特相处也总有几分尴尬。

第一次见面的时候，莫琳似乎打心底里高兴瑞秋找到了他们，但在此之后，每见一次面，莫琳就会变得更疏离一些，仿佛当初她欢迎瑞秋，只不过是因为她没想过瑞秋会从此阴魂不散。莫琳绝不无礼，也不冷淡，她只是不投入。她对瑞秋微笑，夸赞瑞秋的美貌，夸赞瑞秋的衣品，问起瑞秋的工作，问起塞巴斯蒂安，每次都不忘提到杰里米多么开心跟瑞秋重聚。可惜，她的目光不肯落到瑞秋的身上，她的声调有些做作，恰似女演员非常努力地背着台词，以至于浑然忘记了台词的含义。

至于差点成了瑞秋异母弟妹的西奥和夏洛特，对待瑞秋的态度则既有几分尊重，又有几分偷偷摸摸的惊惶。但凡聊天的时候，他们总急着收场，垂着脑袋一个劲地点头，从来没有向瑞秋开口问过任何私人问题，好像只要开口发问，就会让瑞秋成了有血有肉的真人。相反，他们似乎不得不将瑞秋当成某个从云雾中走出来的角色，正朝着他家的前门迈开无法阻挡的步伐，但却始终没有抵达。

婚宴开始了大约一个小时，莫琳、西奥和夏洛特便纷纷告辞。站到离出口五步远的地方，他们只觉得如释重负，一时间飘飘然起来。只有杰里米对大家突然告辞颇为吃惊（莫琳和夏洛特都担心自己得了夏季感冒，再说了，回家还要开车开好长一段路）。杰里米握住瑞秋的手，劝她在蜜月期间别忘了光色主义艺术家，别忘了科勒姆·贾斯珀·怀特斯通；等到度完蜜月回来，可还有活要干呢。

“还用说吗，我当然会忘光光。”瑞秋说，杰里米哈哈大笑。

杰里米家其他人都慢吞吞地走到泊车站等车。

杰里米扶正眼镜，摆弄着大肚皮上皱巴巴的衬衣。在瑞秋身边，他向来为自己体重超标很难为情。他朝瑞秋露出忐忑的微笑。“我明白，你原本希望你真正的生父领你走红毯，不过……”

瑞秋伸手攥住了他的双肩。“不，不。很荣幸让你领我走红毯。”

“……可是，可是……”杰里米冲着瑞秋背后的墙壁露出踌躇的微笑，随后目光又落回她的身上，声音变得沉了些、响了些。“对我来说，能领你走红毯，意义十分深重。”

“我也是。”瑞秋低声说。

她把前额贴上杰里米的肩头。杰里米伸出手，搁上她的后颈。在那一刻，瑞秋只觉得自己不再有所缺失，到了她从未料到的程度。

度完蜜月以后，瑞秋和杰里米却发觉：碰头变成了一桩难事。莫琳不太舒服，据杰里米猜，没什么大不了，不过是年纪大了。但她需要他陪在身边，而不是溜到波士顿逍遥，到波士顿公共图书馆和波士顿图书馆的阅览室里消磨夏日时光。两个人好不容易挤出时间在新伦敦吃了顿午餐，杰里米看上去有些疲惫，脸色发青，显得形销骨立。他向瑞秋交了底：莫琳身体很不好。两年前，她查出乳腺癌，做了双乳切除术，可是，最近几次扫描检查的结果却并不确定。

“什么意思？”瑞秋伸手到桌子的另一头，握住了杰里米的手。

“意思是，”杰里米说，“她的癌症有可能复发了。下个星期，院方会多做些测试。”他一而再再而三地扶正眼镜，目光越过眼镜落在瑞秋的身上，脸上带着笑容，表明他正要换个话题。“新婚夫妇又怎么样呢？”

“正买房子呢。”瑞秋脆生生地说。

“在城里吗？”

她摇摇头，还没有回过神来。“在波士顿以南大约三十英里的地方。得先翻修一下，所以我们不会马上住进去。不过，要是我们有了孩子，那是个不错的小镇，学校系统也不错。那儿离塞巴斯蒂安长大的地方也不远，他还把船放在那儿呢。”

“他可爱死那艘船了。”

“嘿，他也爱我。”

“我可没说他不爱你。”杰里米冲瑞秋苦笑。“我只说，他爱死了那艘船。”

四天后，在学院办公室里，杰里米中风发作。他怀疑是中风，但他不敢百分百确定，于是开车去了最近的医院。他把车开上了路缘石，踉跄着进了医院，自己走到了急诊室，但紧接着就在候诊室里第二次中风发作。

当杰里米一把攥住最先赶到的护理员的白大褂翻领，护理员吓了一跳：杰里米那双当教授的软绵绵的手，居然有这么大的劲。

对护理员和其他任何人来说，杰里米嘴里一直叨念的最后几句话简直是一派胡言。当时杰里米猛地将护理员的面孔朝自己的面孔拽过去，睁圆了眼睛。

“瑞秋，”他嗫嚅道，“在镜子里。”

## *Part 6*

# 别 离

杰里米入院的第三个晚上，莫琳把护理员的话告诉了瑞秋。

“瑞秋在镜子里？”瑞秋重复道。

“阿米尔是这么说的。”莫琳点点头。“你看上去很疲倦啊，应该好好休息一下。”

瑞秋必须在一个小时之内赶回去工作，迟到是免不了的了。又迟到了一次。“我没事。”她说。

病床上的杰里米瞪眼望着天花板，张着嘴，双眼茫然无神。

“开车过来肯定很辛苦。”夏洛特说。

“还好啦。”瑞秋坐在窗台上，因为屋里只有三把椅子，通通都被杰里米家人坐了。

“医生说，他这种状态可能会持续好几个月，”西奥说，“说不定更久。”

夏洛特和莫琳啜泣了起来。西奥走到她们身旁，三人哀伤地拥在一块儿。有那么几分钟，瑞秋只看见他们三人的后背抖个不停。

一个星期后，杰里米被转到了一家神经治疗机构，渐渐恢复了部分运动能力和最基本的语言能力，比如“是”“不”“洗手间”。杰里米望着妻子，好像她是他的母亲；望着儿子女儿，好像他们是他的祖父母；望着瑞秋，好像他正绞尽脑汁回想着她是谁。大家试着读书给他听，在 iPad 上给他翻阅他最爱的画作，放他心爱的舒伯特听。可惜，没有一样奏效。杰里米要吃，要人哄，还想要全身上下不那么痛。他以婴儿般的自恋和惊恐面对着这个世界。

杰里米的家人明确对瑞秋表示，只要乐意，她就可以去探访（他们一家太客气了，实在不好意思开口拒绝）。但他们全家难得跟瑞秋搭话，每当她不得不告辞的时候，大家显然松了一口气。

至于瑞秋家中，塞巴斯蒂安却越来越窝火。塞巴斯蒂安会说，瑞秋跟杰里米压根儿不熟嘛，她是在为并不存在的情感纽带大惊小怪。

“你得放手了。”塞巴斯蒂安说。

“不，”瑞秋答道，“该放手的人是你。”

塞巴斯蒂安举起手，作势道歉，又闭了片刻眼睛，示意瑞秋他无心吵架。等到再睁开眼睛的时候，他的声调变得温柔了些，一副哄瑞秋的口吻。“你知道有人正考虑提拔你进‘大六’吗？”

“大六”是他们对纽约的全国性广播电视的称呼。

“我不知道。”瑞秋竭力不让自己喜形于色。

“正在栽培你呢，现在可不是松劲的时候。”

“我没松劲。”

“因为他们会拿些重磅大料来考你，全国性的重磅。”

“比如说？”

“飓风啦、大屠杀啦，我可说不好。或者名人之死。”

“乌比离世之后，我们将何以为继？”瑞秋大声发问。

“确实很难熬，”塞巴斯蒂安附和道，“但她必定希望我们鼓起勇气。”

瑞秋咯咯地笑了，塞巴斯蒂安在沙发上偎依到她的身旁。

他吻吻她的脖子。“我们就是这样，宝贝，你和我。秤不离砣，夫唱妇随。我去哪，你就去哪。你去哪，我就去哪。”

“我知道。我明白。”

“我觉得，住曼哈顿很酷。”

“哪个街区呢？”瑞秋问。

“上西区。”塞巴斯蒂安说。

“哈莱姆。”就在同一刻，瑞秋也说道。

两个人都一笑置之，因为当婚姻中像照搬教科书一样出现了重大的分歧，“一笑置之”貌似正是人们的做派。

秋季时分，杰里米·詹姆斯的病情有了明显的好转。他记起了瑞秋是谁，尽管他记不起自己曾经向护理员交代过些什么。与其说他对瑞秋依依不舍，不如说他并不反对瑞秋待在他的身边。关于光色主义运动和科勒姆·贾斯珀·怀特斯通的林林总总，他也记起了个大概，可惜他搞不清年代，记得的东西东一团西一团的，结果在杰里米的记忆中，怀特斯通于一八六三年人间蒸发的事也就比他自己一九七七年首次去诺曼底要早一点点。杰里米认为瑞秋比夏洛特年纪小，有时候还死活不明白西奥为什么能从高中请这么长时间的假来探望他。

“西奥本来就不是个专心的人，”杰里米告诉瑞秋，“我不希望我的病让他更分心。”

等到十一月，杰里米搬回了戈勒姆巷的住宅，交给临终护理护士照顾。他的身体越来越强壮，口齿越来越清晰，思维却依然一团糟。“我的脑子不太清楚。”有一次，杰里米说。当时莫琳与瑞秋都在场，他向两人露出迟疑的微笑。“感觉像是我在一座堂皇的图书馆，可惜里面的书全都没有书名。”

二零零九年十二月下旬，杰里米被瑞秋抓包了两次：瑞秋发觉，自己去探望杰里米还不到十分钟，他就已经在看表了。怪不到人家杰里米身上。既然聊不了两人都爱的侦探推理故事（杰里米的故事是证明科勒姆·贾斯珀·怀特斯通与克劳德·莫奈有所交集，瑞秋的故事是寻找她的生父，他们俩还有个共同的故事——解读伊丽莎白·蔡尔兹），瑞秋和杰里米实在没什么可聊。他们既没有共同的抱负，也没有共同的经历。

瑞秋答应，会跟杰里米保持联络。

出了杰里米家，瑞秋沿着石板小道走向汽车，再次感觉自己失去了杰里米，也再次一如既往地疑心：人生便是一次次别离，正如她已行过的人生路。各色人物粉墨登场，有几个比别人多流连片刻，最终却都曲终人散。

来到汽车旁边，瑞秋回头遥望杰里米的家。**“你是我的朋友，”**她想，**“你曾是我的朋友。”**

两周后的一月十二日，一场七级大地震于下午五点钟席卷了海地。

塞巴斯蒂安确有先见之明，瑞秋果然被“大六”派去报道这则新闻。刚开始的几天，她待在太子港，跟摄制组一起拍摄了空投食物和物资的场面；大多数日子里，这些空投都以骚乱告终。他们摄下了总医院停车场里堆积如山的尸体，摄下了城里各个街角雨后春笋般冒出来的临时火葬场——燃烧的尸体仿佛祭品，滚滚黑烟中充斥着硫黄，尸体化作青烟，而那烟雾跟各处四散的烟雾一样不起眼，无论是还没熄灭的房屋冒出的烟，还是尚未燃尽的输气管道冒出的烟。瑞秋从一座座帐篷、一个个医疗救助站里进行报道。在曾经是购物胜地的地方，她与摄影师葛丽塔·基尔伯恩拍下了警察向趁火打劫的歹徒开火，拍下了一个瘦骨嶙峋的年轻男子躺在灰烬与瓦砾之中，有只脚从脚踝处被炸断了，正要去偷儿罐偏偏就是够不着的食物。

地震过后的这段日子，太子港唯一比疾病和饥饿更加屡见不鲜的，便是记者团。没过多久，瑞秋和葛丽塔就决定奔赴震中——滨海城镇莱奥甘去挖掘新料。莱奥甘位于太子港以南仅仅四十公里处，但她们花了整整两天才到达目的地。还在距离莱奥甘三小时行程的地方，两个人已经可以闻见死尸的味道。这里既没有残留的城市基础设施，没有援助，没有政府救灾，也没有向歹徒开枪的警察，因为莱奥甘压根儿就没有警察。

当瑞秋把莱奥甘与地狱相提并论的时候，葛丽塔表示不同意。

“地狱还有管事的呢。”葛丽塔说。

抵达莱奥甘的第二天晚上，在一个用床单搭起来的临建棚营地中（屋顶是床单搭成的，墙壁也是床单搭成的），瑞秋、葛丽塔、一位前修女和一位差点当上了护士的男子，不停地把四个年轻姑娘从一个帐篷藏到另一个帐篷。六个意图不轨的家伙把营地搜了个遍，寻找着姑娘们的下落，个个手持刀子和农夫常用的曲刃钩刀。有人向瑞秋保证，地震之前，这群男人中有一半都有着体面的工作。其中领头的人——约书亚·达瑟鲁斯，来自地震灾区东边不远处的乡村。作为可罗斯德布凯一家高粱小农场的第九继承人，当地面下沉的时候，他恨上了这个世界，因为他永远也无法继承农场了。约书亚·达瑟鲁斯的仪表看似电影明星，举止看似摇滚明星。他常常身穿绿白相间的足球 Polo 衫，搭配褐色工装裤，挽起袖口；左腰别着把“沙漠之鹰”点四五自动手枪，右腰佩着把钩刀，装在破旧的皮鞘里。他向大家保证，钩刀是他自己用来防身的；至于那把点四五手枪，则是用来保护大家的，他边说边向大家挤挤眼睛。毕竟到处有不法之徒出没，到处有人为非作歹，还是自求多福吧。

百分之八十的莱奥甘被地震夷为了平地。法律与秩序已经成为回忆。据传闻，有人曾经见到英国与冰岛搜救队在莱奥甘出没；瑞秋也已经证实，当天早些时候，有一艘加拿大驱逐舰已经停靠了港口，日本与阿根廷医生也正陆续进入市中心残骸。但到目前为止，她们还没有见到任何救援人员的影子。

当天早上和下午，瑞秋一直在帮罗纳德·瑞沃鲁斯，罗纳德在地震前差点就当上护士了。他们把营地里三个受了重伤的伤员送到了东边三英里外斯里兰卡维和部队的医疗站。正是在这家医疗站，瑞秋跟一名翻译搭上了话，翻译声称，医疗站会尽快向瑞秋他们提供支援。但愿不用等到次日晚上，最多也就等两天吧。

瑞秋与葛丽塔回到营地的时候，那四个姑娘已经来了。约书亚手下那帮心痒痒的男人立刻注意到了她们。只不过给姑娘们取个水、验个伤的工夫，色眯眯的神情就从一个男人眼中传到了一群人的眼中。

当天晚上，瑞秋与葛丽塔没有当成合格的新闻记者：她们原本应该乖乖地去报道新闻，结果却把自己搅和了进去，跟着前修女和罗纳德·瑞沃鲁斯一起满营地找地方藏那四个姑娘，几乎每过一小时就要给姑娘们换个地方藏身。

曙光也没有拦住那群男人。在他们看来，在他们的大多数同伙看来，强暴没什么好丢脸的。最近一段日子，死亡随处可见，但也只有当地人的死值得伤心，甚至只有家人之死值得伤心。他们彻夜不停地喝着酒，彻夜搜寻着四个姑娘，到黎明也没有收手，只能指望他们迟早不得不去睡一觉了。到了最后，那天早晨恰好有辆联合国卡车“轰隆隆”驶进了营地，还带来了推土机，准备到山脚下倒塌的教堂里收尸，于是，四个姑娘中有两个算是逃出了生天。

其余两名女孩却再也不见了踪影。她们来到营地才几个小时，两个人都刚刚失去了双亲，刚刚成了无家可归的孤儿。埃丝特穿着褪色的红T恤、牛仔短裤。穿着淡黄色裙子的是维德莉拉，但大家都把她叫作“维蒂”。埃丝特板着个脸，几乎默不作声，很少跟人对视，不过倒也颇有几分道理；没道理的是维蒂如此开朗，有着春风般拂过人心田的微笑。瑞秋只跟姑娘们相处了一个晚上，大多数时间都跟维蒂待在一块儿。维蒂，身穿黄色连衣裙的维蒂，有着宽广的心胸，爱哼没人听得懂的歌。

谁知道，她们竟人间蒸发了，踪迹全无。不仅不见了人影，简直活像从未出现过。太阳升起后一小时，当问起两个姑娘的下落时，她们的两个同伴哑口无言。不到三个小时，除了瑞秋、葛丽塔、前修女薇罗尼卡和罗纳德·瑞沃鲁斯，营地里再没有人声称见过她们俩。到了次日黄昏，薇罗尼卡也改了口，罗纳德·瑞沃鲁斯则开始疑心是不是自己记错了。

当天晚上九点钟，瑞秋在不经意间迎上了某个意图不轨的家伙的目光——保罗，一所高中的科学老师。此人无时无刻不显得彬彬有礼，当时正坐在他的帐篷外面，用生锈的指甲钳剪指甲。到了那个时候，营地里已经传闻四起，声称假如那些姑娘曾在营地里露过面（“根本没这回事，说姑娘们露过面的全是在瞎扯”），到那些“从没露过面”的姑娘们人间蒸发的时候（或许人家根本没有人间蒸发），那夜在营地里闲荡喝酒的六个男人中已经有三个倒头去睡觉了。据此可见，假如这些姑娘遭到了强暴（“根本没这回事；怎么可能呢，谁也没有见过这些姑娘嘛”），保罗只怕脱不了干系。不过，假如那些姑娘被人杀了（“根本没这回事；怎么可能呢，谁也没有见过这些姑娘嘛”），出事时保罗正在呼呼大睡。保罗老师，他犯的只是强奸这一宗。但不管怎么说，假如姑娘们的命运让他心有不安的话，保罗的脸上还真是不动声色。他直视着瑞秋的眼睛，用拇指和食指作势比出枪的形状，对准瑞秋的下身，又把手指放进嘴里吮了吮，不作声地哈哈大笑起来。

接着，他站起身来，走到瑞秋身旁，伫立在她面前，寻找着她的目光。

他劝瑞秋离开营地，十分礼貌、近乎谄媚地。

“你满嘴瞎话，”他温柔地解释道，“让大家心里发慌。大家没有告诉你，因为我们是讲理的人。只不过，你的谎话让所有人都很不爽。今天晚上……”他说着举起手指，“大家不会表示出他们有多不爽。今天晚上……”他依然高举着那根手指，“大家也有可能不会对你和你的朋友下手。”

过了二十分钟，瑞秋和葛丽塔离开了营地，搭上了唯一的一趟车——斯里兰卡人的车。到了救灾中心，瑞秋恳求斯里兰卡人和从驱逐舰上岸的加拿大维和部队帮帮手。

没有人理解瑞秋的焦心。两个姑娘失踪了？在莱奥甘？据最新统计，失踪的人数已经达到数千人，而且失踪数只会往上涨。

“她们不是失踪，”有个加拿大人对瑞秋说。“她们死了。你心里明白。很遗憾，但也只能这样。哪有人有时间有资源去找两具尸体啊？”他放眼环顾着帐篷，目光扫过他的同伴和几个斯里兰卡人。众人纷纷点头附和。“不管怎么样，我们反正是没有。”

第二天，瑞秋和葛丽塔赶去了雅克梅勒。过了三个星期，她们回到了太子港。到了那时，每到一觉醒来，瑞秋便会灌下从黑市买来的四颗抗焦虑药和一杯朗姆酒。至于葛丽塔，只怕又已经磕上了海洛因——到达莱奥甘的头一个晚上，葛丽塔就告诉瑞秋，她有这种癖好。

她们终于收到消息，返程的时候到了。瑞秋提出了异议，派瑞秋做报道的编辑却在 Skype（一种即时通信软件）上跟她交了底：她的报道已经变得又臭又长，还流露出令人遗憾的绝望气质。

“我们的观众需要希望。”编辑说。

“海地人还需要水呢。”瑞秋说。

“她又来这种论调了。”编辑对画面外的人说道。

“再缓几个星期吧。”

“瑞秋”，编辑说，“瑞秋。你看上去糟透了。我说的不只是你的发型。你简直瘦成了柴火杆。我们要收队了。”

“连个在乎的人也没有。”瑞秋说。

“我们曾经很在乎啊。”编辑尖刻地说。“见鬼，美国给那个岛拱手送上的可不止十五亿美金呢，我们电视网成天在报道海地，你还想要什么？”

瑞秋那被抗焦虑药弄乱的脑子里，一个词浮出了水面：“上帝。”

**“我想要神通广大的上帝——那个在电视布道者口中让龙卷风改辙易途的上帝；那个在信徒身上治愈癌症和关节炎的上帝；那个让职业运动员感恩戴德的上帝，谁让他在冥冥中开恩插手‘超级碗’、世界杯，以及本年度‘红袜队’一百六十二场比赛中第八十七场的某个本垒打呢。”**她想要那位乐于插手人间万事的上帝，愿他从天而降，净化海地的水源，治愈海地的疾病，让支离破碎的学校、医院与家园重现生机。

“他妈的，你在胡说八道些什么？”编辑紧盯着屏幕上的瑞秋。

瑞秋没有意识到，自己已经说出了声。

“趁我们还给你出旅费，赶紧上飞机吧。”编辑说，“滚回你的小电视台。”

就在那一刻，瑞秋心知，自己登上全国性电视网的抱负已经彻底泡汤。纽约泡汤了。通向“大六”及更上一层楼的职业道路泡汤了。

回到波士顿。

回到“小六”。

回到塞巴斯蒂安身边。

瑞秋戒掉了抗焦虑药（戒了四次才戒掉，不过好歹成功了），酒也喝得跟去海地之前一样少了（换句话说，算是降到跟之前差不多的水平吧）。可惜的是，“小六”的头头脑脑再也没有把头条新闻遣派给她。一名新人——詹妮·冈萨雷斯，在瑞秋缺席期间到了台里。

塞巴斯蒂安说：“她很聪明，平易近人，也不会望着镜头好像会一头撞上去的样子。”

不堪的真相是，塞巴斯蒂安没有说错。瑞秋原本很乐意打心底里痛恨詹妮·冈萨雷斯（天知道，瑞秋又不是没试过），一心相信詹妮是靠美貌和性感爬上了现在的位置。但毋庸置疑，尽管美貌和性感确实加分，詹妮却手持哥伦比亚大学的新闻硕士学位，颇能随机应变，从不打无准备之仗，而且对所有人都很尊重，无论对方是个前台，还是个总经理。

詹妮·冈萨雷斯取代了瑞秋，并不是因为她更年轻，更漂亮，天资更佳（尽管人家确实更年轻，更漂亮，天资更佳，真该死）；詹妮取代了瑞秋，是因为她的报道做得更出色，为人更加随和，人人都爱跟她攀谈。

不过，话又说回来，瑞秋也并不是无路可走。假如她的生活方式能健康些，不再像她去过海地之后那样老得飞快，反而越长越年轻；假如她能让自己肩头不久前冒出来的头皮屑一扫而光；假如她溜须拍马，让自己变回当初电视台用重金从《波士顿环球报》挖来的王牌记者，变回那副略有几分性感、几分顽皮、几分书呆子气（当初电视台还给了瑞秋一副红色牛角框眼镜，换掉了她的隐形眼镜）、见多识广的模样，那她在“小六”恐怕还有容身之地。

瑞秋并非没有放手一搏。她报道了一只跟狗一样“汪汪”叫的猫咪；报道了L街布朗尼俱乐部的年度破冰之举——简而言之，也就是一群脱得光溜溜的家伙，每年都率先跳进波士顿港中戏水；报道了富兰克林公园动物园出生的考拉宝宝和菲妮斯地下商场的新娘抢婚纱活动。

她和塞巴斯蒂安还修缮了两人在波士顿以南买下的那栋房。每每塞巴斯蒂安在家的时候，瑞秋就在工作；反之亦然。夫妻两人难得碰头，简直让人如沐春风，以至于事后回想起来，瑞秋不由得认为，那让她和塞巴斯蒂安的婚姻多撑了一年。

除此以外，瑞秋收到了几封来自布莱恩·德拉克洛瓦的电邮。尽管其中一封帮她熬过了某个难熬的日子（“你在海地的报道实在无比出色。因为你把海地放在心上，这个城市的人如今也把海地放在了心上”），瑞秋却给自己敲警钟：布莱恩·德拉克洛瓦是个搞推销的，身上有种怪异的活力，原因很可能在于，他的灵魂与他做出的职业决策格格不入。瑞秋说不清楚，布莱恩的“真心”究竟还剩下几分，因此她克制而又礼貌地回了他的电邮：“谢谢。很高兴你喜欢我的报道。保重。”

瑞秋告诉自己，她很幸福。她告诉自己，她正努力地做回记者，做回太太，做回当初那个瑞秋。可惜的是，她无法入眠，忍不住一遍又一遍地观看在海地拍下的镜头，关注着那个挣扎着浴火重生但却不免走向深渊的国家。阿蒂博尼特河沿岸爆发了霍乱。接着谣言四起，声称联合国士兵正是霍乱的罪魁祸首。瑞秋恳求负责指派采访任务的编辑克雷·博恩让她重返海地，待个一星期，即使自己掏钱也行，结果人家甚至懒得赏个面子回复，只吩咐她去电视台后面的停车场，上采访车，去给劳伦斯一个六岁小孩做报道。那孩子自称上帝指点了他一组号码，他妈妈用这组号码中了彩票。

当摄像机暗中录下联合国士兵从阿蒂博尼特河边挪走一条泄漏的管道，当这则视频在网上蹿红，瑞秋却在采访某百岁高龄的“红袜队”粉丝首度在芬威球场出席比赛。

霍乱继续在海地蔓延，瑞秋又报道了房屋火灾、吃热狗大赛、周末在多切斯特发生的帮派枪战、一对用瓶盖造出了小桌的老姐妹，以及一位前华尔街经纪人抛下了高级金融，投身针对北岸流浪汉的济贫事务。

报道也并不全都是屁话，并不全都是鸡毛蒜皮。瑞秋几乎已经认定，自己时不时还是能为大众做点好事的，直到“托马斯”飓风席卷了海地。在飓风中丧生的人不算多，但不少收容所被夷为了平地，下水道和化粪池污水泛滥，整个岛到处是霍乱疫情。

瑞秋彻夜未眠，当布莱恩·德拉克洛瓦的名字突然在收件箱里冒出来的时候，她正关注着时不时播出的视频和报道。她点开他的电邮，邮件里只有一句话：

“你为什么不在海地？海地不能少了你。”

一时间，仿佛有人伸出温暖的手，揽上了瑞秋的肩将她揽向自己的肩头，让她合上双眸。也许，自从上次在波士顿图书馆外那次怪怪的邂逅，她对布莱恩就有点太凶了。说不定，那天人家布莱恩只是碰巧心情差，谁让他正千方百计跟来自日内瓦的古董商杰克·埃亨谈生意呢。瑞秋不明白木材跟古董怎么会有交集，但她反正也不懂金融，说不定杰克·埃亨是个什么搞投资的呢。无论如何，就算布莱恩是显得有点怪，有点紧张，有点怪、有点紧张又有什么错？

“你为什么不在海地？海地不能少了你。”

他懂瑞秋的心。不知道为什么，隔着好几年，隔着少之又少的电子邮件，布莱恩却一眼看出，重返海地对瑞秋至关重要。

过了半个小时，塞巴斯蒂安回到家，说道：“台里要派你回去。”——简直跟瑞秋订的比萨一样准时。

"回哪儿?"瑞秋问道。

塞巴斯蒂安从冰箱里取出一瓶水，把塑料瓶搁在脑袋边上，闭上了眼睛。"依我猜，你有人脉，也了解风土人情吧。"

"海地。台里要派我回海地吗?"

塞巴斯蒂安睁开眼睛，继续用瓶子揉着太阳穴。"海地，是啊。"尽管塞巴斯蒂安从来没有明说，瑞秋心里却明白，他认定是海地害她的事业走了下坡路，而瑞秋的事业走下坡路，又害得塞巴斯蒂安的事业停滞不前。因此，当塞巴斯蒂安嘴里吐出"海地"这个词时，听上去活像句脏话。

"什么时候?"瑞秋只觉得热血沸腾。之前她熬了个通宵，此刻却猛地精神抖擞。

"克雷说，最晚不迟于明天吧。要我提醒你吗：这次可千万别搞砸了?"

瑞秋感觉自己的脸色沉了下来。"你就这样给我打气吗?"

"就这样吧。"塞巴斯蒂安的口气很疲惫。

瑞秋的心中涌起了千言万语，可惜说出口免不了会惹两人吵架，而此刻她实在不想吵架。于是她挤出了一句："我会想你的。"

她简直等不及登机了。

"我也会想你。"塞巴斯蒂安紧盯着冰箱，开口说道。

## *Part 7*

# 你见过我吗？

又见海地。又见那同样的热浪，同样倒塌的楼房，同样充满倦意的绝望。又见大多数脸孔上那同样不解的神色——假如他们的脸上没有不解，取而代之的便是愤怒；假如他们的脸上没有愤怒，取而代之的便是饥饿与恐惧。不过，大多数脸孔上流露的依然是不解：那一张张脸似乎在问，受过千般磨难之后，我们是不是该认命？认定磨难才是真义？

奔赴第一则报道的路上，瑞秋约了摄制组人员在乔西高医院外面碰头，该医院位于人头攒动的"太阳城"贫民窟。她穿过大街小巷，那些街巷太过穷困，要是从来没有到过海地，只怕看不出这些街区在地震前后有什么分别。破烂的电灯柱、废弃的电线杆和矮墙上贴着好些照片，有几张是死者人像，但主要还是失踪人口照片。大多数照片下方，写着一句话：

**"Eske ou te wè m？"**

**"请问你见过我吗？"**

瑞秋没有见过他们。也说不定，她曾经见过。说不定，刚刚绕过街角时经过的那名中年男子的脸孔，正属于她在倒塌的教堂或医院停车场里见到的某具尸体。不过，不管她见过还是没有见过，相中人已经不见了。一去再不复返——这件事瑞秋相当肯定。

瑞秋登上一座小山丘，贫民窟顿时展现在她的眼前，钢铁与煤渣砖搭成的棚户一眼望不到边，被炎炎烈日烤成了一幅单色图。有个男孩骑着泥泞的自行车从瑞秋的身边经过，看上去最多只有十一二岁，背上扛着把自动步枪。男孩扭头回望瑞秋，她不禁提醒自己：这里可是帮派的地盘。到处战火四起，到处在抢地盘。这里缺食少吃，枪却必定少不了。真不该独自在这儿转悠；真不该不带坦克和空中支援就在这里转悠。

但她并不觉得害怕。她只感觉麻木，感觉无动于衷，难以承受。

至少，她认为那便是自己的感觉。

**“请问你见过我吗？”**

“不，我没有见过你。从来没有人见过你。将来也不会有人见到你。即使你已经度过了整整一生。有什么用呢——从降生人世的那一刻，你便已湮没无踪。”

正是怀着这种心情，瑞秋踏上了医院前方的小广场。说起接下来的一切，唯一的好消息是，当时那则报道只对本地直播，也就是说，只对波士顿直播。“大六”稍后才会决定是否采用这则报道。“小六”则认为，观众已经对悲剧感到疲劳，因此大家都疑心这则报道的收视率会下滑，现场直播却会让它激发出某种紧迫感。

于是，瑞秋伫立在乔西高医院外面，进行现场直播。烈日从她头顶的阴云后探出了头，一心炙烤着万物。不知道为什么，在国际报道里，“小六”的主播格兰特听上去竟然比平时还要蠢上一倍。

瑞秋滔滔不绝地报了串数字：三十二人已确认患上霍乱，此刻正躺在她身后的医院里；紧跟飓风而来的洪水导致霍乱在全国范围内蔓延，使救援工作变得更加艰难；据推测，局势将一天比一天严峻。摄像组身后，一览无遗的“太阳城”恰似供奉太阳神的祭品；瑞秋感觉内心深处的一角正在坍塌。那是精神家园中迄今尚未被人间触及的一角，或许是某片灵魂，而它一旦坍塌，烈日与苦难便对它穷追不舍，将它吞下肚。取而代之地，一只小雀在瑞秋的胸中振翅欲飞，毫无预兆，突如其来。冷不丁便在她的胸中盘旋，竭尽全力鼓动双翼。

“不好意思，瑞秋，”格兰特在她的耳边说道，“不过瑞秋……”

他干吗一遍遍叫她的名字？

“你说什么，格兰特？”

“瑞秋？”

瑞秋自觉地忍住，免得自己咬牙切齿。“请说。”

“你估计有多少人已经染上了这种致命的病症？患病的人有多少？”

瑞秋只觉得他的问题离谱之极。

患病的人有多少？

“我们都有病。”

“你说什么？”格兰特问。

“我们都有病。”瑞秋说。究竟是她在做白日梦，还是那些话确实有点口齿不清？

“瑞秋，你是说你自己跟我们六频道的摄制组成员都染上了霍乱？”

“什么？不。”

这时，丹尼·马洛塔从镜头后面挪开了眼睛，冲瑞秋抛来一个“你没事吧？”的眼神。在他的身后，维蒂却迈着优雅的步伐蹁跹而过，那份优雅与年轻的她格格不入，与她长裙上的血迹格格不入，也跟微笑在她喉间凝固的一刻格格不入。

“瑞秋，”格兰特开口说道，“瑞秋？恐怕我没弄懂你在说些什么。”

此时此刻，瑞秋已经大汗淋漓，整个人抖个不停，差点拿不稳手里的麦克风。她回答道：“我是说，我们个个都有病。我们所有人，我们所有人……嗯，我是说，我们都有病。你知道吗？”她的嘴里滔滔不绝冒出一串话来，仿佛伤口涌出了鲜血。“我们迷茫又病态，却都装作没事的样子。不过话说回来，我们反正个个都会死翘翘。他妈的，我们个个都会死翘翘。”

等到太阳下山的时候，瑞秋浑身发抖、眨着眼睛、前额热汗直流、对一头雾水的主播一遍遍声称“我们都有病”的镜头已经在网上疯传开了。

事后的会议上，电视台高层一致认为：在瑞秋说出“他妈的”四秒之前，直播就已经被掐断，这点可圈可点，但掐断的时机原本应该再提早十秒钟。一旦大家能够明显看出瑞秋的脑子出了毛病（大多数与会者都认为，在瑞秋第一次说出“我们都有病”的一刻，就能明显看出她的脑子出了毛病），台里就应该切播广告。

穿过杜桑·卢维杜尔机场的跑道走向返程的飞机时，瑞秋接到了电话：她被炒了鱿鱼。

回到家的头一夜，瑞秋去了马什菲尔德的一家酒吧，离她家只有几个街区。塞巴斯蒂安要通宵工作，并明确表示目前不想见她。他说，他会待在自己的船上，直到他能把“她对他们俩造的孽消化干净”。

瑞秋没法怪他。她的事业究竟落到什么田地，恐怕要等个几星期才能看出来，但当她一口喝干杯中的伏特加，冷不丁瞧见自己在酒吧镜中的倒影时，她不禁被自己脸上的惧意震惊了。瑞秋其实并没有觉得害怕，她只觉得麻木。然而，她的目光越过收银机右侧的苏格兰威士忌酒瓶，落到了一名女子的身上：那女子看上去有几分像伊丽莎白，又有几分像瑞秋，不过无论如何，她看上去都十分惊恐。

显然，酒保倒是没有见过瑞秋崩溃的那则视频。世界各地百无聊赖的酒保们如何糊弄他们毫不在意的顾客，他便如何糊弄瑞秋。这是个生意清淡的夜晚，无论他哄人哄得再天花乱坠，笑得再甜，只怕也赚不了多少小费，因此他干脆懒得哄人，也懒得笑了。他在吧台的另一头读着报纸，用手机跟人发短信。瑞秋也查了查自己的短信，可惜一条也没有收到。她认识的所有人都在躲着她呢，直到众神决定究竟如何严惩，或者是否大发慈悲。不过，她确实收到了一封电邮。还没有点击邮件图标，瑞秋已经心知发信人是谁，当见到布莱恩·德拉克洛瓦的名字时，她忍不住笑了。

瑞秋，

在人性泯灭之处，你的身上却偏偏人性闪耀。你不该为此受罚。你不该被炒鱿鱼，不该被人责骂。见鬼，你应得的是枚奖章。鄙人愚见，别低头。

BD

“你究竟是何方神圣？”瑞秋心想。“你这（总能）抓住完美时机的怪人？

布莱恩·德拉克洛瓦，总有一天，我会……”

会怎么样呢?

“我会给你个机会，解释一下波士顿图书馆外面那场诡异的偶遇。因为，我实在没有办法把那家伙跟发来这封信的人联系起来。”

酒保又给瑞秋递上一杯伏特加，瑞秋却决定回家了。说不定写封电子邮件给布莱恩·德拉克洛瓦，把刚刚冒出的好些念头告诉他呢。她把信用卡递给酒保，让他结账。当酒保把款项记入收款机的时候，一种似曾相识的感觉猛地涌上了瑞秋的心头，比她记忆中任何一幕都更加强烈。不，那并不单单是“似曾相识”：她曾经经历过这一幕，她敢确定。她从镜中瞥见了酒保的目光，他用好奇的神情向她望过来，好像摸不准她为什么目不转睛地盯着自己。

“我不认识你，”瑞秋心想。“但我深知这一刻。我曾经历过这一刻。”

紧接着，瑞秋悟到，自己错了。经历过这一刻的是她的母亲。眼前的一幕跟伊丽莎白三十一年前的那张照片几乎相差无几，相差无几的位置，相差无几的酒吧，相差无几的灯光。恰如她的母亲，瑞秋正心不在焉地盯着酒瓶。恰如照片中的酒保，今夜的酒保正背对着她，把款项记入收款机。镜中映照出他的双眸。镜中映照出她的双眸。

“在他的眼中寻找你自己”。伊丽莎白曾经说过。

“瑞秋在镜子里。”杰里米曾经说过。

酒保把账单递给她。瑞秋给了点小费，签了名。

她抛下吧台上没有喝完的酒，急匆匆赶回家，来到卧室，打开了那个装满照片的鞋盒。那些在巴尔的摩东区酒吧拍下的照片摆在上层；两年前的夏天，瑞秋和杰里米把它们搁在了那儿。顺着母亲的目光，瑞秋的眼神越过威士忌酒瓶，落在瓶后的镜子上，落在伊丽莎白目光所及之处——正是那一处，让当初的伊丽莎白春心荡漾。

收银机上方是酒保的脸，他的眼神牢牢地锁定了伊丽莎白。他的碧眸如此之淡，几乎有些发灰。

瑞秋拿着照片走到浴室的镜子前面，把照片举起来，挨着自己的面孔。他的双眸跟她如出一辙——同样的颜色，同样的轮廓。

“嗯，见鬼。”瑞秋说。“嗨，老爸。”

# *Part 8*

# 花 岗 石

瑞秋本来以为，那家酒吧肯定早已经不见了踪影，谁知道上网搜索“巴尔的摩东区米洛酒吧”，它却一下子在屏幕上冒了出来，还带有不少图片。酒吧有点变样，当街的砖墙上多了三扇大窗，灯光变得柔和了些，收银机成了电脑，吧椅多了靠背和华丽的扶手，不过，吧台后方还悬挂着同样的镜子，同样摆着一排排酒瓶，墙上巴尔的摩小马队锦旗倒是换成了巴尔的摩乌鸦队。

瑞秋打了个电话，点名找酒吧老板。

对方接起电话，说道：“我是罗尼。”

瑞秋解释说，她是六频道的记者。她没提究竟是哪个六频道，也没提自己在做什么报道。通常来说，亮出记者身份要么会立刻大开方便之门，要么会立刻把路堵死。不管是哪种情形，总之往往用不着浪费时间再行解释。

“罗尼，我在找一九七九年曾经在“米洛”酒吧工作过的一位酒保，不知道你有没有那时候的员工记录，愿不愿意帮我找一下。”

“七九年在这儿待过的酒保？”对方说，“唔，那可能是李，不过我还是问问我老爸吧。”

“李？”瑞秋开口问道，但对方已经搁下了电话。有那么几分钟，瑞秋的耳边一片寂静——说不定远处有人在说话，但也很难讲。紧接着，她听到了越来越近的脚步声，又有人把电话听筒从吧台上拿了起来。

“我是米洛。”电话那头是个沙哑的声音，随后是鼻孔里挤出的一声闷哼。

“米洛本人？”

“是啊，没错。你要找什么来着？”

“我想找个大约三十二年前在你家酒吧待过的酒保。您儿子提到某个叫‘李’的人？”

“他是在我们这里打过工。”

“你还记得他吗？”

“嗯，是啊，他在这儿至少干了二十五年。大概八年前才走。”

“当时酒吧里的酒保只有他吗？”

“不，不过主要是他在干。我有时候也当当酒保，还有我已故的太太，再加上老哈罗德，那时候他年纪就不轻了。说得够清楚了吗？”

“你知道我可以在哪儿找到李吗？”

“你何不先把来意跟我说说，您叫什么来着……？”

“蔡尔兹。”

“蔡尔兹小姐。你能不能跟我讲讲，为什么要打听李的下落？”

瑞秋实在想不出撒谎的理由，于是她交了底。“他说不定认识我妈妈。”

“李确实认识不少女人。”

瑞秋干脆破釜沉舟。“他说不定是我的生父。”

电话里鸦雀无声，只传来米洛的呼吸；瑞秋等了好久好久，差点被不安逼得再度开口说话。

“你多大了？”米洛终于问道。

“三十一。”

“嗯，”米洛慢吞吞地说，“当初他可是个帅气的浑蛋。我似乎记得，跟几个……十个……女人约会过吧。依我猜，刚出炉的时候，就算一分钱也会发发光吧。”又是一阵喘气声。

瑞秋以为米洛还有话要说，但过了一会儿，她才悟到对方已经说完了。“我想联络他。假如你愿意帮我……”

“他死了。”

一双小手猛地攥住了瑞秋的心，狠狠地一捏。她只觉得冰凉的寒意爬上了后背，向上奔涌而去。

“他死了？”出口的话比瑞秋意料中更响亮。

“是啊，到现在快六年了吧。他离开了我们这儿，跳槽去了埃尔克顿的另一家酒吧。过了几年就死了。”

“怎么死的？”

“心脏病。”

“那时候他年纪也不大吧？”

“五十三岁？”米洛说。“也说不定是五十四岁。没错，年纪不算大。”

“他全名叫什么？”

“嗯，小姐，我跟你不熟。我不知道你能不能找他在世的亲戚认亲，这种事情我说不清楚。不过话说回来，我跟你不熟，这才是问题所在。”

“如果你认识我，那会不会有点用？”

“还用说吗？”

次日早晨，瑞秋在后湾站搭乘了前往巴尔的摩的火车。穿过月台时，她无意间迎上了一位年轻姑娘的目光，对方看上去像是个大学女生，见到瑞秋后眼睛猛地一亮，似乎认出了她。瑞秋垂下脑袋，走到月台的尽头，站到一位身穿灰色西装的年长绅士身边。他向瑞秋露出悲伤的微笑，又埋头读起了《彭博市场》杂志。瑞秋拿不准，究竟那人伤感的微笑是因为同情她，还是因为人家的微笑本来就很伤感。

瑞秋顺利地上了火车，在空荡荡的车厢后方找了个座。火车越开越远，瑞秋也感觉自己离最近陷入的困境越来越远，谁让她刚刚在公众面前失态呢。等到火车经过罗得岛的时候，她几乎感觉轻松了起来。瑞秋说不清楚，这种轻松的感受，是不是因为心知自己正在追根溯源，如果算不上重返故里的话。除此之外，瑞秋走的正是伊丽莎白与杰里米·詹姆斯一九七九年春季奔赴马萨诸塞州西部的那条路，只不过方向相反而已，这件事莫名地让她安心。眼下是十一月中旬，时间已经过去三十多年了。路上，瑞秋经过了一个个城镇，一幕幕秋末冬初的景色。有些城市停车场已经备好了除冰盐和沙子。树木大多光秃秃的，天空黯淡无光，跟树木一样荒芜。

“这就是他。”米洛把一张镶框照摆到瑞秋面前的吧台上，伸出粗短的食指点点一个清瘦男子的面孔。相中人发际线靠后，年纪已经不小了，高高的额头，凹陷的脸颊，长着酷似瑞秋的眼睛。

米洛的年纪大概在八十岁上下，靠腰上挎着的一罐液氧呼吸。透明硅胶管攀上他的后背，挂上他的耳朵，再从他的颧骨垂下来，连上输氧鼻管。他告诉瑞秋，自从七十岁出头以来，他就没有摆脱过肺气肿，最近缺氧的症状加重了些，不过也不算恶化得太厉害，他每天还能偷偷抽八到十支烟。

“我这人基因好，”米洛边说，边把一张没有镶框的照片摆到瑞秋面前。“李就不行了。”

无框照比第一张镶框照随意些，第一张是员工照，照片中的人纷纷摆好了姿势。无框照恐怕是几十年前拍摄的，照片中的李长着浓密细长的深褐色头发，双眼的位置显得高了些，正被顾客的话逗得发笑。其他几个主顾笑得前仰后合，李却只是微微露出了笑意，笑得颇为隐忍。那并不是敞开心扉，而是筑起心墙。他看上去大约二十七八岁，瑞秋立刻看出了伊丽莎白拜倒在他脚下的原因。那微微一笑里，多少活力蓄势待发，多少激情尽在不言中；那微微一笑让人满腔期待，却又恰似空头支票。看上去，李简直堪称史上最差劲的男友，最销魂的床伴。

瑞秋可以看出，当初伊丽莎白为什么声称此人闻上去像是“闪电”。她还疑心，如果她自己踏进了一九七九年的“米洛”酒吧，正逢眼前这个男人站在吧台后，她只怕也会留下多喝几杯。他看上去仿佛放荡不羁的诗人，吸毒成瘾的天才画家，刚签下重磅唱片合约便在车祸中殒命的音乐人。

可惜的是，从米洛给的照片中，瑞秋也发觉：李的人生几乎全绕着她正身处的这间酒吧打转。她能够感觉到：随着一张又一张照片展现在眼前，李的世界、李的选择、李与各路女子一夜情的胜算都与日递减。没过多久，酒吧外的世界便不再令人向往，而是变得让人避之唯恐不及。当初是姑娘追他，如今成了他追姑娘，随后还不得不说点笑话喝点酒，算是暖暖场。终于有那么一天，只要他向人示好，姑娘们要么觉得他色胆包天，要么觉得他癞蛤蟆想吃天鹅肉呢。

随着时光流逝，李的魅力一天不如一天，微笑却变得越来越明媚。等到瑞秋上中学的时候，他依然身穿“米洛”酒吧的酒保制服——白衬衣套着黑背心，皮肤布满斑斑点点，脸颊松松垮垮，牙齿已经泛黄，后排还漏了两条缝。但与此同时，照片中的他也显得越来越无拘无束，不再受累于那一抹见鬼的微笑，不再受累于那一身让姑娘们趋之若鹜的魅力。他的肉身日趋衰败，灵魂却似乎含苞绽放。

紧接着，米洛又取出了一叠照片，来自独立纪念日的亲友垒球赛和野餐会。有两名女子一再跟李同框，其中一个身材消瘦，长着黑发，绷着脸，显得很焦虑，另一个则长着金发，脸色泛红，经常一只手端着饮料，另一只手拿着烟。

“这是艾伦，”米洛说的是黑发女子。“她总是怒气冲冲。没人知道为什么。不管是生日聚会，婚礼，还是感恩节，都能活生生毁在她手里，我可亲眼见过她祸害这三种聚会。我想说的是，她离开李大概是在八六年左右，或者是八七年？总之不可能更晚了。另外一个是他的第二任太太，玛蒂。上次听说她的消息时，她反正还活着，住在埃尔克顿。她跟李过了几年不错的日子，然后就各奔东西了。”

“他有孩子吗？”瑞秋问。

“跟这两个女人没有。”隔着吧台，米洛边仔细地审视着瑞秋，边伸手到背后把输氧管摆正。“你觉得他是你爸，对吧？”

“我敢肯定。”瑞秋说。

“你的眼睛长得像他。”米洛说，“这肯定没错。装作我说了句笑话吧。”

“什么？”

“笑啊。”米洛说。

“哈哈。”瑞秋说。

“不，说正经的，笑笑吧。”

瑞秋环视着酒吧。酒吧里空荡荡的。她咯咯笑了起来，不由有些吃惊：听上去居然半点也不假。

“跟他的笑像一个模子塑出来的。”米洛说。

“那就板上钉钉了。”瑞秋说。

米洛笑了。“年轻的时候，大家还说我看上去像沃伦·奥茨呢，你知道那是谁吗？”

瑞秋摇摇头。

“是个电影演员，演过很多西部片，演过《日落黄沙》。”

瑞秋尴尬地向他耸耸肩。

“不管怎么说，当初我看上去跟沃伦·奥茨很像。现在却有人说，我看上去像威尔福德·布雷姆利[1]。知道那是谁吗？”

瑞秋点了点头。“演桂格燕麦广告片那人。”

米洛说：“就是他。”

“你看上去确实跟他很像啊。”

“没错。”米洛举起一根手指。“然而据我所知，我跟他不沾亲，跟沃伦·奥茨也不沾亲。”米洛的拇指和食指挨得很紧。“半点也不沾。”

1 又译作“威福·伯明莱”。——译者注

瑞秋轻轻点了下头，表示同意。吧台上的张张照片记录着某人的一生，包罗万象却又毫无头绪，正如两年前，瑞秋与杰里米·詹姆斯的眼前展现着她的一生。即使时刻暴露于镜头之下，人的本性却也可能无迹可寻。整整二十年，伊丽莎白都在瑞秋眼前，瑞秋却只了解伊丽莎白想要展露的一面。至于现在，瑞秋的生父从一张张 4×6 、5×7、8×10 的照片里盯着瑞秋，有的清晰，有的模糊，有的太亮，有的太暗；只可惜无论如何，他却终归可望而不可即。瑞秋望得见他的脸，却无法读懂他的心。

“他有几个继子继女。”米洛告诉瑞秋。“他遇上艾伦的时候，艾伦有个儿子；遇上玛蒂的时候，玛蒂有个女儿。没听说他正式收养过那两个孩子，一直也说不清他是否喜欢他们，说不好他们是否喜欢他，也说不清他们的感情是否不好不坏。”米洛耸耸肩膀，低头望着那堆相片。“他对威士忌很精通，多年来有过几辆心爱的摩托车，养过一阵子狗，结果狗得了癌症，所以他再也没养狗。”

“他在这里工作了二十五年吗？”

“差不多。”

“除了当个酒保，他还有过其他的抱负吗？”

米洛掉转目光，绞尽脑汁地寻思着。“他曾经迷上过摩托车，有段时间还跟别人谈起弄个汽修厂修摩托车，也可能定制摩托车。狗死的时候，他读了不少兽医学校的资料，不过两样都没成。”米洛说着耸耸肩膀。“如果除此之外，他还有过其他什么抱负，只怕也被他扔到一边了吧。”

“他为什么会跳槽去其他地方？”

“可能是不喜欢被罗尼呼来喝去。毕竟眼睁睁看着这个臭小子长大，却要被他呼来喝去，心里不太好受。可能还受够了通勤，谁让他住在埃尔克顿呢，从这里到埃尔克顿的路一年比一年难走。”

米洛端详着瑞秋，她心知他正在打量她，想要下个决心。“你的穿衣打扮挺讲究，看上去日子过得不错。”

她点了点头。

“他可是个穷光蛋。你知道吧？仅有的一点钱也全被前妻拿走了。”

她又点了点头。

“格雷森。”

那双小手轻抚过瑞秋的心，冷冷不带一丝温度，比耳语更轻。

“李兰德·大卫·格雷森，”米洛说。“是他的全名。”

瑞秋与李兰德的第二任太太玛蒂在马里兰州埃尔克顿的一家小公园里碰了头。那城镇有种破落的气质，山峦间点缀着工厂和铸造厂，没有谁记得曾见过它们风光的模样。

玛蒂·格雷森的体型介于“胖”与“重度肥胖”之间。瑞秋见过的大多数照片中，玛蒂的脸上都挂着放肆的笑容，现在却成了转瞬即逝的笑意。

“发现他发病的是史蒂芬妮，我的女儿。当时他跪在沙发前头，但右手肘还撑在沙发上。像是他起床想喝一杯，或者想上厕所，结果当场心脏病发作。当时他那副惨样至少已经有一天了，说不定已经两天了。史蒂芬妮是上门借钱去的，因为李一喝酒就耳根软嘛。要是不喝酒，他倒宁愿独自待着。休假的时候，他喜欢喝点上档次的威士忌，抽抽烟，看看电视老片子。从不看新片。他喜欢上世纪七十年代和八十年代的玩意儿——《万能神探》啦,《天龙特攻队》啦，还有《迈阿密风云》[1]。”玛蒂在凳子上扭扭身子，有点激动。“噢，他可迷《迈阿密风云》了。不过，说的是开头那些集，知道吧？他总说，克罗克特娶了那歌手之后,《迈阿密风云》就一落千丈，在那之后就没了可信度。”玛蒂在手袋里胡乱摸索了一通，找到了一支烟，点燃呼出一口，目光追随着烟雾。“他喜欢老片，因为当初万事皆有道理可讲，知道吧？讲得通。那才是黄金时代嘛，合情合理。”她放眼环顾着空荡荡的公园。“可不是现在这副鬼样。”

瑞秋实在想不出，自己一生中还有哪些年头比上世纪七八十年代更加动荡，更加冷酷，还有哪些年头比上世纪七八十年代更没道理可讲；不过话说回来，她也觉得，跟玛蒂·格雷森提这些，恐怕没什么用处。

“他有过什么抱负吗？”瑞秋问。

“你这话什么意思？”玛蒂对着握起的拳头咳了几声。

“我说不好，比如，想有什么成就？”话一出口，瑞秋立刻后悔起了自己的措辞。

“你是说想当个医生之类？”玛蒂的目光顿时变得很冷酷。她看上去有点恼火，有点困惑，又有点对自己发这通火感到困惑。

“嗯，我的意思是……”瑞秋结巴了起来，竭力挤出一丝友好的微笑，“除了当个酒保。”

“当个酒保，又怎么啦？”玛蒂把香烟朝身前的人行道上一扔，转身用膝盖朝向瑞秋，冲她露出冷冰冰的笑容。“二十多年来，大家光顾‘米洛’

1 又译《迈阿密天龙》，1984 年播映的剧集。——译者注酒吧，因为他们清楚李就在吧台后。他们可以把心事一股脑告诉他，李可不会对人指手画脚。婚姻触礁，他们可以去找他；失业了，养出不成器的子女了，他们可以去找他；诸事不顺，他们也可以去找他。大家可以一屁股坐到李的面前，他会端出酒来，好好听他们念叨。”

瑞秋说：“听上去是个了不起的人物啊。”

玛蒂撅起嘴，弓起背，活像看见自己的意大利面里爬出了蟑螂。“他才不是什么了不起的人物呢。很多时候，他就是个混账。到了最后，我实在跟他过不下去了。不过他确实是个了不起的酒保，认识他让很多人日子好过了些。”

“我无意冒犯。”

“但你的话确实不中听。”

“对不起。”

玛蒂哼了一声，既有几分嘲弄，又有几分忧伤。“只有心想事成的人，才会问出‘除了当个酒保，他还有什么别的抱负？’这种破问题，至于我们其他人，不过是些美国人罢了。”

**至于我们其他人，不过是些美国人罢了。**

瑞秋听得出这话里藏头缩尾的自夸，虚情假意的自谦。她简直已经可以听到自己在鸡尾酒会上搬出这句话，大家随之哄堂大笑。但即使笑声传到了她的耳旁，瑞秋却也同样引以为耻。毕竟，与生俱来、根植于特权的成功，堪称她的原罪。希望与机遇是她的应得之物，无须担心自己湮没于茫茫人海之中，无须担心无人问津，面目模糊。可惜，那无人问津、面目模糊的茫茫人海，却正是她的生父所处的国度；在那个国度，逝者纷纷被世人遗忘。

“如果话不中听，对不起。”瑞秋对玛蒂说。

玛蒂挥挥手，示意瑞秋闭嘴，又点燃了一支烟。“亲爱的，你说了什么屁话，我根本没放在心上。”她友好地捏捏瑞秋的膝盖。“如果李跟你确实是一家人，那敢情好，我希望好歹能让你讨个心安。要是你早认识他，恐怕对你来说也是件好事。”她掸了掸烟灰。“不过话说回来，凡人哪能心想事成呢，应付得了什么就算什么吧。”

瑞秋去了李的坟前。他的墓前竖着一块随处可见的花岗石墓碑，黑底的墓石上散落着星星点点的白。瑞秋至少在两位同事的厨房料理台上见过同样的花岗石，用在李·格雷森身上的花岗石料却显然吝啬了不少。眼前是一方小石料，高仅一米半，宽仅二十英寸。玛蒂告诉瑞秋，当初家人接连离世的时候，李自己预约订购了这块墓碑，去世三年前才付清。

李兰德·D·格雷森

生于一九五零年十一月二十日

卒于二零零四年十二月九日

必定不止于此，必定。

但即使不止于此，她却无从知晓。

从米洛的一家之言，玛蒂的一家之言，以及两人转述的、其他人东一嘴西一嘴的评价里，瑞秋拼凑出了李的生平点滴。

李兰德·大卫·格雷森，在马里兰州埃尔克顿出生长大，曾就读一所幼儿园、一所小学、一所中学。给巴尔的摩东部“米洛”酒吧打工前，他曾给一家筑路公司、一家运输公司、一家鞋店干过活，还为一家花店当过司机。他留下了至少一名子女（或者至少看上去是这样），结过婚，离过婚，再婚，然后又离婚。他的名下曾经有过一栋房，但在首次离婚时易了主，从此就租了个小些的地方住。他一辈子有过九辆汽车，三辆摩托车，一条狗，死于他出生的小镇。李兰德·大卫·格雷森度过了五十四年的一生，就众人记忆所及，他对别人大体上无所求，也大体上吝于付出。李兰德不是个暴脾气，不过大多数人感觉还是别惹他为妙；李兰德不是个开心果，不过要是笑话确实有料，他也喜闻乐见。

总有一日，所有能记起李兰德·大卫·格雷森的人都将离开人世，一个也不剩。从李那帮朋友的健康状况看来，瑞秋觉得“这一天”恐怕只会早，不会迟。到了那个时候，世间将只有一个人知道他姓甚名谁——那个在李兰德·大卫·格雷森的墓碑附近除草的家伙。

“他没能驾驭生活，生活驾驭了他。”伊丽莎白会说。

在那一刻，瑞秋悟出了母亲始终对李与自己的血缘关系秘而不宣的原因。伊丽莎白当初就已经看出李兰德的人生将如何上演。她认为他没有多少野心，眼界有限。伊丽莎白·蔡尔兹，一个在小镇出生成长的姑娘，一个选择定居小镇的姑娘，却瞧不上小镇的思维模式。

伊丽莎白从来没有告诉瑞秋她的生父是谁，因为承认当初曾经委身于此人，相当于承认伊丽莎白心底深处从未打算逃离自己的出身。

“于是，你就夺走了我的老爸，夺走了他的女儿。”瑞秋心想。

瑞秋在李兰德的坟前坐了大半个钟头，等待听到他的声音。从瑟瑟风中，从郁郁林间。

于是，它果真传到了瑞秋的耳边。只可惜，那些话并不好听。

**“你希望有人告诉你原因。”**

是的。

**“告诉你为什么世间会有疾苦、地震，会有饥不果腹。”**

**“但你更希望知道的是：**

**为什么没人把你放在心上，瑞秋。”**

“闭嘴。”瑞秋很确信自己大声说出了口。

**“你知道答案吗？”**

“闭嘴。”

**“因为……”**

“因为什么？”她冲着静寂的墓地发问。

**“没什么理由，无缘也无故。”**

她垂下了头。没有哭，没有吭一声。但有那么好一会儿，她止不住浑身发抖。

**“你费尽千辛万苦寻找答案。**

**答案近在咫尺。终于，就在你的眼前。”**

瑞秋抬起头，睁开眼睛，凝神直视。高一米半，宽二十英寸。

**“一方墓碑，一抔黄土。**

**仅此而已。”**

直到夕阳渐渐西下，没入了黑压压的树丛，瑞秋才动身离开墓地。时间已经快到下午四点了，她到达墓地的时候是早上十点钟。

她再没有听到过他的声音。再也没有。

返程往北的火车上，瑞秋凝望着窗外。可惜时值深夜，她只能望见窗外的城镇化成了一片模糊的灯火与夜色。

大多数时候，她什么也看不见。车窗只映出她的倒影。只有瑞秋，依然孤零零一个。

依然是镜中之影。

# Ⅱ

# 布莱恩

*2011—2014*

# *Part 9*

# 囚鸟

从上次发电子邮件算起，六个月后的春季时分，瑞秋与布莱恩·德拉克洛瓦又在南端[1]的一间酒吧里碰了头。

布莱恩光顾那间酒吧，因为该酒吧离他住的公寓只有几个街区，那一夜又是今年夏天第一个略带夏意的晚上，街道闻上去湿漉漉的，充满了希冀。瑞秋光顾那间酒吧，则是因为她在当天下午离了婚，得给自己打打气。她担心最近自己越来越怕见人了，于是想要控制一下病情，向自己证明自己治得住神经症。眼下是五月，自从去年初冬以来，瑞秋就难得迈出家门了。

她也出门买买生活用品，不过，每次都挑超市顾客最少的时候。星期二清晨七点钟堪称完美之选，包装好的新货还在货架中央等待拆封，乳品售货员在跟熟食售货员瞎扯，收银员们把钱袋扔到一旁，对着“唐恩都乐”的纸杯打哈欠，倒着各种苦水，抱怨通勤啦，天气啦，孩子多不乖啦，丈夫多差劲啦。

1 波士顿南端与下文的波士顿北端，均为波士顿的街区。——译者注每到做发型的时候，瑞秋总会预约去做当天最后一个客人，美甲美足也一样。至于其他需求，大多数都可以在网上解决。没过多久，当初的选择就成了一种习惯（当初瑞秋恨不得淡出公众的视野，免得大家对她揪着不放，也免得大家指手画脚——话说回来，但凡有人揪着不放，多半就有人指手画脚），而这种习惯后来几近上瘾。正式跟瑞秋分手前，塞巴斯蒂安在客房里睡了好几个月；在那之前，塞巴斯蒂安睡在船上，那艘船则停在一弯汇入马萨诸塞湾的滩涂——南河里。倒是跟塞巴斯蒂安很搭：塞巴斯蒂安也许从来没有爱过瑞秋，也许从来没有爱过任何人，但他爱那艘船爱到了骨子里，哎哟。不过，塞巴斯蒂安一走，瑞秋就更懒得出门了，当初她出门不正是为了躲开塞巴斯蒂安，躲开他那不屑一顾、恶形恶状的模样么？

但春天还是来了，瑞秋能够听到各种声响重回大街小巷，从容而又宜人，伴随着孩子的欢叫、人行道上婴儿车轮的“吱嘎”声，纱门的“咿呀”声与“咣咣”声。瑞秋与塞巴斯蒂安合买的宅邸位于马什菲尔德，波士顿以南三十英里的地方。马什菲尔德是个海滨城镇，瑞秋家离海岸线却足足有一英里，不过也不要紧，因为瑞秋反正对大海也不感冒。当然了，塞巴斯蒂安痴迷海洋，甚至在刚开始交往的时候教会了瑞秋水肺潜水。等到瑞秋终于跟塞巴斯蒂安坦白，承认自己恨透了一头扎进水中（海底可有血盆大口在虎视眈眈，恨不得把她吞下肚），尽管她为了哄塞巴斯蒂安开心甘愿冒险，塞巴斯蒂安却不领这份情，反而怪瑞秋装出一副跟他志趣相投的模样，引他“上套”。瑞秋回嘴说，谁会给自己兴致索然的对象“下套”呢，塞巴斯蒂安明明早就让她倒尽了胃口。这话很不顺耳，但要是一段恋情跟瑞秋和塞巴斯蒂安的恋情一样崩塌得飞快，崩塌得轰轰烈烈，那“不顺耳”只怕是见惯不惊了。只等离婚尘埃落定的时候，他们两个人会把那栋房子挂牌出售，到手多少钱就分多少钱，瑞秋还得另外找个住处。

倒也没什么大不了。瑞秋挺怀念住在城里的日子，一直不乐意去哪儿都要开车。如果说，待在城里不容易躲开瑞秋的恶名，那要是换到小镇上，只怕算得上痴人说梦——那儿有多少双眼睛盯着她啊，多多少少流露出一些乡土习气。就在几个星期前，瑞秋还在加油的时候被人抓了包。当时，她的车没油了，但直到驶进了加油站，她才发现加油站只提供自助服务。三个高中女生刚迈步走出食品超市，正走向一个少年。她们看上去仿佛随时准备上真人秀亮相，个个身穿塑形胸衣配瑜伽裤，秀发很丝滑，颧骨显得棱角分明。男生则身穿紧身保暖运动衫和做旧的牛仔裤，正在给一辆崭新的“雷克萨斯”SUV加油。这群少年男女一发现瑞秋，三个女生就私语了起来，一边咬耳朵，一边互相推搡着。瑞秋放眼望过去，有个女生顿时涨红了脸，赶紧移开了视线，其他两个人却变本加厉起来。长着一头黑发、带有粉色挑染的女生学起了猛灌黄汤的样子，她那金发的同伴则演起了哑剧，作势哭了起来，随后又在空中乱舞着两只手，好似要挣开束缚。

另外那女生劝她们说，“大家别这样啦”，不过，她的话听上去又像叹息，又像傻笑，接着三名女生通通发出大笑，好像周五晚上喝多了甘露咖啡力娇酒“哇哇”地呕吐。

自那以后，瑞秋就再没有出过家门。家里的食品差点被她吃得精光，红酒倒真的被她喝得精光，接下来就轮到了伏特加。再也没有什么网站可逛，再也没有什么片子可看了。随后，塞巴斯蒂安打来了电话，提醒瑞秋，离婚听证会定于五月十七日三点半举行，是个周二。

她梳洗打扮了一番，驱车进城。直到上了三号公路，朝北驶去的时候，瑞秋才意识到，自己已经六个月没有开车上高速了。别的车辆风一般地驶过，车身好似烈日下的一把把利刃，透着寒光。车流吞没了她，撕裂了空气，时而翻涌不息，时而戛然而止，红色的尾灯正如怒目一般闪耀。“棒极了”，不安席卷了她的咽喉，她的肌肤，她的发根，瑞秋暗自心道，**“这下可好，我又怕上开车了。”**

瑞秋好歹进了城，感觉活像捡了条命，因为她本来不应该开车上路，总之不应该在这么脆弱、歇斯底里的时候开车上路。但总算是一路平安，再说也没有人知道。她出了车库，穿过街道，按照约定的时间在新查顿街的萨福克遗嘱检验与家庭法庭上露了面。

离婚手续跟他们两个人的婚姻很神似，也跟塞巴斯蒂安很神似：同样敷衍，同样不近人情。等到尘埃落定，两个人正式一拍两散以后，瑞秋转过身，想跟她刚刚上任的前夫交换一下眼色。如果说这眼神不会跟两名征战沙场却又全身而退的战士那样带着些许得胜之色，至少双方也会彬彬有礼吧。谁知道，过道的另一头已经不见了塞巴斯蒂安的踪迹。他已经快要走出法庭了，背对着她，高仰着头，迈着坚定的大步。他的身影刚刚在门后消失，法庭里的人们就用同情或嫌恶的眼神望着瑞秋。

**“我居然沦落到了这种境地，到了不值一哂的地步。”**瑞秋心想。

她的车停在街对面的车库里。开出车库以后，只需右转两回，开上九十三号公路南段，即可返程回家。但瑞秋想象着一辆辆汽车时而汇入车流，时而风驰电掣，时而一踩刹车猛地换道，于是转而驱车向西开进了城，经过灯塔山、后湾，一直向前驶去，直到抵达南端。一路上，瑞秋感觉自己还挺得住。途中，她的手心只出了一次汗，当时她驱车开近十字路口，还以为有辆“日产”汽车会从右侧超她的车。瑞秋开车在街区里转悠了几分钟，居然找到了附近一带最难能可贵的宝贝——一个停车位。她把车泊了进去。她坐在那儿，提醒自己要喘气。有两辆车不知道她是刚刚停进来，还以为她马上就要开走，她摆摆手，赶走了他们。

“那你又他妈的不熄火。”第二辆车的司机高声喊道。那辆汽车绝尘而去，留下一股烧焦的橡胶味，闻上去活像烟鬼打了个嗝。

瑞秋走出汽车，逛了逛这个街区。算不上完全漫无目的，但也差不多了。她记得附近有间酒吧，她曾在那儿度过了一个快活的夜晚。当时，瑞秋还在纸媒业，在《波士顿环球报》，那一阵有个传闻，声称瑞秋为玛丽·艾伦·麦科马克住房项目撰写的系列报道可能会被提名普利策奖。可惜，她并没有被提名普利策奖（不过，瑞秋确实凭借出色的调查性报道斩获了PEN/Winship奖和霍勒斯·格里利奖），但到了最后，她也不再介怀了。她明白自己干得很不赖，而在当时，这一点已经足够。至于那间酒吧，是个上了年纪的人爱去的地方，有扇朱红色的大门，名字叫作“肯氏佳酿”。如果瑞秋没有记错的话，它正深藏在附近最后一批还没有改造的街区中。这酒吧的名字让人仿佛一脚踏回了旧时光，在那旧日时光里，爱尔兰酒吧还用不着家家都把名字取得沾点文学味儿，比如“圣詹姆斯门”“乐土”“雕塑的岛屿”[1]。

1 此处与爱尔兰诗人、剧作家威廉·巴特勒·叶芝的诗作《雕塑的岛屿》同名。——译者注刚开始的时候，瑞秋没有认出那片街区，因为那一带的一辆辆“丰田”和“沃尔沃”已经被一辆辆“奔驰”和“路虎揽胜”运动版取代了，质朴实用的窗闩摇身变成了美轮美奂、精雕细琢的格条。不过，她最终还是找到了那扇朱红色的大门。“肯氏佳酿”依然还在，不过菜单贴到了店门口，店家砍掉了莫萨里拉芝士条和炸鸡，换成了猪颊肉和清炖羽衣甘蓝。

瑞秋径直向酒吧尽头一张紧挨着服务台的空椅子走过去，等到酒保注意到她的时候，她点了杯加冰伏特加，又向酒保打听他手边有没有当天的报纸。瑞秋身穿白色的V领T恤，外面套了件灰色的帽衫，搭配着深蓝色牛仔裤，脚上是双磨坏的黑色平底鞋，跟她全身上下这一套一样不起眼。有什么关系呢？任你高谈进步平等也罢，高谈后性别歧视一代也罢，孤身女子独自一个人到酒吧喝上一杯，却还是免不了会招人瞩目。瑞秋垂下头，读起了《波士顿环球报》，小口地轻啜着伏特加，免得心中狂乱的囚鸟在胸前振翅欲飞。

酒吧的顾客还不到满座的四分之一——这倒是件妙事，可惜的是，顾客们比瑞秋预料中要年轻许多，这可就不太妙了。她本来以为会见到不少老年人，谁知道，酒吧里只有四个老头坐在一张伤痕累累的桌边，紧挨着里屋，动不动就溜出去抽支烟。这里可是波士顿最时髦的街区，要是觉得这儿只顾猛灌的“黄汤一族”能够抵挡住讲究的“品酒一族”大军，恐怕也太天真了。

镇日里畅饮、爱灌“蓝带啤酒”和“Gansett”啤酒的老人家，恐怕很少看六点新闻吧。年青一代也不看六点新闻，至少不看实时的版本，但他们可能会录下来，稍后在笔记本电脑上看。当然了，他们还会定期上

YouTube。去年秋季，瑞秋崩溃的那段视频蹿红时，头十二个小时就有了八万点击量，二十四小时之内，大家就鼓捣出了七个梗和一条视频串烧，拿又眨眼又出汗、又结巴又喘气的瑞秋开涮，还配上了碧昂丝那支《醉爱》的混音版本。好戏登场：喝得醉醺醺的记者在太子港贫民窟现场直播时崩溃了。事发不到三十六个小时，该视频的点击量已经达到了二十七万。

所剩无几的朋友们告诉瑞秋，她很可能高估了能在公共场合认出她的人数。他们向她保证，“病毒时代”的本质在于，它需要源源不断的新料，因此即使看过那则视频的人并不少，却注定没有几个记得住。

可惜的是，这间酒吧三十五岁以下的人士中，只怕有一半曾经看过那则视频。当时他们或许正醉着，或许正“嗨”着，因此，要是发觉酒吧里有个头戴棒球帽、正在看报纸的单身女郎，很有可能不会想到那则视频。只不过，在座也说不定有几个看视频时既没有喝醉又没有嗑“嗨”，而且有副好记性的人呢。

瑞秋飞快地扫视着酒吧，摸清了这间酒吧里都有些什么人：两名白领女子轻啜着马提尼，酒里加了一抹粉红色的玩意儿；五个男经纪一边“咣咣”地敲着啤酒，一边为他们头顶电视上播放的比赛击拳；一群年近三十的技术员，有男也有女，喝酒的时候也耸着肩膀；一对衣着考究的年轻情侣，三十岁出头，男方明显已经上头了，女方明显有点嫌恶，又有点害怕。这一对离瑞秋最近，就在瑞秋的左侧，相隔四张椅子的地方。这时，其中一张椅子朝其他两张椅子歪了过去，跷起的椅子腿离了地。女子说“天哪，真是够了”，话语间嫌恶与惊恐的神情溢于言表。男人刚刚开口回答“要命，镇定点，你这个被宠坏的……”，却冷不丁注意到了瑞秋，紧接着，瑞秋又吸引了那位女友的目光。但那对情侣装作若无其事的模样，男人又把椅子摆正了过来。

瑞秋的酒快喝光了，心里认定：光顾酒吧是自己犯傻。她怕某些人，举例来说，她怕那些曾经在六点新闻上见过她恐慌发作的人；而这已经害她只要是个人就怕。恐惧症来势汹汹，瑞秋却到现在才开始疑心自己究竟有多怕。出了法院，就应该一溜烟赶回家的。真不应该来酒吧闲坐。真要命。胸口那只小雀正在振翼，还不是太疯，不是太猛，但一次接一次，越来越急。瑞秋明白，自己的一颗心正悬在胸中，悬在血索之下。酒吧里不少目光已经聚到了她的身上，瑞秋几乎敢打赌，身后那片嗡嗡的私语声里有人悄声说："是那个记者。"

她往吧台上搁了一张十元美钞。幸好有张十块的，真让人松口气，因为瑞秋实在无法想象干坐着等找零。这个座位一秒钟也不能再坐了。她只觉得没有办法呼吸，视线的边缘模糊了起来，空气仿佛正在熔化。她正要站起身，酒保却把一杯酒摆到了她面前。

"有位先生点给您的，特此向您'致敬'。"

酒吧另一头那群西装革履的男人还在看比赛，身上流露出一股回头浪子的气质。他们共有五个人，年龄介于三十岁到三十五岁之间，其中有两个已经长得腰圆体胖，五人齐刷刷长着又小又亮的眼睛。个子最高的一个抬了抬下巴冲瑞秋示意，又举起了酒杯。

瑞秋对酒保说："是他吗？"

酒保扭头望了望。"不，不是这群人。另外一个。"他放眼打量着整间酒吧。"他肯定去上洗手间了。"

“唔，帮我道声谢吧，不过……”

见鬼。那个醉醺醺又撞翻椅子的男友正迈步走过来，边走边伸手指着瑞秋，好像他是个比赛节目主持人，而瑞秋刚刚赢了一套餐椅。他那有点嫌恶又有点害怕的女友已经不见了踪迹。男子越走越近，相貌却越来越显得不如刚才英俊。并不是因为他的身材差劲，并不是因为他没有一头浓密蓬乱的黑发、一对丰满的嘴唇、一抹微笑或者一口白牙，并不是因为他的举止没有“范儿”；以上种种此人通通具备。不仅如此，人家还长着英式太妃糖般的棕色眼眸呢。**只不过，天哪，瑞秋啊，那双眼眸的背后——那双眼眸之中——却透出了几分残忍。**自我感动、不加反思的残忍。

**你是见过这种表情的。**在费利克斯·布朗纳的眼中，在约书亚·达瑟鲁斯的眼中，在各色各样的楼宇之中，在沾沾自喜、吸人血的那些人身上。

“嘿，不好意思。”

“什么不好意思？”

“我的女朋友。现在是我的前女友了，早该跟她分手了。她简直对狗血闹剧难以自拔，什么事遇上她都变成八点档大戏。”

“我觉得，刚才她只是担心你喝太多了。”

**你还跟这个人废话什么，瑞秋？赶紧走人吧。**

对方张开了双臂。“有人喝多了一两杯就会变成刺头，知道吧？那可不太妙。至于我？我喝醉了很开心。我只是开开心心想交几个朋友，找一晚上乐子。我不明白那有什么不对。”

“好吧，祝你好运。我得……”

陌生男人伸手向瑞秋的那杯酒一指。“你得喝光吧。浪费有罪啊。”他伸出一只手。“我叫兰德。”

“其实吧，我还是不喝为好。”瑞秋说。

兰德又垂下手，向酒保扭过头。“来杯 Patr ó n Silver 酒，哥们儿。”他又朝瑞秋转过身。“刚才你为什么盯着我们？”

“我没有盯着你们啊。”

酒保端来了他点的酒。

他轻啜一口酒。“你明明在盯着我们，被我逮了个正着。”

“你们俩有点吵，所以我瞄了一眼。”

“我们有点吵？”对方笑道。

“没错。”

“冒犯了你的分寸感，对吧？”

“那倒没有。”瑞秋没有纠正对方乱用词，却忍不住发出了一声叹息。

“我是不是很招你厌？”

“不，您的人品似乎很不错，但我得先走一步。”

兰德露出灿烂又友好的笑容。“不，才不是呢。先把酒喝了。”

瑞秋胸中的鸟儿开始奋力地振翼，尖喙直逼她的咽喉。

“我要走了，谢谢你。”她把手袋挎上肩膀。

对方开口说：“你是新闻上那妞啊。”

瑞秋并不愿意先花五到十分钟抵死不认账，最后才松口承认，但她依然决定装傻。“什么？”

“抓狂的那个。”兰德瞥了瞥瑞秋压根儿没碰的那杯酒。“当时你是喝醉了？还是嗑'嗨'了？究竟是怎么回事？拜托，告诉我也无妨啊。"

瑞秋对他挤出生硬的微笑，从他身边绕了过去。

兰德一边说"嘿，嘿，嘿"，一边闪身堵在瑞秋与门之间。"我只是纳闷……"他后退一步，眯起眼睛端详她。"只是纳闷你当时在想些什么。我的意思是，我想跟你交个朋友。"

"我要走了。"瑞秋伸出右手，示意他让路。

他朝后歪歪脑袋，噘起下唇，照着瑞秋的姿态学起来。"我不过问了个问题而已，大家信任你。"他伸出手指在她肩上掸了掸。"我明白，我明白，我明白，你觉得我是个醉鬼嘛。有可能，知道吧，我有可能确实是个醉鬼。不过，我现在说的都是些要紧事。我很幽默，我是个好人，朋友都觉得我逗趣得很。我有三个姐妹。关键在于，你觉得，就算你开始在工作的时候喝几杯，那也没什么大不了，因为要是惹火烧了身，说不定你背后有靠山呢。说中了吧？要么是个医生老公，要么是个风险投资人老公……"兰德一时有点失神，转眼又想了起来，张开粉嘟嘟的手指搁在粉嘟嘟的喉咙上。"**要是换了我，**我可办不到。我还得挣钱呢。我敢打赌，你肯定傍了个大款，付你的普拉提课程，你的'雷克萨斯'，你跟闺密一起吃的午餐。他为你付出的一切在你眼里一文不值。乖乖把那杯酒喝了，婊子。那可是有人帮你掏了钱的，放尊重点。"

他在瑞秋面前摇来晃去。瑞秋说不清，如果他再碰一下自己的肩膀，她会做出些什么事来。酒吧里没有人动弹，没有人吭声。没有人伸出援手。人人都只是在看戏。

"我要走了。"瑞秋重复道，朝门口迈了一步。

兰德再次将手指搁上了她的肩膀。“再多待一分钟好了。跟我喝一杯，跟大家喝一杯。”他冲着酒吧挥了挥手。“别让大家觉得你把我往坏处想了嘛。你没有把我往坏处想，对吧？我不过是个路人，是个普普通通的家伙，只是……”

“瑞秋！”正在这时，兰德的右侧冒出了布莱恩·德拉克洛瓦。他闪身绕过了对方，眨眼间就站到了瑞秋的身旁。“很抱歉，我有点事耽搁了。”他对兰德淡然笑了笑，接着朝瑞秋扭过头。“嗯，我们迟到了，不好意思。八点钟开场，我们得走啦。”布莱恩从吧台上端起瑞秋那杯伏特加，轻松地一口喝光。

布莱恩身穿藏青色的西服，白衬衫最上面的一个纽扣没有扣，黑色领带系得很松，稍微有点歪。他依然英俊过人，但并非那种让人觉得每天早晨会霸住洗手间不出来的类型。他的外形更沧桑些，脸孔粗犷得赏心悦目，笑起来一侧嘴角会微微上扬，卷曲的黑发显得颇为不羁。皮肤看上去饱经风霜，眼周长了些鱼尾纹，下巴和鼻子轮廓分明。他的蓝眼睛透着坦率和欢喜，仿佛他时常惊讶地发觉自己正面对逗趣的情形。

“顺便说一声，你看上去美极了。”布莱恩说。“实在不好意思，我没能及时赶到，再次道歉。”

“哇，哇噢。”兰德眯起眼望着自己的酒盯了片刻。“那就算了？”

这搞不好是他们俩设的套呢。兰德扮“贼”，她扮蒙在鼓里的“落难女子”，布莱恩·德拉克洛瓦扮的则是“护花使者”。瑞秋还没有忘记布莱恩在波士顿图书馆前怪异的举止，再说了，今天她刚刚离婚，两个人就碰巧偶遇，难道不是太巧了一点吗。

瑞秋决定不掺和。她抬起了两只手。“两位，我想我还是……”

可惜，兰德没有听见她的话，因为他正在推搡布莱恩。“喂，哥们儿，滚远点。”

听见兰德叫自己“哥们儿”，布莱恩忍不住乐，冲着瑞秋挑了挑眉。瑞秋不得不强忍住，免得自己笑出声来。

布莱恩向兰德转过身。“老兄，我倒是愿意，可惜办不到啊。我明白，我明白，你很失望，不过，你也不知道她在等我啊。但话说回来，我看得出，你是个幽默的人。再说了，夜还长着呢。”布莱恩指指酒保。“汤姆认识我。对吧，汤姆？”

汤姆说：“认识啊。”

“那……你叫什么名字？”

“兰德。”

“名字很酷。

“多谢。”

“亲爱的，”布莱恩对瑞秋说，“你能把车开过来吗？”

瑞秋听见自己说道：“当然。”

“兰德，”布莱恩一边开口说，一边迎上瑞秋的目光，朝门口使个眼色，“今天晚上在这家店，你的钱可不能花。无论你喝了些什么，汤姆会把钱算到我的账上。”他的眼神再次转向瑞秋，目光中多了几分力度；这一次，瑞秋迈开了脚步。“你想给桌球台旁边那几个姑娘点上一杯吗？那也算我请。自从我踏进酒吧门，穿绿色法兰绒配黑色牛仔裤的那位就一直在瞄你……”

瑞秋迈步向门走去，没有扭头看，尽管她恨不得瞥一瞥。但她最后一次望见兰德的面孔时，他的神情活像狗儿扬着头，正等着主人下令，或者赏点好吃的。还不到一分钟，布莱恩·德拉克洛瓦已经降服了兰德。

瑞秋找不到自己的车。她走过一个又一个街区，先往东，再往西，再往北，然后又朝南折回。在这些锻铁围栏和红砖宅邸之间，有一辆浅灰色二零一零年“普锐斯”汽车正泊在某处。

“是布莱恩的声音。”当穿过一条小巷朝灯火通明的科普利广场走去，瑞秋心中暗想。那声音暖心而自信，颇为动听，但并非动听得好似街头吆喝的小贩。那声音出自令你相见恨晚的知己，对你照顾有加的长辈——他一度跟你惜别，但此刻又回到了你的身旁。那声音是家的呼唤，不是有砖有瓦的家，而是心中的家，梦想中的家。

过了几分钟，那声音从瑞秋的身后传了过来：“如果你觉得我是个甩不掉的跟踪狂，因此赶紧溜掉的话，我不会往心里去。真的不会。我会待在这儿一步也不动，再也不见你。”

瑞秋停下了脚步，转过身，望见布莱恩正伫立在三十秒前她刚刚经过的巷口。他站在路灯下，双手紧握在身前，一动也不动。他在西服外面套了件防水外衣。

“不过，如果今天晚上你不打算就此叫停，我会紧跟在离你十步远的地方，跟到你让我请你喝一杯为止。”

瑞秋遥望着他，望了好久，久得足以让她发觉心中的囚鸟已经不再振翅，自己也已经不再无法呼吸。她只觉得心里很平静；自从上次躲在锁好的家里，安全地躲在重重大门之后，瑞秋还从未觉得心中如此平静呢。

“五步远就好。”她说。

## *Part 10*

# 光明

瑞秋和布莱恩漫步走过南端。没过多久，瑞秋就悟到布莱恩为什么会披着防水外衣。空气中弥漫着一层薄雾，薄得让人浑然不觉，直到她的秀发和额头都被雾濡湿。她立起兜帽罩住头，可惜的是，兜帽当然也已经湿了。

“那杯伏特加是你点的吗？”

“没错。”

“为什么？”

“你真想问？”

“不，不算多真吧。”

布莱恩轻笑一声。“因为当时我得去趟洗手间，我想确保出来之后你还没有走。”

“为什么不直接过来找我呢？”

“算是忐忑吧。这些年来，每次我主动联络你，可没见你一副欢天喜地的样子。”

这时，瑞秋放慢了脚步，布莱恩跟了上来。

“我很高兴收到你的电邮。”她说。

“真怪，从你的回复还真看不出来。”

“对我来说，这十年一言难尽。”瑞秋对布莱恩露出微笑，似乎有些迟疑，但又满怀希冀。

布莱恩脱下防水外衣，披到了瑞秋的肩上。

“我才不抢你的防水外衣呢。”她说。

“我知道你不会抢，算我借给你的。”

“我用不着。”

布莱恩朝后退了一步，端详着她。“那好，还给我吧。”

瑞秋笑了笑，翻个白眼。“如果你非要我穿，那我勉为其难啦。”

两个人继续往前走，整个街区只有他们的脚步声在回荡。

“你要把我们两个人领到哪里去？”布莱恩说。

“我指望着‘RR’酒吧还在呢。”

“确实还在。往上一个街区，隔两个街区就是。”

瑞秋点点头。“为什么给它取名叫‘RR’[1]呢？那附近也没有铁轨啊。”

“‘地下铁道’。曾经一度，‘地下铁道’从那附近把大多数奴隶送了出去。就在这栋楼……”布莱恩伸手指向夹在联排住宅和某教堂旧址之间的一栋红砖大厦，“埃德加·罗斯于上世纪八十年代初创立了第一家黑人运营的纸媒。”

瑞秋斜了布莱恩一眼。“你还真是万事通啊？”

1 “RR”可以是英文中“铁路”一词的简写。——译者注

“我喜欢历史。”布莱恩朝瑞秋耸耸肩。不知怎的，这个动作放到一个大个子男人身上，居然有几分可爱。

“这儿左转。”

两人向左转了个弯。这条街更加古老，更加安静。许多车库或带车库的公寓曾经是车马出租所，厚厚的窗户上镶了铅条，树木看上去跟美国宪法一样有年头。

“顺便说一声，跟你的软新闻报道比起来，我更喜欢你的硬新闻报道。”

瑞秋轻声地笑了。“我报道那只‘汪汪’叫的猫的时候，你是觉得信息量不够吗？”

布莱恩打了个响指。“答应我，那则报道一定要存好。”

正在这时，两人的耳边传来“啪”的一声，街道顿时变得漆黑。所有的灯光都冷不丁熄灭了，路灯也好，万家灯火也好，街道尽头小办公楼里的灯光也好。

借着街区沿途高楼投下的清晖，他们可以隐约望见对方。但这暮色是如此陌生，随之降临的是姗姗来迟的真相，而城中千家万户将其束之高阁：世上大多数活法都让我们措手不及。至少，坎坷的活法会让我们措手不及。

两人略有几分惊异，又迈步往前走。瑞秋浑身汗毛直竖，五分钟前可还不是这样呢。她只觉得听力突然敏锐起来，寒气入骨，头皮发麻，又凉又湿。

海地就曾经给人这种感觉。无论是太子港，还是莱奥甘，雅克梅勒。某些街区里，人们还在苦苦地期盼灯光再度亮起。

街角有个女子走出了一栋楼，一只手举着蜡烛，另一只拿着手电筒。

她用手电筒的光扫过瑞秋和布莱恩，瑞秋认出了女子头顶的标牌，发觉他们已经到了“RR”酒吧。

“噢，喂！”女子上下挥舞着手电筒，亮光从两人身上扫过，忽而又照亮了他们的双膝。“你们两个在干什么？”

“找她的车，”布莱恩说。“后来我们临时起意，想找找你家酒吧，结果就遇上了这出。”

布莱恩朝漆黑的夜色举高双手，这时耳边又传来“啪”的一声，灯火重又亮了起来。

众人不禁冲着窗户上的啤酒标牌和门上酒吧标牌投下的霓虹光影眨了眨眼睛。

“戏法耍得很好嘛。”酒保说。“你接不接生日派对演出？”

她为两人打开门，他们迈步进了屋。里屋跟瑞秋记忆中差不多，说不定更加出挑，灯光暗了些，浸润着黑橡胶的啤酒味变成了幽幽的山核桃木味道。两人进门的时候，点唱机里播着汤姆·威茨的歌，点酒的时候则乐声渐淡，换上了“电台司令”乐队《亲爱的派伯诺》那个时期的歌。汤姆·威茨倒也罢了，因为他的大多数好歌比瑞秋的年纪还要大。但一想到当初在大学时代听“电台司令”的歌时，今天酒吧里有些超过合法饮酒年龄的人还是小屁孩，瑞秋就有点讶异，不管那讶异多么意料之中，多么不值一提。“我们在众目睽睽之下日渐苍老，但不知何故，我们自己却最后一个知晓。”她暗自心想。

除了瑞秋、布莱恩和酒保盖尔，酒吧里再没有其他人。

第一轮酒喝到一半，瑞秋对布莱恩说：“跟我讲讲我上次见到你的情形。”

布莱恩困惑地眯起了眼睛。

“当时你跟一个古董商在一起。”

布莱恩打个响指。“杰克·埃亨，对吧？是不是杰克？”

“没错。”

“我们正要去吃午餐，结果在灯塔山顶遇到了你。”

“是的，没错。”瑞秋说，“都没说错，但我想问的是当时的气氛。你那天很不对劲，我的天呐，简直恨不得甩掉我。”

布莱恩点点头。“嗯，不好意思。”

“你承认？”

“见鬼，是啊。”布莱恩在座位上转个身，斟酌着措辞。“当时我办了个小小的子公司，杰克算个投资商吧。不是很大，只是个制造高端木地板和百叶窗的公司。杰克以卫道士自诩，在这方面颇具十五世纪风范，路德原教旨主义者还是加尔文原教旨主义者，总之我记不清了。”

“我也分不清这两样。”瑞秋说。

布莱恩对她抛去一丝苦笑。“不管怎么说，当时我已婚。”

她喝了一大口酒。“已婚？”

“是啊。正打算离婚，但当时还是已婚身份。我干的是推销，我的婚姻也被当成了牌打，好让卫道士客户买账。”

“接着说。”

“这时我望见你过街向我走过来，我心里有数，假如不先下手为强的话，他只怕会看穿真相，所以我心里直发毛——很紧张的时候，我就会心里发毛。结果我还是把事情全搞砸了，真见鬼。”

“你刚才说‘先下手为强’，你要‘下手’处理什么？”

布莱恩歪了歪头，挑了挑眉。“真要我把话说出口吗？”

“明明是你在解释，我的朋友。”

“免得他看出你让我心动啊，瑞秋。我前妻一度为了这件事唠叨我……你又在新闻上看你‘女朋友’吗？我的朋友们都看得出来。我敢肯定，要是我在灯塔街正中对你‘哗哗’流口水，杰克·埃亨只怕不会错过这出好戏。我是说，天哪，从奇科皮开始就难以忘怀，饶了我吧。”

“你饶了我吧。我可什么都不知道。”

“噢，没错，是的。依我猜，你又怎么会知道呢？”

“你可以提一提嘛。”

“在电邮里提？在你跟你那位十全十美的丈夫会一起读到的邮件里提？”

“他才不是十全十美。”

“那时候我并不知道。再说，当时我已婚。”

“她怎么样了？”

“走了。回加拿大了。”

“这么说，我们俩都是离异人士。”

布莱恩点点头，举起酒杯。“敬两个离异人士。”

瑞秋跟他碰了碰杯，把自己那杯喝个精光。两人又叫了两杯。

瑞秋说：“跟我说说，你身上有什么让你自己不满意的地方。”

“我不满意的地方？我本来还以为，关键在于刚开始就要亮出自己最棒的一面呢。”

“什么‘刚开始’？”

“跟人交往。”

“约会？我们现在算是在‘约会’吗？”

“我还没往那方面想。”

“你喝了几杯，我喝了几杯，我们面面相觑，掂量着是否喜欢对方待在身边，喜欢到再约一回的地步。”

“听上去确实像个约会。”布莱恩竖起一根指头。“除非，这算是‘约会’的 NFL[1] 季前赛。”

“相当于‘约会’的 MLB[2] 春训吧。”瑞秋说。“等等，NBA 季前赛有什么绰号？”

“季前赛。”

“我知道，但是大家叫它什么呢？”

“大家就叫它‘季前赛’。”

“你确定吗？似乎很缺乏新意啊。”

“可惜事实如此。”

“NHL 呢[3]？”

---

1 即国家橄榄球联盟，世界最大的职业美式橄榄球联盟。——译者注

2 即美国职业棒球大联盟，通称美国职棒大联盟，简称美国职棒或大联盟，是目前世界上最高水准的职业棒球赛事，也是北美四大职业运动之一。——译者注

3 即国家冰球联盟，简称 NHL，北美冰球队伍所组成的职业运动联盟。NHL 是全世界最高层级的职业冰球比赛，为北美四大职业运动之一。——译者注

“鬼才知道。”

“但你是加拿大人啊。”

“没错，”布莱恩承认道，“不过我对那玩意儿不擅长。”

他们一起大笑起来，不是因为别的，而是因为瑞秋母亲笔下的第一阶段——“火花四溅”已经降临。不知是在两人沿着鹅卵石小径漫步于悄然静谧、只有脚步声回荡的街区时，还是在瑞秋闻见布莱恩那湿漉漉的防水外衣衣领从自己颌下传来的味道时；不知是在那停电的两分钟，在两人双双迈过门槛走进酒吧，而汤姆·威茨轻轻吟唱的副歌声越来越低，还是在此时此刻，当两人开着玩笑，喝着伏特加和苏格兰威士忌时，他们已经又过了一关：将定情之前的旧事抛诸脑后，从此携手前行。

“我身上让自己不满意的地方？”

瑞秋点点头。

布莱恩举起酒杯，“咔哒咔哒”地将冰块从一边晃到另一边。他的脸上不见了嬉笑的神情，取而代之的是某种哀伤，某种困惑，却又并非怨气。布莱恩毫无怨气——这一点立刻让瑞秋倾倒。她自小在怨气冲天的家庭长大，等她认定自己已经远远地躲开，却又嫁进了一个怨气冲天的家。她真是受够了。

布莱恩说：“如果在你小时候，人家组队不要你，你喜欢的人不喜欢你，而你的父母排斥你、忽视你，不是因为你做错了什么，而是因为他们自己本来就一团糟，因为他们自己本来就是‘有毒’的父母，你明白吗？”

“明白，非常明白。我简直等不及想听你接下来会怎么说。”

这时，布莱恩抿了口酒。“我寻思着那些时刻（这种时刻在童年时代多得很，也越积越多），而我意识到，我向来笃信对方没有错。我不配参队，不配被别人喜欢；家里人排斥我，因为我就该被排斥。”他把酒杯搁上吧台。“我身上让自己不满意的地方是，有时候，我不太喜欢我自己。”

“而且，无论你做了多少善事，”瑞秋接口说，“无论你是个多贴心的朋友，多完美的另一半，多高尚的人道主义者，只可惜，我是说，什么也无法……”

“什么也不行。”布莱恩说。

“……弥补你是坨狗屎的事实。”

布莱恩对她露出灿烂明媚的笑容。“我的心思都被你看透了嘛。”

“哈。”瑞秋摇摇头。“我心里就这么想。”

有那么一会儿，两个人默不作声，喝光了杯中的酒，又叫了两杯。

“话说回来，”瑞秋说，“你扮自信扮得真不赖。刚才你把酒吧里那人渣耍得团团转，活像他被你催眠了一样。”

“他是个傻蛋。傻蛋容易被人耍，所以他们是傻蛋嘛。”

“我怎么知道你们不是合起伙来设套？”

“设什么套？”

“你心里有数，”瑞秋说，“他出手吓我，你前来救场。”

“可刚才我帮你脱了身，我自己留下来了啊。”

“如果他是跟你合伙设套的话，你有可能在我脱身后五秒钟就离开酒吧，跟上我。”

布莱恩张大了嘴巴，又合起来。他点点头。“说得有理。是不是经常有人这么费尽心机地接近你？”

“据我所知，那倒没有。”

“要演这么一出，我得下一番苦功啊。可是那家伙不是带了个女朋友吗？人家一对还在吵架？”

瑞秋点点头。

“这么说来，我势必……让我先理一理……事先得知你今晚会来酒吧，然后雇个朋友扮作他带女友光顾，让他跟女朋友吵架，把她气跑，再凶巴巴地跟你搭讪，好让我可以插一脚，帮你顺利脱身，好让我……”

“好啦好啦。”

“……可以趁你出门的一瞬间奔过整个酒吧，溜出去跟上你，再跟在你屁股后面穿过整座城市，穿过空荡荡、静悄悄的街道。”

“好吧，我刚才都说了，算你有理。”瑞秋冲着他的西服，他的白衬衫，他的漂亮防水外衣示意。“只不过，你真是有模有样得很，我真的想不通你竟然有点自恨。因为，我的朋友，你浑身上下处处透着自信哪。”

“显得很欠揍？”

“事实上，不是的。”瑞秋摇摇头。

“大多数时候，我确实很自信，”布莱恩说。“那个理性、成熟的我？算是把自己打理得妥妥帖帖吧。只不过，我的心底深处有个角落，会在深夜时分，某间昏暗的酒吧，向某个女子敞开。谁让人家问起，我身上让自己不满意的地方有哪些呢。”布莱恩整个人朝瑞秋转过身来，等待着。“说到这点……”

瑞秋清了清嗓子，因为有那么一会儿，她担心自己会掉下眼泪。她能感到，自己的眼中已经泛上了泪光，而这一点很丢脸。她曾在岛上报道过七级大地震，该岛备受贫困之苦，远超世人的想象；她曾花了整整一个月，在一个住宅区双膝着地而行，以便用孩子的视角去探寻其中情境；她曾爬上树冠，攀上巴西雨林两百米的高空，在树上睡了一夜。谁知道，到了今天，她却几乎没有办法安安稳稳地从郊区驱车三十英里来到市区，中途不发一次飙。

“我今天离婚了。”瑞秋开口说道，“你也知道，六个月前，我丢了工作……不，纠正一下，应该说是事业尽毁……因为我在现场直播中恐慌发作。我越来越怕人，不是怕某个人，而是见人就怕，比怕某个人还要糟。过去几个月里，我一直闭门不出。老实说？我迫不及待地想回家。布莱恩，我身上没有半点讨自己喜欢的地方。”

有那么片刻，布莱恩一声也不吭，只是凝望着瑞秋。那不是目不转睛的瞪视，不是引诱，不是挑衅；那是包容，是坦坦荡荡，不予置评。瑞秋无法形容那神情，直到她猛然回过了神——那是朋友投来的眼神。

就在这时，她注意到了耳边的歌声。或许已经播了半分钟了。兰尼·韦尔奇，最早一批但也最经久不衰、昙花一现的歌手，正吟唱着《为你倾心》。

布莱恩侧耳听着歌，目光落到了别处。“我小的时候，大家有次去湖边，收音机里播的就是这支歌。当天大人们个个都很离谱，过了好多年，我才回过神，那天他们都嗑嗨了。当时我死活不明白，为什么大家非要分着抽同一支香烟呢。不管怎么说，反正他们在湖边伴着这支歌翩翩起舞，一群嗑嗨了、穿着尼龙泳衣的加拿大人。”

随后她说的那些话，究竟从何而起？那心动是否有迹可循？又或者，只是化学反应？总之情思翻涌，肉身胜了头脑。

“想跳舞吗？”她说。

“乐意之至。”布莱恩挽起瑞秋的手，两人来到吧台后的小舞池。房间昏暗，只映照着点唱机发出的微光。

于是，两人跳起了他们的第一支舞。第一次手贴上手，胸贴上胸。她第一次挨得够近，闻见他身上的味道——后来她总觉得，布莱恩闻上去常常是这种味道：一丝烟味，交织着无香型洗发水的味道，以及林间芬芳般的幽幽体香。

“我给你点了那杯酒，因为我不希望你离开酒吧。”

“因为你不得不去洗手间，我明白。”

“不，我去了洗手间，是因为刚给你点了那杯酒，我就崩溃了。我只是……我说不清，唔……我只是不希望见到你盯着我，仿佛我是个见鬼的跟踪狂。于是我去了洗手间……我说不好……去犯怵？我进了洗手间，背靠墙站着，骂自己糊涂，骂了大概十遍吧。”

“不是吧。”

“是真的。我发誓。以前我看你的新闻报道，你十分坦荡。你不会掺杂个人意见，不会对着镜头挤眉弄眼，不会夹带私货。我相信你所说的话。你做新闻正大光明，明眼人看得出来。”

“‘汪汪’叫的猫咪新闻也是吗？”

布莱恩的神情严肃了起来，但语气依然轻松。“别把我夸你的话都往死里踩。我会熬过整整一天，有时还熬过整整一个星期，期间所有人都对我撒谎，所有人都想要我。从汽车推销员到供应商，从航空公司、酒店、酒店酒吧里的女子到我的医生——他非要向我兜售药品，因为他正千方百计地跟医药代表上床。我出差回来，打开六频道，而你……你……不会对我说谎话。这件事意义深重。有些时候，尤其是婚姻触礁，我成天到晚孤零零一个的时候，这意味着一切。”

瑞秋不知道该说些什么。最近一段时间，她既不习惯溢美之词，也难得被人信任。

“谢谢。”瑞秋终于挤出了话来，紧盯着地板。

“这真是首哀伤的歌。”过了片刻，布莱恩说。

“是啊。”

“你想歇一下吗？”

“不。”布莱恩的手掌贴着瑞秋的后背，让她心醉神迷，让她觉得自己永远不会跌倒。永远不会受伤。永远不会受挫。永远不会再被抛弃。“不，不要停。”

# *Part :11*

# 胃口

两人初堕爱河的时候，瑞秋似乎获得了一种虚假的平静。她几乎就要相信，恐慌发作已经成了往事，尽管最近几次发作其实最严重。

瑞秋与布莱恩首次正式约会，是在重逢的第二天清早，两人一起喝了咖啡。前一晚，他们喝得醉醺醺的，瑞秋大手笔在科普利广场威斯汀酒店开了间河景房。她已经一年多没有住过酒店了；在电梯里，她还想象着点份客房服务，叫点小吃，看看电影点播，谁知道刚刚踢掉鞋，拉过床单，她就倒头睡了过去。第二天早晨十点钟，她在纽伯里街的斯蒂芬妮餐厅跟布莱恩碰了头。瑞秋体内的伏特加还在翻涌，头脑一片混沌。相比之下，布莱恩看上去却精神抖擞。实际上，在日光下，布莱恩比在酒吧灯光下显得更加俊朗。瑞秋问起他的工作，布莱恩告诉她，反正那份工付得了账单，还能让他享享旅行的福。

“肯定不止这两点吧。”

“差不多。”布莱恩轻声笑道，“日复一日，我都干着这样的活：看本月的木材是多还是少，我会跟木材供应商谈条件。澳大利亚是不是爆发了旱灾？菲律宾的雨季是不是没完没了？这些因素会影响木材的价格，进而影响……从哪里说起呢……那盒餐巾纸的价格，这张台布的价格，那个糖包的价格。谈起我的工作，我简直都快睡着了。”他轻啜一口咖啡。“你呢？”

“我？”瑞秋说。

“是啊。你打算重回新闻业吗？”

“恐怕没人会雇我吧。”

“如果有人雇呢？比如说，某个从来没有见过那则视频的人？”

“我又上哪里去找这样的人？”

“我听说，乍得的互联网服务很差劲。”

“乍得？”

“乍得。”

瑞秋说：“嗯，如果我还能再搭飞机的话，我会试试到……哪里的新闻台来着？”

“恩贾梅纳。”

“乍得首都，没错。”

“刚才这个词也到你嘴边了，我敢肯定。”

“可不是嘛。”

“不，我心里确实有数。”

“我本来差点就想起来了。”

“我不是在跟你争。”

“你嘴上或许没有争，”瑞秋说，“眼神却在跟我争。”

“顺便说一声，你的眼睛可真美。”

“我的眼睛。”

“还有你的嘴。”

“好吧，准你随时跟我混了。”

“正合我意。”布莱恩的脸色阴沉了下来。“你有没有想过，可能你用不着跑到乍得那么远的地方去？”

“你这话什么意思？”

“我在想，或许事情并不像你想的那样，能认出你的人可能没那么多。”

瑞秋冲他扬起一条眉毛。“在这个城市，我每个星期有五天晚上播新闻，播了几乎整整三年。”

“没错。”布莱恩说。“但收视率是多少？拥有二百万人口的一座城市，大约有百分之五？那就是十万人，还散布在城区各处，大得不得了的地方。我敢打赌，假如你跟这间餐厅的所有人都打听打听，恐怕能认出你的只有一两个，可能还只是因为我们非要去问人家，害得人家再仔细多看了一眼。”

瑞秋说：“我真说不好，你究竟是不是在帮我宽心。”

“帮你宽心，”布莱恩说。“什么时候都会帮你宽心。我想让你明白，瑞秋，确实有些人记得那则视频，但在公共场合见到你又联想到你头上的人却没那么多，而且不管怎么样，这个人数会与日俱减，减得越来越快。我们生活在万事皆是过眼云烟的世界。没有什么常青不败，就连耻辱也一样。”

瑞秋朝布莱恩皱起了鼻子。“你讲话很好听嘛。”

“你长得很好看。”

“唔。”

两人的第二次约会，是在南岸共进晚餐，就在瑞秋家附近。第三次约会则重新回到了波士顿，又是一顿晚餐，之后两人像高中生一样亲热了起来。瑞秋背靠在一根灯柱上，谁知道却下起了雨，并不是重逢那晚的绵绵雨丝，而是瓢泼大雨，又正赶上气温暴跌，仿佛冬天最后一次绝望地向人伸出了魔爪。

“还是送你到车上去吧。”布莱恩将瑞秋裹进了自己的防水外衣。她能听到雨点石子般打在防水外衣上，但除了脚踝，她的身上半点也没有淋湿。

他们穿过一个小公园，一名流浪汉正躺在长椅上，瞪大眼睛紧盯着街道，好似寻觅着遗落的失物。他用报纸遮着雨，但他的头在雨中不停地轻晃，嘴唇发颤。

“今年春天真难熬啊。”那人说。

“六月就快到了。”布莱恩说。

“到半夜雨就会停吧。”瑞秋心里又是焦虑，又是内疚：谁让她有车有床，有一方遮风挡雨的屋檐呢。

听了瑞秋的话，流浪汉满怀希冀地撅起嘴，闭上了眼睛。

到了车上，瑞秋打开暖气，搓了搓手。布莱恩从敞开的车窗里探身进来，本来想匆匆讨个吻，但那一吻颇为漫长。雨点敲击着瑞秋的车顶。

“我开车送你回家吧。”瑞秋说。

“要往反方向走十个街区呢，穿着防水外衣淋湿不了。”

“可你没帽子。”

“没信心的家伙。”布莱恩从车边退开，从外套口袋里掏出一顶“蓝鸟”队球帽。戴上球帽时，他弹指弓起帽舌，向她行了个礼，咧嘴笑道：“开车小心点，到家打个电话给我。”

“再来一个吻。”瑞秋朝他钩钩手指。

布莱恩再次探身到车里，吻了她。她可以闻见他的帽檐底下发出一丝幽幽的汗味，尝出他的舌尖有股苏格兰威士忌味道。她一把攥住布莱恩的外套翻领，吻得更深了些。

布莱恩沿着两人来时的路往回走。瑞秋打开雨刷，准备从路缘驶开，可惜汽车的车窗蒙上了一层雾。她又打开除霜系统，等着玻璃渐渐变得清晰，然后才驱车开上街道。驶到下一个街角，瑞秋正要右转弯，向左瞥了瞥，却一眼望见了布莱恩。他伫立在小公园里，脱下了外套，披在了那个流浪汉身上。

布莱恩迈步走出公园，竖起衬衫的衣领挡着雨，一溜烟奔过街道向家跑去。

不用说，瑞秋的母亲笔下有一整章印证了瑞秋刚刚目睹的景象：“促使恋情飞跃的一幕。”

到了两人的第四次约会，布莱恩在自己的公寓里做了顿晚餐。他把碗碟放进洗碗机时，瑞秋脱掉了T恤和胸衣，只穿了一条做旧的男式牛仔裤，去厨房找他。她刚走到布莱恩身旁，他恰好转过身来，眼睛顿时一亮，叹道：“噢。”

她只觉一切尽在掌握之中（当然，事实并非如此），只觉自由自在，足以对两人首度床第之欢说了算。当天晚上的做爱从厨房开始，在床上收尾；第二轮则从浴缸开始，在双人水池间的台面上告终。两人到卧室又来了一轮，滋味居然无比美妙，尽管布莱恩已经什么也射不出来，只是抖了几抖。

整个夏季，委身无比顺利；可惜的是，交托其他的一切，却要慢上几步。尤其是瑞秋再度开始遭遇恐慌发作之后。基本上，每当布莱恩出城，恐慌发作便会来临。不幸的是，接受布莱恩作为男友的首要原则，就是接受他会经常出城。布莱恩大多数时候是出差去加拿大、华盛顿州和俄勒冈，待个两夜，速去速回；一年要去缅因州两次。而其他差旅花的时间则要长得多，比如去俄罗斯、去德国、去巴西、去尼日利亚和印度。

有些时候，布莱恩刚刚离开的时候，重拾自我感觉别有一番风味。瑞秋无须再把自己定位成某人的“另一半”。布莱恩出门后，她清早醒来，只觉得“瑞秋·蔡尔兹”占了自己的百分之九十。紧接着，她放眼向窗外望去，世界却让她心悸，她才又记起来：原来，百分之九十的自己，至少比她自己所中意的多出了百分之四十。

到了第二天下午，一想到要外出，瑞秋就觉得，心中那较为平常、也容易对付的惧意里，还裹挟着一股歇斯底里的劲头，马上就要夺路而出。

瑞秋想象外界时所见到的景象，恰是她斗胆外出时感受到的景象：外面的世界向她袭来，如滚滚风雷，围困着她，撕咬着她，探进她的体内吸干了她。她只落个空手而归。她的种种尝试在外界面前屡屡碰壁，它挫败了她为融入所做的一次次努力。它将她吸入漩涡之中，转得她晕天晕地，接着一口把她吐出漩涡，又把魔爪伸向下一个受害者。

布莱恩待在多伦多的时候，瑞秋僵在了博伊尔斯顿街的“唐恩都乐”

店里。整整两个小时，她根本没有办法从眺望着街道的小柜台旁边挪开脚步。

一天早上，布莱恩正从汉堡赶回来，瑞秋在灯塔街钻进了一辆出租车。出租车已经开出了四个街区，她才意识到：自己竟然请了个素未谋面的陌生人为了钱带她安全地穿过整个城市。她让司机靠边停下，多给了司机点小费，下了出租车。她伫立在人行道上，一切都太明亮，太有锋芒。她的耳朵尖得过分，可以听见马萨诸塞大道另一头的三个人正在聊他们的狗。河边一名女子在用阿拉伯语训孩子。洛根机场有架飞机降落，另一架徐徐起飞——这一切，瑞秋尽收耳中。她能听见马萨诸塞大道上鸣笛的汽车，灯塔街上没有熄火的汽车，斯特罗行上启动引擎的汽车。

幸运的是，不远处就有个垃圾桶。瑞秋迈出四步，向垃圾桶里吐了起来。

瑞秋又走回她跟布莱恩的公寓，路上的行人明目张胆地盯着她，目光里有几分蔑视，几分厌恶，还有几分……瑞秋只能认为，那是“胃口”。瑞秋从旁经过时，路人恨不得把她分而食之。

走到下一个街区，一名山达基信徒过来跟瑞秋搭讪，往她手里塞了本小册子，问她是否想做个性格测试。“你看上去无疑像是该听点好消息，女士。说不定能重新认识下你自己呢……”

瑞秋不敢肯定，但很怀疑自己吐在了那人身上。回到公寓，她在鞋上发现了几团呕吐物，但等到冲着大桶“哇哇”呕吐的时候，她倒是确信自己并没有吐得拖泥带水。

瑞秋脱掉衣服，冲了个二十分钟的澡。当天晚上，布莱恩回到家，瑞秋还穿着浴袍，一瓶灰比诺葡萄酒眼看就要见底了。布莱恩给自己斟上一杯单一麦芽威士忌，加了块冰，一屁股坐到俯瞰查尔斯河的靠窗位，紧挨着瑞秋，让她说个痛快。她倒完了苦水，本来以为会在布莱恩脸上见到厌恶的神色（反正塞巴斯蒂安肯定会露出嫌恶的神情），事实却并非如此。她只望见……那是一种什么神情？

天哪。

那是同理心。

**“原来，同理心看上去是这样？”**瑞秋暗自心想。

布莱恩用指尖把瑞秋湿漉漉的刘海往后拨，吻了吻她的前额，又给她斟了些酒。

他轻声笑道：“你真的吐到了一个山达基教徒身上？”

“这种事可不好笑。”

“但真的很好笑，宝贝，真的很搞笑。”布莱恩举杯跟她碰了碰，喝起酒来。

瑞秋不禁哈哈大笑，可惜笑声越来越低。她记起了昔日的自己——报道住房项目时的瑞秋，跟随警车一起巡逻的瑞秋，议政殿堂里的瑞秋，太子港街巷中的瑞秋，莱奥甘临建棚营地那漫漫长夜里的瑞秋——她不敢相信，昔日那一个个“瑞秋”，便是眼下的自己。

“我觉得很丢脸。”瑞秋望着眼前的男子。此人比她认识的任何人都出色，无疑比她认识的任何人都更善良，更耐心。她的眼中涌上了泪珠，却只让她感觉更加丢脸。

“为什么觉得丢脸？”布莱恩问。“你并不软弱。听到了吗？”

“我连那扇该死的门也出不了。”瑞秋低声说。“我连该死的出租车也坐不了。”

“你会去看医生，”布莱恩说。“会有办法，会痊愈的。再说，你想去哪里？”他的手臂向公寓一挥。“还有什么地方能强过这儿？我们有书，有装得满当当的冰箱，还有 Xbox 呢。”

瑞秋垂下额头，贴上了布莱恩的胸膛。“我爱你。”她说。

“我也爱你。我们甚至可以在这儿举办婚礼。”

她从他的胸口仰起头，望着他的眼睛。他点了点头。

他们在一间教堂里举办了婚礼，就在几个街区外。婚礼只请了新郎新娘最亲密的死党出席：新娘请了梅丽莎、欧仁妮，以及瑞秋在海地期间的摄影师丹尼·马洛塔；新郎请了他的生意合伙人凯莱布、凯莱布的太太 Haya——一位艳光四射、还在苦苦学习英文的日本移民，再加上汤姆，也就是两人重逢那间酒吧的酒保。这次再没有杰里米·詹姆斯牵着瑞秋走下红毯了，瑞秋已经两年没有收到他的消息。至于布莱恩，当瑞秋问起他是否打算邀请家人到场，他摇了摇头，面孔笼上了一层阴云。

“我跟家里人做生意，”布莱恩说。“并不是打心眼里爱他们。我不会把自己生命中的美妙跟他们分享。”

谈起家人的时候，布莱恩不爱用什么缩写。他一字一顿，正儿八经。

瑞秋说：“但他们好歹是你的家人嘛。”

布莱恩摇摇头。“你才是我的家人。”

婚礼结束后，一行人全去“布里斯托酒廊”喝了几杯。接着，瑞秋跟布莱恩穿过波士顿公园及公共花园步行回家；一生之中，瑞秋还从未感觉如此幸福。

没想到的是，两人在灯塔街等红绿灯时，瑞秋却眼睁睁在通向河滨公园的高架桥正中望见了两抹已逝的幽魂。身穿褪色红T恤与牛仔短裤的是埃丝特，身穿淡黄色裙子的是维蒂。两个姑娘攀上了高架桥的护栏。车辆从斯特罗街驶过，在姑娘们脚下川流不息；她们从护栏上纵身跃下，一头栽了下去，刚要撞到人行道，却又不见了踪影。

瑞秋没有告诉布莱恩。两人一路顺风地回到家，路上瑞秋也没再出什么岔子。他们喝了点香槟，做爱，又喝了些香槟，躺在床上，望着一轮满月升上城市的天空。

刚才，她亲眼见到两个姑娘从高架桥纵身跃下，消失了踪影。瑞秋一一细数着所有从她生活中消失了踪影的人，不仅仅是那些至关重要的人，还有那些不太起眼的人。她猛然悟到了自己最深沉的梦魇：有朝一日，所有人都会从她身边消失，一个也不剩。有一天，她转过街角，眼前宽阔的大道却空空如也，汽车被人丢到了一旁。就在她停下脚步眨眼睛的工夫，所有人都已经从某座后门偷偷地溜走了，活着的人只剩下了她一个。

这是个离谱的念头，恐怕怀有烈士情结的小屁孩才会沉迷其中。然而，要读透瑞秋的恐惧，这个念头却是重中之重。她向自己的新婚丈夫望去。做爱，香槟，再加上操劳的一天，已经让布莱恩抬不起忽闪的眼帘了。在那一刻，瑞秋意识到：她嫁给布莱恩，跟嫁给塞巴斯蒂安的原因截然不同。当初嫁给塞巴斯蒂安，是因为瑞秋潜意识中明白，一旦他弃她而去，她不会太放在心上。但她嫁给布莱恩，则是因为，尽管布莱恩有时不在她的身边（次数够多，多得让瑞秋相信这一略有瑕疵的模式），他却永远不会弃她而去。

“你在想些什么？”布莱恩问道。“你看上去很哀伤。”

“不，”瑞秋撒了个谎。“我很开心。”她说——因为这句也是真话。

十八个月后，瑞秋才再次迈步走出公寓。

# *Part 12*

## 项 链

布莱恩去伦敦前一个星期，快到两人两周年结婚纪念日的时候，布莱恩与瑞秋从十五楼搭电梯下来，出了他们所住的大厦。当时正在下雨（那个星期雨丝不断），不过雨不大，更像是瑞秋几乎没有留意的蒙蒙细雾，直到寒气入骨，恰似她与布莱恩重逢的那个晚上。布莱恩握住瑞秋的手，领她去了马萨诸塞大道。他死活不肯告诉她要去哪儿，只说她已经准备好了，不会让她受不了。

过去六个月中，瑞秋已经踏出家门十多次了，但她只在外界环境最容易控制的时候出门：要么是清晨，要么是工作日傍晚，通常还要找个最冷的天气。她会去超市，但跟以前一样，只在工作日的清晨去，周末总待在家里。

不过此时此刻，她竟然出了门，在一个周六上午到了后湾。尽管天气不佳，马萨诸塞大道上却人潮涌动。横街同样拥挤，尤其是纽伯里。马萨诸塞的红袜队粉丝们倾巢出动，谁让连绵的雨害得比赛频频泡汤，球队千方百计要在一周内安排一场主场比赛呢。于是马萨诸塞大道上挤满了红色T恤、蓝色T恤、红色球帽、蓝色球帽，挤满了穿戴红蓝色T恤和红蓝色球帽的人们：男子汉气概十足、兄弟会成员模样的年轻人，身上穿着牛仔裤，脚上蹬着人字拖，已经开始泡吧了；中年男子和中年女子，啤酒肚一个比一个大；沿着人行道乱窜的孩子，其中有四个还在挥剑与玩具蝙蝠激战。堵车堵得太久了，司机干脆熄了火。喇叭声此起彼伏，乱穿马路的家伙从车流中穿梭而过，有个人放声大喊："冠军……城，冠军……城！"每喊一声，他都往汽车的车尾行李箱上拍一掌。除了体育粉丝（且不说他们是讨喜还是不讨喜），还有雅皮士、黑人雅皮士，以及刚从伯克利音乐学院或波士顿大学毕业、前途让人气馁的都市潮人们。再沿着纽伯里街往前走，会遇见各色美艳娇妻，她们有着丰唇，手袋里拎着小狗；只要客户服务稍有差池，她们就会叹口气，要求见经理。瑞秋已经太久没敢大起胆子钻进人群了，不知怎的，她已经记不起人群多么让人不堪重负。

"呼吸，"布莱恩说。"呼吸就好。"

"呼吸废气吗？"两人穿过马萨诸塞大道，瑞秋说。

"当然。怡情养性。"

到了人行道的另一头，瑞秋才意识到布莱恩打的是什么主意。他带着瑞秋朝海恩斯会议中心地铁站转了个弯。

"哇。"她伸出一只手攥住他的手腕。

布莱恩顺势转过身来，望着她的面孔，露出了微笑。"你办得到的。"

"不，我办不到。"

"你可以。"布莱恩轻声说。"看着我，亲爱的。看着我。"

瑞秋望着他的眼睛。布莱恩身上有一面既可能激励人，也可能招人烦，全看她心情如何；那是一种不怕困难、敢作敢为的态度，几近狂热。布莱恩偏爱以各种方式肯定现状的音乐、电影和书籍，要不然的话，至少要抱定“好人有好报”的宗旨。不过，布莱恩也并不天真。他那双蓝眸中满载的同情与智慧足以与年龄是他两倍的人匹敌。布莱恩看得透世上的丑恶，他只是选择相信，他能够凭借意志避开丑恶。

“拒绝失败，你就赢了。”布莱恩无数次对瑞秋说。

瑞秋则不止一次回答：“拒绝失败，你也会输。”

不过此刻，瑞秋需要布莱恩的那种气质，那文斯·隆巴迪与励志自助大师的结合体，那坚韧不拔、乐观向上的劲头（有时候只是坚韧不拔）。假如布莱恩不是个加拿大人，瑞秋愤世嫉俗的一面只怕早已经认定他太富有美国味，“美国味”得落入窠臼了。但此时此刻，她需要布莱恩把“布莱恩”气质发挥得有过之而无不及，而他确实做到了。

布莱恩举高了两人握在一起的手。“我不会放手的。”

“见鬼。”尽管在笑，尽管明知道自己会照办，瑞秋却听出了自己话音中苦苦忍着的疯癫。

“我不会放手。”布莱恩又重复了一遍。

等到瑞秋回过神，她已经上了电梯。不是宽敞的现代化电梯，海恩斯的扶梯又窄，又暗，又陡，反正肯定不合现行规范。瑞秋担心，只要自己往前歪一下，就会把自己、布莱恩和前面所有人都害得全跌下去。扶梯一路往下降，瑞秋尽力昂首挺胸。灯光越来越暗，直到下行变得活像某种古老仪式的一部分，或许是丰产仪式，或许是降生仪式。身后是些素不相识的陌生人；前方是些素不相识的陌生人。面孔与动机纷纷笼罩在黯淡的灯光下，一颗颗心不停跃动，仿佛炸弹发出的声声“滴答”。

“你还好吗？”布莱恩问。

瑞秋紧紧地握住他的手。“还撑得住。”

一滴汗滴下她的秀发，从太阳穴旁边滑过，滑到左耳耳后，又沿着后颈钻进她的衬衣，在脊椎上不见了踪迹。

瑞秋上次恐慌发作，就是在她跟布莱恩今天早晨从自家公寓搭乘的那架电梯上，时间是七个月以前。不，八个月前——瑞秋颇为自豪地意识到。“八个月了呀”，她暗自心想，又捏了捏丈夫的手。

众人抵达了站台。一旦出了狭窄的电梯，人群也不算太过拥挤。瑞秋跟布莱恩沿着站台入口侧走了四分之一还多的路程，瑞秋惊讶地发觉，自己的手竟然还没有冒汗。二十多岁和三十出头时，瑞秋曾走遍天南海北。想当初，跟成群的陌生人一起钻进某条黑漆漆的隧道，以便跟更多素未谋面的陌生人一起搭地铁，还算不上什么威胁呢。去音乐会、去体育赛事、去电影院也是一样。即使在海地的“帐篷城”和难民营，瑞秋也从未恐慌。在海地的时候，她曾经出过许多别的问题，一回美国，又遇上了别的难关（她的脑海中立刻浮现出了“酗酒”、“奥施康定”和“劳拉西泮”这几个词），但瑞秋从未恐慌。

“嘿，”布莱恩说，“你没走神吧？”

瑞秋轻声笑道：“我觉得，我才应该问你这个问题呢。”

“唔，我在这儿，”布莱恩说。“我就在你身边。”

他们找到了一张嵌到墙上的长椅，墙上赫然是幅 MBTA 交通路线图[1]。绿线、红线、蓝线、橙线和银线像血脉般纵横交错，然后向各处伸展出枝

1 即马萨诸塞湾交通局（缩写 MBTA），是运营大波士顿地区公共交通的管理机构。——译者注

丫。

瑞秋将两只手都揣到布莱恩的掌心里，两人的膝盖挨在一块儿。人们见到的会是一对亮眼的璧人，夫妇俩显然心意相通。

“你一直都在我身边，”瑞秋对布莱恩说，“除了……”

“除了我不在的时候。”他为她圆了话，两人都笑了。

“除了你不在的时候。”她附和道。

“不过，宝贝，那只是差旅而已嘛，你随时可以跟我一起去。”

她翻了个白眼。“我还说不好能不能上这趟地铁呢，我才不要搭飞机。”

“这趟地铁你一定能上。”

“是吗？你怎么这么肯定？”

“因为你现在更坚强了。再说，你很安全啊。”

“很安全，对吧？”瑞秋眺望着站台，目光又落回布莱恩的手，落回他的膝盖。

“是的。安全无虞。”

瑞秋凝望着布莱恩，这时列车飞驰进了车站，卷起的风把布莱恩一头不羁的乱发吹得更乱了。

“你准备好了吗？”

“我说不清。”

两人伫立着。

“你准备好了。”

“反正你总这么说。”

他们等着乘客们下车，接着踏上站台与车厢的接口。

“我们一起走下一步。”布莱恩说。

“要命，真是见了大头鬼。”

“想等下趟车吗？”

站台上空空荡荡。所有人都已经上了车。

“我们可以等。”布莱恩说。

这时车门开始“吱呀”关闭，瑞秋一跃跳上车，拽着布莱恩一道。两人从两扇车门间钻过，车门“啪”地弹了回去，但他们好歹上了车，两位上了年纪的白人老太太向他们抛来恼火的眼神，一个怀里搂着提琴盒的年轻拉美裔小伙抛来好奇的目光。

车厢打了个趔趄。列车进了隧道。

“你做到了。”布莱恩说。

“我做到了。”瑞秋吻吻他。“哇。”

车厢又打了个趔趄，这次是转了个弯，车轮发出一阵“吱嘎”声。他们正在地下五十米处，搭乘着一只时速二十五英里的金属罐，沿着历史超过百年的铁轨前行。

**“我身在黑暗深处。”**瑞秋心想。

她凝望着她的丈夫。他正抬头仰望车门上方的一则广告，抬起了轮廓分明的下颌。

**“而我并没有想象中那么害怕。”**

他们搭地铁到了最后一站——莱奇米尔，踏进剑桥东区蒙蒙的雨雾之中，到格乐丽雅购物中心底层的一家连锁餐厅吃了顿午餐。瑞秋已经很久没有去过购物中心了，正如她已经很久没有进过地铁。两人等结账的时候，她突然回过了神：来购物中心并非偶然。

“你打算让我在这家购物中心兜一圈吗？”她说。

布莱恩做出满脸无辜的惊讶状。“什么呀，我根本没想到。”

“嗯哼，这么多购物中心，偏偏挑了这家？到处是少男少女，到处吵吵闹闹。”

“是啊。”布莱恩把自己的信用卡放到黑色小托盘上，交给服务生。

“天哪。”瑞秋说。

布莱恩挑起了双眉。

“要是我说，今天光是地铁就够受了呢？”瑞秋问。

“那我听你的。”

布莱恩会听她的，瑞秋心里有数。他确实会。假如问起她最爱丈夫身上哪一点，瑞秋或许只能说是他的耐心。看上去，至少就她所受的煎熬来说，布莱恩有着无穷的耐心。上次瑞秋在电梯上恐慌发作以后，接下来几个月，她都是走楼梯去两人位于十五楼的公寓。但凡他在城里，布莱恩绝不肯任由瑞秋一个人爬楼梯，他会“呼哧呼哧”地跟她一起走。

“往好的方面想，”有一次，两人在十楼与十一楼之间歇息，面孔全都汗津津、亮闪闪，布莱恩开口说，“我们还差点买了亨廷顿那间二十二楼的公寓呢。”他低下头，深吸了一口气。“我说不好那会不会害我们一拍两散，但闹离婚肯定是免不了的。”

瑞秋依然可以听见当初楼梯间里回荡的笑声，带着几分倦意的轻笑，袅袅向屋顶飘去。当时布莱恩握住她的手，领她上了最后五层楼。两人洗了个鸳鸯浴，赤裸裸地躺在床上，任由吊扇吹干毛巾没有擦干的水渍。他们并没有立刻做爱，只是手牵着手躺在那儿，笑他们夫妇的处境是多么荒唐。这便是布莱恩的看法：一种境遇而已，上天施之于他们夫妇，而天意偏又难违。不像塞巴斯蒂安，不像瑞秋的某些朋友，布莱恩从不认为恐慌发作会听瑞秋的使唤。瑞秋会遭遇恐慌发作，并不是因为她为人脆弱、自我放纵，不是因为她就爱闹些狗血情节，而是因为受病痛所苦，正如任何身体上的疾病，正如流感、伤风、脑膜炎。

最后一抹白昼被卧室窗外的暮色吞没，两人才开始做爱。河川先是染上了黛色，后来又染上了黑色，与布莱恩做爱犹如抛却了重重皮囊之累，越过血肉之躯，浑然融为了一体——有些时候，当他们处处心意相通时，便会有这种感觉。

那天因此变得与众不同。瑞秋把它跟别的宝贝日子串在一起，一天又一天，整整八个月，直到她回首自己的婚姻，意识到其中的甜远多于苦。她开始感觉安全，开始对自己有了足够的信心，结果三个月前有一天，没有跟任何人先打招呼（无论布莱恩也好，瑞秋的朋友梅丽莎和欧仁妮也好，瑞秋的心理医生简也好），瑞秋再次乘上了电梯。

至于此刻，瑞秋竟然到了购物中心，搭乘着电梯往下走，前方是黑压压的一大群人。不出瑞秋所料，大多数是少男少女，今天又偏偏是个周六兼雨天，购物中心经理都巴不得遇上这样的一天。她能感觉落到自己与布莱恩身上的目光，至于是真是假，她无从辨别；她能感觉在人潮中穿梭时与人擦肩而过，左一耳朵右一耳朵地听见嘈杂的人声，听见只言片语：

“说你现在装腔作势，放屁……”

“……接电话，快接电话……”

“……嗯，我就该把一切全放下吗？因为他碰巧……”

“……你不乐意就不行啦，当然不行……”

“……人家奥利维亚就有一个，她还不到十一岁呢……”

芸芸众生潮水般从四面八方向瑞秋涌过来，从她身边卷过，一波又一波，急吼吼地攫取物品和服务，急吼吼地为攫取而攫取，以解心痒难耐之苦，急吼吼地结交他人或避开他人（瑞秋数出了二十对情侣，其中都有一方对另一方不理不睬，只顾着讲电话，随后她就懒得数了），急吼吼地指望某人（任何人都好）告诉他们为什么这么做，为什么他们会在这儿，他们又与蝼蚁何异（成群的蝼蚁此刻正在地下攒动，恰似周六下午三层购物中心里东游西荡、飘忽不定、阔步而行的人们），而让瑞秋惊讶的是，自己竟然很镇定。

通常来说，一有这种念头，接下来瑞秋就会恐慌发作。最开始，她的胸口正中会隐隐发痒；没过多久，就变得好似活塞，她的一张嘴也干得冒烟；活塞随即变成惊恐万状的囚鸟，在她空荡荡的心口扇动着两翼——“呼啦”，“呼啦”，“呼啦”，“呼啦”。汗珠沿着她的脖子淌下来，从她的额头冒出来。呼吸似乎成了一种奢侈，逾期不候。

但不是今天，远远不是。

没过多久，瑞秋干脆沉浸在了购物中心里，给自己买了几件衬衫，一支蜡烛，几瓶贵得不得了的护发素。一家珠宝店橱窗中的项链又吸引了夫妻俩的目光。刚开始，他们甚至没有开口聊它，只是交换了眼色。实际上，那是两条项链，黑玛瑙珠串，白金链子，一条大的套着一条小的。价格不贵，半点也不贵，或许甚至当不了瑞秋会交给女儿的传家宝，如果她和布莱恩会有个女儿的话，只不过……

“亮点在哪儿？”瑞秋问布莱恩。“我们为什么会喜欢这条项链？”

布莱恩凝望了瑞秋好一会儿，竭力理清思路。“或许因为它是一对？”

在店里，布莱恩将项链系上了瑞秋的脖子。卡扣实在太紧了，有点棘手，不过售货员向他们保证没什么大不了，卡扣用用就会松。紧接着，珠串就垂上了瑞秋的衬衫，恰在咽喉之下。

出了珠宝店，布莱恩伸手覆上瑞秋的手。

“没出一滴汗呐。”他说。

瑞秋点了点头，瞪大眼睛。

“来吧。”布莱恩领着瑞秋去了电梯下面的照相亭。他塞进所需的硬币，把她拉进照相亭。瑞秋拉上帘子，布莱恩摸摸她的胸，她忍不住“扑哧”笑起来。照相亭里的镁光灯闪过，她用脸颊贴上布莱恩的面孔，两人扮着怪相，要么伸舌头，要么对着镜头抛个飞吻。

等到照片拍完，两人望着那套四连拍。果然不出瑞秋所料，照片傻兮兮的，他们的头在第一二帧照片里还只拍到了一半。

“我希望你留下再拍一套四连拍。”布莱恩说。“就你自己。”

“你说什么？”

“求你了。”布莱恩的脸色突然沉了下来。

“好吧……”

“我希望能铭记今天，我希望你能自豪地望着镜头。”

瑞秋孤零零地待在照相亭中，能听见布莱恩正在朝机器里塞硬币，不禁觉得自己好蠢。但与此同时，她的心中也涌起了成就感：关于这件事，布莱恩倒是没有看错。一年前，瑞秋还无法想象自己会走出家门，眼下，她却进了拥挤不堪的购物中心。

她紧盯着镜头。

**我依然害怕，但我并不惊恐，而且，我并不是孤身一个人。**

瑞秋走出照相亭，布莱恩把四连拍给她瞧了瞧，她颇为满意。实际上，相中的瑞秋看上去有几分“铁血”味道，不像个招惹得起的女子。

“每次看到这些照片，戴上那条项链，”布莱恩说，“都要记得你有多坚强。”

瑞秋环顾着购物中心。“都是你的功劳，宝贝。”

布莱恩握住她的手，吻了吻指节。“我算是推了一把吧。”

瑞秋有种掉泪的冲动。刚开始，她说不清原因，接着便回过了神。

他懂她。

她嫁的这个男人，即将与她携手行过人生路的这个男人，他懂她。

另外，奇之又奇的是：他依然还在她的身边。

# *Part 13*

# 镜 影

星期一早晨，布莱恩去了机场。过了几个小时，瑞秋试着继续写书。这本书她已经写了大半年了，却依然说不清到底是本什么书。刚开始是新闻笔风，讲述瑞秋在海地的经历，但当她意识到不提自己就写不了这一段，那本书便摇身有了几分回忆录的模样。尽管瑞秋还没有提笔细写自己在镜头前崩溃的那章，她却心里有数：一旦写到这章，她免不了要提起前因后果，因此还得为她母亲写上一章，因此又得为七十三个“詹姆斯”写上一章，因此不得不整个儿大改该书的第一部分。到了现在，瑞秋说不好书会变成什么样子，也说不好自己怎么写得完，但大多数日子里，她倒是很喜欢写书。其他日子里，在她喝上第二杯咖啡之前，“写书”会跟她打个平手，而今天恰是这样的日子。

至于遣词造句为什么有时是信手拈来，有时却是苦苦煎熬，似乎并没有多少道理可言；但瑞秋开始疑心，无论是好是坏，都跟她没打腹稿信笔就写有关。半点也没有先拟好头绪，真的。她似乎天生便中意一种更加自由灵动的笔法（在任职新闻记者的时候，瑞秋绝不会允许自己采用这种笔法），听从冥冥中说不清道不明的指引；目前它引领着她遵从韵律，而不是结构。

瑞秋不肯把书给布莱恩过目，但她确实跟他谈起过。布莱恩一如既往地表示支持，尽管有那么一两次，瑞秋拿不准自己是否从他眼中瞥见了一抹居高临下的目光，仿佛他很疑心她不过是拿写书来混混日子，打发打发时间，永远也成不了什么气候。

“你准备取个什么书名？”有天晚上，布莱恩问瑞秋。

“《无常》。”瑞秋答道。

迄今为止，这是瑞秋认为最能一统全篇的主题了。她的人生，那些与她纠葛最深的人的人生，似乎都像飘萍般无根无依，无可奈何地向虚空堕去。

那天上午，瑞秋写了几页自己在《波士顿环球报》的经历，可惜写得干巴巴的；不，比那更糟糕，感觉写的就是老一套。因此，她早早地收了工，花了很长时间冲了个澡，穿戴整齐去跟梅丽莎吃约好的午餐。

在下个没完的雨中，瑞秋经过了后湾。雨丝无处不在，不停不歇；“简直是灭世大雨，洪水滔天哪”，昨天晚上布莱恩就这么说。其实，雨也没那么大，不过已经足足下雨八天了。州北部的湖泊和池塘漫出的水漫上了道路，把一些街道变成了河流，有两个地方的汽车被活生生地冲走。上个周末，一架商用飞机滑离了跑道，新闻里倒是没有提到人员伤亡，可惜九十五号公路上的十车连撞事故就没这么好运了。

瑞秋用不着跟人家一样担心：她不搭飞机，难得开车（上次她开车还是在两年前），她和布莱恩的住所远比街面高得多。可惜的是，布莱恩搭飞机。布莱恩开车。

瑞秋在费尔蒙科普利广场酒店的“橡树屋”餐厅跟梅丽莎碰了头。“橡树屋”已经不再叫作“橡树屋”了。自从瑞秋崩溃以后，餐厅进行了整修，叫了几十年的“橡树屋”改名叫作“橡树酒吧餐厅”餐厅，不过，瑞秋、梅丽莎和她们认识的几乎所有人都依然叫它“橡树屋”。

瑞秋也有几年没有独自一个人去科普利广场了。上次她接二连三恐慌发作的时候，有天她居然感觉，广场周围的建筑正在向自己逼来（老南教堂也好，波士顿公共图书馆也好，三一堂[1]也好，费尔蒙酒店也好，威斯汀酒店也好，高耸入云的约翰·汉考克大厦也好——它那镶着镜子的蓝窗映着广场的倒影），与其说是栋栋高楼，不如说是堵堵高墙，只为了将她困在当中。算瑞秋倒霉，因为她一向钟爱科普利广场，认定它是新旧波士顿合二为一的典型：“旧”，体现在波士顿公共图书馆、费尔蒙酒店的古典风格和盈泽的石灰岩上，当然，也体现在三一堂的黏土屋顶和拱门上；“新”，则体现在冷淡实用、轮廓分明、线条明快的威斯汀酒店和汉考克大厦上：一眼望去，它们的结构气势汹汹，既漠视历史，也漠视历史那呜咽的姐妹——怀旧。不过，两年来，瑞秋都会绕开科普利广场，而不是从中穿过去。

今天是瑞秋从婚礼以来第一次踏进广场，她本来预料自己会心潮澎湃，但当迈步走上费尔蒙酒店遮阳篷下的酒红色地毯，她只感觉到心跳略微快了几拍，接着便立刻恢复了正常。也许多亏了雨丝，瑞秋才有平和的

1 波士顿三一堂位于波士顿后湾的科普利广场，是美国圣公会马萨诸塞教区的一个堂区。——译者注

心境。头顶高擎着一把雨伞，她不过是又一个几近鬼魅、身穿黑衣的人影，藏身在一顶从城中漂移而过的塑料雨伞下，从诸多身穿黑衣、几近鬼魅的人影中穿梭而过。在瑞秋看来，在如此雨幕与幽暗之中，行凶杀人只怕更有可能不了了之，偷情偷欢也只怕更有可能瞒天过海。

“唔，”瑞秋提起的时候，梅丽莎说，“想搞外遇，对吧？”

“天哪，才没有。我几乎连家门也出不了。”

“屁话，你不明明在这儿吗。周末你不还搭了地铁在城里晃悠，又到购物中心闲逛吗。”梅丽莎伸手捏了捏瑞秋的脸颊。“长成大姑娘了，对吧？”

瑞秋猛地拍开她的手，梅丽莎一屁股坐回来，放声哈哈大笑，笑得有点太吵。瑞秋吃了一大份沙拉，细品着白葡萄酒；梅丽莎今天不上班，却几乎碰也没有碰自己点的菜，只顾着猛灌“贝利尼”[1]，仿佛子夜钟声一旦敲响，就再也没办法正大光明地喝到普罗赛柯汽酒了。喝了酒的梅丽莎更尖锐，更幽默，但也更吵；根据过往的经验，瑞秋心里有数，梅丽莎分分钟会从幽默变成自恨，灵气也会蒙尘，但嗓门只会越来越大。有那么几次，瑞秋注意到其他顾客扭头向她们的方向张望，尽管那有可能跟梅丽莎吵不吵没半点关系，原因全在瑞秋的身上。

梅丽莎小酌了一口酒，瑞秋发觉梅丽莎没有刚才灌得那么狠了，不由松了一口气。梅丽莎曾经为瑞秋在六频道期间的几十则报道担任制片人，碰巧的是，她从来没有担任过瑞秋海地报道的制片人。瑞秋在太阳城崩溃的时候，梅丽莎正在毛伊岛度蜜月。不到两年，梅丽莎就离了婚，不过她

1 气泡酒及桃泥制成的鸡尾酒。——译者注

的工作没丢，反正梅丽莎一向爱工作远超过爱泰德。因此，正如梅丽莎自己竖起两个大拇指、露出苦乐参半的微笑时所说，此事纯属“双赢”。

“这么说吧，如果要跟这个房间里某人偷腥，你会挑谁？”

瑞秋放眼飞快地扫了扫整间屋。“谁也不要。”

梅丽莎伸长脖子，公然紧盯着房间。“确实难挑。不过，等等，角落里那小子也不行吗？”

瑞秋说：“戴着软呢帽，下唇有抹小胡子的那个？”

“是啊，他还行吧。”梅丽莎说。

“我才不乐意跟‘还行’的小子偷腥呢。我根本就不想偷腥。但要是我真劈腿了，对方必是真命天子。”

“真命天子会是什么样子？”

“还真是问倒我了，在钓凯子的又不是我。”

“好吧，反正不会是某位个子高挑、一头黑发的陌生人。你已经嫁给人家了嘛。”

瑞秋闻言歪了歪头。

梅丽莎学着瑞秋的模样。“反正我是跟你家那位不熟。”她伸手捂住胸口。“每次跟你那位无比英俊，无比迷人，无比幽默机智的另一半聊天，等他走开以后，我总感觉他什么也没说。”

“我明明见过你们俩一口气聊整整半个小时。”瑞秋说。

“可是……我对他一无所知啊。”梅丽莎说。

“他来自不列颠哥伦比亚，他……”

“我知道他的生平，”梅丽莎说。“我只是看不透布莱恩这个人。人家风度翩翩，又是直视我的眼神，又是问我一大堆问题，问梦想，问希冀，简直样样都没得挑，结果每次我第二天一觉醒来，却总惊讶地发觉，他又害我一直在聊自己了。”

“可是，你喜欢聊你自己啊。”

“我爱死聊我自己了，但那不是重点嘛。”

“噢，你有话想说吗？”

“贱人，我确实有话想说。”

“贱人，那就说呗。”

两人隔着桌子相视而笑，一时间仿佛重回昔日。

“我只是想知道，究竟有没有人看得透布莱恩。”

“也包括我吗？”瑞秋放声大笑。

“当我没说。”

“你的话里就有这层意思。”瑞秋说。

“我刚刚说啦，算了吧。”梅丽莎说。

“我刚刚问啦，你是不是也把我算在看不透布莱恩的人里了。”

梅丽莎摇摇头，问起了瑞秋正在写的那本书。

“我正发愁呢，没办法把它理清楚。”

“把什么理清楚？”梅丽莎爽快地鄙夷道，“海地出了场地震，然后来了霍乱，来了飓风。你在现场经历了一切。”

“要是照你这么说，”瑞秋说，“听上去纯属拿灾难做噱头，我最怕的正是这点。”

梅丽莎挥挥手表示作罢。通常，当瑞秋说起梅丽莎不理解或不愿说的话题时，梅丽莎就会这么办。

每逢这种时刻，瑞秋会纳闷自己为什么还在跟梅丽莎厮混。梅丽莎对“肤浅”喜闻乐见，正如他人为“深刻”上下求索；但凡有人想做点复杂艰深的事，梅丽莎都可能轻飘飘地嗤之以鼻。可惜的是，过去的几年已经害瑞秋几乎失去了所有朋友，想到某天醒来可能连一个朋友也不剩，瑞秋就感觉后背涌上一股寒气。于是，她心不在焉地听着梅丽莎闲聊她自己的工作。

每到该插话的时候，瑞秋总是插上一句“哇”“不是吧”或者“笑死人了”，但在心底深处，她却还没有放下梅丽莎刚才对布莱恩的评价。她只觉得心中涌起了怒气。今天早上醒过来，瑞秋本来心情大好，她也只盼着一整天都心情大好；不是选美比赛参赛佳丽或宗教狂那种亮眼却离谱的幸福，只是个颇有自知之明的凡人来之不易的幸福，毕竟整个周末，瑞秋那位爱心满满的丈夫（如果说，时常也是个心事重重的丈夫的话）还陪她下了好一番苦功，对付她的惧意呢。

明天再犯疑心病吧，明天再任由绝望和倦怠侵蚀灵魂吧。可是今天，在这凄凄惨惨、浓云密布的一天，瑞秋不愿意过得太凄惨。不过看上去，梅丽莎似乎非要给瑞秋泼点冷水。

梅丽莎起身又要去点酒，瑞秋声称自己约了在纽伯里街做头发，借故谢绝了。她看得出，梅丽莎心里并不买账，但瑞秋不在意。室外的雨势已经转小，成了蒙蒙的细雨，瑞秋打算冒着雨丝穿过波士顿公共花园，走到查尔斯河边，然后一路沿河前行，越过人行桥到克拉伦登，走回她所住的公寓。她盼着呼吸湿润的泥土味，也盼着呼吸湿润的柏油路。人在后湾，又遇上这种天气，倒是很容易想象自己身在巴黎、伦敦或马德里，一时间有种四海一家的感觉。

梅丽莎没有走，留下准备“再喝最后一杯”。两人行了吻面礼，瑞秋才动身离开。她向右转了个弯，沿着圣詹姆斯大道的方向往前走。经过酒店时，瑞秋可以遥遥望见汉考克大厦折射出了酒店的影子，遥遥望见自己的倒影，就在左侧玻璃的最左边，正是镜中三联画的一部分。左侧玻璃映照着人行道和沿人行道边缘徐徐而行的瑞秋，瑞秋左边的一排出租车也在镜像中探出了头。正中的玻璃歪歪斜斜地倒映着古老宏伟的酒店，第三幅玻璃则倒映着酒店与汉考克大厦之间的小街。这条街如此之小，如果有人注意到它，只怕会把它当作小巷。即使不算运货卡车专用车道，走这条小巷的也多半是运货卡车。有辆运脏衣服的卡车倒车到了酒店后方的一扇双开门旁，一辆黑色 Suburban 车则停在汉考克大厦的后方没有熄火，汽车尾气跟下水道格栅排出的废气交织在一起，从雾气中飘过的雨丝被一缕缕染成了银色。

正在这时，布莱恩迈步走出了汉考克大厦，打开了 SUV 的后门。总之，对方看上去颇像布莱恩，虽然绝不可能。此时此刻，布莱恩正搭乘飞机奔赴伦敦，在大西洋中央的万丈高空呢。

但眼前分明就是布莱恩：一模一样的下颌，因为年届四十开始变得宽了些；一模一样的黑发，搭在前额上；一模一样的黑色套头衫配铜色风衣，今天早上布莱恩出门时穿的就是这套。

瑞秋刚要张嘴叫布莱恩的名字，对方脸上的某种神情却让她住了嘴。她还从来没有在布莱恩脸上见过这样的神色：不知道什么原因，那神情有几分无情，却又有几分惊惶。“不可能。每天晚上望着我入睡的，不可能是这样的一张脸。”瑞秋告诉自己。那个人影钻进了SUV——那雨意蒙蒙、镜中的瑞秋丈夫的身影。瑞秋来到街角，正赶上镜中的那辆SUV露出了真身。它从瑞秋的身旁驶过，车窗黑洞洞的，驶上了圣詹姆斯大道。瑞秋在原地打个转，张开了嘴，却没有说出话来，眼睁睁望着它驶入了中间车道，过了达特茅斯街的红绿灯，又下了马萨诸塞州收费公路的入口匝道。瑞秋的眼前不见了SUV的影子，只看见黑漆漆的隧道和其后汇聚的车流。

她在人行道上伫立了好一会儿。雨又大了起来，“噼啪”击打着她的雨伞，从人行道上溅起的雨滴拍上了她的脚踝和小腿。

“布莱恩。”瑞秋终于说道。

她又把他的名字重复了一遍。不过，这次不再是句陈述，而是一句疑问。

# Part 14

# 来自佛蒙特州格拉夫顿的斯科特·菲佛

瑞秋径直回了公寓。她暗自提醒自己，世界上有的是相貌酷似的人。连有多像也说不清呢，刚才见到的不过是镜中倒影。雨中的一抹镜中倒影。假如当时来得及让她瞧个究竟，假如当时对方在车门旁边歇一歇，好让瑞秋及时绕过街角见见真人，或许就能发觉对方的真面目——一个陌生人。对方绝不会跟布莱恩一样，鼻梁正中有块难以察觉的隆起；不会跟布莱恩一样，颧骨下方长着零星的痘痕，那痘痕是如此之淡，淡得只能在近得足以吻上脸颊时才会看到；对方的双唇会更薄些，有双棕色的眼眸，而不是跟布莱恩一样的蓝眸。那位陌生人或许会对雨中明目张胆紧盯着他的女郎犹豫地笑笑，心里打起了小鼓：这人脑子出了什么毛病吧。也有可能，对方那并不太像布莱恩的脸上会露出恍然大悟的神色，心中暗想，“这不就是前一阵子六频道那个现场直播时抓狂的女记者吗”。不然的话，对方根本就没有注意到她，只是钻进汽车开走了——说来说去，最后不就是这样嘛。

实际上，世上确实有个翻版布莱恩。瑞秋和布莱恩聊他已经聊了几年了：斯科特·菲佛，来自佛蒙特州格拉夫顿。

布莱恩在布朗大学念大一的时候，人们曾经告诉他，有个跟他差不多年纪的小子，一个送比萨外卖的家伙，长得跟他像极了。大家言之凿凿，布莱恩不得不亲眼去瞧瞧。有一天，布莱恩伫立在比萨店外的人行道上，直到眼睁睁看见柜台后走出了自己的“双胞胎兄弟”，扛着一摞比萨盒子，装在红色的皮革保温提袋里。斯科特迈步走出比萨店，钻进一辆门上印有“多姆比萨”几个字的白色货车，开往“联邦山”送货；布莱恩则闪到了一旁。说不清为什么，布莱恩始终没有主动去结识斯科特。相反，据布莱恩自己承认，他“算是”开始跟踪斯科特了。

“‘算是’啊。”布莱恩告诉瑞秋，瑞秋答道。

“我知道，我知道。但要是你亲眼见到我们长得有多像，就会明白这事有多古怪。向我自己做自我介绍？也太离谱了吧。”

“可他并不是你自己啊。他明明是斯科特……”

“来自佛蒙特州格拉夫顿的斯科特·菲佛。没错。”布莱恩经常这样称呼对方，仿佛带上生平会让斯科特不像个有血有肉的真人，倒更像喜剧小品中的人物。来自佛蒙特州格拉夫顿的斯科特·菲佛。

“我还拍了好多他的照片。”

“你还干什么了？”

“没错吧？”布莱恩说。“我告诉过你了，百分之百属于跟踪。”

“你说的是，‘算是’跟踪人家。”

“用的是变焦镜头。我曾经站在普罗维登斯[1]我家浴室的镜子前面，举起照片凑到脸旁边：正面像，左侧，右侧，抬头的相片，低头的相片。我

1 美国罗得岛州首府。——译者注

发誓，唯一的区别是他的额头或许比我高了十分之一英寸，而且他的鼻梁不像我一样有个隆起。”

布莱恩的鼻梁上有个隆起，是因为念五年级时打曲棍球受过伤，害得软骨移了位。从正面根本看不出来，只有从侧面才能看出端倪，还得仔细端详才行。

念大二的时候，布莱恩在圣诞节期间尾随斯科特·菲佛回了佛蒙特州格拉夫顿。

“你家里人圣诞节期间不挂念你吗？”瑞秋问。

“反正没人告诉过我。”布莱恩用不咸不淡的语气说道（要是换种不客气的说法，应该是“毫无生气”的语气）。但凡说起他的家人，布莱恩就会用上这种语气。

要不是亲眼见到，布莱恩或许永远也不会垂涎“来自佛蒙特州格拉夫顿的斯科特·菲佛”所过的生活。斯科特在“多姆比萨”全职打工，以便在强生威尔士大学[1]攻读学业，主修饭店管理；另一方面，布莱恩则在布朗大学主修国际金融，靠祖父母设立的信托年金过活，压根儿不知道学费究竟要花多少，只知道父母肯定按时交了学费，因为他反正没听说学费没交。

斯科特的父亲鲍勃·菲佛是当地超市的肉贩，母亲莎莉是城市协管员，还分别担任温德姆县扶轮社的财务出纳员和副主席。每年他们都会驱车两小时去纽约州萨拉托加泉一回，奔赴他们度蜜月时待过的那家汽车旅舍。

---

1 强生威尔士大学，位于美国罗得岛州普罗维登斯的私立大学。——译者注

“这家人的底细你知道多少？”瑞秋问。

“要是跟踪某人，你会挖出很多料。”

布莱恩一度密切关注着那家人，暗自希望挖出点家丑。“要么是乱伦，”布莱恩承认道，“要么就是鲍勃在某个公厕想动人家便衣警察的‘老二’，被现场抓到。挪用公款也行，不过我说不清从超市的冷藏柜里能挪用些什么公物。我猜可能是牛排。”

“为什么你会盼着人家爆出家丑？”

“他们一家太完美了。我的意思是，他家住在一栋漂亮的殖民地风格宅邸里，就在镇上的公共草地上。当然啦，是栋白楼，尖桩篱栅，环绕式门廊，还有，没错，门廊上居然真有架秋千呢。到了圣诞前夜，他们身穿毛衣待在那儿，拿来些小暖炉，坐下喝热巧克力，又是互相讲故事，又是哈哈大笑。他们家的女儿，大约十岁左右吧，唱了首圣诞歌，大家纷纷鼓掌。我还从来没有见过那种场面。”

“听上去很幸福。”

“让人汗毛直竖。原因是，假如世上有人可以如此开心、如此完美，那我们其他人算什么？”

“但世上确实有这么幸福的人呀。”瑞秋说。

“在哪儿？”布莱恩说。“反正我从来没有见过。你见过吗？”

瑞秋张开嘴，又闭上了嘴。还用说吗，她当然没有见过，但为什么她觉得自己见过呢？瑞秋一向认为，即使算不上彻头彻尾愤世嫉俗，她也是个相当多疑的人。海地事件之后，她敢发誓，她身上的最后一丝多愁善感与浪漫主义也已经荡然无存了。谁知道，在瑞秋心底深处，竟然还相信世上仍然有着十全十美、幸福美满的人，仍然有着幸福得不得了的人。

“绝无此事。”伊丽莎白以前常提醒瑞秋。“幸福，”瑞秋母亲常说，“是个带有裂纹的沙漏。”

“但明明是你自己的原话，”瑞秋对布莱恩说，“他们一家子很开心。”

“看上去确实很开心。”

“可是……”

布莱恩笑了，透出几分胜利的意味，也透出一丝绝望。“回家的路上，鲍勃总爱在某个苏格兰小酒吧落个脚。有一天，我坐到了他身旁。当然了，他简直难以置信，还跟我讲我长得有多像他的儿子。我做出一副吃惊的样子，等到酒保也这么说的时候，我又装作吓了一大跳。鲍勃给我买了一杯酒，我给鲍勃买了一杯酒，等等等等。他问我我是谁，我就告诉了他，没说在布朗大学念书，说是在福坦莫大学[1]，但除了这点，我说的几乎都是真话。鲍勃告诉我，他对纽约不太感冒，犯罪率太高，移民太多。等喝到第三杯，鲍勃嘴里的‘移民’就成了‘偷渡的’和‘裹头巾的’；等喝到第五杯，他就聊起了‘黑鬼’和‘基佬’。唔，还有‘蕾丝边’。我们的鲍勃还真恨‘拉拉’啊。他说，要是他的女儿哪天成了‘拉拉’，让我看看能不能记起他当时的原话，他就‘用强力胶把她的私处牢牢封死’。后来才知道，原来鲍勃在体罚上妙招迭出呐，而且已经实施了好多年了，先是用在斯科特身上，然后用在兰丽缇身上，那是他家女儿的名字。一旦松了口，鲍勃那张嘴可就合不上了。有那么一刹那，我意识到，前一刻钟鲍勃

1 福坦莫大学，位于美国纽约市。——译者注

嘴里说出的话，竟然没有一句不让人倒胃口。鲍勃是个吓得屁滚尿流的懦夫，表面上非常和气，实际上是头披着羊皮的狼。”

“那斯科特究竟怎么样了？”

布莱恩耸了耸肩膀。“他一直没有回去念书，可能是因为缺钱吧。反正我最后一次得知他的消息，也就是十五年前，他在格拉夫顿的一家旅馆里工作。”

“你始终没有主动去结识他吗？”

“天哪，没有。”

“为什么不呢？”

布莱恩耸耸肩膀。“一旦确认他的人生跟我一样糟糕，我就毫无兴趣了。”

这么说来，真是巧之又巧，瑞秋刚刚是遇上了来自佛蒙特州格拉夫顿的斯科特·菲佛。也许，他是来波士顿出席某个食品饮料服务会议；也许，他已经功成名就，坐拥一家遍布新英格兰的小型连锁品质旅店呢。毕竟，瑞秋还一心盼着斯科特幸福。尽管从来没有见过斯科特，这个人却已经融入了瑞秋的记忆，她希望他人生美满。

但话说回来，他们又怎么可能身穿同一套衣服？

尽管使尽了浑身解数，瑞秋却没有办法把这个念头从脑海中赶开。她觉得，要认定“翻版布莱恩”碰巧也在两百万人口的城市，倒不是件难事，但非要相信两个人都在黑色套头衫上罩了件薄薄的铜色防水外衣，立起了套衫的衣领，又配了一件白T恤、一条深蓝色牛仔裤，那恐怕有信仰的人才能办到。

“等等，”瑞秋踏上联邦大道朝自家公寓走去，心里想道，“刚才你怎么能看见蓝色牛仔裤？你跟对方的腿之间不是隔了辆 SUV 吗？”

“是从镜中倒影里见到的吧，跟见到那人的全身一个道理。”她又回过了神。刚开始第一眼，瑞秋见到的是对方的面孔、外套和套头衫；紧接着，她的心中浮起了疑云，在对方钻进汽车时瞥见了他的背影。当时，那人影一低头钻到了车门门框下，又掀过外套的衣襟。在那一刻，瑞秋并没有意识到自己目睹了些什么，但在回家路上，她却把当时的点点滴滴拼凑了起来。所以说，没错，“镜中倒影”（不然叫他“来自佛蒙特州格拉夫顿的斯科特·菲佛”也行）身穿的牛仔裤跟布莱恩今天出门时所穿的颜色一模一样。同样的牛仔裤，同样的外套，同样的毛衫，同样颜色的 T 恤。

回到家里，瑞秋差点就再次说服了自己。世上确有巧合嘛。瑞秋擦干头发，进了家里空余的卧室，布莱恩常把这间房当作办公室。她拨通了布莱恩的手机。电话直接转到了语音信箱——也说得通。布莱恩要么还在飞机上，要么刚刚降落。完全说得通。

窗前坐落着一张淡金色的办公桌，而那扇窗俯瞰着河流，可以遥遥望见 MIT 与马萨诸塞州剑桥市。瑞秋与布莱恩所住的楼层够高，遇上晴朗的天气，假如仔细端详，可以辨认出阿灵顿与梅德福的一鳞半爪。不过，现在隔着蒙蒙的雨幕，眼前是一幅印象派绘画，栋栋楼宇轮廓如常，却又失之真切。通常，布莱恩的笔记本电脑就摆在这儿，不过还用说吗，他肯定是带着笔记本出差去了。瑞秋取出自己的笔记本电脑，考虑着该怎么办。她又拨通了布莱恩的手机。还是语音信箱。

布莱恩常用的信用卡属于企业信用卡，一张美国运通卡，一张“前程万里”Visa卡。刷卡记录在布莱恩的办公室，办公室则在河对岸的剑桥，位于哈佛广场边上。

不过，他们夫妇的私人信用卡账单查起来倒是很方便。瑞秋在屏幕上点开了万事达卡的账单，查了前三个月的记录，没有发现半点异样，于是干脆查了前六个月的记录。账单上的开销全都再寻常不过了。她究竟在找什么呢？假如真查出什么猫腻，查出布莱恩花了莫名其妙的钱，查出了神秘网站，那能变成铁证，坐实今天下午本该在伦敦的布莱恩却在科普利广场露面了吗？不然的话，那仅仅只能证明布莱恩曾经上过色情网站，或者证明瑞秋上次生日收到的礼物并不像布莱恩自己声称的那样在一个月前就早早地买好，其实是在生日当天早上才急吼吼地抢购的？

但瑞秋连半点猫腻也没有找到。

她又上了英国航空公司网站，查了查从洛根机场飞赴希思罗机场的422航班什么时候抵达。

**因天气原因延迟起飞。**

**预计将于晚上8：25抵达（GMT +1）。**

那是从现在算起一刻钟后。

瑞秋查了查两人的ATM账单，并没有发现任何大数额提款。她突然回过了神，不由有些内疚：布莱恩上次用这张卡是在收银机上付款，也就是在商场给她买项链那回。

瑞秋望着自己的手机，盼着它震动起来，盼着“来电人”显示出“布莱恩”几个字。无论如何，他会澄清整件事，而她会挂断电话，笑自己瞎多心。

等一下。手机记录，还用说吗。瑞秋查不到布莱恩的记录（布莱恩的手机是他公司给的，算是业务开销），但她能查到自己的记录。她在椅子上转个身，咔哒咔哒地敲起了键盘。一分多钟后，她已经查出了自己一年来的手机记录。她点开日程管理程序 iCal，一一核对着布莱恩出城的日期和自己的手机记录。

于是，布莱恩从诺姆、西雅图、波特兰用手机打过来的电话，顿时一览无遗。可惜的是，从中看不出什么端倪。他在哪里都有可能打这些电话。于是瑞秋将记录拉到了另一周：天哪，是一月那黑暗冰冷的一星期，当时布莱恩的电话是从莫斯科、贝尔格莱德、明斯克打来的（反正他声称自己在这些地方）。账单第五列显示了瑞秋接这些电话所收的国际长途费用，总数还不少（接电话凭什么要收费？恐怕得换家运营商才行），颇为可观，倒是挺符合从世界另一头打来的电话。

瑞秋再次点击英国航空公司的网站，这时，她的电话却震动了起来。是布莱恩。

“嗨。”瑞秋说。

好一阵“嘶嘶”声，然后是两声轻轻的“啪啪”响。

紧接着传来了布莱恩的声音。“嗨，宝贝。”

“嗨。”瑞秋重复道。

“我……”

“……在哪儿？”

“什么？”

“你在哪儿？”

“我在排队过海关，手机快没电了。”

听到布莱恩的声音，瑞秋本来松了口气，眼下心里却又燃起了怒火。“头等舱没有电源插座吗？英国航空公司没有吗？”

“有啊，但我的插座用不了。你没事吧？”

“嗯哼。”

“确实没事？”

“为什么会有事？”

“我说不好。你听上去……神经绷得很紧啊。”

“肯定是信号不好。”

有那么一会儿，布莱恩一声也不吭，接着说了句：“好吧。”

“海关那边排的队怎么样？”

“排了好长的队。倒不是百分百确定，不过我敢说，有架瑞士航空和一架阿联酋航空的航班跟我们同时抵达。”

又是一阵死寂。

“嗯，”瑞秋说，“我今天去见了梅丽莎。”

“是吗？”

“见了她之后，我又走……”

这时，她听见了一连串“嘟嘟”“咔哒”的声音。

“手机没电了，宝贝，真的很抱歉。我到旅馆给你电话……”

电话应声而断。

刚才背景音听上去像是过海关吗？过海关听上去又该是什么样？瑞秋已经有一段时间没有出国了，她竭力想象着。她敢确定，检查站每开一次，就会发出一声叮当响，不过她记不清是轻声还是脆响了。不管怎么说，刚才的电话里没有听到任何“叮当”声。不过话又说回来，假如队排得够长，布莱恩还在队伍后面的话，有可能他离检查站的距离不够近，听不到“叮当”声呢。

刚才还听到了些什么？不过是一片喧嚣，听不出具体的对话。很多人排队的时候不爱讲话，尤其是在长途飞行以后。人家太累了，“累得慌”——有时候，布莱恩就学着英国腔这么说。

瑞秋放眼望向窗外，向雨中的莫奈版查尔斯河与剑桥望去。眼前的轮廓并非全然陌生。河流下游可以辨认出史塔特中心又尖又乱的楼层，那色彩鲜艳、似铝似钛的建筑，让人不禁想起爆裂。通常来说，瑞秋对现代建筑深恶痛绝，但莫名地，她却对史塔特中心有些好感。它那癫狂不羁、随心所欲中似乎透出几分灵气。至于在河流上游，她可以辨认出 MIT 主楼的圆顶，更远处则隐约可见哈佛园里纪念教堂的尖顶。

瑞秋与布莱恩在哈佛园里吃过几顿午饭。哈佛园离布莱恩的办公室只有几个街区，两人刚开始交往的那个夏季，布莱恩在哈佛园跟瑞秋碰过头，有时会带上“查理的厨房”餐厅买来的汉堡，或者“皮诺丘”餐厅买来的比萨。他的办公室十分低调，是三楼的六个房间，位于温斯罗普街一栋毫不起眼的三层砖楼，看上去与其说像是某所全球精英大学的左邻右舍，不如说跟某个老旧的工业城更加般配，比如布罗克顿或沃尔瑟姆。办公楼大门外的一只小金匾上写着：德拉克洛瓦木材有限公司。瑞秋曾去过布莱恩办公室三回，也有可能是四回，但除了布莱恩跟他的初级合伙人凯莱布，她实在叫不出其他员工的名字，也想不起多少关于他们的点滴，只记得员工们都是些年轻小伙和姑娘，个个讨人喜欢，有着雄心勃勃的人特有的热切眼神。“大多数是实习生，恨不得大展身手，升职到温哥华的母公司，找到能拿薪水的职位。”布莱恩告诉瑞秋。

布莱恩·德拉克洛瓦与家人的隔阂属于私人恩怨，向来与业务无关，布莱恩自己是这么跟瑞秋解释的。他对木材生意很中意，也颇为擅长。布莱恩的叔叔一度在位于曼哈顿第五大道的办公室里运营公司的美国业务，谁知道有天晚上遛狗穿过中央公园，竟然中风暴毙，结果布莱恩接手了他的职位，毕竟布莱恩从未让他的家人失望过，只不过有时会让他们一头雾水。一年后，布莱恩发觉曼哈顿让人不堪重负（“简直没个歇的时候”，布莱恩会说），于是把办公室搬到了剑桥。

瑞秋瞥了瞥笔记本电脑右上角的时钟：下午四点零二分。办公室里应该还有人。至少，工作起来没日没夜的凯莱布应该还在。大可以去一趟，跟凯莱布声称，布莱恩把东西忘在办公室了，让她过去取。只要进了布莱恩的办公室，就可以查看他的电脑，不然就偷偷瞥瞥布莱恩文件中的信用卡账单，以防猫腻。

“转眼间就从骨子里疑心起了枕边人，是否算得上一种罪行？”在联邦大道叫出租车时，瑞秋暗自揣摩。

算不上作恶，也算不上罪孽，但却显得他们的婚姻缺了点底气。今天下午，她还在梅丽莎面前赞扬布莱恩呢，怎么一眨眼就对他起了疑心？跟身边朋友的许多婚姻不同，他们两人的婚姻堪称牢不可破。

对吧？

牢不可破的婚姻是什么样？美满的婚姻是什么样？瑞秋认识一些人品

不堪却婚姻美满的家伙，正因为臭味相投而密不可分。她也认识一些心地良善的人，他们曾在上帝和所有朋友面前宣誓对另一半不离不弃，结果没过几年就把这份爱抛到了九霄云外。到了最后，无论他们人品有多好（或者他们自认为人品有多好），通常来说，他们曾当着世人宣告的那份爱终究只会留下毒舌、遗憾与充满惊叹的沮丧——他们走上的那条路最后竟然成了伸手不见五指的险途。

“你的下一招有多狠，你的婚姻就有多稳。”瑞秋的母亲常说。

瑞秋不信。或者说，她不愿意相信。这种事不会落到她与布莱恩头上。用到瑞秋与塞巴斯蒂安身上，伊丽莎白的话千真万确，但瑞秋与塞巴斯蒂安从一开始便是场灾难。瑞秋和布莱恩绝对不是。

可惜的是，瑞秋偏偏偶遇了一个看上去酷似布莱恩、又跟布莱恩身穿同样服饰的男子，对方偷偷溜出位于波士顿的某栋楼，而她的丈夫本来应该坐在飞往伦敦的航班上——以上一切找不出一个符合逻辑的理由，瑞秋不得不相信唯一一个合情合理的答案：今天下午，溜出汉考克大厦的男子正是布莱恩。这意味着，布莱恩并不在伦敦；这又意味着，布莱恩在撒谎。

瑞秋拦了辆出租车。

## *Part 15*

# 湿

“希望他不是在说谎，”出租车经过波士顿大学大桥，绕过环岛，开上纪念大道，瑞秋心想。“真不愿意相信这一切，真希望保留上周末的那份感觉，沐浴在爱与信任之中。”

“但我还有什么办法？假装没有看见他吗？”

“这又不是你第一次眼花了做白日梦。”

“不是一回事。”

“怎么不是一回事？”

“反正不是。”

的士司机全程没有说一个字。瑞秋瞥了瞥他的出租车执照。桑杰·赛斯。相片中的司机绷着个脸，差点就可以算作满面怒容了。她跟此人素不相识，竟然上了人家的车，活像她任由素未谋面的陌生人做吃的给她、帮她清理垃圾、帮她做身体扫描，以及驾驶飞机。真希望人家不会开着飞机一头朝山丘撞上去，不会在吃的里面下毒，只因为他们今天过得很窝火。至于这辆出租车，真希望司机不会加速，驱车把她带到工业园区烂尾楼某个鸟不拉屎的地方，钻进后座，跟她讲讲他对不肯说“请”的女子有什么看法。瑞秋上次乘出租车的时候，上述思路已经逼得她中途下了车，但这一次，她伸出拳头紧摁住大腿的两侧，一动也不动。她尽力保持稳定的呼吸，不太深，也不太浅，同时望着窗外的雨幕，告诉自己会熬过去的，正如她熬过地铁和购物中心那两关。

出租车开到哈佛广场附近，瑞秋让桑杰·赛斯把车停到温斯罗普街与 JFK 街的街角，因为温斯罗普街是条往反方向走的单行道。出租车要千辛万苦地在四点五十的车流中跋涉五到十分钟，才能绕过街区把她多送出一百米，瑞秋可不乐意这么办。

瑞秋来到布莱恩的办公楼旁边，凯莱布·佩洛夫正好迈步走了出来，用力拉了拉楼门，确保已经锁好。跟城里所有人一样，凯莱布身上的防水外衣和"红袜队"球帽湿漉漉的。他转过身，望见瑞秋伫立在矮了几阶的人行道上。

从凯莱布脸上的神情，瑞秋能看出他琢磨不透其中的缘故：布莱恩正在海外出差，瑞秋却越过查尔斯河到了剑桥，到了他们的办公室外面。

瑞秋感觉很荒谬。能找出什么理由说清自己为什么站在这儿吗？刚才搭出租车的时候，她已经想了又想，可惜还是没想出一个站得住脚的说法，解释她为什么必须去布莱恩的办公室。

"看来，风起云涌都在这个地方嘛。"瑞秋干脆放手一搏。

凯莱布朝她抛来了苦笑。"就这里没错。"他伸长脖子仰望着大楼，随后目光又落回了瑞秋身上。"你知道昨天在安得拉邦，木材价格降了 0.001 元吗？"

"不知道，我不知道。"

“不过在地球另一端，马托格罗索……”

“这又是在哪里？”

“巴西。”凯莱布一边发“r”音，一边迈下台阶，向瑞秋走过来。“在马托格罗索，价格涨了 0.005 元，而且所有迹象都显示，下个月还会接着涨。”

“印度那边怎么样？”

“打了个 0.001 元的折扣呗。”他耸耸肩。“不过目前的价格变化无常，再说那边运输费用要高些。所以说，我们究竟该跟哪边做生意呢？”

“真是左右为难。”瑞秋承认道。

“我们出口的那些木材又怎么办？”

“又是一道难题哪。”

“总不能让它烂下去吧。”

“那可不行。”

“不能让虫子毁了它吧，还有雨。”

“天哪，还有雨。”

这时雨丝已经转细，凯莱布抬起一只手。“其实吧，这个月不列颠哥伦比亚没下雨。真怪。那边晴，这边雨；通常可是反过来的。”他朝瑞秋歪歪头。

她朝凯莱布歪歪头。

“什么风把你给吹来了，瑞秋？”

瑞秋向来说不清楚，布莱恩究竟把她的病跟其他人透露了多少。布莱恩自称从来没有跟其他人提过，但瑞秋觉得，他肯定会向别人透透口风，但愿是几杯酒下肚以后才多嘴的吧。朋友们肯定或多或少会犯嘀咕，瑞秋为什么没去参加某个派对；为什么去年七月四日，大家都去河滨公园看烟花，偏偏瑞秋溜之大吉；为什么大家难得在酒吧里见到瑞秋。聪明如凯莱布，只怕早就已经发觉，他只会在可控的环境下见到瑞秋（通常是在瑞秋家），身边的人还不多。不过，凯莱布知道瑞秋已经足足两年没有开过车了吗？知道上星期六之前，瑞秋都没有搭过地铁吗？知道瑞秋曾经在保德信中心商场的美食广场里僵住，不得不坐下来，一时喘不过气，认定自己肯定会晕倒，身边围满了好心的保安人员，直到布莱恩赶到带她回家吗？

“我在附近买东西。”瑞秋朝广场做个手势。

凯莱布望着她空空的双手。

“找不到什么可买。”瑞秋说。“结果逛了一天。”她眯起眼睛，透过蒙蒙细雨望着凯莱布身后的大厦。“想着来瞧瞧跟我抢老公的地方。”

凯莱布笑了。“想上来看看吗？”

**“我只是到他的办公室去逛一圈……”**

**“他忘了些东西在他的抽屉里……”**

**“看来，这就是他的指挥中心啦。介意我在这儿逛逛么？你可以顺带把门关上。”**

“你们又改建了吗？”瑞秋说出口的是这句。

“没有。”

“那没什么好看的嘛，只是想着回家之前过来逛一圈。”

凯莱布点点头，仿佛一切再合情理不过。“愿意跟我同坐一辆出租车吗？”

“那太棒了。”

两人沿温斯罗普街走回去，又穿过 JFK 街。快到下午五点了，驶向哈佛广场的车流堵得水泄不通。想搭辆往广场外开的出租车，最好还是走过一个街区到查尔斯酒店去。可惜的是，刚才还是青灰色的天空，眼下已经布满了阴云。

“天色不妙啊。”凯莱布说。

“确实是，不太妙。”

他们来到温斯罗普街的尽头，可以望见查尔斯酒店前方的出租车站空空荡荡。就算不比驶向哈佛广场的车流更堵，蜿蜒驶向查尔斯河的车流只怕也同样水泄不通。

头顶的阴云传来了隆隆的雷声。西边几英里外，一道闪电划过天空。

“喝一杯吗？”凯莱布说。

“喝两杯吧。”天空撕裂开来，瑞秋答道，“真要命。”

一旦刮起了风，雨伞就不顶事了。大雨噼啪而至，人行道上雨滴四溅，两人一溜烟跑回了温斯罗普街。雨从四面八方袭来。

“去 Grendel’s[1] 还是 Shay’s？”凯莱布问。

瑞秋能够望见 Shay’s 酒吧就在 JFK 街的另一头。不算远，可惜仍然要在雨中走个五十码。假如路况有所松动，他们还不得不找条人行横道。相形之下，Grendel's 餐馆就在两人左边。

“Grendel's。”瑞秋说。

“真会挑。反正对 Shay’s 来说，我们的年纪也太大了。”

到了门厅，两人把伞放进已经倚在墙上的十多把伞里，脱下外套。凯

1 该餐馆全称为 Grendel's Den。——译者注

莱布摘下已经湿透的“红袜队”球帽。他的一头褐发剪得紧贴着头皮，他伸出手掌抚过头顶，擦干水珠。两人在服务台旁边找到了衣帽间，随后又被领到了桌边。Grendel’s Den 餐馆位于地下室层，瑞秋与凯莱布各点了一杯，各色各样的鞋子纷纷从屋外的鹅卵石道上疾奔而过。没过多久，雨势已经大得不得了，屋外再也没有人急匆匆地跑过了。

Grendel’s Den 餐馆历史悠久，不仅瑞秋记得上世纪九十年代曾经因为用假身份证在它家吃了个闭门羹，连她母亲也记得曾在七十年代初频繁光顾该店。Grendel's Den 餐馆的客人大多是哈佛学生和教职人员，外地人往往只在夏季管理层把桌子摆到店外绿荫旁时才来转转。

女招待给瑞秋端来一杯葡萄酒，给凯莱布一杯波本威士忌，又留下菜单。凯莱布用餐巾纸吸干了脸和脖子上的水珠。

两个人一句话也没有说，笑了几声。只怕好几年也见不到这么大的雨了吧。

“宝宝怎么样？”瑞秋问道。

凯莱布的脸上绽开了笑容。“不可思议。我的意思是，刚出生的头三个月，宝宝的眼神始终黏在乳房和妈妈的脸上，所以我开始觉得坐了冷板凳。不过头三个月一过？ AB 直直地望着我，我顿时就没救了。”

凯莱布与 Haya 给他们六个月大的宝宝取名叫作“安娜贝拉”，不过宝宝出生第二个星期，凯莱布就开始把她叫作 AB。

“嗯，”凯莱布举起酒杯，“干杯。”

瑞秋跟他碰了碰杯。“敬大家躲过肺炎。”

“希望吧。”凯莱布说。

两人喝起酒来。

“Haya 怎么样？”

“她很好。”凯莱布点点头。“很不错，很爱当妈妈。”

“她的英语学得怎么样了？”

“她一天到晚看电视，确实有用。如果你有点耐性，大可以跟她好好聊。她非常……她遣词用句很用心。”

凯莱布曾去过日本，回来时带着 Haya。凯莱布的日语说得磕磕巴巴；Haya 几乎一句英语也不会讲。不出三个月，两人便结了婚。布莱恩很不感冒。“凯莱布不是居家过日子的类型，”他说。“再说，他们夫妇在餐桌上能聊点什么？”

瑞秋不得不承认，当凯莱布把她介绍给那位艳光四射、寡言少语、唯命是从的女郎时，她多多少少受了布莱恩那番话的影响。Haya 的面孔和身材让人浮想联翩。如果不是为了这点，如果不单单是为了这点，又有什么让凯莱布离不开她？每当见到他们夫妇在一起，瑞秋总有种见到一对主仆的感觉，难道是因为凯莱布向来偷偷做着雄风万丈的白日梦？不然的话，那不过只是瑞秋犯贱，因为她已经注意到，尽管凯莱布娶了位不会讲英文的太太，他的合伙人布莱恩却娶了个不肯出门的宅女？

当瑞秋跟布莱恩提起，布莱恩说：“我们不一样。”

“哪里不一样？”

“你才不是不肯出门的宅女。”

“可惜我不赞同。”

“你只是处于某个阶段，会好起来的。可是凯莱布？还生个孩子？他妈的，究竟在搞什么？他自己还没长大呢。”

“你为什么这么心烦？”

“倒不是说我有多‘心烦’，”布莱恩说，“只不过这种时候他就不该做这种事。”

“他们是怎么认识的？”瑞秋问。

“他们相识的经过你不是知道吗。他去日本做生意，结果带了她回来。另外说一句，那笔生意没做成。有人砍价……”

“可是，他怎么能轻轻松松地带个日本公民‘回来’呢？我的意思是，不是有用来防止人们到我们的国家逛了一圈，然后决定留下来的移民法吗？”

“如果她持有合法签证，他又娶了她，移民法就管不了。”

“但你不觉得很诡异吗？她在日本跟凯莱布相遇，结果决定要把她的生活抛到一边，随他去美国，去某个她从未见过的国家，而且那里的人说的是一种她不会讲的语言？”

布莱恩考虑了片刻。“你说得有理。那你觉得是怎么回事？”

“网购新娘？”

“网购新娘不都来自菲律宾和越南吗？”

“不全是。”

“唔。”布莱恩说。“网购新娘。我越是琢磨，就越觉得有可能。我们又绕回我的看法了：凯莱布还没有长大到足以迈进婚姻的门槛。所以他挑了个几乎素不相识的人，对方还几乎没有办法沟通。”

“爱就是爱。”瑞秋用布莱恩爱用的一句套话来回敬他。

布莱恩扮个鬼脸。“爱就是爱，直到你非要让孩子掺和进来。随后就变成了商业合作伙伴关系，且必然伴随着经济动荡。”

倒不是说布莱恩的话没有半点道理，不过瑞秋疑心当时他是否在说他自己，说他担心他们俩的婚姻是多么不堪一击，担心孩子会给他们的婚姻招灾。

还没有来得及回过神，瑞秋的脑海中浮上了一个让人汗毛直竖的念头：**噢，布莱恩，我真的了解你吗？**

桌子的另一头，凯莱布对瑞秋露出好奇的微笑，好像在问：**“你的心思溜到哪里去了？”**

这时，瑞秋的手机在桌上震动起来。来电人是布莱恩。瑞秋想要耍耍小孩脾气不接电话，却还是忍住了。

“嘿。”

“嗨，”布莱恩的口吻很亲切。“刚才真抱歉，该死的手机没电了。我还很担心自己忘带了转换插头，还好没忘，老婆大人。所以我又打来啦。”

瑞秋出了卡座，走到几米远的地方。“你又打来了。”

“你在哪里？”

“Grendel's。”

“哪里？”

“你办公室旁边的那间大学酒吧。”

“我知道那间酒吧，我只是不明白你怎么会去那儿。”

“我跟凯莱布在一起。”

“唔，好吧。你得点拨我一下，究竟怎么回事？”

“没什么事，怎么会有事？下着瓢泼大雨，不过我只是跟你的合伙人喝一杯。”

“嗯，很不赖。什么风把你吹到哈佛广场去了？”

“算是心血来潮。有一阵子了，我一直想去逛逛书店，所以就去了。你这次住在哪里？我记不清了。”

“科文特花园酒店。你说它看上去像是个入得了格雷厄姆·格林[1]法眼的地方。”

“我什么时候说过？”

“我上次给你发照片的时候。不，应该是再上一次。”

“那给我发张照片吧。”话一出口，瑞秋只觉得心潮澎湃。

“什么？”

“发张照片。”

“现在是晚上十点钟。”

“那就在大堂来张自拍好了。”

“嗯？”

“发张你的照片给我嘛。”瑞秋又是一阵心潮澎湃。“我想你。”

“好吧。”

“你会乖乖照办吗？”

“没错，当然啦。”布莱恩顿了顿，然后说：“一切都好吗？”

瑞秋笑出了声，可惜那笑声自己听来也觉得刺耳。“都挺好，好得很。你怎么一直在问？”

1 即亨利·格雷厄姆·格林（1904 – 1991），英国小说家、剧作家、评论家。——译者注

“你听上去有点怪。”

“我猜是有点累。”瑞秋说。“雨下个没完。”

“那我们明天早上再聊吧。”

“好呀。”

“爱你。”

“我也爱你。”

瑞秋挂断了电话，回到卡座。她坐下的时候，凯莱布抬起头，拇指摁着手机按键，对瑞秋露出微笑。瑞秋有点吃惊：有些人居然可以一边给人发短信，一边跟其他人聊天呢。通常是些电脑极客或者技术呆子，比如凯莱布。

“布莱恩怎么样？”

“听上去很不错。很累，但状态不错。你出差吗？”

凯莱布摇摇头，继续在手机上敲键。“布莱恩才是公司事务的代言人，他和他爸。再说，他有商业头脑。我只是保证正常运营罢了。”

“你是在倒苦水吗？”

“天哪，才没有。”凯莱布心不在焉地又敲了片刻键盘，把手机放进了衣兜，合掌放在桌上，凝望着瑞秋，好让她明白——他的注意力全放在她的身上。“目前要是没有我，没有跟我差不多的家伙，那家拥有两百年历史的木材公司恐怕撑不了六个月。有时候……不是每天都会遇到，但有时候……交易的速度可以省下几百万美金，局势就有这么变化无常。”凯莱布说着，作势冲全球“局势”摆了摆手。

女招待又来了，瑞秋和凯莱布又点了一轮酒。

凯莱布打开菜单。“你介意我吃点东西吗？今天早上十点钟，我就去了办公室，一直到下午五点离开办公室，才算是从办公桌边走开。”

“当然不介意。”

“你吃点吗？”

“可以啊。”

女招待端着两人的饮品回来了，给他们点了菜。她走开的时候，瑞秋注意到一名跟布莱恩差不多年纪的男子，大概四十岁左右，身边坐的是一位上了年纪、颇具学者气派的时尚女子。她或许有六十岁，但性感得一塌糊涂。通常情况下，瑞秋会仔细端详那女子，瞧瞧究竟她身上哪一点会让人过目难忘，是服饰打扮，坐姿，发型，还是她脸上透出的才气？不过今天，瑞秋的注意力落在了那名男子的身上。他长着浅金色头发，耳边的头发已经染上了轻霜，看上去有几天没刮脸了。他喝着啤酒，戴着结婚金戒，服饰也跟布莱恩今天早上的打扮分毫不差，只缺一件防水外衣：蓝色的牛仔裤、白色T恤、翻过衣领的黑色套头毛衣。

难道，这就是瑞秋成天宅在家因此漏掉的动向吗？倒不是说瑞秋从来不出门，不过她无疑难得出门。有可能，她在某些流行风潮面前当了睁眼瞎。比方说，所有男人是在什么时候一致认定，要过个三四天才刮一次脸？软呢帽和卷边平顶帽什么时候又开始再度风行了？色彩鲜艳的网球鞋是从哪里冒出来的？骑脚踏车的家伙们又是在什么时候纷纷认定，他们应该穿紧身弹性衣裤，衣服裤子上到处印满品牌名，仿佛他们把脚踏车骑到“星巴克”还得拉一下企业赞助？

瑞秋念大学的时候，难道男生们不是每三个就有一个身穿格子衬衫、

V 领 T 恤，加条破洞牛仔裤吗？假如现在光顾中年共和党销售人员爱去的酒店酒吧，又有几个人会身穿浅蓝色的牛津衬衫和棕色的裤子？因此，照这么算来，难道波士顿剑桥市一带有三个男人在同一天都穿了黑色套头毛衣、白色 T 恤、蓝色牛仔裤的一套服饰，是完全有可能的吗？（作为基础款，蓝色牛仔裤或许从来没什么“流行”“不流行”之说）假如现在穿过某个购物中心，说不定会再见到几个同样打扮的男人，更别提 J. Crew 和 Vince 店前的时装模特儿了。

两人点的餐送来了。凯莱布三两下解决了他的汉堡，瑞秋狼吞虎咽地吃掉了她的沙拉。她竟然没有意识到自己有多饿。

吃完以后，瑞秋和凯莱布坐在渐浓的暮色与昏暗的灯光洒下的暖意之中。雨已经渐渐停了，行人纷纷出门踏进夜色，络绎的脚步再度回到了鹅卵石道上，刚刚高过两人的头顶。

笑意盈盈的凯莱布将酒杯举到了唇边。

瑞秋也露出了微笑，觉得酒意有点儿上头。

想当初，瑞秋和凯莱布也曾共度过美好的一刻，仅此而已。是瑞秋刚开始与布莱恩约会的时候，在布莱恩一个芬威的朋友家的储藏室里。当时瑞秋去储藏室取橄榄，正遇上凯莱布拿着饼干从储藏室里出来。如果瑞秋没记错的话，两个人擦肩而过的时候顿了顿。瑞秋和凯莱布眼神交汇，都没有掉开目光。于是有了几分争个高下的意味：谁会先眨眼睛呢？

“嗨。”瑞秋说。

“嗨。”凯莱布从嗓子深处哼出了一声。

“血管收缩。”瑞秋记得自己当时在想。皮肤毛细血管收缩，以提升核心体温的过程。相应地，呼吸与心跳加快，皮肤泛红。

瑞秋朝凯莱布俯过身，凯莱布也正好朝她俯过身，两人的头挨在了一起，她的双峰抵上了他的胸，他的右手堪堪从她的左手边缘拂过，落在她的臀上。那一两秒钟里，他们的身体贴上了彼此，最亲密的莫过于他的手从她手上拂过的一刻。当那只手落到她的臀上，瑞秋扭头闪身进了储藏室。凯莱布低哼一声（又像是打嗝，又像是轻笑，夹杂着几分惊诧，几分恼怒，几分尴尬），等到瑞秋再回头遥望，凯莱布已经从储藏室里消失了身影。

血管舒张：当核心体温过高，皮下血管便会扩张，以使身体降温，调节体温。

瑞秋花了差不多五分钟，才找到见鬼的橄榄在哪儿。

瑞秋轻啜着葡萄酒，凯莱布小口喝着波本威士忌，周围渐渐坐满了人。没过多久，瑞秋和凯莱布就再也看不见门了。要是在从前，这大有可能害得瑞秋很心慌，但今天晚上，这只让一切显得更温暖，更亲密。

“布莱恩怎么受得了这没完没了的雨？”凯莱布问。

“你知道他，心态积极嘛。这城里唯一一个没有抱怨下雨的人恐怕就是他了。”

凯莱布摇摇头。“在办公室也一样。我们一个个都没精打采，他却说，‘明明营造出了一种氛围’。”

瑞秋接话道：“他在家里也说这种话。我就说：‘什么氛围？凄凄惨惨的氛围吗？’他说：‘不是啊，是有趣的氛围，性感的氛围。’于是我说：‘亲爱的，下雨第一天确实有趣又性感，那可是十天前的事了。’”

凯莱布轻声笑着，喝了一口酒。“就算到了集中营，人家也会见到一线曙光。别的死亡集中营可没有质量这么好的铁丝网。再说，这里的莲蓬头好得没治了。”

瑞秋又喝了几口。“真不赖。”

“确实不赖。”

“可是很累人。”

“把你吃干抹净。我还从来没有见过谁像布莱恩那样永远保持积极心态呢。有点诡异，因为只是勇挑重担而已。你明白吧？”

“噢，我明白。我非常明白。”想到布莱恩，瑞秋不禁笑了。人家受不了悲剧收场的电影，受不了英雄战败的书籍，受不了歌唱离别的曲子。

“我懂。”有一次，布莱恩对瑞秋说。“我在大学里读过萨特，也有朋友把我拖去九寸钉乐队的演唱会。这个世界一团糟嘛，毫无意义可言。我很理解，我只是选择不搭理这种哲学，因为它对我没有用。”

瑞秋早就既崇拜又恼火地意识到：布莱恩不玩“郁闷”，不玩“绝望”，不玩“忧愁”和“叽叽歪歪”；布莱恩玩的是“目标”“策略”“解决方案”，玩的是“希望”。

有次正赶上瑞秋很心烦，布莱恩说：“一切皆有可能。”瑞秋回答：“不，布莱恩，不对。让全球免于饥饿就不可能，我们挥着胳膊想飞也不可能。”

布莱恩的眼中闪过一抹怪异的怒火。“再没有人肯打持久战了，个个都只顾着眼前。”

“你到底在说什么？”

“如果你相信，打心眼里相信，如果你的策略确实有效，如果你愿意倾其所有去战斗，”布莱恩说着张开双臂，“那你将战无不胜。”

当时瑞秋冲他笑了笑，出了房间，以免自己不得不断定丈夫是否有点疯癫。

另一方面，瑞秋倒也从来不担心布莱恩发牢骚或倒苦水。毋庸置疑的是，塞巴斯蒂安就爱叽叽歪歪。一个遇事往坏里想的消极主义者，时时处处体现出一件事：塞巴斯蒂安认定，整个世界每天早上一觉醒来，就想方设法地琢磨着如何跟他作对。相比之下，光看布莱恩迎接每一天的态度，似乎布莱恩认定当天一定有件送给他的礼物，藏在什么地方呢。假如没有找到宝贝，叽叽歪歪也于事无补。

布莱恩的另一条定理是：“不求解决方案的抱怨，堪称不求良方的疾病。”

凯莱布说：“他就爱在办公室说那句话。我总觉得，有朝一日那句话会被刻在牌匾上，堂而皇之地挂在休息室里。”

“但你总得承认吧，这种态度跟他很搭。你见过布莱恩心情低落好一阵子吗？”

凯莱布点点头。“你说的没错。哎！有些人肯跟着他赴汤蹈火，他们就是觉得布莱恩能带他们逃出生天。”

这话颇得瑞秋的欢心。一时间，丈夫在她心里的形象高大了起来，成了一个领袖，一种鼓舞。

瑞秋在椅子上往后坐了坐，凯莱布也往后坐了坐。有那么大约一分钟，两个人一句话也没有说。

“你看上去很不错。”凯莱布终于开了口，“我的意思是，你看上去一向很不错，不过你显得……”

瑞秋盯着正斟酌言辞的凯莱布。

凯莱布找到了合适的字眼。“心里踏实。”

以前有人把这种字眼用在她身上吗？瑞秋的母亲一度声称，瑞秋总是东蹿蹿西跑跑，要不是脑袋长在她的脖子上，只怕她大多数时候会忘了带。两任前男友，加上瑞秋那位前夫，都曾声称她很“焦虑”。二十多岁时，酒精、香烟和书算是瑞秋的定心丸（书籍总有奇效）。后来瑞秋戒了烟，跑步机取代了靠窗的座位，直到医生注意到瑞秋突然外胫酸痛，身材一向颇为苗条的她还体重暴跌。于是，医生说服了瑞秋，除了跑步再做点瑜伽。有一阵挺有用，可惜瑜伽最终勾起了幻觉，而海地事件过后，幻觉又引发了恐慌发作。

“心里踏实”。还从来没有人这么说过她呢。什么能让瑞秋·蔡尔兹-德拉克洛瓦显得“心里踏实”？

她的手机在手肘旁震动了起来。布莱恩发来了短信。瑞秋点开信息，露出了微笑。

相中的布莱恩站在那儿，依然穿着今天早上的服饰，笑容明媚（假如有点困倦的话），头发因旅途奔波显得有点凌乱。他的身后是棕色护墙板，宽宽的双开门，大门两侧垂下黄色的大提灯，在那之上则是楼名：科文特花园酒店。几年来，布莱恩给瑞秋发过那条街的照片——一条蜿蜒整洁的伦敦街道，布满零售店和餐馆，布满红砖白饰。门童也好，拍照的其他人也罢，恐怕不得不走下人行道，才能把酒店全拍进镜头。

布莱恩正在挥手，俊朗而略带倦意的脸上挂着笑容，仿佛在告诉瑞秋，他明白，这不仅是一张普普通通的自拍，瑞秋不只是“想他”。肯定多多少少算是场考验。

“见鬼，还真是难不住你呢。”瑞秋边想，边把手机塞进了衣兜。

瑞秋跟凯莱布果然拼了一辆出租车。凯莱布的路要远些，他住在海港区。奔赴瑞秋住处的途中，他们一直在谈雨，谈下雨如何影响当地经济。举个例子，“红袜队”就快要创下美国职棒大联盟因雨停赛的纪录了。

到了瑞秋的住处，凯莱布俯身准备行个吻面礼，还没有等他的嘴唇挨上面孔，瑞秋已经扭开了脸。

进了公寓，瑞秋冲了个澡，热水击打在被阴雨侵蚀了一天的肌肤上，如此细腻，几近一种罪恶。她闭上眼睛，眼前浮现出酒吧里的凯莱布、储藏室里的凯莱布，随后浮现出上次跟布莱恩一起洗鸳鸯浴的景象。那是在几天前，当时布莱恩溜到了瑞秋的身后，用香皂滑过她的两个乳头，从她的脖子一侧向上滑，又从另一侧滑下来，继而用它轻抚她的小腹，一次又一次地画着圈，画得越来越小。

此刻的瑞秋学起了布莱恩，能够感觉到他在她的两腿间“一柱擎天”，能够听见她自己的呼吸交织着喷溅的水花，而白日梦中的布莱恩摇身变成凯莱布，凯莱布又变成布莱恩，瑞秋手中的香皂滑落到瓷砖上，伸出一只手撑住了墙。她想起淋浴间里的布莱恩，科文特花园酒店前方的布莱恩，想起布莱恩脸上的那抹笑容，那洋溢着孩子气的喜悦的蓝眸。凯莱布消失了。她用一根手指把自己带上了高潮，高潮涌过她的身体，好似热水涌进了体内，冲刷着一根根毛细血管。

完事后，瑞秋躺在床上，朦朦胧胧正要沉入梦乡，脑海中却闪过一个诡异的念头：

刚才准备点餐时，凯莱布曾说，他一整天都待在办公桌后面，从早上十点钟一直到下午五点钟；说他压根儿没有站起来，没有出去过。可是，瑞秋在办公楼前露面的时候，凯莱布刚要离开，还站在大门的屋檐下。

他的防水外衣和帽子却已经湿透了。

# *Part 16*

# 重返家门

星期五。布莱恩动身回家了。

瑞秋考虑去机场接他，但她没有车。搬来跟布莱恩同居的时候，瑞秋卖掉了汽车，毕竟公寓只有一个停车位。在那之后，如果要去哪里，她会开 Zipcar[1] 提供的车。她简直不敢相信租车有多方便（其中一个停车点离她的公寓还不到一个街区），谁知道，紧接着就出了“唐恩都乐 ”、美食广场和吐在山达基教徒身上等等破事。在那之后，布莱恩让瑞秋暂时不要开车。

等到瑞秋该换驾驶执照的时候，夫妻俩吵了一架，吵得很凶。瑞秋不同意不换驾照，但布莱恩反驳说，瑞秋欠他一份“心安”（居然是“欠他”）。“这不关你的事。”瑞秋记得自己隔着厨房吧台叫道。“你为什么觉得地球应该绕着你转呢？即使是这种事？”

“沉着先生”伸手拍拍厨房吧台。“你没法出美食广场的时候，打电话给了谁？还有……？”

“这么说，是因为占了你的时间喽？”瑞秋朝一只手上缠着洗碗巾，越

1 美国的一家分时租赁互联网汽车共享平台。——编者注

缠越紧，直到肌肤泛红。

“不，不，不。我可没打算用那招。”

“不，不，不。”瑞秋学着布莱恩的样，感觉自己有些混帐，但也感觉有些畅快，因为这一架已经憋了整整一星期了。

有那么一刹那，瑞秋觉得自己瞥见布莱恩的眼中掠过一丝几近恨意的怒火，不过紧接着，布莱恩就慢慢深吸了一口气。“电梯的时速可不会达到每小时六十英里。”

瑞秋还没有从刚才瞥见的那抹怒火中回过神来。“刚才我见到的，是布莱恩的真面目吗？”她暗自心想。

瑞秋终于还是意识到，那表情不会再出现了，反正今天不会。她把洗碗巾搁在吧台上。“什么？”

“如果在电梯、购物中心、公园，或者走在街上的时候恐慌发作，你不可能受致命伤吧，我说不好。但是在车里？”

“不是那回事。我开车的时候不会恐慌发作。”

“你也是几年前才开始犯恐慌症，你怎么知道下次是什么样？我可不希望接到电话，声称你的车在什么地方撞上了柱子。”

“老天爷。”

布莱恩说：“难道我的担心不合理吗？”

“合理。”瑞秋承认道。

“不可能吗？”

“不，确实有可能。”

“要是你感觉呼吸困难，出了一身汗，害得你看不清楚，结果撞到斑马线上的行人呢？”

“你这么说就是在仗势欺人了。”

“不，我只是问问。”

最后，两个人达成了妥协。瑞秋换了新驾照，但答应不用它。

不过，既然她已经脸不红心不跳地在购物中心漫步而过，搭过了地铁，步行经过了老南教堂踏进科普利广场，在雨中乘过出租车，又到熙熙攘攘的地下室酒吧坐了一会儿，要是能在洛根机场的行李领取处露个面，岂不是很酷？当然，布莱恩恐怕会抓狂，不过，难道他的满腔自豪不会盖过担忧吗？

瑞秋甚至辛辛苦苦地更新了 Zipcar 的账户信息（她原来用的那张信用卡过期了），然后才想起来，布莱恩是自己驱车去的机场，把“英菲尼迪”泊在了长期停车场里。

于是就这样了。瑞秋得以逃过一劫，不禁心怀感激，因此又有几分内疚，感觉自己又没胆，又软弱。不过话说回来，就算还有一丝丝惊惧，也许还是不开车的好吧。

踏进家门时，布莱恩的脸上带着几分惊讶的神情：那是在竭力重拾生活中与机场、酒店、客房服务和风云变幻无关的一面，重拾上述一切的对立面——日常生活。他瞥了瞥瑞秋摆在沙发旁边的杂志筐，仿佛认不出它，因为他确实认不出来：筐是瑞秋在布莱恩出门的时候买的。布莱恩把行李箱拉到一个角落，脱下铜色防水外衣，露出迟疑的微笑，嘴里说道：“嗨。”

“嗨。”瑞秋犹豫了一下，穿过公寓向布莱恩走去。

假如布莱恩出门超过二十四个小时，等到他再踏进家门，总会有些颠簸，有一段笨拙的摸索。毕竟他一度抽身离开了两人的生活，离开了将两人定义为“我们”的点点滴滴，而这意味着，他们俩在这一周里各自变回了“我”。就在那刚刚摇身成为新常态的时候，布莱恩却又一脚踏了回来，于是夫妻俩再度丈量着“我”与“我们”的界线。

两人吻了吻。不过是轻轻一啄，简直有些禁欲的意味。

“你累吗？”瑞秋问道，因为布莱恩看上去很累。

“是啊。没错，确实累。”布莱恩看看表。“那边是，算是，午夜。”

“我给你做了晚餐。”

布莱恩露出了明媚轻松的笑容。自从踏进家门以来，这还是他第一次露出“布莱恩式”微笑。“不是吧。要当个持家贤妻吗？多谢啦，宝贝。”

他又吻吻瑞秋，这一次多了几分温度。瑞秋心里一动，回吻了他。

夫妻俩坐下来，吃了些裹上铝箔纸烤好的鲑鱼，配了些糙米和沙拉。布莱恩问起瑞秋这个星期过得怎么样，瑞秋问起布莱恩的伦敦之行和会议——显然不太顺利。

“他们成立了各种委员会，好让全世界相信他们在意环境，在意木材采购的道德规范。谁知道，接着他们就往委员会里塞满蛀虫；除了一亲当地妓女的香泽，这些蛀虫唯一的雄心就是尸位素餐。”布莱恩用手掌揉揉眼睛，叹了口气。“嗯，让人很沮丧。”他低头望着他的空盘子。“你呢？”

“我怎么啦？”

“我们每次通电话的时候，你听上去都怪怪的。”

“不，我没事啊。”

“确定吗？”

“嗯。”

布莱恩捂着脸打了个哈欠，疲惫地冲瑞秋笑笑。很明显，他并不买账。“我要冲个澡。”

“好啊。”

他清理了盘碟，放进了洗碗机。布莱恩向卧室走去，瑞秋说：“好吧，你想知道吗？”

他在门口停下脚步，轻叹了一声，听上去松了口气。他伸出手。“那就太棒了。”

“我见到了你的翻版。”瑞秋说。

“我的翻版？”

瑞秋点点头。“星期一下午，他正要钻进汉考克大厦后面的一辆黑色 Suburban 车。”

“我在飞机上的时候？”布莱恩瞪大眼睛盯着瑞秋，显得很不解。“好吧，给我一秒钟，因为我……唔，你见到了一个酷似我的家伙……”

“不，我见到的是你的翻版。”

“说不定，你见到了斯科特……”

“来自佛蒙特州格拉夫顿的斯科特·菲佛？我也考虑过。问题是，那人身上穿的衣服跟你离家时穿的分毫不差。”

布莱恩慢慢点了点头。“你并不认为你见到了我的翻版。你认为你见到的是我。”

瑞秋给两人都斟上些酒，把布莱恩的酒杯递给他。她倚在沙发靠背上，布莱恩倚在门框上。

“是的。”

“啊。”布莱恩闭上眼睛笑笑，仿佛如释重负。“所以，又是语气诡异，又是让我发自拍，都是因为你认为……”他睁开了眼睛。“你认为是怎么回事？”

“我说不清我怎么想。”瑞秋说。

“嗯，你要么认为斯科特·菲佛来了波士顿，要么认为我在撒谎，根本没有出国。”

“差不多吧。”现在听上去，竟然如此荒谬。

布莱恩扮个鬼脸，又喝了几口。

“什么？”瑞秋问道。“别这样，怎么了？”

“你就这么轻视我们两个人的关系吗？”

“不。”

“你觉得我过着双面人的生活。”

“我绝对没这么说。”

“嗯，那会是怎么回事呢？我搭着一架767飞越格陵兰之类地方的时候，你却说，你见到我在波士顿的大街上。所以，我从希思罗机场打个电话给你，你还严加盘问我在哪儿，又盘问我为什么没有给手机充电……”

“我没有盘问你。”

“没有吗？然后你又逼着我拍张自己的照片，好证明我的下落跟我自己声称的一样，你知道吧。接下来，你又跟我的合伙人一起出去，还盘问了他？”

“这些话我不想听。”

“你为什么要听？说不定，你还不得不为犯浑承担责任呢。”布莱恩低下头，疲惫地抬起手。“你知道吗？我累了。眼下我说什么都无济于事。我不知道，我需要消化一下。可以吗？”

瑞秋衡量着自己究竟想发多大的火，衡量着自己究竟是生布莱恩的气，还是生自己的气。“刚才你说我是个浑蛋。”

“不，我是说你‘犯浑’。”布莱恩微微一笑。“区别不大，但有区别。”

瑞秋也笑了，伸出手搁在他的胸口。“去冲澡吧。”

布莱恩关上了卧室门，瑞秋的耳边传来了水声。

瑞秋发现自己站在布莱恩的防水外衣旁边。她把葡萄酒搁上一张小桌，纳闷自己为什么不觉得内疚。应该内疚的，布莱恩没有说错——她颇为无礼地认定结婚两年的丈夫如此不值得信任，认定他胡诌了自己的下落。可是，瑞秋并没有感到内疚。整整一个星期，她都在告诉自己，见到的那一幕不过是自己眼花。自拍证明了这点；两人共度的岁月证明了这点，毕竟瑞秋还从来没有发现过布莱恩撒谎。

那她为什么不觉得自己犯了错？为什么不为猜疑布莱恩而感到内疚？当然了，不是全心猜疑他，只是有一层疑云，总觉得有哪点不对。

瑞秋从椅背上拿起了布莱恩的防水外衣——布莱恩把防水外衣扔在了椅背上，让瑞秋有点恼火。难道他就不能劳动大驾把防水外衣挂到衣架上吗？

瑞秋把手伸进左边的衣兜，掏出了一张机票。是希思罗机场飞洛根机场，时间为今天。兜里还有些零钱，布莱恩的护照也在。瑞秋翻开护照，查了查签证页，上面密密麻麻地盖满了各国的章。问题是，那些章显得颇为凌乱，仿佛入境官员随手翻到哪页，就在哪页上盖个章。瑞秋一边听着浴室传来的低沉的水声，一边继续翻查着签证页：克罗地亚、希腊、俄罗斯、德国。接着便是：希思罗，今年五月九日。她把护照塞回衣兜，又把手伸进另一个口袋：蒙茅斯街十号科文特花园酒店的磁卡，再加上一张跟瑞秋的拇指差不多大小的收据，来自位于蒙茅斯街十七号的一家书报铺。收据时间是今天，也就是 05/09/14，早上十一点十二分。证明布莱恩买了份报纸、一包口香糖、一瓶"Orangina"饮料，付了一张十英镑纸币，收了四点五三英镑找零。

洗澡水关上了。瑞秋把磁卡放回了防水外衣的口袋，又把防水外衣放回了椅背，却把那张收据塞进了牛仔裤的裤兜。她说不清楚为什么要这样做。直觉吧。

# Part 17

## 加蒂斯

每到重逢之夜的周年纪念日，布莱恩与瑞秋都会回到“RR”酒吧，伴着《为你倾心》起舞。假如时下的自动点唱机上还有这首歌，通常会是约翰尼·马蒂斯的版本，但“RR”酒吧的点唱机上却是最老的原版，由昙花一现的兰尼·韦尔奇演唱。

与其说，它是首情歌，不如说，它是首关于失去的歌。歌曲悲叹某人为情所困，无望地痴恋着一个无情的爱人。毫无疑问，对方最终会毁了“他”，也有可能是毁了“她”，就看你听的是哪个版本了。自从布莱恩和瑞秋第一次随着此曲起舞，他们已经听过这首歌的大多数版本：妮娜·西蒙版，黛娜·华盛顿版，查理·瑞奇版，乔治·班森版，格拉迪斯·奈特版，爱伦·奈维尔版与马维·斯泰普斯版。上述这些只不过是唱过该曲的名角而已，瑞秋还曾经在 iTunes 中查过，结果找到了二百六十四个版本，从路易斯·阿姆斯特朗版到船长和坦尼尔乐队版，简直包罗万象。

至于今年，布莱恩租下了“RR”酒吧的整间里屋，邀请了一帮朋友。梅丽莎露了面，同样到场的还有瑞秋在六频道的摄影师丹尼·马洛塔，他带来了太太桑德拉，桑德拉又带了个同事莉兹。安妮、达拉、罗德尼也来了，他们三个人都在瑞秋跳槽后拿了《波士顿环球报》的赔偿金自动离职了。凯莱布带了 Haya 来聚会，Haya 穿了条简单的黑色紧身棉裙、黑色平底鞋，黑发朝后梳成一个髻，露出优雅的脖子，不知怎的看上去美艳夺人，而她怀里的宝宝更让她显得朴实了几分，也性感了几分。顺便说一下，那宝宝真是完美无缺，深色头发的父母的美貌在她身上融为了一体，孩子的脸庞十分对称，双眸好似点漆，肌肤好似暮色初临时的黄沙。布莱恩在这种事情上通常都懂得避嫌，谁知道，有几次 Haya 和 AB 从旁边经过的时候，瑞秋竟然抓到布莱恩赶紧把恨不得弹出来的眼珠又再收了回去，仿佛佳人娇娃从创世神话中迈步走了出来。年纪最轻的几个小子目不转睛地盯着 Haya（是布莱恩和凯莱布的最近一批实习生，根本用不着弄清楚这些人是谁，反正下次就会换批新人），尽管女实习生们也个个漂亮得不得了，有着紧实无瑕、青春洋溢的躯体。

要是换个场合，瑞秋说不定会感到一丝醋意，或者至少觉得被压了一头（老天爷，人家刚刚才生下孩子，看上去却好像随时可以在内衣跨页广告上亮相），可是今天晚上，瑞秋深知自己有多美。并不是招摇的美，而是优雅、低调的美，仿佛在向众人昭告，她无须大肆地卖弄天生丽质，卖弄遗传与普拉提的造化之功。

AB 在妈妈脚边的安全座椅里呼呼大睡，瑞秋跟 Haya 在吧台旁边叙了叙旧。由于语言不通，除了几声“哈喽”，她们俩难得聊下天，而且一年也没见上几面，不过，据凯莱布的说法，Haya 的英语不是已经突飞猛进了吗。瑞秋决定试一试，结果发现，凯莱布果然没瞎说：Haya 的英文已经算是挺流利，如果说还有些刻意的话。

“你最近怎么样？”

“我……很开心。你呢？”

“很好。安娜贝拉怎么样？”

“她……不好伺候。”

瑞秋瞥了瞥那个在派对中呼呼大睡的孩子。刚才在 Haya 的怀里，宝宝一直没有哼哼过，甚至连扭也没有瞎扭一下。

Haya 瞪眼盯着瑞秋，美丽的面孔上是茫然的神情，绷着一张嘴。

“非常感谢你的光临。”瑞秋终于开了口。

“是啊。他……是我丈夫嘛。”

“这就是你来的原因？”瑞秋感到自己的唇上浮起了微笑。“因为他是你的丈夫？”

“是的。”Haya 困惑地眯起眼，害得瑞秋过意不去，仿佛她靠着语言不通和文化障碍在欺负对方。“你看上去……非常漂亮，瑞秋。”Haya 说。

“谢谢，你也一样。”

Haya 望着脚边的宝宝。“她……快醒了。”

瑞秋不知道 Haya 是怎么看出来的，不过五秒钟以后，安娜贝拉猛地睁开了双眼。

瑞秋在宝宝身边蹲了下来。她一向不知道该跟孩子说些什么。多年来，瑞秋眼见人们用一种她认为很不自然的方式跟宝宝互动：用“咿咿呀呀”的腔调讲话。除了跟孩子、动物和老弱病残讲话以外，没人会用这种腔调。

“你好。”瑞秋对安娜贝拉说。

宝宝用酷似其母的双眸目不转睛地瞪着瑞秋，她的双眼如此清澈纯净，不掺杂一丝怀疑或讽刺，瑞秋不禁觉得自己无所遁形。

她伸出指头放上安娜贝拉的胸口，宝宝伸手握住，用力拽了拽。

“你力气不小嘛。”瑞秋说。

安娜贝拉放开瑞秋的手指，抬头望着座椅前围，隐约有些闷闷不乐，好似吃了一惊。宝宝皱起了脸，瑞秋只来得及说了句“不，不”，安娜贝拉已经放声哭号了起来。

Haya 伸手去握安全座椅的把手，跟瑞秋擦肩而过。她把安全座椅放到吧台上，来回轻晃着，宝宝立即收起了哭声，瑞秋顿觉又尴尬，又无能。

“你很有照顾她的天赋。”瑞秋说。

“我是……她妈妈呀。”Haya 再次显得一头雾水。“她累了，饿了。”

“那是当然。”瑞秋答道，因为人们理应这样回答。

“我们得先走一步了。谢谢你……邀请我们出席……派对。”

Haya 从安全座椅里抱起女儿，搁上肩头，宝宝的脸颊紧贴着她的脖子。母女二人看上去浑然一体，好似透过同样的肺呼吸，透过同样的眼眸观望。相形之下，瑞秋与她的派对似乎微不足道，让人有些难过。

凯莱布走过来，收拾起安全座椅、粉色妈咪包和白色棉布毯，陪着妻女走到汽车旁，吻吻她们道了晚安。瑞秋透过窗户遥望着他们一家，心知自己并不渴望这幕全家福。但在另一方面，她又明知自己心生向往。

“瞧瞧。”有人朝点唱机里放了一美元（瑞秋猜是梅丽莎），选了 B17《为你倾心》，结果布莱恩说道。于是，布莱恩和瑞秋不得不翩翩起舞，这也是今天晚上的第二回了。布莱恩朝两人在后墙全身镜中的倒影挑了挑眉毛，瑞秋望见了自己。跟每次望见自己的一瞬间一样，瑞秋有点儿惊讶：她已经不再是二十三岁了。有人曾经告诉瑞秋，人人心中都认定自己一直停留在某个年龄。十五岁也好，五十岁也好，总之人人皆然。对瑞秋来说，是二十三岁。当然，在随后的十四年中，瑞秋的面孔已经越来越长，添了一些皱纹，眼睛也不复原来的模样，灰绿的颜色不改，却少了几分笃定和激情。她那一头栗色秀发的发色是如此之深，大多数光线下都近乎黑色，现在则剪短留了刘海，让她的一张心形脸显得更清秀了些。

反正，某位制片人说服瑞秋把头发剪短拉直的时候，靠的就是这套说辞。在这之前，瑞秋的头发一直是乱蓬蓬的垂肩长发；该制片人先来了句"别见怪"（通常来说，紧接着就会听到些不顺耳的话），然后才开始损她："你离美貌还有几步之遥，不过镜头不知道。镜头青睐你，因此我们的老板也青睐你。"

当然，那位制片人便是塞巴斯蒂安。瑞秋自视甚高，竟然嫁给了他。

与布莱恩在舞池翩然而过时，瑞秋意识到，布莱恩比塞巴斯蒂安不止高出一筹。没有哪方面不高出一筹：布莱恩更俊朗，更善良，更健谈，更幽默，更聪明——尽管布莱恩竭力低调，而塞巴斯蒂安总是大肆招摇。

但说来说去，又要说到"信任"这个症结。就算塞巴斯蒂安是个浑蛋，他却也是个真诚的浑蛋。浑蛋得很，以至于塞巴斯蒂安不认为自己有必要掩饰。塞巴斯蒂安毫不遮掩。

相比之下，说到布莱恩，瑞秋却说不清最近的处境。自从布莱恩出差回来以后，他们两个人之间便客客气气，客气得令人心里发毛。瑞秋没有半点疑心布莱恩的理由，因此也没有过问；布莱恩似乎没什么异议。但夫妻俩在公寓里各自绕开对方，好似在躲着一罐炭疽病毒走。他们说不了两句就匆匆地住嘴，唯恐说出什么话惹大家吵架——布莱恩习惯把前一天的衣服挂在床柱上也好，瑞秋不爱换卫生纸卷也好（只要卷芯上还粘着一格，瑞秋就不换），反正极尽小心地挑选着字眼。没过多久，两人聊天时就干脆再不碰“雷区”了，谁让“雷区”只会招人恨呢。早晨，夫妇俩互相淡然微笑，晚上，夫妇俩也互相淡然微笑，双双把时间花在了各自的笔记本电脑和手机上。过去一个星期，他们做了一次爱，结果活像那淡然微笑的翻版——其淡如水，拒人于千里之外。

等到一曲终了，大家纷纷鼓掌，有几个家伙吹起了口哨，梅丽莎用餐叉敲着葡萄酒杯，高声说：“接吻！接吻！”直到布莱恩夫妇乖乖照办。

“现在你感觉有多难为情？”瑞秋偎依在布莱恩的怀中，问道。

布莱恩没有回答。他正竭力从瑞秋身后的景象中回过神来。

布莱恩张开了手指，瑞秋一脚踏出布莱恩的怀抱，转过了头。

一名男子进了房间。他看上去五十岁出头，灰色的长发向后扎成了马尾，身材十分清瘦，身穿蓝白相间的夏威夷衬衫、深色牛仔裤，套着松垮垮的灰色运动衫。他长着粗糙的褐色皮肤，蓝眼睛如此明亮，好似在熊熊燃烧。

“布莱恩！”他说着张开了双臂。

布莱恩飞快地跟凯莱布交换了一个眼色（确实是“飞快”，假如瑞秋不是伫立在离布莱恩的脸仅有三英寸的地方，只怕就不会注意到），脸上浮现出了笑容，迈步向来人走过去。

“安德鲁。”布莱恩伸出一只手攥住对方的手肘，另一只手跟对方握了握手。“什么风把你吹到波士顿来了？”

“在Lyric剧团[1]有场演出。”安德鲁挑高双眉。

“真棒。”

“是吗？”

“不是吗？”

安德鲁耸耸肩。“工作而已。”

凯莱布端着两杯饮品走了过来。“安德鲁·加蒂斯，又见大驾啊。你还是对Stoli伏特加欲罢不能吗？”

安德鲁一口喝干了杯中酒，把酒杯递给凯莱布，又从凯莱布那里取来第二杯，点点头道个谢，轻啜了一口。“很高兴见到你。”

“也很高兴见到你。”

安德鲁笑出了声。“是吗？”

凯莱布哈哈大笑，拍了拍安德鲁的肩。“这句话成了你今晚的口头禅了嘛。”

“安德鲁，我的太太，瑞秋。”

瑞秋握了握安德鲁·加蒂斯的手。出人意料的是，他的手颇为光滑，甚至算得上娇嫩。

“荣幸之至，瑞秋。”安德鲁冲瑞秋露出唐突而又心照不宣的微笑。“你很聪明嘛。”

瑞秋笑了。“你说什么？”

“你很聪明。”安德鲁还握着瑞秋的手。“我看得出来。妈的，是个人

1 全称为Lyric Stage剧团，后文有提及。——译者注

就看得出来。你‘有貌’，我明白。布莱恩一向中意美女，不过……”

“拜托悠着点。”布莱恩说。

“还‘有才’，倒是挺新鲜。”

“嘿，安德鲁。”布莱恩的声音很轻。

“嘿，布莱恩。”安德鲁放开瑞秋的手，目光却依然落在瑞秋的身上。

“还抽烟吗？”

“抽电子烟。”

“我也是。”

“不是吧？”

“想去人行道上一起抽吗？”

安德鲁·加蒂斯朝瑞秋歪歪头。“你觉得我该去吗？”

“什么？”

“跟你丈夫一起抽电子烟？”

“为什么不呢？”瑞秋说。“看在老交情的份儿上，你们可以叙叙旧嘛。”

“唔。”安德鲁环顾整间屋，目光又落回瑞秋的身上。“你们刚才跳的是哪支曲子？”

“《为你倾心》。”

“谁会跳这首啊？”安德鲁朝瑞秋夫妇露出灿烂又困惑的笑容。“那是支毫无希望的歌，从头到尾都为情所困。”

瑞秋点点头。“我觉得，我们正在尝试后讽刺，不然就是超浪漫。我一向说不清是哪种。好好抽电子烟吧，安德鲁。”

安德鲁作势摘帽向瑞秋致意，又向布莱恩和凯莱布扭过头。

他们三人迈步向门口走去，安德鲁·加蒂斯却猛然转过身，对瑞秋说道："上谷歌查一查。"

"什么？"

快要走到门口的布莱恩和凯莱布这才发现安德鲁·加蒂斯掉了队。

"《为你倾心》，上谷歌查一下吧。"安德鲁说。

"大概有两百个翻唱版呢，我知道。"瑞秋说。

"我说的不是歌。"

这时布莱恩迈步折了回来，安德鲁有所察觉，转个身迎上布莱恩，两人又双双出屋去抽烟。

瑞秋遥望着街上吞云吐雾的三人。他们时不时大笑，仿佛再铁不过的老朋友，又是顶拳，又是拍肩，又是推推搡搡。布莱恩还抓住安德鲁的后颈把他拉过来，两人的额头挨在了一起。他们俩都在笑，都在哈哈大笑，布莱恩说个不歇气，两人脑袋挨在一起又纷纷点头，好像一对连体婴。

等到分开时，两人收起了笑容。布莱恩望望窗户，正迎上瑞秋的目光，于是冲她竖起大拇指，好似在说，"没事，一切都好"。

"这是个会从自己身上脱下外套，给你披上的男人"，瑞秋提醒自己。

大家回了屋，安德鲁似乎对房间里所有人都兴致满满，只有瑞秋除外。他跟德拉克洛瓦木材公司的一个员工打情骂俏了一阵，又跟梅丽莎搭讪，跟凯莱布聊了好一会儿，两个人的表情都很忧郁，紧接着，安德鲁就飞快地喝得大醉。才露面不到一个小时，安德鲁已经东倒西歪了。

"他的酒品一向不好。"布莱恩说，这时安德鲁撞倒了一名实习生搁在椅背上的包，收拾烂摊子的时候又撞翻了椅子。

椅子倒地的时候，在场众人纷纷笑了起来，尽管似乎没几个人觉得有什么可笑。

“这家伙是个扫兴鬼，”布莱恩说。“一向这副德行。”

“你怎么认识他的？”瑞秋问。

布莱恩没有听见。“我来收拾烂摊子吧。”

他走过去，帮安德鲁扶正椅子，伸出一只手放上安德鲁的胳膊。安德鲁甩开布莱恩的手臂，结果又撞翻了吧台上一杯半满的啤酒。“你他妈的给我下药是吗，布莱恩？”

“好了。”凯莱布说。“行啦。”

酒保——也就是盖尔那位沉迷健身的侄子贾罗德，从吧台走了过来，绷着一张脸。“没事吧？”

“安德鲁？”布莱恩说。“这位先生在问这边有没有事呢，这边有事吗？”

“好得不能再好了。”安德鲁向酒保打了个招呼。

这话惹毛了贾罗德。“我可以找辆车送您回家，先生。你听得懂我在说什么吗？”

安德鲁换上了浓浓的英国腔。“我懂，老板。我宁愿今天晚上不跟本地警察打交道。”

贾罗德告诉布莱恩：“把你的朋友送上出租车吧。”

“没问题。”

贾罗德捡起了滚落到吧台后面的玻璃酒杯。它竟然没有碎。“他不还在这儿吗。”贾罗德说。

“我这就去。”布莱恩说。

到了这时，安德鲁脸上已经浮现出闷闷不乐的熟悉神情——坏脾气的酒鬼就有这种神情。年少时，瑞秋曾经亲眼目睹母亲和母亲的两任男友在度过懊恼的一天后露出这种神情。

安德鲁一把从椅背上抓起自己的运动外套，差点又打翻了那张椅子。“你还留着贝克湖那个住处吧？”

瑞秋说不清他是在跟谁讲话。安德鲁的双眼紧盯着地板。

“我们走吧。”布莱恩说。

“别他妈的碰我。”

布莱恩举高双手，活像旧西部的驿站马车夫遇上了抢匪。

“那地方真他妈的荒凉，”安德鲁说。“不过话说回来，你一向好这口嘛，布莱恩。”

安德鲁踉跄着朝门走去，布莱恩跟在他的身后，依然举着双臂。

谁知道，人行道上几乎同时发生了两件事：出租车赶到了，安德鲁朝布莱恩挥了一拳。

布莱恩轻松地躲开了拳头，伸出手臂搂住脚步蹒跚的安德鲁，仿佛他接住的是某部老片里正迈步走向沙发的女郎。他扶直安德鲁，扇了他一耳光。

所有人都见到了这一幕。自从两人走出酒吧，大家就一直注目着这出狗血剧。几个年轻的实习生抽了口冷气，其余几个笑出了声。一个小子说：“见鬼。千万别惹老板，对吧？”

那记耳光扇得突如其来，十分自如，因此显得更加生猛，不像扇了歹人一耳光，倒像扇了招人烦的孩子一耳光，耳光之中有几分瞧不起。

安德鲁耸起了肩，摇头晃脑起来——很明显，他在哭。

瑞秋注视着自己的丈夫跟出租车司机说了几句话。司机已经出了出租车，本来打算不接这单，免得某个说不定会动手的醉鬼钻进自己的车。

不过，布莱恩递给了司机一些现金，司机收下了。两个人把安德鲁塞进出租车后座，汽车沿着特里蒙特街的方向朝前驶去。

布莱恩回到酒吧，似乎很惊讶居然有人注意到了刚才的事。他握住瑞秋的手，吻吻她，说道："抱歉。"

瑞秋还有些没有回过神来。那一记耳光轻轻松松，如此残酷。"他究竟是什么人？"

布莱恩和瑞秋来到吧台旁，布莱恩点了杯苏格兰威士忌，递了五十美元给贾罗德，作为给他添麻烦的补偿，接着向瑞秋转过身。"他是个老朋友。一个让人丢脸、让人头疼、一直没长大的老朋友。你有这种老友吗？"

"嗯，那当然。"瑞秋抿了一口布莱恩的威士忌。"好吧，以前有过。"

"你是怎么甩掉他们的？"

"是他们甩掉了我。"瑞秋承认道。

这句话打动了布莱恩的心。瑞秋看得出他心头一痛；而在那个瞬间，瑞秋爱他至深。

布莱恩伸出刚扇了朋友一耳光的手，轻抚着瑞秋的脸颊。

"傻瓜。"他低语道。"他们全是傻瓜。"

# *Part 18*

## 文化冲击

派对次日，布莱恩出门沿河边跑步，宿醉未醒的瑞秋却花了一上午上网搜索。

首先，她查了查《为你倾心》。不出所料，第一页全是该曲不同版本的链接。在第二页上，瑞秋发现其中一条提到电视剧《洛城法网》的某一集。《洛城法网》播映的时候，瑞秋还在念小学，她还记得母亲每集必看。有一次，剧中的一个角色跌下了电梯（是个头发高耸、身穿大翻领服饰的女郎），伊丽莎白伸手捂住了嘴。瑞秋在 IMDb 上查了查涉及《为你倾心》的那集，简介中却并没有半点似曾相识之处。

在第三页搜索结果中，瑞秋找到了一条链接。二零零二年的一部电影，主演为罗伯特·海斯、薇薇卡·A·福克斯、克里斯蒂·葛尔、布雷特·奥尔登，特邀史蒂芬·杜夫与盖瑞·布希出演。瑞秋点击链接，却发现原网址已经无效。于是，她点开一个新窗口，搜了搜“《为你倾心》二零零二年电影”。

尽管搜得更细了些，大多数链接却依然是那首歌。不过，终于还是出现了一条“《为你倾心》/ 五月 – 十二月（二零零二）VHS eBay”。瑞秋点击链接，打开的是 eBay 页面和一盘 VHS 录像带截图。放大功能破得很，但瑞秋好歹还是辨认出了两位主演的面孔。她花了一分钟才认出来，男主角曾经出演过《空前绝后满天飞》一片。至于女主角，瑞秋很确信出演过《独立日》：她在片中演个傻瓜，为了救她的狗将所有人拉下了水。图片右侧是一则简介，或许是从 VHS 录像带封底抄过来的：

**鳏夫汤姆（海斯饰）发觉自己拜倒在了美丽的女管家拉托雅（福克斯饰）脚下，对方的年龄只有他的一半。与此同时，汤姆的儿子（奥尔登饰）与拉托雅的残疾室友（葛尔饰）也彼此钟情。一出感人至深的喜剧，探寻“爱是否会错”的答案。**

瑞秋又点击回到 IMDb，比对罗伯特·海斯与薇薇卡·A·福克斯的作品，以便找到其他链接或信息。什么也没有。她干脆一查到底，找了找史蒂芬·杜夫和盖瑞·布希参与的作品，以及那两个瑞秋从来没有听说过的演员——克里斯蒂·葛尔和布雷特·奥尔登。

杜夫和布希参与的作品中根本没有提到过这部。

克里斯蒂·葛尔似乎有过昙花一现的演艺事业，演的都是些不进影院直接发行 DVD 的片，只有一部在影院上映过——《惊声尖笑 3》，扮演的角色是“骑独轮车的女孩”。自从二零零七年起，克里斯蒂·葛尔的页面就再也没有更新过，她也正是在二零零七年拍了最后一部，片名叫作《致命绝杀》。（瑞秋有点纳闷，“绝杀”还有不“致命”的吗？）

布雷特·奥尔登则没有相关页面。他肯定是体验了一番“外外外”好莱坞大道的辛酸，忙不迭逃回了艾奥瓦或威斯康星的家乡了吧。瑞秋又点击已经打开的 eBay 窗口，花了四点八七美元买了盘带子，选了次日航空速递。

她又冲上一杯咖啡，回到笔记本电脑旁，依然穿着睡衣，向窗外的查尔斯河望去。昨天晚上不知道什么时候，雨已经停了。今天早晨不知道什么时候，太阳也冒出了头（没错，太阳）。一切似乎不仅仅是洁净，而是一尘不染，天空仿若凝固的潮汐，沿岸的树木恰似碧玉般通透。瑞秋却坐在屋里，宿醉害得她头痛，感觉胸中翻涌。瑞秋点击音乐文件夹，挑了个专用于舒缓心情的播放列表（国民乐团，休伦大人乐队，原子和平乐队，早安夹克乐队，以及其余同类乐团），然后查起了“贝克湖”。

“贝克湖”有三个——最大的一个位于华盛顿州，另一个位于加拿大北极地区，第三个位于缅因州。华盛顿州的贝克湖看上去像是个游览胜地，加拿大贝克湖住的主要是因纽特人，缅因州那个则是茫茫荒原，离它最近的城镇看上去在四十英里开外。说到临近的大城市，实际上，缅因州贝克湖离魁北克还比班戈[1]要近一些。

“要去露营？”

瑞秋转过椅子，面对着来人：那是跑完步后满身是汗的布莱恩，站在她身后八米远的地方，正喝着一瓶水。

“从我背后偷看呢？”瑞秋笑了。

布莱恩也笑了。“刚进屋，碰巧见到我太太的后脑，又隔着它见到了‘贝克湖’。”

瑞秋将脚趾伸到地毯里，来回转着椅子。“昨天晚上，你的朋友提到

1 美国缅因州南部城市。——译者注

过嘛。”

“哪个朋友？”

瑞秋挑高了一条眉毛。

“昨晚确实不止一个朋友。”

“你还扇了其他人一耳光吗？”

“唔。”布莱恩后退了一步，又轻啜一口水。

“是啊。唔，到底怎么回事？”

“他喝醉了，差点害我们被最心爱的酒吧赶出门，又在人行道上跟我动手。”

“没错，可是为什么呢？”

“为什么？”布莱恩用略显虚伪的眼神瞥瞥瑞秋。“他酒品不好，一向不好。”

“那凯莱布为什么还一次给他端来了两杯酒？”

“因为他是凯莱布。我不知道，问凯莱布啊。”

“一个酒品不好的家伙刚进门，你就灌得他喝过头，这种做法似乎有点蹊跷吧。”

“喝过头？”

瑞秋点了点头。“过头。”

布莱恩耸耸肩膀。“再说一遍，你得去问凯莱布才行。或许等下次我不在，你们俩一起出去玩的时候吧。”

瑞秋作势噘起了嘴——她心知，这种表情会惹毛布莱恩。“你觉得有危机感？”

“我可没这么说。”布莱恩若无其事地耸耸宽阔的双肩，看上去是在竭力耍酷，尽管房间里的气温瞬间飙升了五度。

“你是不信任你的合伙人呢？”瑞秋说。“还是不信任你的太太？”

“你们俩我都信任。我只是觉得，过去整整两年你都几乎闭门不出，谁知道竟然跳上出租车去了剑桥，还无巧不巧偶遇我的合伙人，有点蹊跷吧。”

“我可不是跟凯莱布偶遇，我去了你的办公楼。”

布莱恩蹲在地毯上，把瓶子在手里滚动着。“你为什么会去我的办公楼？”

“因为我觉得你在骗我。”

“又来了是吗？”布莱恩的笑声不太顺耳。

“我想是的。”

“你明白这话听上去有多疯吗？”

“不，还要劳你指点呢。”

布莱恩站起又蹲下好几回，仿佛在热身等待起跑。“我在三万米高空的时候，你以为你在波士顿见到我了。”

“除非，”瑞秋冲布莱恩皱起鼻子，“你本来就不在三万米的高空。”

布莱恩朝瑞秋眨眨眼睛。“接着你又把我折腾得死去活来，让我证明是在伦敦。我挺过了你的一关又一关，可惜还不够。你……”他冷不丁笑了笑，似乎难以置信：“上个星期，你走到哪里都给我脸色看，好像……我是个潜伏的地下组织头目。”

“不然的话，”瑞秋说，“你也可能跟那个装成洛克菲勒家族成员的人差不多嘛。”

“有可能。”布莱恩点点头，仿佛瑞秋的话很有道理，然后把水喝了个精光。“他杀了人，不是吗？”

瑞秋瞪眼盯着布莱恩。“我想是的，嗯。”

“倒是饶了太太一命。”布莱恩说。

“还真是高风亮节啊。”瑞秋觉察到一抹莫名的笑容浮上了自己的嘴角。

“拐走了自己的孩子，却留下了银器。”

“餐具可是很重要的。”

“嘿。”

“怎么啦？”

“你为什么在笑？”

“你又为什么在笑？”

“因为事情太好笑了。”

“太出格了。”瑞秋附和道。

“我们还要绕着它打转吗？”

“我说不好。”

布莱恩跪到瑞秋的脚边，伸手握住了她的手，正视着她的眼睛。“上周一，我确实搭英国航空公司的航班飞离了波士顿。”

“你用不着……”

“因为天气的缘故，航班晚点了七十五分钟。这期间我在E航站楼闲逛，读完了有人在空荡荡的登机口扔下的《美国周刊》，结果被清洁工抓了个现行。机场清洁工曾经用谴责的眼神瞧过你吗？吓得人汗毛直竖啊。”

瑞秋露齿而笑，摇了摇头。“真的，我相信你的话。”

“接着我在‘唐恩都乐’点了杯喝的，那时候我们已经开始登机了。我上了飞机，发现我座位上的电源插座坏了，然后睡了大约一个小时。醒来读了会儿我的董事会会议资料，尽管我明白那毫无意义，接着又看了个片，片里的丹泽尔可不容任何人欺负。”

“这就是片名？”

“在几个别的国度，没错。”

瑞秋又迎上了布莱恩的眼神。此举每每有着个中含义：你要么拱手让权，要么出手争夺，要么与人共享。夫妇两人共同决定——共享。

瑞秋轻轻伸手抚上了布莱恩的头。“我相信你。”

“你的做法可不太像。”

“真希望我说得出那么做的理由。可能要怪这该死的雨。”

“雨已经停了。”

瑞秋点头承认。“不过，嘿，这两个星期我忙得很，又是地铁，又是购物中心，又是出租车，我还步行去了科普利广场呢。”

“我知道。”布莱恩脸上的爱意是如此真挚，简直让人心疼。“我十分为你骄傲。”

“我知道你去了伦敦。”

“再说一遍吧。”

瑞秋用光着的脚轻轻踢了下布莱恩的大腿内侧。“我知道你去了伦敦。”

“家里没人再犯疑心病了？”

“家里没人再犯疑心病了。”

布莱恩吻了吻瑞秋的前额。“我去冲个澡。”他站起身，伸出双手捏了她的臀部一把。

瑞秋坐在椅子上，背对着笔记本电脑，背对着查尔斯河和完美的一天，心里有些嘀咕：难道整整一个星期都不对劲，是因为自己不对劲吗？难道布莱恩举止怪异，是因为自己举止怪异吗？

正如瑞秋刚才所说，过去的十四天里，她搭了地铁，进了一家购物中心，走进了科普利广场，还肯让个陌生人开车载她——全是两年来头一遭。对大多数人来讲，这些不过是一小步，但对瑞秋来说，上述成就是意义深远的一大步。不过，或许这一大步也吓得她魂飞天外。但凡从舒适区迈出一步，瑞秋要么离心理健康更近了一步，要么就离再度崩溃更近了一步。可惜的是，经历了病情大幅好转之后，再次崩溃给人的打击恐怕会重上十倍。

过去两年里，每一天每一秒，瑞秋的脑海中都会反复浮现一个念头：**“我不能再犯病。我不能再犯病。”**真要命。

因此，只要沾上既可能有利又可能有弊的情形，瑞秋就说不定会干脆掉转火力，沉迷于其他事情而不可自拔，某些乍一看去颇为可信（比如，她居然在一个绝无可能的地方亲眼见到了自己丈夫活生生的翻版）但又显然越来越离谱的事情。

布莱恩是个好男人。瑞秋见过的男人之中，就数布莱恩人品最佳。恐怕算不上天下第一，但就瑞秋目力所及，再没有人能比得上布莱恩。回头一想，除了此前的“目击”事件，布莱恩还从来没有给过瑞秋任何疑心的理由。瑞秋不可理喻，布莱恩会谅解；瑞秋惊恐万状，布莱恩会抚慰。对荒唐，布莱恩能找到说法；对抓狂，布莱恩能耐心以待。瑞秋再次重返世界的时间一到，布莱恩不仅看准了时机，还领她迈出了那一步，握着她的手，告诉她，她安全无虞。他在她的身边。无论进退，他都会力撑她。

瑞秋转动椅子，面对着窗口，瞥见自己幽灵般的倒影悬在查尔斯河上，悬在更远处的青青河岸上，心中想道："这样一个人，你却选择疑心他吗？"

等到布莱恩走出淋浴间，瑞秋正在浴室台面上等他，睡衣在地板上堆成了一摊。还没有走到瑞秋身旁，布莱恩已经一柱擎天了。进入她体内后，局面有些尴尬——浴室的台面很窄，水汽氤氲，她的身体蹭得身后的镜子"吱嘎"作响，布莱恩滑出来了两次——但从他的眼神中，从他那讶异惊叹的眼神中，瑞秋明白：他爱她至深，胜过任何人。有时候，他的内心似乎为了这份爱颇为挣扎，因此它每次露头，都会让人如此心情鼓舞。

**"我们打赢了一仗，我们又赢了一仗。"**瑞秋暗自心想。

瑞秋的臀部又撞上了水龙头，于是建议两人转战地板，他们在瑞秋堆成一摊的睡衣上收了尾，她的脚踝深陷进了布莱恩的腿弯（依瑞秋猜，在上帝眼中，眼前想必是一幕荒唐的景象，假如上帝正放眼凝望的话；在已逝的幽魂眼中，眼前也必是一幕荒唐的景象，假如幽魂的目光可以越过时空）不过，瑞秋并不在乎。她爱他。

第二天早晨，瑞秋还没有睁开眼睛，布莱恩已经出门工作去了。瑞秋踏进步入式衣帽间想挑套当天穿的衣服，布莱恩的手提箱正敞开摆在木架子上——布莱恩一直把那只木架收起来，摆在他的鞋子旁边。行装收拾得差不多了，手提箱里空着方方正正的一块，只等再放上布莱恩的剃须用品。不远处的钩子上挂着一只服装袋，袋里装着三套西服。

布莱恩明天又要出门。每六个星期左右，布莱恩便会出一趟长差，明天正是其中一趟。据布莱恩说，这次要去莫斯科，还有克拉科夫和布拉格。瑞秋掀开几件衬衣，发现布莱恩只带了一件毛衣、一件外套，也就是他上次出差穿的那件防水外衣。在五月的东欧穿成这个样子，似乎略显单薄吧。那里的平均温度难道不该是近华氏五十度或五十度出头吗？

瑞秋在手机上查了查。

事实上，据预测，上述三个城市的气温大约近华氏七十度。

瑞秋回到卧室里，一头倒在床上，忍不住问自己：究竟在发什么疯啊？她设下的一道道关没有一次难住布莱恩。昨天完事后，布莱恩还表现得体贴又幽默，让人如沐春风，堪称理想丈夫。

她竟然用核查天气预报来回敬人家，只为了瞧瞧布莱恩收拾的行装究竟能不能跟他声称的出差地点对上号。

“据他声称”。又来了。老天爷哪。或许该把跟心理医生约的诊疗时间涨一倍，好好治治这种偏执。或许该找点事情打发时间，免得自己整天躺着做白日梦，想象自己的婚姻有猫腻。得重新开始写书，得一屁股坐下来再别起身，直到自己不再困在雅克梅勒的梦魇之中。

瑞秋下了床，把洗衣篮端进家里摆洗衣机和干衣机的凹室，搜了搜布莱恩的长裤，谁让布莱恩总把硬币忘在口袋里呢。瑞秋找出了七十七美分和几张揉成一团的 ATM 收据。她瞧了眼收据（当然啦），发现布莱恩有两笔两百美金“快速取现”，中间隔了一个星期。她把收据扔进了柳条小垃圾筐，又把零钱放进架上裂了缝的咖啡杯，那只杯子是专供放零钱用的。

她搜了搜自己的口袋，结果什么也没有找到，直到突然发现一周前她从布莱恩的防水外衣里偷来的收据。好吧，说“偷”有点过了；算顺手牵羊吧，听上去似乎顺耳些。瑞秋坐到地板上，背靠着洗衣机，在膝盖上展平那张收据，纳闷自己心里为什么就是放不下它。不过是张收据而已，来自伦敦的某家商铺，布莱恩在该店买了一包口香糖，一份“Daily Sun”报纸、一瓶“Orangina”饮料，时间是05/09/14早上十一点十二分，总共花了五点四七英镑。该店的地址是蒙茅斯街十七号，因此就在科文特花园酒店附近。

又来了。只是张收据而已。瑞秋把那张收据扔进了垃圾筐，朝洗衣机里加了洗涤剂，洗上衣服，又走出凹室。

她又迈步走了回去，从垃圾筐里掏出那张收据，又查了一遍。困扰她的是收据上的日期。05/09/14。二零一四年五月九日。没错，正是布莱恩待在伦敦的日期。月，日，年。不过，这并不是英式的日期写法。跟“月，日，年”的写法不同，英国的日期写法是“日，月，年”。如果这张收据确实出自伦敦的某家商铺，那就不该写成“05/09/14”，而该是“09/05/14”。

瑞秋把那张收据放进睡衣的裤袋，好不容易走到浴室，忍不住呕吐起来。

瑞秋挺过了跟布莱恩一起吃的晚餐，尽管她几乎没怎么开口。当布莱恩问起，是否一切都好时，瑞秋说自己有点过敏，稿子又比预料中费事得多。布莱恩问起了详情，瑞秋说：“我只是累了，别再问了行吗？”

布莱恩点点头，一脸认命和丧气的表情，活脱脱一副对自己喜怒无常、凶巴巴的太太忍气吞声的模样。

瑞秋跟布莱恩睡在同一张床上。她不相信自己能安然入眠；最开始的一小时，她也确实只是躺在那儿，侧脸紧贴着枕头，眼睁睁望着布莱恩入睡。

**“你是谁？”**瑞秋想问。她恨不得一脚跨到他的身上，捶打他的胸口，高声喊叫。

**你对我下了什么毒手？**

**当我把自己托付给你，当我对你一心一意，我又对自己下了什么毒手？**

**你撒这些谎，究竟是在图谋什么？**

**如果你是个骗子，那我的人生又算什么？**

不知怎的，她却堕入了梦乡，睡得颇不安稳。第二天早晨，她一觉醒来，不禁讶异地“唔”了一声。

布莱恩去洗淋浴，瑞秋进了客厅，放眼眺望着窗外，目光落在昨天她从街角 Zipcar 停车点租来的红色“福特福克斯”小车上。即使从这个高度，瑞秋也可以辨认出女交警塞在右侧雨刷下的橙色停车罚单。瑞秋并不觉得意外。昨天，她把汽车泊在了一个住客专用的停车区，因为只有停在那儿，到了今天，在这辆“福特福克斯”里，才能望见夫妇两人的车库出口。

瑞秋穿着健身服和连帽衫。听到水声停了，她轻轻敲敲浴室的门。

“怎么啦？”

瑞秋开了门，探身进去。布莱恩的腰间围着一条毛巾，脖子和下巴上抹着剃须啫喱。他正打算朝脸颊上涂啫喱，现在却望着瑞秋，右手的掌心里有一小团紫色的啫喱。

“我要去健身啦。”

“现在吗？”

瑞秋点点头。“我喜欢的那个教练周二只有这个时段才在。”

“好的。”布莱恩走到瑞秋身旁。“一个星期后再见。”

“一路平安。”

他们站在那儿，面孔相距着几英寸，布莱恩的目光搜寻着瑞秋的眼神，她的眼睛一动也不动。

“再见。”

“爱你。”布莱恩说。

“再见。”瑞秋重复道，关上了门。

# Part 19

# 奥尔登矿业有限公司

昨天，瑞秋从街角的Zipcar停车点把车开到了自家楼边的停车位，驶过了两个街区，那短短的一段路已经让她神经紧绷了。至于现在，望着布莱恩驶出车库，驱车开过坡道上了大街，瑞秋的一颗心悬到了嗓子眼里。布莱恩驶上了联邦大道，又立刻驶入了左边车道。瑞秋猛地驶了出去。一辆出租车冷不丁在她左侧冲了过来，随即响起了刺耳的喇叭声。出租车绕过了她；对瑞秋这个无法一边看路一边好好开车的白痴，出租车司机只能举手投降。

瑞秋停在停车位与车道中间，一股热浪涌过了她的脑袋和咽喉。

**罢手吧。**

**等到他下次出差的时候再试吧。**

不过，瑞秋心里明白，假如现在罢手，她就再也不会着手调查了。她会花上一年或者好几年宅在家里，满心是恐惧、怀疑和怨气，直到这一切变成一种具有讽刺意味的慰藉，一块忘忧石。瑞秋爱抚着它，直到这种爱抚取代了她所给予或接受的一切爱抚。最糟糕的是，到那个时候，她会说服自己：这已经绰绰有余。

瑞秋也驱车开上了联邦大道。她能够听见自己的呼吸声。这向来不是个好兆头。假如呼吸不畅，瑞秋会喘不上气，说不定就会跟布莱恩预料的一样失去知觉，整个人崩溃。她噘起嘴，缓缓地吁着气。到了埃克塞特街，布莱恩往左驶去。刚才差点撞到瑞秋的那辆出租车也往左转了个弯，瑞秋跟在了它后面。她又慢慢吁出一口气，呼吸渐渐平顺下来。相比之下，她的心却依然在狂跳，仿佛圈养的畜禽眼睁睁望见农夫扛着把斧头走了过来。瑞秋紧攥住方向盘，活像个老太太，又像个驾驶教练，脖子僵直，手心濡湿，肩膀咔咔作响。

布莱恩又往左驶过了威斯汀。有那么一会儿，瑞秋没有找到他的踪迹。现在跟丢可不太妙，布莱恩可走的路实在太多了：可以绕个圈兜上马萨诸塞州收费公路，径直驶下斯图尔特街，也可以右转驶上达特茅斯街，开往南端。这时她瞥见了布莱恩的刹车灯，他果然不出所料，右转驶向了达特茅斯街，驶过了右侧的购物中心。可惜的是，再没有出租车给瑞秋打掩护了，因为出租车继续直走，而瑞秋右拐了。布莱恩的车大约在她前方半个街区处，但他们之间没有任何汽车。如果跟得再紧些，布莱恩只怕会从后视镜里发现她的面孔。

昨天，瑞秋琢磨过乔装改扮，但似乎很荒谬：该怎么办呢，要戴个面具吗？结果她一反常态地戴了顶报童帽，一副布莱恩从来没有见过、有着宽圆边的太阳镜。这样一来，假如布莱恩隔着一段距离望见她，瑞秋好歹蒙混得过去，但要是离得太近，她就百分百会穿帮。

布莱恩在哥伦布大道上左转，这时另外一辆车掺和了进来，一辆纽约车牌的黑色旅行车。瑞秋跟在旅行车后面，三辆车一起驶出了好几英里，纷纷离开了哥伦布大道，驶向阿灵顿街，又从那里驶向奥尔巴尼街和九十三号州际公路。瑞秋意识到大家可能会驶上高速公路，不禁担心自己会“哇”地吐到仪表板上。大街小巷已经够人受了，又是噪音，又是颠簸，又是建筑工地里正在凿开路面的手提钻，又是急匆匆冲过人行横道的行人，又是不断紧逼的其余车辆，时而插到前方，时而紧跟在车后。可是，那里的车速好歹是每小时二十五英里。

可惜的是，瑞秋无暇思考，因为布莱恩的车已经驶上了九十三号公路南段。瑞秋驱车跟上去，感觉好似被入口匝道牵着鼻子走。布莱恩踩动了油门，风驰电掣地穿过三个车道，开上了左车道，他的“英菲尼迪”车身轻震着。瑞秋也踩上了油门踏板，却活像踩上了千斤巨石，眼巴巴地盼着它向前飞驰。小“福特”车向前蹭了一截，然后车速快了些，又再快了一些。等到小“福特”的车速攀升到每小时七十五英里左右的时候（人家布莱恩的车几乎眨眼间就攀升到了这个速度），布莱恩的“英菲尼迪”已经开出了四分之一英里。瑞秋踩着油门不放，一直待在布莱恩右侧的车道，没过多久就追了上去，结果两人经过多切斯特到达米尔顿的时候，瑞秋已经尾随在布莱恩车后相隔五辆车的地方，视野再佳不过了。

瑞秋刚才一心一意地盯人，以至于把高速公路多么吓人抛到了脑后。可是，现在惧意再次涌上了瑞秋的心头。也算不上什么“惧意”，不过是她感觉嗓子深处不停地发痒，而且一心笃信自己的心可能会从胸口蹦出来。

除此之外，还有一种遭到背叛的感觉，一股怒火，跟腐蚀剂一样伤人。因为目前有件事情已经再清楚不过（尽管之前也已经初见端倪）：布莱恩此行，并不是前往机场。洛根机场早已经被两辆车抛在身后十五英里远处了。

他们离开九十三号公路，驶向九十五号公路南段和标有“普罗维登斯”的路牌，瑞秋琢磨着布莱恩是否想从T·F·格林机场起飞，毕竟T·F·格林机场是罗得岛唯一的一个大机场。跟人潮汹涌的洛根机场相比，瑞秋倒是认识一些偏爱T·F·格林机场的人，但瑞秋也十分笃定，他们搭乘的并不是直飞莫斯科的航班。

“他妈的，他去的才不是莫斯科呢。”瑞秋大声说出了口。

几英里以后，事实证明，瑞秋确有先见之明：在离T·F·格林机场至少十英里的地方，布莱恩打开了转向灯，开始穿越车道。他从普罗维登斯的布朗大学出口驶了出去，正是“学院山”与“联邦山”交界处。还有几辆车也走了这个出口，其中包括瑞秋的车，她跟在布莱恩身后三辆车的位置。出匝道的时候，布莱恩向右驶去，中间隔着的两辆汽车朝左走了。

瑞秋驶近十字路口，放慢了车速，好让布莱恩尽量开远些。不过，其实她也用不着太拖延。一辆“保时捷”在瑞秋的左侧开足了马力，摆个头一溜烟开到了瑞秋的汽车前面。某个逞威风的家伙驾驶一辆逞威风的车干了件逞威风的破事，只不过瑞秋从来没有为这种事如此开心过，因为这么一来，她跟布莱恩之间又多了一个挡箭牌。

可惜好景不长。到了第一个红绿灯，“保时捷”溜进了只限左转的车道，又把油门一踩到底，趁布莱恩过十字路口的时候飞快地超了车，风驰电掣地开到了布莱恩前面。

“浑蛋家伙，浑蛋车。真狗屎。”瑞秋心想。

这一下，瑞秋和她的丈夫之间再也没有了挡箭牌，再也无法提防布莱恩瞥瞥后视镜，然后认出瑞秋来了。瑞秋驶过十字路口，跟在离布莱恩四个车身的地方，但瑞秋后面那辆车的司机已经在伸长脖子张望她的前方，好似正琢磨瑞秋为什么会冒天下之大不韪，居然不好好跟紧她前面的那辆车。

布莱恩和瑞秋驶进了一个有着联邦风格护墙板住宅、亚美尼亚面包店和石灰岩教堂的街区。布莱恩抬头向右歪了歪，显然是在察看后视镜，瑞秋差点吓得一脚踩了刹车。不过，不，不，布莱恩又掉转眼神看路了。又开过了两个街区，瑞秋一眼望见了自己正在搜寻的地方——宽敞的路肩，有个甜甜圈店和加油站。她打开转向灯，在甜甜圈店旁边停了下来，只等那辆绿色的“克莱斯勒”开过，就再把自己的车开出去。

谁知道，绿色“克莱斯勒”后面跟着一辆棕色的“普锐斯”，“普锐斯”后面跟着一辆褐色“捷豹”，“捷豹”后面紧跟着一辆丰田“4Runner”；上帝啊，“4Runner”后面还跟着一辆小型货车。等到瑞秋再开回去的时候，她跟布莱恩之间不仅多了五辆车，而且小货车的车身还太高，根本没有办法越过它朝前张望。即使越过了小货车，瑞秋也只能紧盯着丰田“4Runner”的车屁股，那车屁股比小货车的车身还高呢。

车流在下一个红绿灯前停住了，瑞秋压根儿不知道布莱恩是不是已经在灯变红之前过了路口。

车辆再次出发。瑞秋紧跟着不放，前面的几辆车排成了一条直线。这条路上没有弯道。“拜托，只要一个弯道就好。”瑞秋在心中祈祷，“该死，只要有一个弯道，有可能，仅仅是有可能，我就能瞥见他的身影。”

又开过一英里，道路分了岔。“普锐斯”、丰田“4Runner”和小货车纷纷右转上了贝尔街，“克莱斯勒”和“捷豹”则继续沿百老汇街行驶。

只有一个问题：“克莱斯勒”前方不再有布莱恩那辆“英菲尼迪”的身影。它不见了。

瑞秋咬牙切齿地尖叫起来，紧攥住方向盘，仿佛一不小心就会活生生把它扯下来。

她猛地掉了个头，毫无预警，不假思索，惹得身后的汽车和对面车道被她插队的那辆车恼火地摁响了喇叭。瑞秋不在乎。她并不觉得害怕，只觉得又恼火，又沮丧；不过，主要还是恼火。

瑞秋驱车沿百老汇街返回，一直开到刚才跟丢布莱恩的加油站和甜甜圈店。她又掉了个头，这一次没有那么狼狈，好歹算是先打了个招呼，再次沿原路返回。她保持着每小时三十英里的车速，竭力察看着每一条大街小巷。

瑞秋再次驶到了岔路口，忍住没有再次尖叫起来，忍住没有哭出声，然后左转开进了“海外退伍军人协会”外一家丁点小的停车场，又掉头沿原路返回去。

假如没有遇上红灯，瑞秋恐怕永远也不会发现布莱恩。不过，事实偏偏如此。等红灯的时候，瑞秋的右侧是另一家加油站和一家闷死人的保险代理公司，她放眼展望横街，望见了一栋维多利亚式大屋，屋前的草坪上竖着一块高高的白色标牌，标明了楼里所有公司的名称。楼边的停车场里，一架锻铁太平梯下，赫然泊着布莱恩的那辆“英菲尼迪”。

在离维多利亚式大楼六栋房屋的地方，瑞秋找到了一个停车位，又顺着人行道沿原路返回去。这条街的两侧遍布着老橡树和枫树，拜今天早上从树上滴下的露水所赐，林荫遮蔽的人行道依然有些润湿，五月的空气半是腐烂，半是新生。即使是现在，一步步逼近隐瞒了真相的那栋楼（换句话说，那栋楼里必然隐藏了关于布莱恩的某些真相），瑞秋依然感觉，这条街和街上的气味好像是一颗定心丸。

草坪上的标牌列出了三位精神科医生、一位家庭医生、一家矿业公司、一家产权公司、两位律师。瑞秋走在参天大树的林荫下，直到来到路边的小径。据小径口的一个大型标牌注明，停车位归西维尔街二三二号的住客所有，好些小一点的标牌则注明了别的停车位又归谁所有。布莱恩那辆“英菲尼迪”汽车停在“奥尔登矿业有限公司”的停车位上。

瑞秋从来没有听说过“奥尔登矿业有限公司”。不过，这个名字似乎又有点熟悉，仿佛她从哪里听过。只不过，瑞秋肯定自己没有听过。满是悖论的一个星期里，眼前又多了一宗悖论。

奥尔登矿业有限公司位于二楼，二一零号套间。看上去，要是现在冲上楼梯，闯进屋瞧瞧瑞秋那满嘴胡诌的丈夫究竟在干吗，似乎不失为一个良机。可惜，瑞秋很犹豫。她在太平梯下找了个位置，背靠着大楼，竭力琢磨这件事是否有合乎逻辑的解释。有时候，比方说，要是在筹划惊喜派对的话，男人们也会对太太大耍花招吧。

不，不会的。至少不会到嘴里声称奔赴伦敦，实际上却身在波士顿的地步，不会到自称飞往莫斯科却驱车前往普罗维登斯的地步。不，眼前的一切根本讲不通。

除非……

除非什么？

**“除非他是个间谍。”**瑞秋心想。**“间谍不就是这种作风吗？”**

**“嗯，是啊，瑞秋，间谍当然会这么干。背着太太劈腿的男人和变态分子也这么干。”**瑞秋的耳边仿佛响起了讥讽的话音，听上去像是她的母亲。

瑞秋倚到楼房上，只盼自己还没有戒烟。

假如现在找布莱恩对质，能得到些什么？真相吗？或许不是，如果人家这么长时间都成功地把她蒙在鼓里的话。再说了，无论现在他说些什么，瑞秋也不会相信。布莱恩大可亮出 CIA 的各种凭证，瑞秋会想起布莱恩从伦敦“发来”的自拍，（顺便说一声，他是如何蒙混过关的？）然后让他带上他的 CIA 假证件滚远点。

假如跟布莱恩对质，只怕会一无所获。

当然，更难拉下脸来承认的是：假如跟布莱恩对质，不管现在他是否再对她撒谎，不管从现在起她如何定义两人之间的“恋情”，他们的关系只怕会泡汤。瑞秋还没有准备好。这一点很丢人，不过眼下，瑞秋还承受不起失去布莱恩的打击。她想象着他的衣服、他的书、他的牙刷和他的钛合金剃须刀搬出了两人的公寓，他爱吃的东西搬出了冰箱，他爱喝的苏格兰威士忌搬出了酒柜；要不然更糟，他爱喝的苏格兰威士忌被忘在了酒柜里，时时提醒着瑞秋，直到她把它倒进水池。瑞秋想象着，布莱恩已经离开了好几个月，他订阅的杂志却还一份又一份地送来，而她眼见着一个个空荡荡的漫漫白昼过去，换来一个个无尽长夜。自从在现场直播中崩溃，瑞秋已经失去了大部分朋友。她的身边还有梅丽莎，没错，但梅丽莎属于那种盼着瑞秋“振作点”“往光明面想”（**“不好意思，服务生，可以再给**

**我来一杯这玩意儿吗？少加点冰”**）“抛开烦忧”的朋友。除此之外，瑞秋的“朋友们”都算不上什么朋友，不过是些泛泛之交；毕竟，跟个闭门不出的宅女保持联系，可不是件容易的事。

过去几年中，一直在瑞秋身边而又真正算得上朋友的人，只有布莱恩。瑞秋百般依赖布莱恩，仿若青藤缠树。他是她的天与地。她心底理性的一面深知：当然，当然啦，必须摆脱他才行。他是个骗子。他们的恋情是无本之木。只不过，她……

正在这时，布莱恩从大楼后方走出来，径直从瑞秋面前穿了过去。他一边走到汽车旁，一边发短信，瑞秋就在离他不到六米的太平梯下。她只等着布莱恩发现自己，绞尽脑汁想找两句话说。布莱恩已经换上了深蓝色的西装、白衬衫，银黑格子领带、深褐色的鞋子，右肩挎着一只棕色皮革电脑包。他钻进“英菲尼迪”汽车，耸耸肩让电脑包掉在副驾驶座上，一边单手发短信，一边用另一只手关上车门。他系上安全带，启动发动机，又发了会儿短信，然后一定是摁下了“发送”键，因为他把手机扔到副驾驶座上，倒车开出了停车位，眼睛紧盯着后视镜。只要把目光朝下挪个六英寸，布莱恩就会一眼望见瑞秋。瑞秋想象着，布莱恩会吃惊得不得了，以至于忘记了自己正在倒车，径直撞上小径对面的灯柱吧。不过，事实并非如此。布莱恩倒了车，面对着前方，眼前是西维尔街。他驱车驶出小径，在西维尔街上向左转了个弯。

瑞秋一溜烟向自己的车奔去，暗自感激自己刚才为了扮“健身”穿上了运动鞋。她钻进汽车，掉个头，驶上街道；黄灯变红的时候，她一阵风般驶过了十字路口。一分钟以后，瑞秋在百老汇街上发现了布莱恩的“英菲尼迪”，在前方相隔三辆车的地方。

瑞秋尾随布莱恩回到了“学院山”。在一个介于衰败与翻新之间的街区，布莱恩停到了路边。瑞秋在距布莱恩五十码的地方停了车，泊在一家用木板封住的旅行社和一家倒闭的唱片店前面。再过去有个家具租赁店，看上去活像已经在黑漆梳妆台市场一统天下了。隔壁是家酒类专卖店，紧挨着的是家相机店，名叫“小路易”。依瑞秋猜，相机店只怕一个个都会步唱片店和旅行社的后尘（瑞秋觉得，酒类专卖店倒是能在世界各地屹立不倒），但迄今为止，反正“小路易”相机店还没倒。布莱恩迈步进了这家店。瑞秋想要沿着人行道走过去，瞥瞥布莱恩在店里干些什么，但她立刻觉得这个办法太容易出岔子了。她显然没有错：布莱恩进店还不到两分钟，又掉头出了相机店。要是刚才没有忍住，瑞秋就会被当场抓个现行，被堵在人行道正中。布莱恩又驱车离开，瑞秋也驶离了路边。经过相机店的时候，她可以望见店里很黑，橱窗里只摆着相机照片和贴在玻璃上的报纸广告。瑞秋说不清那家店是怎么回事，但她疑心“小路易”相机店的要务并不是卖相机。

布莱恩领着瑞秋出了普罗维登斯，经过一个又一个越来越小的城镇，护墙板住宅越来越破旧，时不时还冒出个农场，直到布莱恩开进了一家看上去相当新的购物中心。他驱车经过购物中心边上的潘娜拉面包店[1]，向一家小银行驶去，在停车位上泊好车，下了“英菲尼迪”，迈步走向银行，电脑包又挎到他的右肩上了。

1 一家加盟连锁面包店。——译者注

瑞秋没有熄火，倒是待在购物中心的停车场里，就在药妆店“CVS”和一家名叫 Payless ShoeSource 的鞋店前。她边等边把手机从杯托里取出来，发现自己收到了一条短信。

瑞秋点开短信。发信人是布莱恩，发送于二十分钟前，当时布莱恩正走出西维尔街的那栋楼，径直从瑞秋的面前经过。

**“宝贝，已经上了跑道，即刻起飞。约十小时后降落。**

**希望打电话给你的时候你还没睡。爱你至深。”**

过了十分钟，布莱恩出了银行，随身的电脑包却不见了。

他钻进“英菲尼迪”，驶出停车位。

瑞秋又尾随布莱恩回到了普罗维登斯。布莱恩在一家花店里逗留了片刻，买了一束白粉相间的花，瑞秋只觉得胸中翻涌。她说不清自己是否已经准备好面对即将发生的一切。布莱恩途中又停了一次，从酒类专卖店买了瓶香槟。到了这个时候，瑞秋算是明白了：自己还没有准备好。布莱恩在“联邦山”驶离了主干道，“联邦山”长久以来一直是美籍意裔的大本营兼新英格兰黑手党的权力中心，如今却只是又一个美观、高端的街区，遍布着潮店和红砖联排住宅。

布莱恩把那辆“英菲尼迪”停在了一栋联排住宅前方，住宅开着窗户，沐浴着春光，白色的窗帘在镶着白边的窗户中轻摆。瑞秋把车停在街对面，跟手持花束伫立在人行道上的布莱恩隔着几户人家。布莱恩把两只手指伸进嘴里，吹了声响亮刺耳的口哨。在一起这么久，瑞秋还从来没有见过布莱恩吹口哨呢。“没见过的岂止是口哨而已。”瑞秋回过了神。布莱恩还换了副步态，挺直了双肩，看上去腰肢灵活又步履轻快，恰似一个胸有成竹的舞者。

布莱恩踏上台阶，前门打开了。

“噢，天哪。”瑞秋小声说。“老天爷，天哪，天哪。”

来应门的是个女子，年纪在三十五岁上下。她留着金色的卷发，有一张美丽面孔。但这些都比不上另一幕更吸引瑞秋的眼神：布莱恩把鲜花和香槟递给金发女郎，然后屈膝跪了下来，亲吻着那孕妇隆起的小腹。

# *Part 20*

# V H S

瑞秋不记得自己是如何将车开回了高速公路。整整一生，瑞秋对此都很不解：想当初，头脑清醒得不得了的一个人，是如何驱车数英里穿过一个中型城市，却什么也想不起来？

瑞秋选了布莱恩做配偶，是因为布莱恩看似安全可靠。因为布莱恩乐观进取，为人真挚，几乎让人恼火。布莱恩从不劈腿，从不撒谎，无疑也绝不会过双面人的生活。

可惜的是，就在刚才，瑞秋却亲眼见到丈夫伸手搂住太太（？）或女友（？）的腰，双双走进那栋联排住宅，关上了房门。那女子还有孕在身。瑞秋说不清自己在车里待了多久，只是一味紧盯着那栋房，久得足以留心到二楼窗棂的油漆已经片片剥落，屋顶锈迹斑斑的卫星天线垂下了一根电缆，在房子前方晃悠着。那栋楼有着白色窗饰，锡镴门环，红色砖墙看上去刚刚清洗过，黑色大门恐怕已经有了百年历史，一次又一次地重漆过。

随后一转眼，瑞秋就到了高速公路上，根本不记得自己是怎么来的。

她以为自己会哭。她没有。她以为自己会发抖。她没有。她以为自己会哀痛不已——也许吧，也许此刻的感受正是“伤痛”：彻头彻尾的麻木，一片虚无，一个煎熬的灵魂。

进入马萨诸塞州，高速公路的三条车道变成了两条。瑞秋的右侧驶来了一辆车，发觉车道少了一条，于是想方设法要超车。可是，刚才的两英里路上，警示牌明明写得很清楚，前方的车道将会减少一条；右侧那位司机却没有理会警示牌，非要拖到损人利己的时候。

对方开快了些。

瑞秋开快了些。

对方开得更快了些。瑞秋开得更快了些。对方的车头向瑞秋的车头逼了过来。瑞秋就是不换道。对方再次加速。瑞秋也加速，眼睛望着前方。对方摁响了喇叭。瑞秋就是不换道。前方一百码处，对方的车道即将画上句号。右侧司机又开快了些，瑞秋猛地踩了油门——“福特福克斯”的油门能踩多狠，她就踩多狠。右边的车辆瞬间远去了，速度如此之快，仿佛车上绑了个降落伞。几秒钟以后，对方再次在瑞秋的后视镜里露出了身影。

瑞秋注意到了对方引擎盖上的“梅赛德斯－奔驰”标志。有道理。右侧司机冲她竖起了中指，摁响了喇叭。是个发际线失守的家伙，戴着价格不菲的大太阳镜，两颊刚开始下垂，细鼻子，嘴唇薄得几乎看不见。瑞秋望着对方在后视镜里咆哮怒吼，无疑还听见对方骂了几句“他妈的”，又骂了好几声“婊子”。瑞秋觉得，那位司机的仪表盘上只怕已经溅上唾沫星子了吧。瑞秋估计，对方本来打算疾驰到超车道，然后超她的车，可惜左侧的车流实在太堵了，于是那位司机一直摁着喇叭不放，又是对她竖中指，又是躲在车里怒骂她是个婊子，一个该死的婊子。

瑞秋踩了踩刹车。不是轻踩。有那么一会儿，她的时速降了五英里。

对方猛地挑高双眉，高过了太阳镜；嘴唇绷成了一个绝望的“O”；他的手紧攥住方向盘，仿佛它冷不丁通了电。瑞秋笑了。瑞秋放声大笑。

“去你妈的，”她冲着后视镜说，“你这一文不值的家伙。”她说不清这些话是否讲得通，但说出口就很解气。

又开了一英里，堵得一塌糊涂的车流有所松动，“梅赛德斯”司机驶上了左侧车道，与瑞秋并驾齐驱。通常来说，瑞秋会直视前方（“通常”？世上哪有什么“通常”可言。三天前，瑞秋还绝不肯坐上汽车驾驶座呢），但今天她扭过了头，望着左边车道的司机。他已经摘掉了太阳镜；不出瑞秋所料，他的眼睛又小又黯淡。她时不时望望他，以每小时七十英里的速度在高速公路上疾驰。瑞秋平静地凝望着这名小个子男人，直到他眼中的怒火变成了疑惑，变成内疚，然后变成某种近似于失望的神情，仿佛瑞秋摇身变成了十多岁的女儿，过了夜归时间才回到家，身上还带着一股酒味和漱口水味道。对方摇摇头，无力地表示斥责，掉转目光向道路望去。瑞秋最后望了他一眼，也掉转了眼神。

回到家，瑞秋把“福特福克斯”汽车退回了Zipcar停车点，搭电梯上了十五楼。她迈开脚步向家门走去，感觉自己比宇航员更加孤独。无所依托，遥不可及。漂过茫茫万里，却无人可以攀附，无人是她的归属。十五楼有四个单位，唯一有人常住的就是瑞秋与布莱恩的公寓，这还真是帮倒忙呐。其他三间的房东都是外国投资客。时不时，瑞秋和布莱恩会偶遇那对年纪不轻的中国夫妇，不然就遇上德国金融家的太太、三个子女、保姆和他家的购物袋。她根本不知道另外一套公寓归谁所有。楼上的阁楼房主是个年轻小伙，布莱恩夫妇给他起了个绰号——“信托基金宝宝”。那小子如此年轻，瑞秋破处的时候，人家只怕还在识字呢。据瑞秋所知，“信托基金宝宝”青睐妓女，这间阁楼正好用来跟妓女厮混。至于其余时段，瑞秋和布莱恩既没有见过他的踪迹，也没有听到过他的动静。

大多数时候，瑞秋偏爱这种静谧，偏爱它带来的隐私。可惜的是，现在迈步越过走廊，她却活像个弃子，活像个傻瓜，活像众矢之的，被身边人弃之不顾，是个做着白日梦的呆子，活生生挨了一击从梦中惊醒。她听见整个宇宙在笑她。

**难道你还不明白吗，傻妞，“爱”绝不会落到你的头上？**

公寓让人不堪重负。无论哪堵墙，哪个角度，哪一幕。它一度便是他们，一度属于他们。是他们曾经做爱的一处又一处，曾经聊天、吵嘴、一起进餐的一处又一处，是他们亲手挑的艺术品、地毯、餐具、在桑威奇古董店里淘到的那盏灯。是他的浴巾上尚未散尽的体味，报纸上还没填完的填字游戏。是窗帘，灯泡和洗漱用品。她会将其中一些带进新生活，不管新生活位于何处，可惜的是，其余一切几乎都沾满了“布莱恩与瑞秋”的气息，无法摇身成为“瑞秋所属”。

为了缓口气，瑞秋干脆又搭电梯回大堂去取信。多米尼克正坐在办公桌后面读杂志。可能是哪个房客的杂志，说不定甚至就是瑞秋的杂志。他抬起头，冲瑞秋点点头，露出灿烂却空洞的微笑，又埋头读起了杂志。瑞秋走进多米尼克身后的邮件收发室，打开了她和布莱恩的信箱，抽出里面的一叠信。她把传单和垃圾信件扔进了地上的垃圾桶，结果只剩下三张账单。

她走到多米尼克的椅子背后，叮嘱他“自己保重啊”。

“你也保重，瑞秋。”瑞秋走到电梯旁，多米尼克高声喊道，“噢，有东西要给你，抱歉。”

瑞秋转过身，多米尼克正查看着一大箱特大号邮件。他递给瑞秋一个黄色马尼拉纸信封。寄信人瑞秋并不认识：宾夕法尼亚州巴纳姆，柏氏书店。不过，她立刻想起了前些天晚上邮购的 VHS 录像带。她用手掂了掂：没错，信封里装的正是录像带。

回到公寓，瑞秋打开信封，抽出带子。盒子有些破旧，边角处的硬纸板还掉了些。罗伯特·海斯和薇薇卡·A·福克斯带着快乐的微笑紧盯着瑞秋，脑袋向左歪。瑞秋正打算开一瓶黑比诺葡萄酒，却意识到家里没有录像机。谁家还会有录像机？她正要上网查查能否买一台，却记起家里有台录像机，放在布鲁克莱恩了。必须再去 Zipcar 租辆车，赶着交通高峰期开个几英里。究竟是为了什么呢？为了一个醉汉让她去瞧瞧的一部片。此时此刻，她已经发觉自己的丈夫在另一个州有另一位太太，又还能从一部二零零二年出品、名不见经传的片子里发现什么线索？

瑞秋喝了几口黑比诺葡萄酒，把带子翻个面，确认封底的简介确实跟当初她在 eBay 上看到的相符。简介上方有两张小小的照片。其中一张里，罗伯特与薇薇卡正在人行道上说话，互相露齿而笑。另一张是一名年轻男子向一个坐在轮椅上的年轻女子俯过身，男子的嘴唇贴上了她的颈脖，女子快活地往后仰着头。“一定是片里的两位配角，”瑞秋心想，“可怜的克里斯蒂·葛尔和那小子……那小子叫什么名字？”瑞秋查了查演职人员名单——没错，“布雷特·奥尔登”。

瑞秋把酒杯搁上吧台歇了片刻，合上了眼睛。

奥尔登矿业有限公司。

这正是“似曾相识”的原因所在。

瑞秋细细察看着右上角丁点小的图片。布雷特·奥尔登俯身去吻克里斯蒂·葛尔的脖子时，他的脸被遮住了一半，只能看见他的头发（是一头黑发，浓密而不羁），前额和左半边脸，也就是说，一只眼睛，一侧颧骨，半边鼻子，半边嘴唇。

但瑞秋熟知照片中的这对唇、这鼻子、颧骨和蓝眸。照片中这头乌发的发际线眼下已经有些失守，太阳穴旁边已经冒出了丝丝皱纹。

不过，照片中的人正是布莱恩。毫无疑问。

# Part 21

# P 三 八 零

“要是他回家来，那怎么办？”

想到这点，正闭着眼睛躺在沙发上的瑞秋不禁坐起了身。

假如布莱恩一脚踏进家门，就明白她已经知情，那怎么办？一夫多妻是犯法，冒充他人牟利也一样。不管瑞秋知道的内情多么有限，她终究是目击了一系列罪行。过着双面人生活的男人要是露了馅，只怕不会乖乖听话吧。

瑞秋来到步入式衣橱，伸手去摸高处的架子。布莱恩在架子上搁了几双鞋，鞋子后面又搁了一把枪。一把 P 三八零袖珍手枪，比手机大不了多少，不过，布莱恩曾经向瑞秋保证，只要闯进家门的歹徒没穿防弹衣，这小家伙就能把他们通通干掉。

它不在那儿。瑞秋踮起脚尖，又伸手摸摸架子的左边，直到手指触上了墙壁。

正在这时，瑞秋听见公寓前方传来了“咔嚓”一声。是吗？有可能是前门打开的声音，有可能是空调启动的声音。也有可能，根本没什么事。

这么说来，枪不见了。意味着……

不，枪在。瑞秋的指尖扣上了黑色橡胶柄，她取出手枪，一不小心从架子上碰掉了布莱恩的一只乐福鞋。枪的保险还没有开。瑞秋退出弹夹，确认了有子弹，然后装上弹夹，直到耳边传来了“咔哒”声。他们夫妻俩曾经在多切斯特Freeport街的一家射击场里练枪，布莱恩开玩笑说，假如城里数得出一个地方，当地人对开枪躲枪是天生的行家，那非多切斯特莫属。射击场颇讨瑞秋的欢心，她喜欢临近隔间来复枪的“啪啪”声、手枪的“啵啵”声。攻击性武器的声音可就不那么讨人喜欢了，让人想起受害殒命的学生和电影院里的观众。射击场有点像太好强的小孩的乐园，大多数枪手早已经过了需要练枪的阶段，其中有几位只是盼着做做白日梦，体验一下向某个毛贼、某虐待狂前男友或者某黑帮团体开枪是什么感觉。除了P三八零以外，大家还让瑞秋试试其他枪支，结果证明她擅用手枪，来复枪次之，P三八零跟她堪称绝配。没过多久，瑞秋就可以将七颗子弹通通射中人形靶的胸腹部（弹仓六颗，膛室一颗），在那之后，她就再也不去射击场了。

瑞秋瞥了一眼，证实自己确实已经系上了前门的防盗链。这么说来，不管刚才在衣橱里听到的是什么动静，都不是布莱恩回家弄出的声响。在厨房里，瑞秋打开她的笔记本电脑，查了查“奥尔登矿业有限公司”。它是一家总部位于罗得岛州普罗维登斯的矿业公司，名下有个矿，位于巴布亚新几内亚。据一家名叫博久工程的咨询公司最近的评估，该矿坐拥的资源超过四亿金衡盎司。《华尔街日报》日前有篇文章提到了一则传闻，声称一统巴布亚新几内亚的矿业企业、总部位于休斯敦的威特曼铜金公司正在考虑向奥尔登矿业有限公司抛出橄榄枝，对其进行善意收购。

奥尔登矿业有限公司属于家族所有、家族运营，负责人是布莱恩·奥尔登与妮可·奥尔登。瑞秋没有查到这两个人的照片。用不着什么照片，瑞秋明白这两个人长什么模样。

她给《波士顿环球报》的格伦·奥唐纳打了个电话。瑞秋和格伦曾先后一起在《爱国者纪事报》与《波士顿环球报》摸爬滚打，瑞秋主攻调查报道，格伦负责商业报道。寒暄了五分钟，得知格伦和伴侣罗伊从危地马拉领养了一个女儿、在德雷克特买了套房子以后，瑞秋问格伦，能不能帮她查一下“奥尔登矿业有限公司”。

“当然，当然啦。”格伦说。“我马上联系你。”

“唔，你用不着……”

“乐意之至，反正现在我也没干正事。马上给你回电。”

又喝了一杯黑比诺，瑞秋坐在客厅的大落地窗前，遥望着夜色渐渐吞噬阿灵顿、剑桥和查尔斯河。世界先染上了一层铜色，又染上一层蓝色，瑞秋思索着没有布莱恩的生活。一旦麻木褪去，恐慌恐怕会卷土重来；过去六个月取得的进展会付诸东流。不仅如此，这一连串惊魂事件（唔，你丈夫还有另一房妻子；唔，你丈夫还有另一重生活；唔，你甚至可能不知道丈夫的真名）恐怕会害她万劫不复。想到要再次与世界互动，与人、与陌生人，与那些不能救她于水火之中、那些一闻见她身上的苦痛气息就会溜之大吉的人互动，瑞秋的嗓子眼已经开始发痒了。有朝一日，她会再度无法搭电梯；下一步，生活用品必须找人投递。几年后，她一觉醒来，会发觉自己已经不记得上次踏出楼门是什么时候。她将再也无法掌控自己，无法掌控自己的惧意。

而她的掌控力又从何而来？来自她自己，没错，当然啦；但也来自布莱恩，来自于爱。毕竟，她曾错认那是爱。

演员，她的布莱恩是个演员。从伦敦回来以后，布莱恩曾在吵架时提到过“克拉克·洛克菲勒”，无异于活生生打了瑞秋的脸——这意味着，布莱恩不仅不是“布莱恩”，还不是“德拉克洛瓦”家族的成员。可是，这怎么可能呢？

瑞秋又上网搜索“布莱恩·德拉克洛瓦”，查出的信息倒是跟布莱恩的自述相符：时年四十岁，是“德拉克洛瓦木材”公司的员工，“德拉克洛瓦木材”又是一家在二十六个国家拥有子公司的加拿大木材企业。瑞秋点击“图片”，只搜出了四张，不过相中人赫然就是他，是她的布莱恩。同样的头发，同样的下颌，同样的眼眸，同样的……不一样的鼻子。

她的布莱恩鼻子上有一块隆起，就在鼻骨前端的鼻隔上。正面看并不明显，从侧面才看得出来。不过，即使从侧面看，假如稍不留心，也有可能察觉不出。但要是你定睛仔细观察，那毋庸置疑，他的鼻梁上有一块隆起。

布莱恩·德拉克洛瓦却没有。其中两张图片是侧面像；没有隆起。瑞秋又细看那些正面照，可惜的是，她越是端详布莱恩·德拉克洛瓦的眼睛，越是发觉她从来没有见过这对眼眸。

她的“布莱恩·德拉克洛瓦 / 布雷特·奥尔登”是个演员。安德鲁·加蒂斯，他那位麻烦重重的老友，是个演员。凯莱布跟他俩都很熟；要说凯莱布或许也是个演员，只怕也有几分道理。

夜色笼罩了查尔斯河，瑞秋发了条短信给凯莱布。

**“有空来我这里一趟吗？”**

一分钟后，凯莱布发来了回信。

**“没问题，能如何为你效劳？”**

**“一点体力活，趁小布还没回来搬点东西。”**

**“一刻钟后见。”**

**“多谢。”**

这时，瑞秋的手机振动了起来，是格伦。

“嘿。”

“嘿，”格伦说。“这家公司跟你什么关系，瑞秋？”

“没什么关系。怎么啦？”

“这是家小破公司，在巴布亚新几内亚有个破矿。不过……”瑞秋听见格伦点击了几下鼠标。“那个矿可能没那么破。据传闻，有家咨询公司做了评估，发现奥尔登矿业有限公司有可能坐拥多达四亿金衡盎司的矿藏。”

“我也读到了这条，”瑞秋说。“顺便问一下，‘金衡盎司’是什么意思？”

“是黄金的计量单位。不好意思。那基本上是座金矿，不过对他们也没有什么太大的好处。他们在该地区的主要竞争对手——唯一的竞争对手——是威特曼铜金公司，威特曼铜金公司可不好相处啊。威特曼绝不会，他妈的，绝对容不下该地区哪个矿的矿藏大成那样，却又没有挂‘威特曼’的名号。所以说啊，迟早会有一场恶意收购，这也是奥尔登公司一直千方百计封锁咨询公司调查结果的原因。不幸的是，他们的现金恐怕不够。他们跟‘柯特－麦肯’碰过几次头。”

“什么？”

“一家风险投资集团。上个星期，柯特－麦肯在巴布亚新几内亚阿拉瓦附近租了几块适合用作商业地产的地，从中你能看出些什么？”

瑞秋喝得太多了，什么也看不出来。“我不知道。”

“嗯，我觉得，柯特－麦肯给了奥尔登矿业一笔现金注资，说不定换来了矿藏的一大堆股份。等到矿藏开始获利，他们会把奥尔登矿业挤到一边，大捞一笔。人家干的就是这行，人家是鲨鱼。有人说，比鲨鱼还狠，鲨鱼吃饱还会停嘴呢。”

“这么说，奥尔登矿业可能会倒闭。”

“说‘倒闭’不太恰当，会被吞并。要么被威特曼吞并，要么被柯特－麦肯吞并。他们一夜之间一步登天，我怀疑他们是不是消受得了。”

“唔。”瑞秋压根儿理不出头绪。“非常感谢，格伦。”

“别客气。嘿，梅丽莎告诉我，你又快要重新‘出山’了呀。”

“是吗？”瑞秋把一声尖叫咽下了肚。

“一定要到我家来，见见艾米莉亚。很期待你们夫妇大驾光临。”

一股绝望涌上了瑞秋的心头。“我们也盼着跟你们见面。”

“你没事吧？”

“唔，没事。只是有点儿感冒。”

有那么片刻，格伦似乎想要开口追问。不过，接着他还是说了句：“保重，瑞秋。”

凯莱布摁响门铃，瑞秋给他开了门。她已经把证据一样样摆上了厨房料理台，摆在一只苏格兰威士忌酒杯和一瓶波本威士忌的旁边，但凯莱布刚进门的时候并没有发觉。他看上去很心烦，非常疲惫。

“你家有酒喝吗？”

瑞秋指指那瓶波本威士忌。

凯莱布在料理台旁坐了下来，给自己倒了杯酒，根本没有留意到料理台上的其他东西。“今天真够受的。”

“唔，你也是啊。”瑞秋说。

凯莱布喝了一大口酒。“有些时候，我觉得布莱恩是对的。”

“在哪点上是对的？”

“结婚，生养孩子。有一大堆事情要管，顾了这头顾那头。”凯莱布瞥了瞥料理台上的东西，口吻顿时烦乱起来。“要我帮你搬什么？”

“也没什么要搬。”

“那为什么……”凯莱布眯起了眼睛，打量着布莱恩的一张机票、那张科文特花园酒店附近的商店收据、瑞秋打印出的布莱恩在科文特花园酒店外的自拍、《为你倾心》的 VHS 录像带。

凯莱布又喝了一口酒，抬眼望着瑞秋。

“你把日期写错了。”瑞秋向收据一指。

凯莱布露出疑惑的笑容。

“你的写法是月，日，年。在英国，写法应该是日，月，年。”

凯莱布瞥了瞥收据，目光又落在瑞秋的身上。“我不知道你在说……”

“我跟踪他了。”

凯莱布再喝了一口酒。

“去了普罗维登斯。”瑞秋说。

凯莱布一动也不动。

他们周遭的建筑同样岿然不动。“信托基金宝宝”肯定不在家，不然会听见他的脚步声。十五楼的其他住户也不在。瑞秋和凯莱布好像待在林间高处，远在海角天涯。

“他有个怀孕的太太。”瑞秋又给自己倒上酒。“他是个演员。不过，你心里都有数，因为……”瑞秋用自己的酒杯冲着凯莱布，“你是个演员。”

“我不知道你在说……”

“放屁，放屁。”瑞秋喝了半杯。照这种速度喝下去，只怕分分钟就得开第二瓶了。可是瑞秋不在乎，因为她的怒火吸引着眼球是种美妙的感觉，让她误以为手握权柄。到了现在，如果幻觉能够击退惧意的话，她宁愿选择幻觉。

“你觉得你知道些什么？”凯莱布说。

“他妈的，别用这种语气跟我讲话。”

“什么语气？”

“居高临下的语气。”

凯莱布举高了双手，活像正被人持枪抢劫。

瑞秋说：“我亲眼见到布莱恩去了普罗维登斯，见到布莱恩去了奥尔登矿业公司，见到布莱恩进了一家相机店，买了鲜花，去了银行。然后，我亲眼见到了布莱恩和他怀孕的……”

“你说‘他去了相机店’是什么意思？”

“他去了一家相机店。”

“百老汇街上的那家？”

瑞秋不知道自己是如何命中了要害，只知道反正命中了要害。凯莱布怒视着自己在大理石料理台上的倒影，怒视着自己的酒杯，然后喝光了杯里的波本威士忌。

“那家相机店里有什么东西？”沉默片刻后，瑞秋开口说，“凯莱布……”

凯莱布竖起一根手指，示意瑞秋噤声，接着用手机拨了个电话。凯莱布等着对方接听，瑞秋能听到电话另一头传来的铃声。她还没有从凯莱布刚才竖起的手指中回过神：凯莱布竟然示意她噤声，一举一动带着轻蔑，让瑞秋想起费利克斯·布朗纳医生，他也曾经用同样的方式打发过瑞秋。

凯莱布摁下了“挂断”键，立刻又拨通了另一个号码。还是没有人接听。他又摁了“挂断”键，紧紧地攥住手机，攥得那么用力，瑞秋还以为它会碎掉。

凯莱布开口说：“跟我讲讲……”

瑞秋转身背对着凯莱布，从烤箱旁边的料理台上取下一瓶酒，给自己满上，却还是背对着凯莱布。确实很小气，但依然让人解气。等到瑞秋向他转过身，却留意到凯莱布的脸上闪过了一抹怒火，又露出了“凯莱布式”孩子气、懒洋洋的笑容。

“再跟我讲讲，你在普罗维登斯看到了些什么。”凯莱布说。

“你先说。”瑞秋把酒搁到凯莱布对面。

“我没什么好讲。”凯莱布耸耸肩膀。“我什么也不知道。”

瑞秋点点头。“那你走吧。”

凯莱布懒洋洋的笑容变成了懒洋洋的轻声一笑。“我为什么要走？”

“如果你什么都不知道，凯莱布，那我也什么都不知道。”

“唔。”凯莱布拧开波本威士忌的瓶盖，又给自己倒了些酒，拧上瓶盖，晃着酒杯。“你百分百确定你见到布莱恩进了相机店。”

瑞秋点点头。

“他在那儿待了多久？”

“安德鲁·加蒂斯是谁？”

凯莱布喝了口酒，赞许地点点头。“他是个演员。”

“我知道，跟我说些我不知道的事。”

“他在普罗维登斯的‘三一’待过。”

“那个表演学院。”

凯莱布又点点头。“我们大家就是在那里认识的。”

“这么说，我丈夫确实是个演员。”

“差不多吧，没错。说回相机店吧，他在里面待了多久？”

瑞秋的目光越过料理台，落在凯莱布的身上。“最多五分钟吧。”

凯莱布咬了咬嘴。“他从店里取了什么东西吗？”

“布莱恩的真名叫什么？”该死，瑞秋真不敢相信自己嘴里说出的话。谁会料到有一天会亲口问起自己丈夫的‘真名’呢？

“奥尔登。”凯莱布说。

“布雷特？”

凯莱布摇摇头。“布莱恩，布雷特是他的艺名。该我问了。”

瑞秋摇摇头。“不，不，不。自从我们认识以来，你就一直把我蒙在鼓里。今天晚上，我才算是开了个头。我问两个，你才能问一个。”

“要是我觉得，这个条件太苛刻呢？”

瑞秋冲着凯莱布身后的大门摆摆手指。“那就滚蛋，我的朋友。”

“你喝醉了。”

“我只是微醺而已。”瑞秋说。“剑桥的办公室里有什么？”

“什么也没有，从来没有用过，是一个朋友的。如果我们用得着……比如，嗯，你要过来，我们收到风声……那就布置一下，跟布置舞台一样。”

“那些实习生是谁？”

“你已经问了两个问题了。”

在那一刻，瑞秋却眼睁睁地见到了答案，仿佛它缀着五彩霓虹从天而降。

“他们是演员。”她说。

“叮！”凯莱布作势在空中打了个勾。“太棒了，布莱恩从店里带走了什么东西吗？”

“我反正没有见到。”

凯莱布盯着瑞秋的眼睛。“他去银行是在去相机店之前还是之后？”

“这是另外一个问题。”

“待人和气点吧。”

瑞秋笑得那么厉害，差点吐了出来——遭过洪灾的灾民和熬过地震的幸存者会这样笑，并不是因为可笑，而是因为找不到任何可笑的理由。

“和气？”瑞秋说，“和气？”

凯莱布将两手叠成尖塔状，额头靠上指尖，仿佛在求恳，仿佛正等待着被塑成雕像的殉道者。可惜，雕塑家迟迟没有到来，凯莱布又抬起了头，看上去面如死灰，眼圈发黑。瑞秋眼睁睁地目睹凯莱布老去。

她轻晃着酒杯，却没有喝。“伦敦自拍是怎么作的假？”

“是我干的。”凯莱布把料理台上那杯波本威士忌酒打了个转。“他发短信给我，告诉我出了什么事。当时你正在Grendel's店里，坐在我对面呢。不过在手机上敲两个键，这里取张图，那里取张图，然后用图片程序改一改。如果你是在高配置电脑屏幕上细看高清晰度图片，说不定早就穿帮了，不过光线昏暗的自拍？小菜一碟嘛。”

“凯莱布，”眼下酒意无疑已经上了头，瑞秋说，“我入了个什么局？”

“哈？”

“今天早晨睁开眼睛，我是某人的太太。可是眼下，我……我，嗯，我是他的太太之一？他某一重生活中的太太？我算什么？”

“你就是你。”凯莱布说。

“这话什么意思？”

“你就是你，”凯莱布说。“你没变，一尘不染。你的丈夫不是你心目中那个人，没错，但这并不会动摇你是谁。”他伸手越过料理台，握住瑞秋的手。“你就是你。”

瑞秋从凯莱布手中抽回了手。凯莱布的手还搁在料理台上。瑞秋望着自己的手，望着手上的两只戒指：一枚圆钻订婚戒指，再加上一枚带有五颗圆钻的白金婚戒。瑞秋曾经取下戒指去水街的珠宝店里清洗（现在她才发觉，那家珠宝店正是布莱恩推荐的），结果上了年纪的老店主冲着戒指吹了声口哨。

“一个男人肯把这么珍贵的宝石送你，”老头说着摆正眼镜。“喔！那他一定很爱你。”

瑞秋端详着自己的双手，端详着手上的珠宝，两只手不禁发起了抖：

她的生活中有哪样是真的吗，哪怕一星半点。过去三年间，她顶着劈头盖脸的惧意与怀疑，挣扎着一步步回归理智，一步步重获新生、重寻自我，好像盲女在陌生的楼宇间穿过一条又一条走廊，却不记得自己什么时候踏进了这栋楼。

当初是谁为她领路？是谁握住她的手，对她轻声说“相信我，相信我”，直到她终于相信了他？是谁领着她走向阳光？

是布莱恩。

其他人纷纷各自归家，但在那以后很久，布莱恩却相信了她，布莱恩带着她摆脱了毫无希望的黑暗。

“这一切都是谎言吗？”瑞秋讶异地听见自己说出了这句话，望见泪珠滴落在大理石料理台上，滴落在她的双手和戒指上。眼泪从她的脸颊上滑落，滴进她的嘴角，感觉有些灼人。

瑞秋迈步去取面巾纸，凯莱布却又握住了她的手。

“没事，”凯莱布说。“好好哭一场吧。”

瑞秋想告诉凯莱布，一切算不上“没事”，简直差得远。她想请他放开她的手。

她从凯莱布的手里抽出了手。“你走吧。”

“什么？”

“快走，我想一个人待着。”

“你不能一个人待着。”

“不，我没事。”

“不行，”凯莱布说，“你知道的太多了。”

“我……？”瑞秋没有办法把凯莱布的恐吓再重复一遍。凯莱布是在恐吓她，对吧？

“要是我抛下你，让你独自待着，他可开心不到哪里去。”凯莱布说。

瑞秋总算把他刚才的话重复了一遍。“因为我知道的太多了。”

“你明白我的意思。”

“不，我不明白。”

刚才，她把枪搁在了大落地窗旁边的椅子上。

“布莱恩跟我鼓捣这事已经很久很久了。”凯莱布说。“牵涉到一大笔钱。”

“多少？”

“一大笔。”

“你觉得我可能会走漏风声？”

凯莱布笑了，喝了几口波本威士忌。“我不认为你一定会，但我认为你可能会。”

“嗯哼。”瑞秋端着葡萄酒走到窗边，凯莱布却跟了上来。他们伫立在椅子旁边，举目远眺着剑桥的万千灯火。如果凯莱布低下头，就会发现那把枪。“所以你娶了个不会讲英文的姑娘？”

凯莱布一句话也没有说，瑞秋千方百计不垂眼打量那张椅子。

“娶了个在美国举目无亲的姑娘？”

凯莱布凝望着窗外的夜色，微微扭腰靠椅子近了些，盯着瑞秋在落地窗中的倒影。

“所以布莱恩娶了个闭门不出的姑娘？”

最后，凯莱布又开口说道：“这样可能对大家都好。”他在黯淡的镜中迎上了瑞秋的眼神。“所以，别坏事。”

“你是在威胁我吗？”瑞秋轻声道。

“我觉得，今天晚上演‘威胁’戏码的是你，丫头。”凯莱布打量着瑞秋，那目光恰似海地那个强暴女人的歹徒——保罗老师。

至少，眼下就是这种感受。

“你知道布莱恩在哪儿吗？”瑞秋问。

“我知道他可能会在哪儿。”

“你能带我去见他吗？”

“我为什么要带你去见他？”

“因为他欠我一个说法。”

“要不然呢？”

“要不然什么？”

“这就是我问的问题。不然的话，你要给我们点厉害尝尝？”

“凯莱布，”瑞秋恨死了自己的声音显得多么绝望，“带我去见布莱恩。”

“不。”

“不？”

“布莱恩手里有我需要的东西，我的家人需要的东西。他手里有东西，却没有告诉我，这一点我很不喜欢。”

瑞秋感觉自己又在醉意中苦苦地挣扎。“布莱恩手里有你……？相机店吗？”

凯莱布点点头。“相机店。”

“什么……？”

“他手里有我要的东西，而你是他要的东西。”凯莱布转身面对着瑞秋，两个人中间隔着那张椅子。“所以，现在我还不会带你去见他。”

瑞秋弯下腰，一把攥住手枪，打开保险，对准了凯莱布的胸口。

“不，”她说，“你会带我去的。”

## *Part 22*

# 吹雪机

凯莱布开着他那辆银色“奥迪”载着两人朝南驶去，嘴里说：“你可以把枪收起来了。”

“不，”瑞秋说，“我乐意有枪傍身。”

她不乐意，她根本不乐意有枪傍身。枪在瑞秋的手里，好像随时会活过来的死虫。只要钩钩手指，就可以夺去人的生命——瑞秋脑海中曾经浮现的念头之中，它突然变成了最丑恶的想法之一。再说，刚才她还用枪指着一个朋友呢。即使现在，她的枪口依然对准了凯莱布。

“你能关上保险吗？”

“要是我不得不开火，那就多出了一个步骤。”

“可是你不会开火。被枪指着的是我，拿枪的人是你。你明白这多可笑了吧？”

“我明白，”瑞秋说。“确实很荒唐。”

“既然我们一致认为，你不会向我开火……”

“我们的看法并不一致。”

“可是我在开车啊，”凯莱布的语调显得有几分热心，又有几分俯就。

“你要是开枪打我，然后……怎么办？……呆坐在副驾驶座上，眼睁睁看着汽车从高速公路上飞出去吗？”

“安全气囊正好可以派上用场。”

“我不信。”

“如果你想从我手里夺枪的话，”瑞秋说，“那我只有一条路可走，你知道吧。那就是对你开枪。”

凯莱布猛打方向盘，汽车驶进了挨着的车道。他对瑞秋露出笑容。“嗯，听上去大煞风景啊。”

瑞秋感觉得到，自己已经落了下风。不过，从住房项目中，从跟随警车巡检中，从当初海地那些漫漫长夜中，瑞秋学到了一件事：权柄一旦易手，除非立刻出手压倒对方，不然就会一直处于下风。

瑞秋关上手枪的保险，凯莱布的眼神正盯在路上。手枪保险没有发出半点声音。瑞秋换了换坐姿，微微向前俯过身，猛地将枪柄砸上凯莱布的膝盖骨。汽车打个趔趄，又打了个转。响起了喇叭声。

凯莱布吸了口冷气。“真他妈的。你有什么毛病？他妈的……”

于是瑞秋又砸了一次，砸在同一个位置。

汽车第三次打了个转，凯莱布猛地扭正车头。“够了！”

要是高速公路上别的车还没有拨911，举报有个醉酒的司机，然后把凯莱布的车牌号码告诉接线员的话，那算他们两个人有福。

瑞秋又打开保险。

“够了。”凯莱布重复道。除了愤怒和摆谱，凯莱布的声音里显然透出些不安。他说不清楚瑞秋下一步会怎么走，但毫无疑问，凯莱布畏惧那种种可能。

于是，现在瑞秋又占了上风。

凯莱布在多切斯特尼庞西特南端出了高速公路。他沿着加利文大道向北行驶，正好在环岛上。刚开始，瑞秋还以为汽车会过桥去昆西，结果凯莱布又驱车驶向了高速公路的入口匝道。凯莱布在最后关头向右转了个弯，驶下了一条亟须重铺路面的小巷。汽车一路颠簸，直到凯莱布又朝右转，把车开进了一段蜿蜒的街区：这个街区坐落着久历风霜的房屋，圆拱屋式样的仓库，停满小船的干船坞[1]。街道的尽头是“夏洛特港码头”——刚开始交往的那几年夏天，乘船越过马萨诸塞湾时，塞巴斯蒂安曾经把它指给瑞秋看过几次。塞巴斯蒂安，曾教瑞秋如何依靠天光夜航的塞巴斯蒂安。塞巴斯蒂安，驾船出海时被风撩起北欧气质的头发；只有在那种时刻，瑞秋才见过满心欢喜的塞巴斯蒂安。

越过一座近乎废弃的停车场，是一家餐馆和游艇俱乐部。两座建筑似乎都刚刚漆过，在一个压根儿没有游艇的码头里显得欣欣向荣。码头里停泊的最大一艘船看上去足有四十米长。其他大部分看上去是捕虾船，木头质地，已经上了年头；较新的几艘是玻璃纤维。最出色的一艘约长三十五米，船体漆成了蓝色，驾驶室漆成白色，甲板是原木色。瑞秋注意到了这艘船，因为她的丈夫正伫立在船上，沐浴在凯莱布那辆汽车的车头灯光中。

凯莱布飞快地钻出汽车，伸手指着瑞秋，告诉布莱恩，他家太太得知

1 岸边人工建设的船坞，作为建造、改装和修理船舶的地方。——译者注

真相后没沉住气。瑞秋开心地发觉，即使快步向船走过去的时候，凯莱布也显得一瘸一拐。相比之下，瑞秋走得倒是半点也不着急，眼睛紧盯着布莱恩。布莱恩一直正视着她的眼神，除了偶尔瞥瞥凯莱布。

假如早知道最终会亲手杀了他，她还会登上这艘船吗？

大可以转个身，去报警。“我的丈夫是个冒牌货。”她会说。恐怕某个爱和稀泥的接待警员会回答，“我们不都这德行吗，女士？”没错，瑞秋确信，假冒他人是犯罪，娶两房太太也是犯罪，但这些算得上重罪吗？到了最后，布莱恩难道不会认罪获得轻判，就此脱身吗？瑞秋会沦为笑柄：一介无名小卒，一个吃瘪的纸媒记者，接着沦落成嗑药的电视记者，一度成为笑料，后来又成了闭门不出的宅女。一旦人们发现那个“崩溃的媒体妞”嫁了个骗子，人家还另有一房太太，过着另一重生活，本地喜剧艺人可算是好几个星期不愁没料了。

瑞秋跟着凯莱布走上船的舷梯。凯莱布上了船。瑞秋就快要迈上那艘船的时候，布莱恩伸出了手。她定睛盯着那只手，直到布莱恩作罢。布莱恩注意到瑞秋带了把枪。“我该把自己的枪也亮给你看看吗？好让我定定心？”布莱恩说。

“随你便。”瑞秋登上船，布莱恩攥住她的手腕，从她的手里夺过了枪。他从衬衫衣襟下拔出自己的枪，一把点三八短管左轮手枪，然后把两把枪都摆到船尾的一张桌子上。“等我们把船开出去，亲爱的，你再告诉我是不是想拔枪决斗吧。算我欠你的。”

“你欠我的何止这么一点儿。”

布莱恩点了点头。“欠你的我都会还。”布莱恩解开系船的缆绳，还没有等瑞秋回过神，耳边已经传来了引擎声。船只“嘎嚓嘎嚓”地循着尼庞西特河向海湾的方向驶去。

布莱恩坐上了甲板一侧的长凳，瑞秋坐到了他对面，两人中间隔着桌子的一头。

“这么说，你有一艘船。”瑞秋说。

布莱恩往前俯过身，合起的两只手放在双膝间。“是啊。”

瑞秋的身后，夏洛特港渐渐不见了踪迹。“我还能平安归来吗？”

布莱恩歪歪头。“当然啦，为什么不会呢？”他说。

“因为，第一，我可以揭发你的双重生活。”

布莱恩坐了回去，摊开手掌。“那对你又有什么好处？”

“对我没什么好处，但能让你坐牢。”

布莱恩耸了耸肩膀。

“你不这么认为。”瑞秋说。

“如果你乐意，我们立刻掉转船头，送你回去。你大可以开车去最近的警察局，把你的故事告诉他们。假如警方相信你的话……让我们面对现实吧，瑞秋，你在本地可信度算不上太高……那当然，明天，不然后天，不然下周二，总之等他们有空，警方会派个警探来查。不过，到那个时候，我早就没影了。警方永远也找不到我，你永远也找不到我。”

一想到再也见不到布莱恩，瑞秋只觉得心如刀绞。失去布莱恩（心知他就在人海之中，却再也见不到他），无异于剜股割肉。这种感觉实在太离谱了，可惜她就有这种感受。

“你为什么还没有人间蒸发？”瑞秋问。

“我没有办法如愿地推进所有步骤。”

“你他妈的究竟在说什么？”

“我们没有太多时间。”布莱恩说。

“做什么的时间？”

“除了信任之外的任何事情。”

船的另一头，瑞秋凝神紧盯着布莱恩。“信任？”

“恐怕是的。”

布莱恩竟然开口让她信任他，实在滑天下之大稽——瑞秋或许有千言万语可说，但她只挤出了一句：“她是谁？”

话一出口，瑞秋就恨死了它。过去的三年已经成为海市蜃楼，而她居然摇身变成了妒火满腹的泼妇。

“谁？”布莱恩问。

“被你藏在普罗维登斯的太太，肚子里怀着宝宝的那个。”

布莱恩向没有星光的天空望去，脸上又浮现出了一抹微笑，近乎得意的微笑。“是个同事。”

“你的矿业公司的同事？”

“嗯，沾点边，算是吧。”

瑞秋能感觉到，两个人再次演起了夫妻吵架的戏码：通常是她攻他守，布莱恩东躲西闪，通常又害得瑞秋越来越凶，活像狗儿追逐一只皮包骨头的兔子。于是，趁着局面还没有难以收拾，她开口问出了真正的问题。

“你是谁？”

“我是你丈夫。”

“你不是我……”

“我是爱你的人。”

“对我们生活中的每件事，你都在骗我。那不是爱。那是……”

“看着我的眼睛。告诉我，你是不是从中看到了爱。”

瑞秋放眼凝望。刚开始，是出于挖苦，接着，她却越来越着迷。布莱恩的眼中确有爱意，毋庸置疑。

是吗？毕竟，他可是个演员。

“你的版本的‘爱’。”瑞秋说。

“嗯，没错，”布莱恩说，“也是我所知的唯一一个版本。”

凯莱布关掉了引擎。船只离岸边大约两英里，右侧是昆西的万千灯火，左侧与身后是波士顿的万千灯火。三人眼前，一片漆黑中点缀着西面汤普森岛起伏绵延的轮廓。在这样的暗夜，实在说不清汤普森岛究竟远在两百码处，还是两千码处。岛上有家针对青少年的设施，或许是拓展训练机构，但不管是个什么机构，只怕也已经上床就寝了，因为岛上没有丁点亮光。细浪轻轻拍打着船身。有个酷似今夜的夜晚，瑞秋曾经只靠航行灯驾船靠岸，把塞巴斯蒂安和自己带回了家。当时一路上，瑞秋和塞巴斯蒂安动不动就紧张地发笑，但现在凯莱布把灯通通关上了，只留下了他们脚下甲板那些灯光朝上的小灯泡。

今天晚上没有月亮，他们远在一片伸手不见五指的漆黑中。瑞秋猛然发觉，布莱恩和凯莱布大可以轻轻松松要她的命。事实上，一切原本就可能是个设好的套，好让瑞秋自以为局面尽在自己的掌握之中，结果上了这艘船，到了这个海湾，进了这片冷酷无情的黑暗。

突然间，某个问题似乎变得非常重要。瑞秋问布莱恩：“你的真名叫什么？”

“奥尔登，”他对瑞秋说，“布莱恩·奥尔登。”

“你家里是做木材生意的吗？”

他摇摇头。“没有那么炫目的家世。”

“你是来自加拿大吗？”

他摇摇头。“我来自佛蒙特州格拉夫顿。”

他一边端详着瑞秋，一边从衣兜里掏出一塑料袋花生（飞机上派发的那种花生），打开了它。

“你是斯科特·菲佛。”瑞秋说。

他点点头。

“可是你明明不叫斯科特·菲佛。”

“不叫。那只是我高中班上一个同学的名字，拉丁语课上常常逗得我哈哈大笑。”

“你父亲呢？”

“继父。没错，他就是我跟你讲过的那副德行。种族主义者，同性恋厌恶者，唯恐世界笼罩在天大的阴谋之下，目的是破坏他的人生，践踏他所信仰的一切。可能有点自相矛盾的是，他偏偏又算得上个好好先生，一个好邻居，会帮你竖竖篱笆、挖挖排水沟之类。有次帮邻居从走道上铲雪的时候，他心脏病发作昏倒了，那邻居名叫罗伊·卡罗尔。好笑的是，罗伊向来对我继父没什么好脸色，他却偏偏要帮罗伊铲雪，因为正经人家就该帮邻居铲雪。罗伊太穷了，雇不起任何帮手，人家罗伊的房子还在街角呢。你知道我父亲葬礼第二天，罗伊干了些什么吗？”布莱恩往嘴里塞了颗花生。“出门给自己买了台价值三千美元的吹雪机。”

布莱恩把花生递给瑞秋，瑞秋摇摇头，猛然间感觉对眼前的一切很麻木，活像正在体验虚拟现实，而她正置身于眼前这幕场景之中。

“你的生父呢？”

“不太熟。”布莱恩耸耸肩膀。“算是我们两个人的共同点吧。”

“‘布莱恩·德拉克洛瓦’呢？你怎么造得出这么个身份？”

“你心里有数，瑞秋。你心里有数，因为我告诉过你。”

瑞秋确实心里有数。“他念过布朗大学。”

布莱恩点点头。

“你就是那个送比萨外卖的小子。”

“外卖必在四十分钟内送到，否则半价。”他笑了。“这下你明白我开车为什么那么快了吧。”他又往手里倒了几颗花生。

“你怎么会若无其事地坐在那儿吃花生呢？”瑞秋说。

“因为我饿了。”他又往嘴里塞了颗花生。“长途航班啊。”

“根本没有什么‘航班’。”瑞秋咬紧了牙关，又松开来。

他冲她挑起一条眉毛，她恨不得把那条眉毛拧下来。真希望刚才没喝那么多酒。现在必须头脑清醒，可惜她差得远。真恨不得把一肚子问题规规矩矩地排列出来啊。

“没有什么航班，”瑞秋说，“因为你没有什么工作，你也不是‘布莱恩·德拉克洛瓦’。这意味着，我们的婚姻甚至并不合法，意味着你骗了我……”她顿了顿。她能感觉到身周的无边黑暗，感觉到内心的无边黑暗。

“你说的一切都是骗我。”

他拍拍手上的花生碎屑，把空塑料袋揣进了衣兜。

“不能说‘一切’都是骗你。”

“是吗？哪句是真话？”

布莱恩冲着两人的心口摆摆手。“这是。”

瑞秋学了学他的样。“**这**是狗屁。”

谁知道，布莱恩竟然有胆露出一副受伤的样子。“不，不是，瑞秋。这千真万确。”

正在这时，凯莱布在甲板上插了嘴。“跟我说说相机店的事，布莱恩。”

布莱恩说：“你们在玩哪出？冷不丁上演‘白脸加白脸’戏码吗？你们两个都要盘问我？”

“瑞秋说，她跟踪你到了‘小路易’店。”

布莱恩的脸上浮现出冷酷的表情。当初扇安德鲁·加蒂斯耳光时，冒雨走出汉考克大厦时，他的脸上流露的就是同样的表情；有一次吵架，他的脸上也曾经流露过同样的表情，不过一闪即逝。“你跟她讲了多少？”

“我没讲。”

“你什么也没有告诉她？”

有那么片刻，瑞秋觉得布莱恩的声音听上去很可笑，活像他咬到了舌头，不然就不知怎么舌头受了伤。

“我告诉她，我们是演员。”

“仅此而已吗？”布莱恩的声音听上去又回复了自然。

“我还在场呢。”瑞秋说。

布莱恩又掉转目光望着瑞秋，眼神显得死气沉沉。不，不是死气沉沉，而是濒死。他的眼睛渐渐失去了光泽。沐浴在那目光之中，瑞秋只觉得自己渺如砂砾。他的目光从她身上扫过，既不动感情，又欲念纠缠——说不清自己是否有“性致”的时候看色情片，恐怕就会有这种表情。

凯莱布说：“你为什么去相机店，布莱恩？”

布莱恩冲着凯莱布举起一根指头，目光依然在瑞秋的身上游移。这个轻蔑的举动害得凯莱布脸上变了色。

“别他妈的朝我指指戳戳，好像我是个用人一样。护照准备好了吗？”

布莱恩笑了，却绷起了嘴。“噢。唔，唔，哥们儿，今天晚上可别催我。”

凯莱布朝布莱恩迈了一步。“你之前说，再过 24 个小时，护照也妥不了。”

“我很清楚自己说了些什么。”

“是为了她吗？”凯莱布指着瑞秋。“是为了她和她那堆狗屎吗？搞不好会出人命，就因为……”

“我知道搞不好会出人命。”布莱恩说。

“我太太可能会没命，我的孩子可能……”

“你本来就不应该娶妻生子。”

“放到你身上就可以？”凯莱布又逼近了两步。“嗯？你就可以娶妻生子。”

“她去过战区，”布莱恩说。“经历过战火的洗礼。”

“她连门都出不了。”

瑞秋说："你们两个……？"

凯莱布走到布莱恩身旁，伸手直指着他的面孔。"见鬼，你在护照的事情上撒谎骗我，把我们全都拖下了水。他妈的，我们会没命，就因为你管不住自己的老二。"

正像瑞秋见过的种种暴力，接下来的一些事也发生在瞬息之间。

布莱恩伸手把凯莱布的手指从面前挥开，凯莱布飞快地握起拳头，一拳狠狠地打在布莱恩的头上。凯莱布又挥出了拳头，刚挨上布莱恩的脖子，布莱恩却从座位上站起身，一拳猛捶在凯莱布的心口上。凯莱布弯下了腰，布莱恩又猛地用力打他的耳朵，狠得足以让瑞秋听见软骨的"嘎吱"声。

凯莱布往一旁趔趄了几步，单膝着地，拼命喘了会儿气。

瑞秋开口说："各位，住手！"这话听上去简直荒谬。

布莱恩揉了揉脖子上被凯莱布捶打的地方，朝船边吐了口唾沫。

凯莱布撑着桌子站起来，手里握住了瑞秋的枪。瑞秋眼睁睁望着凯莱布打开了保险，一时没有回过神来。正像今天一整天，这一刻也颇为离奇。眼前是布莱恩、瑞秋，和凯莱布。三个普通人，甚至有点乏味，不是什么舞刀弄枪的狠角色。但话说回来，刚才用这把枪逼着凯莱布开车来到这里的，却正是瑞秋自己。

眼下，凯莱布正用枪指着布莱恩的头。"嘿，硬汉，跟我说说他妈的……"

布莱恩猛击凯莱布持枪的手，枪走火了。枪声并没有射击场上听起来那么响，当时瑞秋的左右两边还各有隔板呢。听起来，这枪声倒像是书桌抽屉被人踢了一脚关上了。据枪口焰推断，子弹大约是掠过了瑞秋所在的方向。不过，她并没有尖叫。布莱恩从凯莱布手里夺过枪，接着猛扫凯莱布的双腿绊倒他；布莱恩的动作行云流水，看上去像是练过摔跤之类。凯莱布面朝天倒在了地上，布莱恩朝他的胸口和肚子踢了几脚，狠得活像想要凯莱布的命。

“用枪指着我的头吗？”布莱恩厉声说，“他妈的，开玩笑吧？”

每说一句，布莱恩就踢上一脚。

“想跟我捣乱？”布莱恩朝凯莱布的肚子踢了一脚。“说我太太的坏话？”

凯莱布的嘴里冒出了一个血泡。

“歪脑筋动到我太太头上了？”布莱恩朝凯莱布的腹股沟踢了一脚。“你以为我没有注意到你他妈的对着她流口水？死盯着她不放？打她的主意？”

刚开始，凯莱布口口声声求布莱恩停手，现在却只是躺在那儿。

“布莱恩，别踢了。”

布莱恩朝瑞秋转过身，一眼望见她手里拿着他的枪，于是眯起了眼睛。瑞秋想不起自己是什么时候拿起了枪，但她能感觉到那份重量，比她那支要重得多，她那支枪在布莱恩手里显得像个玩具。

“别踢了？”布莱恩问。

“别踢了。”瑞秋又说一遍。“你会杀了他。”

“你又干吗在乎呢？”

“布莱恩，拜托了。”

“要是他死了，你的人生会有什么变化吗？要是我死了呢？要是我只是人间蒸发了，你的人生会有什么变化吗？你还会是老一套——端坐在家里，打量外面的世界。但你不会去掺一脚，不会去影响它。我是说，世上有没有你这个人都没有什么区别，还管什么凯莱布？”

这番话似乎让他大吃一惊，似乎跟她一样吃惊。布莱恩眨了好几下眼睛，向漆黑一片的天空和黑沉沉的海湾望去，向凯莱布望去，又向瑞秋望去。瑞秋可以看出，布莱恩的脑海中灵光一闪：假如他带着一条空船靠岸，世上将不会有人知道内情。

布莱恩举起了瑞秋的枪。至少，瑞秋以为他举起了她的枪。是的，布莱恩确实举了枪。他从膝边举起枪，向自己的胸口抬去；他的右臂正举过他的胸。

瑞秋向他开了火。

瑞秋向他开了火，用的是当初学到的枪法：瞄准胸腹，子弹直击心脏。

她听见自己说：“布莱恩，不。布莱恩，不。”她听见自己说：“不，不，不，拜托了。”

布莱恩跌跌撞撞地向后倒去，一朵血花赫然在他的衬衫上绽开，鲜血从他身上滴落……

凯莱布望着瑞秋，眼神中有几分惧意，又有几分感激。

瑞秋的枪从布莱恩的手中滑落。他开口说：“真要命。”

瑞秋说：“我很抱歉。”话一出口，听上去却像个疑问句。

布莱恩眼中的爱意是如此之深，惧意是如此之深。每一句话都伴随着一口血，鲜血漫过了他的下颌。拜那鲜血和惧意所赐，瑞秋听不懂他在说些什么。

他踉踉跄跄地后退了一步，手捂着胸口。他跌下了船。

到了此刻，瑞秋却清楚地听懂了布莱恩在说些什么，听懂了那些跟鲜血一起从他嘴里吐出的话语。“我爱你。”

**“等等，等等，布莱恩，等一等。”**

她可以看到，甲板上淌着他的鲜血，栏杆旁边一条长凳的白色泡沫垫上也溅上了一小滴。

**“等等。”**瑞秋再次心想。

**“我们本该白头偕老。”**

# Ⅲ

# 瑞秋：世间

*2014*

## *Part 23*

# 黑暗

瑞秋首先摘掉的是手表，接着是她的项链，三个星期前布莱恩在购物中心买给她的那条。她踢掉鞋子，脱下风衣，T恤和牛仔裤，把这些东西通通跟她用过的那把枪一起搁在桌子上。

瑞秋从凯莱布的身边走过，下了船舱。在舱门右边，她发现了一把信号枪、一个急救包，但没有找到手电筒。不过，在长台的远处，她找到了一只带有黄色塑料和黑色橡胶外壳的手电筒。她试了试：非常好用。她查了查尾盖：是太阳能的。假如有时间找氧气瓶的话，瑞秋只怕会一直待在船舱里。但她回到了甲板上，发觉凯莱布正在栏杆旁边等她。

“听着，”凯莱布说。“他死了，如果他没……”

瑞秋从凯莱布身边掠过，踏上了栏杆。凯莱布开口说“等等”，不过瑞秋已经纵身跃入了碧波中。一时间，寒意席卷了她的心，她的喉咙，她的五脏六腑。等到再卷过她的头，寒意就像毒蛇一般钻入了太阳穴，钻进了鼻孔。

手电筒的光束比瑞秋期盼中更加明亮，照亮了一个碧色的世界，其中遍布着苔藓与海藻，珊瑚与沙粒，还有庞然大物般的黑色巨石。她沉入碧波，只觉得格格不入，好像违背自然的入侵者闯入了自然界。这是鸿蒙世界，早于语言与人类，早于良知。

一群鳕鱼从瑞秋的脚趾间游过。鳕鱼游远以后，瑞秋望见了他。布莱恩躺在下方大约十五米处的沙砾上，身旁是一块年深月久的岩石。瑞秋向布莱恩游过去，在他的尸体前方蹬着水。她流出了眼泪，双肩抽搐，布莱恩用什么也看不见的双眼凝望着瑞秋。

**“很抱歉。”**

一缕细细的血线沿着布莱恩胸口的洞眼轻旋着。

**“我爱过你。我恨过你。我从不了解你。”**

他的身体向右斜，他的头却向左歪。

**“我恨你，我爱你。他妈的，我的余生都会想念你。”**

瑞秋凝望着布莱恩，布莱恩的尸体回望着瑞秋。直到瑞秋的肺灼痛起来，双眼灼痛起来，她再也撑不下去了。

**“再见。”**

**“再见。”**

瑞秋向水面游去，发现凯莱布已经打开了船上的灯。船身在水面上荡漾，在瑞秋头顶二十米、南边约十五码的地方。她踏波游向水面，游到半途的时候，有个东西拂过了她的大腿，就在膝盖上不远处。瑞秋拍了拍腿，但腿上什么都没有，她的手电筒还掉了。手电筒落得比瑞秋升得快，瑞秋最后一眼看见它时，它落到了沙地上，恰似一只明亮的黄色眼睛，抬眼望着世界。

瑞秋钻出水面，猛吸了一大口气，然后向那艘船游过去。她登上船，注意到右舷附近有个丁点大的小岛。刚才在黑夜里，瑞秋没能辨认出来。那是个只属于鸟儿和螃蟹的岛屿，小得一屁股坐下去只怕都嫌挤。一棵孤零零又病恹恹的瘦枫从地底探出了头，被风吹雨打得几乎弯成了四十五度。正如瑞秋所料，几百米远处坐落着汤普森岛，轮廓显得稍微清晰了些，不过跟刚才一样，没有半点亮光。

上了船，瑞秋带着自己的衣服进了船舱，没有搭理坐在甲板上的凯莱布。他正耷拉着脑袋，两只手搁在双膝间。就在床边，瑞秋找到了一间带推拉门的小浴室。马桶的上方挂着一张合影，瑞秋还从来没有见过。不过，她记得这张照片是什么时候拍下的，因为那是布莱恩第一次见到梅丽莎。当时他们在北端吃了午餐，步行去了查尔斯顿，坐在邦克山纪念碑附近绿草茵茵的山峦上。梅丽莎拍下了那张合影，瑞秋和布莱恩背对着彼此，纪念碑耸立在两人的身后。两个人都在笑（有什么新鲜的吗，大家照相都会面带微笑），不过那微笑确实发自内心。瑞秋和布莱恩显得很快乐，容光焕发。那天晚上，布莱恩第一次告诉瑞秋，他爱她。瑞秋让布莱恩等了半个小时，才开口说，她也爱他。

瑞秋在马桶上坐了几分钟，轻声念起他的名字，念了十几次，无声地掉下了眼泪，直到喉咙哽咽。她想说，自己很抱歉，因为她亲手杀了他，她想说，自己恨他，因为他拿她当猴耍；但事实是，这些念头及不上另一个念头的十分之一：她深深地觉得失去了他，失去了与他在一起时的自己。海地掏空了瑞秋的七情六欲，掏空了她的同理心、她的勇气、她的同情心、她的意志、她的正直、她的自我价值感，只有布莱恩相信她还能够回复原样。是布莱恩说服瑞秋，被掏空的七情六欲还能够重生。

**“噢，瑞秋，”**她的耳边传来了母亲的声音，**“只有当别人点头同意的时候，你才能爱你自己，难道不是一种悲哀吗？”**这句话，瑞秋的母亲已经说过不止一次了。

瑞秋朝镜子望去，震惊地发现自己有多么酷似她——声名赫赫的伊丽莎白·蔡尔兹。伊丽莎白·蔡尔兹的满腔怨气，曾经被所有人都误认为勇气。

“去你妈的，妈妈。”

瑞秋脱掉胸衣和内裤，用一条她在架子上发现的厚毛巾擦干了身子，又穿上牛仔裤、T恤和风衣，找出一把梳子尽可能地把头发梳顺，再次将目光投向了镜中的倒影。镜中的身影酷似《阶梯》出版前后的伊丽莎白·蔡尔兹，没错，但却也是新版的瑞秋。一个杀人凶手。亲手夺走了一条人命。被杀者是她的丈夫，但这并没有改变“瑞秋杀人”的事实。“行凶杀人”本身已经重逾千斤，不管被杀的人是谁。经由她的手，世上少了一条人命。

当时他**真的**举枪了吗？

瑞秋原本认定是的。

但他真的会扣下扳机吗？

在那一刻，瑞秋原本认定他会。

至于现在？现在瑞秋说不清楚。那个曾在大雨倾盆的夜晚把外套送给流浪汉的人，会下手杀人吗？那个曾在心理上对生病的她呵护备至，整整三年既没有一句怨言，也没有一个丧气眼神的人？那样一个人会杀人吗？

不，那样一个人不会。但那人是布莱恩·德拉克洛瓦，是个海市蜃楼。

相比之下，布莱恩·奥尔登却会专横而又镇定地扇老朋友耳光，会火冒三丈地狠踢合伙人兼死党，狠得好似踢到对方死掉才肯停脚。布莱恩·奥尔登冲瑞秋举起了那把枪。不，他没有用枪口直指着她，他没有扣下扳机。

因为瑞秋没有给他这个机会。

瑞秋又回到了甲板，只觉得心里很平静。太平静了。瑞秋明白，那是震惊。她神思不属。

瑞秋在甲板上找到了被布莱恩扔下的、她的那支枪，把它别进了后腰的腰带，又从桌上拿起布莱恩的那把枪。她迈步向凯莱布走去，凯莱布眯起眼睛望着她；不管瑞秋打算拿枪干些什么，凯莱布都已经来不及拦住她了。

瑞秋挥动手腕，把那把枪扔过了凯莱布的头顶，扔进了海里。她垂下眼神望着凯莱布。

“帮我把血迹从甲板上清洗干净。”瑞秋说。

# *Part 24*

## 凯斯勒

开车回去的路上，凯莱布只要一喘气就痛。两个人都开始怀疑，刚才布莱恩至少踹断了凯莱布一根肋骨。回到城区后，经过通往后湾的第一个出口时，凯莱布却绕开了。刚开始，瑞秋以为凯莱布打算从下一个出口前往后湾，但当凯莱布绕过第二个出口时，瑞秋开口说："你在干什么？"

"开车啊。"

"往哪儿开？"

"我有栋安全的住宅。我们得去那儿，琢磨个对策。"

"我必须去我的公寓。"

"不，你不能去。"

"不，我要去。"

"现在说不定有人火冒三丈，正在找我们呢。我们可不能往波士顿钻，必须离开这儿。"

"我需要我的笔记本电脑。"

"让你的笔记本电脑滚蛋。有了我们即将到手的那笔钱，你可以买个新电脑。"

“笔记本电脑不是关键，关键是电脑上的那本书。”

“再下载一本好了。”

“不是我在读的书，是我在写的一本书。”

汽车从一溜明灯下驶过，凯莱布眼神疯狂地盯着瑞秋，一张脸煞白，看上去有些骇人，有些无助。“你没有备份吗？”

“没有。”

“存储到云端了吗？”

“也没有。”

“他妈的，为什么没有？”

“我需要我的笔记本电脑。”汽车驶近了一个出口，瑞秋重复道。“别又逼我拔枪。”

“有了即将到手的那笔钱，你用不着你的书……”

“这跟钱无关！”

“一切都跟钱有关！”

“走出口。”

“他妈的！”凯莱布大吼了一声，把车开进了驶出车道。

汽车钻出一条短隧道，来到了北端边上，接着左转经过政府中心向后湾驶去。

“我还不知道你在写书。”途中凯莱布说。“是本，嗯，悬疑小说？科幻？”

“不。是非虚构作品，关于海地。”

“那估计很难卖。”凯莱布的口吻几乎有点责怪的意味。

瑞秋不禁苦笑了一声。“他妈的，你算老几，哥们儿。”

凯莱布对瑞秋露出歉意的微笑。“我只是说说实话而已。”

“在你看来是‘实话’而已。”瑞秋说。

到了公寓，瑞秋走进卧室，又换了套衣服，换上了干爽的胸衣和内裤，脱下牛仔裤换上了黑色紧身裤、黑色 T 恤，加上一件在纽约大学念书时买的灰色旧运动衫。她打开笔记本电脑，把那本书的相关文件拖进一个文件夹——或许她早就该这么做了。她给自己发了封电邮，把文件夹上传成附件，然后点击了“发送”。好啦！现在，不管用哪台电脑，她都能打开自己的书了。

瑞秋胳膊下夹着笔记本电脑，出了卧室，发现凯莱布已经倒了杯酒喝——果真不出所料。凯莱布说，刚才布莱恩踢在腹股沟的那几脚害他坐着不舒服，于是他站在厨房吧台旁边，轻啜着波本威士忌。瑞秋走进厨房，凯莱布向她投来茫然的眼神。

瑞秋说：“我还以为你在赶时间。”

“我们还要开一个小时车呢。”

“那务必请喝吧。”瑞秋说。

“你干了些什么？”凯莱布用沙哑的声音低语道。“你都干了些什么？”

“我开枪杀了我的丈夫。”瑞秋打开冰箱，可惜想不起要取什么，于是又关上了冰箱门。她端着一只酒杯去了吧台，给自己倒上些波本威士忌酒。

“是自卫吗？”凯莱布说。

“当时你明明在场。”瑞秋说。

“当时我躺在地上，我甚至说不清自己的意识算不算清醒。”

模棱两可的话惹毛了瑞秋。“这么说，你没有亲眼目睹？”

“没有。”

半点也不“模棱两可”。所以有朝一日，凯莱布在证人席上会是什么说法？他会说，当初瑞秋是为了他和她自己的命才动手的吗？还是会说，当时他的意识“算不上很清醒”呢？

“你究竟是个什么人，凯莱布？”瑞秋恨不得开口发问。“且不问你日常的作风，只问你的本性？”

瑞秋又喝了几口波本威士忌。“他用枪指着我，我可以从他脸上的表情看出结局，于是我先开了火。”

“你显得这么镇定。”

“我没觉得镇定。”

“你听上去像个机器人。”

“倒是很符合我的感受。”

“你的丈夫死了。”

“我知道。”

“布莱恩。”

“是的。”

“死了。”

这一下，瑞秋越过吧台望着凯莱布。“我知道我干了些什么，我只是感觉不到。”

“也许你吓呆了。”

“我猜是的。”瑞秋的脑海深处浮现出了一个让人毛骨悚然的念头：尽管心中悲伤难耐，她的身体却仿佛在海地事件后第一次重现了生机。一旦停下脚步，一旦不再关注当前的种种问题，悲伤就会将她整个儿吞没，所以，眼下关键在于一心一意，不要停下脚步。

“你会去报警吗？”

“警方会问我，为什么对他开火。”

“因为他打算把我活活踢死。”

“警方会问，他为什么要把你活活踢死。”

“我们会说，你发现他过着双面人的生活，因此他抓狂了。”

“警方会说，难道不是因为你们俩在偷情吗？”

“警方不会这么想。”

“警方一接案子就会这么想。紧接着，他们会查你们最近一起干了些什么，有没有经济纠纷。所以，不管你跟布莱恩在捣什么鬼，你还是祈祷其中不牵涉什么杀掉布莱恩的动机吧。不然的话，警方不仅会认定你跟我在偷情，我们还在生意上坑布莱恩呢。于是他们就会盘问我，为什么把枪扔到了水里。”

“你为什么把枪扔进水里？”

“天哪，因为我他妈的当时在犯糊涂？我吓呆了？不知所措？我的意思是，随你怎么说吧。至于现在，一旦有人发现布莱恩死了，我想不出我怎么才能逃过牢狱之灾，即使只坐三四年的牢。我才不要坐牢。”到了此刻，瑞秋总算有了些许感受——一阵惧意，几近于歇斯底里。“我才不要傻待在牢笼里，钥匙还握在别人手中。该死，我可不走这条路。”

凯莱布瞪眼望着瑞秋，嘴张成了一个小小的椭圆。“好吧。好啦。”

“绝不。”

凯莱布又灌了几口波本威士忌。“我们得走了。”

“去哪里？”

“一个安全的地方。Haya 已经带着宝宝过去了。”

瑞秋从厨房吧台上拿起笔记本电脑和钥匙，却又停下了脚步。“他的尸体会浮上来的。”这个念头让瑞秋的内心猛地一动，她突然感觉不再那么麻木，不再那么冷静了。“对吧？”

凯莱布点点头。

“那我们必须回去一趟。”

“回去做什么？”

“把尸体沉下去。”

“怎么沉法？”

“我不知道。用砖、用保龄球。”

“晚上十一点钟，”凯莱布看了看微波炉上的时钟，“我们上哪里去找保龄球？”

“他在卧室里放了杠铃。放了两只。”

凯莱布瞪大眼盯着瑞秋。

“用来做弯举。你知道的，那种小杠铃，每只重 20 镑。两只应该能行。”

“我们说的是把布莱恩的尸体沉下去对吧。”

“没错。”

“真荒谬。”

一点也不荒谬。从理性上讲，瑞秋对该做些什么一清二楚。说不定，她那所谓“吓呆了”并不是吓呆了，而是她的大脑正在剥离所有不必要的数据，以便消化至关重要的信息。当初在莱奥甘的临建棚营地，从一座帐篷奔到另一座帐篷，从一棵树奔到另一棵树，瑞秋也曾经有过同样的感受。目标无比明确：跑掉躲起来，跑掉躲起来，跑掉躲起来。再没有比这更性命攸关的问题，非黑即白。嗅觉、视觉、听觉，再没有一样用于享乐，却是用于求生。她没有半点三心二意。

“真荒谬。”凯莱布重复道。

“目前我们的处境就这样。”

瑞秋迈步走向卧室去取杠铃，刚走到半路，却停下了脚步——门铃响了。不是蜂鸣器；通常来说，要是来人在大楼外面，摁响的会是蜂鸣器。也不是对讲机；要是有人来访，门卫会用对讲机通知。不，响起的是她家前门外的小门铃，就在十米远处。

瑞秋透过“猫眼”瞥了瞥，望见一名黑人男子。男子留着整齐的山羊胡，头戴褐色软呢帽，身穿白衬衫，系着黑色的细领带，外面罩着一件真皮短外套。他的身后是两个身穿制服的波士顿警察，两个都是女警。

瑞秋没有取下门上的防盗链，把门打开一条缝。“怎么啦？”

男子亮出一块金色警徽和普罗维登斯警察 ID。他名叫崔温·凯斯勒。“我是凯斯勒警探，德拉克洛瓦太太。您丈夫在家吗？”

“不，他不在家。”

“他今天晚上会回来吗？”

瑞秋摇摇头。“他今天出差了。”

“去哪里出差了？”

"俄罗斯。"

凯斯勒的声音很轻柔。"你介意我们进屋聊上几分钟吗？"

如果犹豫，就显得是跟警方对着干。于是，瑞秋打开了门。"请进。"

进屋的时候，凯斯勒摘下了帽子，搁在他左侧的古董椅上。不出瑞秋所料，凯斯勒的头皮剃过，在门口昏暗的灯光下隐约发亮，好像抛光过的大理石。"这位是马伦警员。"凯斯勒说着指指那位金发碧眼的女警。女警长着明亮友好的眼睛，脸上的雀斑很衬她的金发。"这是加尔萨警员。"凯斯勒又指指那位大块头的黑发女警。她已经急吼吼地端详起了这间公寓，目光很快落在了凯莱布身上。凯莱布正带着一瓶波本威士忌，伫立在厨房的吧台旁。瑞秋注意到，自己把已经喝光的那瓶酒也忘在吧台的一角上了，正摆在一个空空的酒杯和她刚倒上的半杯波本威士忌中间。看上去，凯莱布和瑞秋似乎正在大开派对。

凯莱布走过来，跟警察握了握手，自称是布莱恩的合伙人。接着是一阵沉默，三名警察用查探的眼神审视着公寓，凯莱布不禁有点紧张。

"您名叫崔温？"凯莱布对凯斯勒说，瑞秋差点吓得闭上了眼睛。

凯斯勒打量着那瓶波本威士忌和空荡荡的葡萄酒瓶。"大家都叫我老崔。"

"跟佛罗里达那孩子同名，对吧？"凯莱布说，"被邻里联防队员杀害的那个孩子？"

凯斯勒说："同名，没错。怎么啦，你以前从来没有遇到过叫凯莱布的人吗？"

"嗯，那还用说。"

“那……”凯斯勒扬起了双眉，等着。

“‘崔温’这个名字不怎么常见嘛。”

“在您的家乡不太常见吧。”

瑞秋再也受不了了，一秒钟也他妈的受不了了。“警探先生，你为什么要找我丈夫？”

“我们只是想问他几个问题。”

“你是从罗得岛来的？”

“是的，女士，普罗维登斯警局。这两位好警察是我的联络人。”

“我丈夫跟普罗维登斯又扯得上什么关系呢？”瑞秋又惊又喜：她竟然毫不费力地扮起了“一头雾水的妻子”一角。

“你的眼睛下面有块淤血。”凯斯勒对凯莱布说。

“你说什么？”

凯斯勒伸手指了指，瑞秋也一眼看了出来。凯莱布右眼的下眼睑上有块红肿，在大家的注视下显得更艳了些。“瞧，马伦警员。”

金发警察微微勾下腰，好看个仔细。“您怎么会受这种伤，先生？”

“被伞害的。”凯莱布说。

“被伞害的？”加尔萨警员说。“哪把伞跳出来咬了你一口？”

“不，我到这里来的时候，地铁上有个家伙拿着一把伞。我在剑桥工作。不管怎么说，他把那把伞搁在肩膀上，地铁到了他要下的那一站，结果他飞快地转了个身，戳到了我的眼睛。”

“哎哟。”凯斯勒说。

“没错。”

“要是想想这个星期根本没怎么下雨，你这伤一定痛得更厉害了吧。我的意思是，这个月月初，没错，雨大得一塌糊涂。不过最近一段时间？上次下雨是什么时候？”凯斯勒向整屋子人发问。

“不止十天前吧。”马伦警员说。

“他妈的，那家伙究竟带把伞干什么呢？”凯斯勒的话还是没有特意说给任何人听，清瘦的脸上浮现出困惑的微笑。“请原谅我言语不雅。”他对瑞秋说。

“没关系。”

“我们生活的世界还真疯狂哪，没下雨也有人扛着雨伞在地铁车厢里走来走去。”凯斯勒又瞥了瞥吧台上的酒瓶和酒杯。“这么说，您的丈夫在俄罗斯？”

“是的。”

凯斯勒向凯莱布扭过头。很显然，凯莱布并不希望他扭过头来。“你是过来送东西的吗？”

“嗯？”凯莱布说。“不。”

“来送商业文件之类？”

“不。”凯莱布说。

“那……我的意思是，假如我的问题太私人，请务必开口……”

“不，不。”

“那你为什么会在这儿？男主人出国了，结果你顺道来访，来跟他太太喝喝酒吗？”

马伦警员挑起了一条眉毛。加尔萨警员在客厅里四下走动。

瑞秋开口说，“我们大家都是朋友，警探先生。我的丈夫，凯莱布，还有我。不管您有些什么样的老古董观念，认为男主人出门时他家太太就不能呼朋引伴跟男性朋友一起玩，还请您别把这种观念带进这个家。”

凯斯勒微微朝后仰，对瑞秋露出灿烂的笑容。“嗯，好的。”话一出口，他轻笑了一声。“好吧，我认错。如果刚才有所冒犯的话，我也道歉。”

瑞秋点点头。

凯斯勒递给瑞秋一张照片。一瞥之下，瑞秋便感觉血液猛地涌上了头，又滚滚地涌过心脏。照片中的布莱恩坐着，伸手搂着今天下午瑞秋见过的那名孕妇。照片里的女子还没有怀孕，布莱恩的头发也还没有像现在这样染上白霜。两人坐在沙发上，沙发有着灰色的坐垫，看上去是用白藤制成的，跟两人身后的白墙浑然一体。那是海滨别墅会有的墙壁，不然的话，至少是栋位于海滨城市的宅邸。两人的头顶挂着莫奈的《睡莲》复制品。布莱恩的肤色晒得黝黑，他和那女子都咧嘴而笑，笑容很灿烂。她身穿蓝色的印花夏装，布莱恩身穿红色法兰绒衬衫配工装裤。女子的左手随意地搁在布莱恩的右腿上。

“你的脸色突然显得很差，女士。”

瑞秋说：“警探先生，您给我的是我丈夫跟别的女人的合影，你觉得我的脸色会好到哪里去？”

凯斯勒伸出手。“可以还给我吗？”

瑞秋把照片递给他。

“你认识她吗？”

瑞秋摇摇头。

“从来没有见过她？”

“没有。”

“你呢？”凯斯勒把照片交给凯莱布。“认识这个女人吗？”

“不认识。”

“不认识？”

“不认识。”凯莱布说。

“好吧，那你没机会认识她了。”崔温·凯斯勒把照片放回了自己的短外套口袋。“大约八小时前，她死了。”

瑞秋说：“怎么死的？”

“心脏中了一枪，头部中了一枪。假如你们看了电视，这则消息说不定是新闻头条。”凯斯勒又瞥了瞥吧台。“不过，你们俩在忙别的嘛。”

“她是谁？”瑞秋问道。

“她名叫妮可·奥尔登。除此之外，我知道的不多。没有犯罪记录，还没发现有什么死对头，在一家银行工作。不过，她认识你的丈夫。”

“那是张老照片，”瑞秋告诉凯斯勒。“说不定时间还早于我遇见我丈夫呢。所以，怎么说得清他还跟她有联络呢？”

“你说他在俄罗斯？”

“是啊。”瑞秋找出自己的手机，点开布莱恩发给自己的最后一条短信，短信声称他正在洛根机场的跑道上。她给凯斯勒看了短信。

凯斯勒读了读，把手机递还给瑞秋。“他是自己开车去的机场，还是叫的出租车？”

“他自己开的车。”

“开的是辆‘英菲尼迪’？”

“没错。”瑞秋住了嘴。“你怎么知道……？”

“知道他开的是什么车？”

“是的。”

“因为警方发现，今天下午，一辆‘英菲尼迪’FX 45停在受害者家的街对面，车登记在你丈夫的名下，地址就是这里。一名目击证人还看见，你丈夫在案发前后离开了她家。”

“什么意思，他扔下他的车走掉了？”

“大家可以都坐下吗？”凯斯勒朝吧台歪了歪头。

五人纷纷坐到吧台旁边的凳子上，凯斯勒坐在中间，好像家庭会议里的一家之主。

“目击证人说，你丈夫去的时候开的是辆‘英菲尼迪’，一个小时后离开，开的却是一辆蓝色‘本田’。你们用过那种可以显示街道实况的地图程序吗？你们中间哪位用过？”

瑞秋和凯莱布都点点头。

“为了采图，地图公司会开着货车拍摄大街小巷，因此你们看到的图片可能是几个月前或几个星期前的，但不会是几年前的旧图。所以我找了家房地产网站，输入受害者家的地址，又点击街景，察看了周围。你们猜我发现了什么？”

“一辆蓝色‘本田’车。”凯莱布说。

“一辆蓝色‘本田’车，停在那条街东边半个街区开外的地方。于是找到了车牌，查了查，发现该车登记在某‘布莱恩·奥尔登’名下。我通过车辆管理局查了查奥尔登先生，拿到了一张驾照照片，照片里的人看上去跟你丈夫一模一样。”

“天哪。”瑞秋说。无须太多演技，她已经足以让对方买账。“你是在告诉我，我的丈夫并不是我的丈夫。”

“我是在告诉你，你丈夫可能过着双面人的生活，女士，我想跟他聊聊这事。”凯斯勒交叠双手搁上了吧台，冲瑞秋露出微笑。“也聊聊其他事情。”

过了一分钟，瑞秋说：“我只知道，他在俄罗斯。”

崔温·凯斯勒摇了摇头。“他不在俄罗斯。”

“我只知道他告诉我的事情。”

“看上去，他可能对你说了很多谎，女士。他经常出差吗？”

“一个月至少一次。”

“去哪儿？”

“主要是加拿大和太平洋西北地区，但他也去印度、巴西、捷克、英国。”

“其中有些地方很酷。你跟他一起去过吗？”

“没有。”

“为什么不呢？我倒很乐意瞧瞧里约，说不定还逛逛布拉格。”

“我生病了。”

“生病？”

“换句话说，我的意思是，直到最近我都在生病。”

瑞秋能够感觉到，他们全都紧盯着她，尤其是那两位女警，暗自琢磨着什么“病”会困扰瑞秋这样一个后湾天之骄女。

“它害得我不能出门，”瑞秋说。“肯定没办法搭飞机。”

“这么说，你是害怕乘飞机？”听上去，凯斯勒的口吻显得很热心。

“算是其中一个症状。”

“你得了广场恐惧症？”凯斯勒说。

瑞秋直视着他的双眼，那双眼睛太睿智了。

“我在宾夕法尼亚大学主修的是心理学。”凯斯勒又用热心的腔调说道。

“一直没有正式确诊。”瑞秋终于开口说。她觉得自己听见马伦警员叹了口气。“不过，我百分百有过跟广场恐惧症很吻合的症状。”

“‘有过’？已经过去了？”

“布莱恩在跟我一起治病。”

“但还没有到可以带你出差的地步。”

“还没有，没有。”

“你愿意让警方进行保护性监管吗？”

凯斯勒的语气是这么随意，瑞秋过了一会儿才回过神来。

“为什么要对我进行保护性监管？”

凯斯勒在凳子上转了个身。“加尔萨警员，另外一张照片在你手里吗？”

加尔萨递给他一张照片，凯斯勒将照片面朝上放上吧台，好让瑞秋和凯莱布看清楚。金发女子脸朝下躺在厨房的地板上，照片只照了上半身。鲜血从她的胸口漫了出来，在她的左肩上方积成了一摊。她的左脸颊和冰箱门也溅上了鲜血。但最骇人的景象，那让瑞秋疑心余生都会将她从梦中惊醒的景象，则是照片中女子头顶的黑洞。她看上去不像挨了一枪，倒像被猛兽从头颅上活活咬下了一块，而咬出的那个洞马上又被鲜血填满，鲜血涌进了她的头发，变成了黑色。

“如果是你丈夫下的手……”

“不是我丈夫干的。”瑞秋大声说。

“……我没说是他干的，但据警方所知，他是最后一个见到受害者在世的人。假设，我们只是假设一下，德拉克洛瓦太太，如果凶手是他呢？”凯斯勒在吧椅上扭过头，伸手一指。“嗯，女士，他可有那扇门的钥匙哪。”

“他只怕用不着那把钥匙了。”瑞秋心想。

她开口说：“所以你想把我监管起来？”

“保护性监管，女士。保护性的。”

瑞秋摇摇头。

“马伦警员，请记下德拉克洛瓦太太拒绝了警方推荐的保护性监管。”

“明白。”马伦在便笺簿上龙飞凤舞地写着。

凯斯勒伸出手指敲敲大理石的吧台台面，仿佛在进行检测，接着目光再次落到瑞秋身上。“你愿意到警局来一趟，聊聊你最后一次见到你丈夫的情况吗？”

“我最后一次见到布莱恩，是今天早上八点钟，当时他自己开车去了机场。”

“他并没有自己开车去机场。”

“那是你的说法，并不意味着你是对的。”

凯斯勒微微耸耸肩。“可惜，我就是对的。”

凯斯勒的身上流露出宁静的神情，却也流露出怀疑的气息。这两种气质诡异地融为一体，让瑞秋觉得，她的所有答案还没有出口，对方似乎已经心知肚明，仿佛他不仅能看透她，还能看透未来；他心知这一切将如何收场。她只能迎上凯斯勒那略有几分好奇的目光，忍住不“扑通”跪下来，忍住不求对方开恩。假如她胆敢跟这个男人踏进审讯室，她唯一的出路只怕是牢狱之灾。

“我累了，警探先生。我想去睡觉，等我丈夫从莫斯科打来的电话。”

凯斯勒点点头，拍拍瑞秋的手。“马伦警员，请记下德拉克洛瓦夫人拒绝前往警局，回答更多问题。”他把手伸进短外套的里袋，又把名片放在两人之间的吧台上。“名片背面有我的手机号。”

“谢谢你。”

凯斯勒站在那儿。“佩洛夫先生。”凯斯勒的声音突然响了些，声调尖了些，却依然背对着凯莱布。

“怎么啦？”凯莱布说。

“你最后一次见到布莱恩·德拉克洛瓦，是在什么时候？”

“昨天下午，他下班的时候。”

凯斯勒向凯莱布转过身。“你们两个人一起从事木材行业，对吗？”

“没错。”

“你对你合伙人的另一重生活一无所知？”

“一无所知。”

“愿意到警局详谈吗？”

“我也很累。”

凯斯勒再次瞥了瞥吧台，紧接着望了望瑞秋，目光停留了片刻。“那还用说吗。”凯斯勒把一张名片递给凯莱布。

“我会给你打电话的。”凯莱布说。

“是啊，你会打的，佩洛夫先生。是的，你会打的。因为，我可以告诉你一件事吗？”

“当然。”

“如果布莱恩·德拉克洛瓦/奥尔登跟我想象中一样见不得光？”凯斯勒向凯莱布俯过身，用所有人都能听见的私语声说道，“那意味着，你也见不得光，老弟。”他用力拍拍凯莱布的肩，笑得活像多年的老朋友。“所以，不要溜出我的视线，听到了吗？”

警官们迈步向大门走去，马伦警员在笔记本上草草地记下了几笔。加尔萨警员缓缓地扭头，好像她眼前的一切会传输到中央数据库。凯斯勒警探在一幅罗斯科画作的翻印品旁边停住了脚步，那是布莱恩从他之前的住处带过来的。凯斯勒眯起眼审视着那幅画，轻轻笑了笑，回头凝望瑞秋，挑高眉毛表示赞许她的品位。凯斯勒脸上的笑意越来越浓；哎呀，瑞秋对眼前的一幕可真没什么好感。

警官们出了门。

凯莱布转头又喝起了波本威士忌。“天哪”，他说。“老天爷啊。”

“镇定。”

“我们必须跑路。”

“你疯了吗？你听见他说什么了。”

“我们只要把钱拿到手就行。”

“什么钱？”

“那笔钱啊。”凯莱布喝光了杯里的酒。“多得不得了的钱，这些该死的家伙永远也抓不到我们。拿上钱，逃到安全屋。天哪，狗屎，操蛋。”凯莱布张嘴要再骂句粗口，却又闭上了嘴。他瞪大了眼睛，眼中涌起了泪水。“妮可。不是吧。”

瑞秋望着凯莱布。他伸出手抚着两眼的下眼睑，噘着嘴呼出一口气。

“妮可，不要啊。”凯莱布又说道。

“这么说，你确实认识她。”

凯莱布怒视着瑞秋。“我当然认识。”

“她是谁？”

“她是……”凯莱布又长长地吁了一口气。“她是我的朋友。她是个好人。可现在她……”他再次冷酷地瞪了瑞秋一眼。“该死的布莱恩。我告诉过他别等了。我告诉过他，你要么跟得上，要么跟不上。等到风平浪静的时候，要么我们去找你，要么他会把你忘个精光。”

“等一下，”瑞秋说。“我？你们在等我干什么……？”

正在这时，门铃响了。瑞秋向大门望去，发现崔温·凯斯勒的软呢帽还搁在门边的椅子上。她迈步穿过公寓，拿起软呢帽，打开房门，手里拿着那顶帽子。

但门外并不是凯斯勒警探。

那是两个白人男子，长着一副精算师或抵押贷款经纪人的样子——中年男子，平淡无奇，让人不太记得住。

除了他们手里的枪。

# Part 25

## 什么钥匙

两名男子各自在身前握着把九毫米“格洛克”枪，叉着手腕，枪管朝向地面。假如有人从走廊经过，只会见到两名男子，不会见到枪。

“德拉克洛瓦夫人？”左边的男人说道，“很高兴见到你，我们可以进来吗？”他朝瑞秋晃晃枪，瑞秋往后退去。

来客进了公寓，关上了门。

凯莱布刚开口说“他妈的，什么人……”，接着就一眼望见了枪。

来客中身材较矮的一个，也就是刚才讲话的男子，用枪指着瑞秋的胸口。高个子用枪指着凯莱布的头，又朝餐桌示意。

“大家都去那边找个座吧。”矮个子说。

瑞秋马上看出了门道：在整间公寓中，用餐区是离所有窗户最远的地方。要从前门望见用餐区，唯一的办法是走进公寓，关上门，然后朝左边张望。

他们在桌边坐了下来。瑞秋把凯斯勒警探的帽子摆到了自己面前的桌上，因为她想不出别的办法。她的嗓子眼隐隐地发紧，只觉得后背汗毛直竖，头皮发麻。

矮个子男人看上去大腹便便，长着哀伤的眼睛，一边的头发梳过来遮秃，倒显得更加悲哀。他的年纪在五十五岁左右，身穿破旧的白色Polo衫，外面套了件天蓝色“Members Only”牌夹克。那种夹克在瑞秋念小学的时候曾经风行一时，不过之后就难得一见了。

跟矮个子比，他的同伙可能年纪要小上五岁。高个子的灰发还没有秃，脸颊和下巴上留着时髦的灰白胡茬，穿着黑色T恤，外面套着黑色运动衫。运动衫穿在他身上似乎大了一号，材质显得挺廉价，衣服的肩膀被衣架戳出了两个角，两角和翻领之间洒落着一大片头皮屑。

两名来客都流露出一种前途无望的气质。“可能正因为这个原因，他们才沦落到持枪威胁平民百姓的地步吧”，瑞秋心想。她认定，身穿“Members Only”牌夹克的男人看上去跟“内德”这个名字很搭，至于有头皮屑的家伙，权且把他叫作“拉尔斯”吧。

瑞秋原本希望，给两名来客取个人名能给自己壮壮胆，可惜事实恰恰相反，尤其是当内德在“格洛克”枪的枪口装上了消音器，而拉尔斯跟着学样之后。

“我们很赶时间，因此还请两位为自己着想，别来‘我不知道你在说什么’那一套。行吗？”内德说。

瑞秋和凯莱布瞪大眼睛盯着他。

内德捏捏鼻梁，闭了片刻眼睛。“我说，‘行吗？’”

“好的。”瑞秋说。

“好的。”凯莱布说。

内德瞥瞥拉尔斯，拉尔斯瞥瞥内德，接着两人双双扭头盯着瑞秋和凯莱布。

“瑞秋，”内德说。“你是叫瑞秋，对吧？”

瑞秋开口答话，听得出自己的声音在发抖。“是的。”

“瑞秋，”他说。“给我站起来。”

“什么？”

“给我站起来，宝贝。就站到我面前来。”

瑞秋站起身。这一下，她不仅声音发颤，双腿也发起了抖。

内德那红通通又坑坑洼洼的鼻子差不多跟瑞秋的肚子齐平。“好，很好。就待在那儿，不要动。”

“好的。”

内德后仰靠在椅子上，以便仔细地端详凯莱布。“你是他的合伙人，对吧？”

凯莱布说：“谁的合伙人？”

“哎哎哎。”内德敲了敲桌上那把“格洛克”的枪柄。“我们刚刚才说了些什么？”

“噢，布莱恩。”凯莱布马上接口道。“布莱恩的合伙人。是的。”

内德朝拉尔斯翻了个白眼。“噢，布莱恩。”

“噢，那位布莱恩。”拉尔斯说。

内德苦笑了一下。“那凯莱布，钥匙在哪儿？”

凯莱布说：“什么钥匙？”

内德狠狠地捶了瑞秋的心窝一拳，捶得如此之狠，瑞秋能活生生感觉到他的指关节，感觉它们埋进了气管下，让她再也无法站稳脚跟。她倒在地板上躺着，喘不上气，五脏六腑犹如火烧，脑子里一片混沌，理不出任何思绪。等到回过神，差不多也喘过气来的时候，她只觉得更痛了。她倒抽了好几口冷气。不过，跟某个念头相比，疼痛实在算不了什么：瑞秋意识到，她会死在今天晚上。不是“很快会死”，不是“有一天会死”，而是有可能撑不过五分钟。总之，今天晚上死定了。

内德把瑞秋拎起来，攥住她的肩膀，似乎担心她会崩溃。“你没事吧？”

瑞秋点点头。有那么片刻，她认定自己马上就要呕吐。

“说出来。”他的眼睛搜寻着瑞秋的目光。内德，好心人内德。

“我没事。”

“那就好。”

瑞秋想坐下，可是内德又把她扶直。

“对不起，”内德说，“不过，我们可能又得开工啦。”

瑞秋止不住眼泪。她竭尽了全力，可惜她一心只记得内德的指节，记得自己喘不过气，记得疼痛是那么深又来得那么快，让她顿时无力思考；最糟糕的是，她早就知道会受苦，知道这个用头发遮住秃顶、声音关切、眼神哀伤的男人还会下手揍她，一直揍到他得偿所愿，或者揍到她丢了小命，就看是他先得手，还是瑞秋先一命呜呼了。

“嘘，”内德说。“转个身，我想让他看看你的脸。”

他伸出两只手搭上瑞秋的肩膀，把她转了个身，好让她面对着凯莱布。“年轻人，我的第一拳，打的是她的心口。痛得要命，但其实没什么大碍。我的下一拳，见鬼，就要打烂她的肾了。”

“我什么都不知道。”

“你肯定知道，你是负责 IT 的嘛。从最开始，你可就入伙了。”

“布莱恩很瞎搞的。”

“确实是，对吧？”

凯莱布的眼神闪烁不定，脸上满是汗水，嘴唇发着抖。他看上去恰似个吓坏了的小孩——瑞秋猛然回过了神：其实，这小子一直是个吓坏了的小孩。凯莱布瞥了瞥瑞秋，刚开始，瑞秋误以为他眼中流露出的是同理心，接着却毛骨悚然地意识到：那是难堪，是羞愧，是同情。凯莱布感到丢脸，因为他心知自己没胆救她；他同情瑞秋，因为他心知瑞秋会丢掉性命。

**他会把我的肾打个粉碎，凯莱布。拜托，把你知道的告诉他。**

内德用消音器拂过瑞秋的右太阳穴，又沿着她的领口往下挪去。“别逼我，小伙子。我有女儿，有姐妹。”

凯莱布说：“你瞧……”

“别跟我说什么‘你瞧’，凯莱布。别跟我说什么‘等等’、‘听我解释’或者‘这只是个天大的误会’。”内德深吸了一口气，竭力不失态。“明明只有一个问题，一个答案，就这样。”

瑞秋感觉到，内德那抵着自己左臂的“老二”居然硬了起来。他勃起了，这位“女儿的父亲”，“姐妹的兄弟”。禽兽并不会披上兽皮，他们会打扮得人模人样；这一点，瑞秋的母亲曾告诉过她，多年来瑞秋也深有体会。更怪的是，身为禽兽，那些家伙却罕少自知。

“钥匙在哪里？”内德说。

“什么钥匙？”凯莱布的整张脸都在颤抖。

内德将一颗子弹射进那张脸时，它停止了抖动。

刚开始，瑞秋拿不准究竟出了什么事。她记得子弹射入肉体时“噗”的声音，听见了凯莱布惊讶地尖叫——那成了凯莱布发出的最后的声响。凯莱布的头猛地往后仰，仿佛他刚刚听到了世界上最好笑的笑话。他的头又“咔嚓”向前倒过来，只不过现在那颗头颅上溅满了血滴。瑞秋张开了嘴，想要尖叫。

内德用消音器抵上了瑞秋的脖子。如果抵得太久，它只怕烫得足以灼伤皮肤。“要是你喊出声，我就只好杀了你。我不想杀你，瑞秋。”

但他会的。

瑞秋，他会动手。一旦这里完事，他就会动手。一旦他们想要的东西到手，他就会动手。一把钥匙。什么见鬼的钥匙？布莱恩钥匙圈上的钥匙多得数不清，恐怕数学大师才会注意到他又添了一把。不过，假如对方要找的钥匙确实在布莱恩的手上，那可能就在布莱恩的钥匙圈上。

钥匙圈在布莱恩身上。

布莱恩正沉在马萨诸塞湾的水底。

凯莱布的尸体在椅子上朝一边歪了过去，眼看着就要倒地，他的肩膀却卡在了扶手下面。有那么一会儿，房间里只传来凯莱布滴血的声响。

“这么说，对于我的下一个问题，你的答案肯定不是‘什么钥匙’吧？”内德开口说。

**“无论你的答案是什么，他都会杀了你。”**

瑞秋点点头。

“你点头是因为你有答案在手呢，还是因为你也同意回答‘什么钥匙’

是个天大的错？”内德把枪从瑞秋的脖子上挪开。“你可以说话。我知道你不会喊。”

“我该说什么呢？”

桌子的另一头，拉尔斯站起了身，显然百无聊赖，已经准备离开了。这比他千方百计吓唬人要让人心头发毛得多。收场的时候快到了。终止符将是射进另一张脸的另一颗子弹；这一回，会是瑞秋的脸。

“好啦，”内德说。“我们要的只有一个答案——正确答案。瑞秋，”他的语调极为体贴关切，“钥匙在哪儿？”

“在布莱恩手里。”

“布莱恩又在哪里？”

“我不知道。”内德举起枪，瑞秋赶紧接上一句，“但我有个想法。”

“有个想法？”

“他有一艘船。没人知道。”

“船名叫什么，停在哪里？”

瑞秋没有见到那艘船的名字。她从来没有想过要瞥一眼。她说：“停在……”

这时，门铃响了。

三人通通向房门望去，接着对望着彼此，然后又望向那扇门。

“会是什么人？”内德问。

“我不知道”。

“你丈夫？”

“他不会摁门铃。”

门铃又响了，接着是敲门声。“德拉克洛瓦太太，我是凯斯勒警探。”

“凯斯勒警探。”内德说。“唔。”

“我忘了我的帽子，女士。”

内德和瑞秋双双低头望着瑞秋刚才搁在桌子上的软呢帽。

又是一下敲门声。那是坚持不懈的敲门声；听上去，不管房门另一头的人们愿不愿意请他进屋，来客都惯于自顾自地敲门。“德拉克洛瓦太太？”

“来啦！”瑞秋叫道。

内德望了她一眼。

瑞秋也回望他一眼，意思是说：**你想让我怎么办？**

内德与拉尔斯互相对视着。不管用了什么无声的语言交流，总之他们俩做出了一个决定。内德把帽子递给瑞秋，冲着她的脸抬起手掌。“你看见我的手有多宽了吗？”

“是的。”

“你只许把门开这么宽的一条缝。然后把帽子给他，关上门。”

瑞秋迈步从内德的身边走开，但内德一把攥住了她的手肘，将她转过身面对着凯莱布。凯莱布脸上的鲜血已经开始发黑。假如这是海地，他的头颅只怕已经围满了苍蝇。

“要是你对我的指示敢有半点违抗，这就是你的下场。”

瑞秋发起了抖，内德又把她转个身朝向门口。

“别抖了。”他低声说。

“怎么才能不抖？”瑞秋的牙齿直打战。

内德伸手在瑞秋的屁股上重重拍了一记。她扭头望望内德，内德对她微微一笑——她已经不再发抖了。“现在你又新学了一招。”

瑞秋拿着帽子，穿过公寓。房门左边的挂钩上是她的手袋，一只迷你单肩包，棕色的真皮款，是布莱恩送的圣诞礼物。瑞秋摸上了门把手，同时下定了决心，既没有给自己时间细想，也没有给他们时间细想。她开了门，门缝开得可不止内德下令的两到三英寸宽；她把门打开，好让崔温·凯斯勒警探能够越过她的左肩看个清楚，望见通向卧室的走廊、卫生间门和厨房的吧台。瑞秋一把从挂钩上拽下手袋，跨过门槛，把警探的帽子递给他，所有动作一气呵成。

子弹射进了她的后背，脊柱断成了两半，飞溅的骨头碎屑射进了她的血管，她向凯斯勒警探的怀中栽倒过去。她这么一倒，害得凯斯勒警探来不及拔出枪来。内德不停地开火，击中了凯斯勒的脑袋、肩膀和胳膊。凯斯勒跟瑞秋一起倒下了，两人挤成一团倒上了大理石地板。内德和拉尔斯叉开腿跨立在他们的尸体上，面无表情地低头望着他们，一枪又一枪射着两具尸体，直到尸体从地上弹了起来……[1]

“警探先生。”瑞秋关上了身后的房门。“我还在想，你会不会回来取帽子呢，正打算打你的手机。”

瑞秋向电梯走去，凯斯勒亦步亦趋地跟着她。“您要出门？”

瑞秋扭过头，目光越过左肩落在凯斯勒的身上。布莱恩，塞巴斯蒂安和两个前男友全都众口一词，声称这是她最性感的样子。崔温·凯斯勒眨了眨眼睛，好像要躲开瑞秋的目光；瑞秋看得出来，这一招在他身上也见

1 此段系瑞秋想象。——编者注

效了。“只是想走一走，醒醒酒。”瑞秋说。

“睡一觉不就行了吗？”

“我能跟你交交底吗？坦白交代一个秘密？”

“我就爱秘密，所以才当了警察。”

两个人走到了电梯旁边。瑞秋摁下向下的按钮，大着胆子扭头越过走廊瞥了瞥自家公寓的房门。如果那扇门开了，那该怎么办呢？朝楼梯跑吗？

他们会在楼梯间里杀了她。

“我会偷偷地抽烟，”瑞秋说。“烟抽光了。”

“唔。”凯斯勒点了好几下头。“我敢打赌，他心里有数。”

“嗯？”

“你的丈夫。我敢打赌，他知道你抽烟，但他选择不戳穿。佩洛夫先生呢？”

“在客厅的沙发上不省人事呢。”

“我相信，你的丈夫对于别的男人在你家过夜也没什么意见。他在这方面很前卫，你的丈夫，半点也不‘老古董’。”

瑞秋瞥了瞥左边电梯上的数字，发现电梯停在了三楼；又瞥了瞥右边电梯上的数字，发现按键根本就没有亮。右边的电梯晚上没有开。说不定是定时的，为了省点电费。

“该死的定时器。”瑞秋一边想，一边回望自己的房门。

“那扇门会打开吗？”崔温·凯斯勒问道。

“什么意思？”

“你家的大门，你一直看了又看。”

假如现在内德和拉尔斯出门拔枪，凯斯勒会失去先机。可是，假如瑞秋跟凯斯勒交底——告诉他屋里有人，那些人都干了些什么——凯斯勒会拔出枪，用身体护住她，招来援军。这场噩梦将画上句号。

她只需要开口向凯斯勒交底。并做好坐牢的准备。

“是吗？我现在有点不对劲。”

“为什么？”

“发现我丈夫过着双面人的生活，也许害我受了点影响。”

凯斯勒望了望电梯上方。“我们要走楼梯吗？”

瑞秋连想也没想。“好啊。”

“不，等等，电梯动了。”

电梯慢吞吞地从三楼升到四楼，接着加了速，一溜烟从四楼升过五六七八楼，到了九楼。

又停下了。

瑞秋看着凯斯勒。

凯斯勒对瑞秋耸耸肩，意思是说：“你还能告我不成。”

瑞秋说了句“我还是走楼梯吧”，然后向楼梯转过身。

“电梯又动了。”

红灯从“九”跳到了“十”，接着飞快地从“十一”一路跳到“十四”，再一次停了下来。瑞秋能听见从电梯井传来的笑声；今天是星期二，十四楼下电梯的那帮人听上去却活像喝得跟周六晚上一样醉。

内德一脚踏出瑞秋家的时候，崔温·凯斯勒正背对着走廊。瑞秋想要尖叫。她想朝楼梯飞奔而去，红色的“出口”标志正召唤着她，恰似上帝之手。等到凯斯勒循着瑞秋的目光扭过头，内德已经施施然穿过走廊向他们走过来，空着两只手。那把枪可能插在后背，被“Members Only”牌夹克的衣角罩起来了吧。

“瑞秋，”内德开口说。“有一阵没有见到你啦。”

“内德。”瑞秋望见对方的眼中掠过一抹困惑的神色。“大部分时间我都待在家里，叫叫外卖。”

内德向凯斯勒警探转过身。“我是内德·亨普。”他说着伸出一只手。

“崔温·凯斯勒。”

“普罗维登斯警方到波士顿有何贵干？”

有那么一会儿，凯斯勒看上去很不解，直到他低头瞥瞥自己的腰带，望见了别在上面的金色警徽。

“查点线索。”

这时电梯到了本楼层，发出“叮”的一声响，电梯门开了。他们走进电梯，凯斯勒摁下了前往大厅的按钮。

# *Part 26*

# 咬嘴

“没事吧，瑞秋？”内德的目光越过电梯间落到瑞秋身上，脸上满是关切的神色。

“当然。怎么啦？”

“嗯，我只是……”内德向崔温·凯斯勒扭过头，看上去很尴尬。“我住在瑞秋和布莱恩的隔壁。不好意思，我真该闭上我的大嘴巴。”

凯斯勒咧嘴而笑。“他得闭上大嘴巴吗，瑞秋？”

“不必介意我。”

凯斯勒伸出手。“继续问吧，亨普先生。”

内德支吾了一会儿，盯着自己的鞋。“几分钟前，我听到了几声，呃……几声喊叫。依我猜，你跟布莱恩之间可能有点不愉快。我跟罗斯玛丽也这样，没什么大不了的。我只希望一切都好。”

“喊叫？”凯斯勒的笑容更灿烂了。

“谁家不吵架呢。”内德说。

“唔，我知道大家都吵架，”凯斯勒说，“我只是有点儿吃惊，瑞秋竟然跟布莱恩吵架。几分钟前的事情，嗯？”

电梯到七楼停下了，在芬威坐拥三间夜总会的科尼利厄斯先生走了进来。他向众人露出礼貌的微笑，继续用手机跟人发短信。

内德相当于已经把瑞秋拱手交给了凯斯勒。就算等会儿到了大厅，瑞秋能够设法甩掉他们俩（她根本想不出怎么才能甩掉他们俩），凯斯勒也会带上搜查令再去瑞秋的公寓，结果发现凯莱布死在了屋里。不是不省人事，是一命呜呼。

瑞秋意识到他们两个人都盯着她，正等她回答。“那不是布莱恩，内德，谢谢你。”

“不是吗？”

“是他的合伙人。你见过他几次，叫凯莱布？”

内德点了点头。“是个英俊的小伙子。”

“就是他。”

内德对凯斯勒说：“不过，我经常跟太太讲，外表可不长久。”

瑞秋说：“他想开车回家，我不想让他开。他喝波本威士忌喝太多了。”

凯斯勒说：“可他是乘地铁过来的啊。”

“什么？”

“刚才凯莱布明明告诉我们，他是搭地铁从剑桥过来的。”

“凯莱布住在海港区，他可不乐意再搭地铁回去。他想借我的车，所以我们才拌嘴。”

**老天爷，她能弄对多少该死的细节？**

“啊。”

“有道理。”内德的语气分明表示，他说的是反话。

“他为什么不干脆叫辆出租车？”凯斯勒说。

“Uber。”内德试探道。

“如他所言。”凯斯勒用拇指朝内德一指。

“你们只能等他酒醒再问他了。”瑞秋说。

科尼利厄斯先生审视着他们三个人，不确定到底出了什么事，但却意识到三人当着他的面起了争执。

电梯到了大厅。

只要一出大楼，凯斯勒应该就会抛下瑞秋。就算她能拖延时间，跟凯斯勒在人行道上搭搭讪，内德也会装出一副走开的模样。只要凯斯勒开车一走，内德马上就会再次露面。不然的话，干脆从街对面向她开枪。

瑞秋把手伸到了后颈，拨弄着项链的搭扣。假如可以拧拧搭扣扯一下，说不定可以扯断珠链。珠子会落到地板上，男人们会弯下腰去捡；她就可以一溜烟穿过收发室奔出大楼了。

“被虫子咬了吗？”凯斯勒问。

“什么？”

“发痒啊。你的脖子很痒吗？”凯斯勒说。

这样一来，内德的眼神也落到了瑞秋的身上。

瑞秋垂下了手。“是啊，有点痒。”

众人进了大厅。科尼利厄斯先生右转朝通向车库电梯的过道走去，内德和凯斯勒继续向前迈着脚步。

办公桌后面的多米尼克抬头瞟了瞟他们，似乎对凯斯勒和内德的出现有点困惑，但却冲着瑞秋点了点头，又埋头读起了杂志。

“不去车库吗？”瑞秋问内德。

“嗯？”循着瑞秋的目光，内德望见了车库门。“不。”

“你把车停在街上？”瑞秋说。

内德扭头回望着瑞秋。“噢，不，我只是出门散散步，亲爱的。”

“今天晚上大家都要去散步。”凯斯勒说。他拍了拍肚子。“让我觉得该去健身房锻炼锻炼。”

他往里打开前门，做了个“您先请”的手势。内德出了门，身后紧跟着瑞秋。

上了人行道，瑞秋对内德说：“好好散步吧，代我向罗斯玛丽问好。”

“没问题。”内德向凯斯勒伸出一只手。“很高兴认识你，警探先生。”

“也很高兴认识你，坦普先生。”

“亨普。”内德一边说，一边跟凯斯勒握了握手。

“当然，是我的错。”凯斯勒放开他的手。“保重，先生。”

有那么诡异的几秒钟，三个人谁也没有动。到了最后，内德终于转身沿着人行道向东走去，两只手揣在口袋里。瑞秋瞥了一眼凯斯勒警探，凯斯勒似乎在等什么。当瑞秋再次张望昏暗的街道，内德已经不见了踪影。

“这位就是内德。”凯斯勒说。

“这位就是内德。”

“他跟罗斯玛丽结婚很久了吗？”

“很长很长时间了。”

“却没有戴婚戒。我倒不觉得他像是那种波希米亚气质的人物啊，会认为戒指不过象征着来自主导范式的社会压迫。”

“可能人家只是把婚戒拿去清洗了呢。”瑞秋说。

“有可能。”凯斯勒说。“我们的朋友内德从事的是哪行？”

“我不太清楚。”

“我为什么一点也不惊讶呢？”

“我想，是什么制造业。”

“制造业？”凯斯勒说。“这年月这个国家什么玩意儿也不生产了吧。”

瑞秋耸耸肩膀。“你也知道，这年头的邻里关系嘛。”

“噢，愿闻其详。”

“人人都护着隐私。”瑞秋冲凯斯勒勉强地一笑。

凯斯勒打开一辆黑色四门“福特”车副驾驶一侧的车门。“我载你一程去买烟吧。”

瑞秋又望了望街道。每过二十米，路灯便撒下一汪光亮，团团光亮之间则是漆黑的夜色。

“好啊。”瑞秋钻进了汽车。

凯斯勒也钻进汽车，把帽子放在两人之间的座位上，驱车驶离了路边。“不好意思说粗口，不过狗屎案件我也遇到过，这简直是最近遇到很狗屎的一宗。有个死在罗得岛的金发女子，有个过着双重生活的失踪男子，还有他那满嘴谎话的太太……”

“我可没有满嘴谎话。”

“哎哟！”凯斯勒冲瑞秋摆摆手指。“不不不，德拉克洛瓦太太，你就是。你撒的谎太多了，我数都数不过来。还有你的邻居，那位身穿‘Members Only’牌夹克和‘JCPenney’休闲裤、没戴婚戒的已婚男人？他那样的人不会住在这种楼里。他甚至不知道该死的车库在哪儿，门卫显然也从来没有见过这个人。”

“我没有注意到。”

“还好我是个警察。他妈的，人家付薪给我们，就是用来注意这种破事的。”

“你很爱说‘他妈的’。”

“为什么不呢？”凯斯勒说。“是个好词。一词万用哪。他妈的，‘他妈的’真是太有用了。”凯斯勒向右转了个弯。“我的问题在于，我不知道你为什么撒谎，又在哪些事情上撒了谎，毕竟这案子还为时尚早。不过，哎哟，我很清楚你在撒谎。”

他们在红绿灯前方停了下来。瑞秋笃信，内德分分钟会从凯斯勒的车窗旁边冒出头，朝汽车里面开火。

交通灯变成了绿色，凯斯勒又左转了一回，停在博伊尔斯顿街的便利店前面，对街就是保德信中心。凯斯勒在座位上向瑞秋扭过头，眼里的笑意荡然无存，取而代之的是某种瑞秋无法解读的神色。

“去世的妮可·奥尔登，”凯斯勒说，“是被处死的。在我看来，杀手的手法非常专业，我可是见过不少这种场面的人。这么说来，你这位过着双重生活的丈夫？很有可能是位专业人士，知道吧，专职取人性命。他或他的朋友可能会找上门来。”凯斯勒在车座上探过身，探得足够近，瑞秋可以闻见他嘴里 Altoids 薄荷糖的味道。“瑞秋？他们会他妈的处死你。”

凯斯勒救不了她，就算他愿意救。不过，瑞秋还疑心凯斯勒是不是愿意呢。凯斯勒的职责是调查妮可·奥尔登谋杀案，而作为一名警察，他狭隘地认定，破案的最佳途径是往布莱恩的身上推。不过，要是布莱恩没有露面，凯斯勒会继续深挖下去。说不定，他会查出来，就在受害者被杀前不久，瑞秋曾经去过普罗维登斯。Zipcar 的车一定装了追踪装置吧，以便让公司摸清汽车的位置，因此花不了多少力气就能查清瑞秋在妮可·奥尔登家外面那条街的行踪。接下来，局势就一目了然了：太太发觉自己丈夫另有一房怀孕的太太，于是杀了对方。假如这局面还算不上铁证如山，她丈夫的合伙人的尸体还端坐在她家里呢。验尸结果会证明，在瑞秋向凯斯勒警探声称该合伙人还活得好端端、人事不省地躺在沙发上之前，那位合伙人已经死翘翘了。

“我可不喜欢被人欺负。”瑞秋告诉凯斯勒警探。

“我不是在欺负你，只是陈述事实。”

“你陈述的是猜想，还用的是最吓唬人的口气。”

“我注意到，现在你胆战心惊得不得了——这可不是猜想。”凯斯勒说。

“我又不是没胆战心惊过。”瑞秋说。

凯斯勒慢慢地摇摇头。这位硬汉警察打量着眼前没有工作却养尊处优的雅皮士，或许想象着她的步入式衣橱里摆满了高端健身服、Louboutin 高跟鞋、丝质西装，而她身穿这些服饰光顾那些警察吃不起的餐馆。

“你觉得你吓倒过，其实你没有。这世上有些黑暗是你无法从电视和书籍里体会到的。”

莱奥甘营地里的那一夜，借着被点燃的垃圾桶烧起的熊熊烈焰，男人们在泥地里大步走来走去，手里握着钩刀和不值钱的烈酒。凌晨两点钟左右，维蒂对瑞秋说：“如果现在我从了他们，他们可能只……”小姑娘用一只手圈成圆圈，用另一只手的食指在圆圈里钻进钻出了几次，“……但如果我们拖着他们，他们可能会生气，然后……”她又用同一根手指在喉咙上抹了抹。

维蒂十一岁，全名叫作维蒂妮娜·珍-卡丽斯特。当时她听了瑞秋的话，还是躲了起来。可惜，正如维蒂所料，结果不过是惹得那些男人更加火冒三丈。日出之后没多久，他们就找到了她，找到了她们两个人。

“对于这个世界的黑暗，我倒是略有所知。”瑞秋告诉崔温·凯斯勒。

“是吗？”凯斯勒的眼神寻找着瑞秋的目光。

“是啊。”

“你知道的是些什么？”凯斯勒低声问。

“如果坐等黑暗找上门来，你就死定了。”

瑞秋下了车。当她走到人行道上，凯斯勒摇下了车窗。“你是打算甩掉我吗？”

瑞秋笑了。“没错。”

“我可是个警察，不太容易甩掉吧。”

“但你是从普罗维登斯来的，这里可是波士顿。”

凯斯勒略微歪歪头，算是示意。“那下次再见面的时候，德拉克洛瓦太太，我会带上搜查令。”

“很好。”凯斯勒驱车离开，瑞秋走上了人行道。她甚至懒得假装走进商店，只是遥望着凯斯勒在下一个路口右转，接着才穿过博伊尔斯顿街走向一家旅馆前方的出租车站。她跳上最先赶到的一辆出租车的后座，嘱咐司机前往夏洛特港码头。

码头的停车场空荡荡的。瑞秋让出租车司机等了几分钟，好瞧瞧是否有人跟踪。不过，整个街区都已经呼呼大睡了，四周无比静谧，静得可以听见船只摇荡的声音，听见古老的木头建筑在夜风中“咯吱”作响。

瑞秋又上了船，进了厨房，打开灯，取出上次她留在抽屉里的钥匙。她解开缆绳，开船进了港湾。过了二十分钟，她可以望见星光下出现了汤普森岛的轮廓；一分钟后，她来到了那座丁点小、有棵歪脖子树的岛屿。瑞秋回到厨房，这回因为时间宽裕，她找到了潜水装置：面镜、脚蹼、氧气瓶。她又四下里翻了翻，发现了另一只手电筒、一套湿式潜水衣，是女式中号——原主人应该是死掉的妮可·奥尔登吧。瑞秋换上那套潜水服，穿戴上氧气瓶、脚蹼和面镜，带着手电筒，又来到了船尾。她一屁股坐在船舷上，抬头仰望着天空。刚才的云层已经飘走了，夜空中洒落着繁星，仿佛聚集成群以求自保，瑞秋只觉得满天繁星并非高居九霄云外，并非神明或者神使，而是被放逐的弃儿，迷失在漆黑的万里夜空中。从这里望去，好似繁星丛丛，实际上却相隔了万里。距离最近的星星也远隔了多少光年，并不比瑞秋跟十五世纪撒哈拉的部落女子离得更近。

“假如我们如此孤独，那意义何在？”瑞秋想知道。

紧接着，她便向后仰去，沉入了碧波。

瑞秋打开手电筒，很快就找到了之前掉落的那一只。那只手电筒正从水底朝她闪着光。瑞秋渐渐往下沉，发现手电筒落在离布莱恩躺的那块巨石大约二十码的一片沙砾上。她把手电筒的亮光对准了巨石的顶部，然后一点接一点把光束往下挪，直到光束照上了沙砾。

沙砾上并没有尸体。

看来，瑞秋是把巨石弄混了。她又把手电筒的光束向左边挪，发现大约 20 码外还有另外一块巨石。她朝那块巨石游过去，游到半途，却又认定它的形状和颜色都对不上号。当时瑞秋是把布莱恩倚在了一块高高的圆锥形岩石上，就跟刚刚那块巨石差不多。于是，她又游了回来，不停地左右晃动着手电筒。没有哪块石头看上去跟当初瑞秋抛下尸体的那块有半点相像，除了她面前的这一块。

这正是当初抛下尸体的地方，瑞秋确信。凭着石头圆锥般的形状，凭着石头上的深坑，她认得出来。

难道布莱恩的尸体被水流卷走了吗？不然更糟，被鲨鱼叼走了？瑞秋游到她最后一次见到布莱恩的地方，察看着沙砾上是不是有压痕，布莱恩的腿和屁股是不是留下了印迹。谁知道，沙地已经被水流抚平了。

正在这时，瑞秋瞥见了一抹黑色，颜色比那块巨石更深一些。只是隐约闪过，好像巨石左侧剥落了一片。瑞秋蹬水游动，用手电筒照亮了拐角处。最开始的时候，她什么也没有看见。

但紧接着，她看了个究竟。

那是个咬嘴。

瑞秋游到了岩石的后面。咬嘴连着一根管子，管子又连着一只氧气瓶。

瑞秋抬起头，透过黑漆漆的水波望向船体。

**“你还活着。”**

她向水面游去。

**“直到我找到你的那一刻。”**

# *Part 27*

## 它

瑞秋把船开到汤普森岛，发现码头离布莱恩落水的地方不到四百米。当然了，那里并没有船。不管当初停靠过什么船，早已经一去不复返了。

而他就在船上。

等了好一会儿，瑞秋才等到出租车。现在是凌晨四点钟，而且调度员还不知道这个码头在哪儿。瑞秋听见调度员噼里啪啦地敲着电脑键盘，敲了大约半分钟，然后对着电话嘟囔了一句“二十分钟”，接着挂了电话。

瑞秋站在黑漆漆的停车场里，琢磨着现阶段可能会出什么岔子。崔温·凯斯勒或许已经拿到了搜查令。（**“不，瑞秋。凯斯勒必须先回普罗维登斯，找个法官，处理管辖权问题。说不定，到拂晓时分他能够拿到，不过也许到那时候也拿不到。喘口气。呼吸。”**）

喘口气？布莱恩可还活着。内德一枪崩了凯莱布的脸。瑞秋可以望见内德下手时的那张面孔，不知怎的看上去活像一匹狼，自如地将猎物玩弄于股掌之间。他望着一个离他只有四米的人，取了那条人命，居然轻松得好似鹰隼用利爪刺穿了一只花栗鼠。对于内德，杀戮并不是取乐，但也没有半点后悔。

再说，布莱恩还不知所踪呢。还活着。（难道她的心底深处一直清楚，布莱恩并没有死吗？）但此时此刻，午夜时分伫立在一个空荡荡的停车场里，向布莱恩寻仇无异于一种奢侈。

再说，内德和拉尔斯还在追杀她呢。

智能手机可能被“黑”，轻松沦为跟踪设备或监听设备，被不怀好意的人利用，被政府拿来窥探隐私。如果内德或拉尔斯知道如何侵入她的手机，他们就能找到她的下落。

两百米开外，从天尼安海滩边通向这里的那条坑坑洼洼的街道尽头，出现了车头灯。两盏车头灯向瑞秋驶过来，又是颠簸又是歪斜，一路闪着光。可能是辆出租车，可能是内德。瑞秋伸手握住包里的枪，握住差点被她丈夫用来杀她的那支枪。换句话说，当初布莱恩看上去像是一副要杀她的样子。瑞秋伸手扣住枪的扳机，打开保险，尽管她的脑海中浮现出一个念头：白费工夫。假如车上的人是内德和拉尔斯，对方可以在最后一刻加速碾死她，瑞秋半点办法也没有。

车头灯扫过停车场，汽车转个弯，以便停到瑞秋面前。是辆棕白相间的车，车门上漆着“波士顿出租”字样，司机是个中年白人女子，梳着米色的爆炸头。瑞秋钻进去，汽车驶出了码头。

瑞秋让出租车把她送到自家公寓的南边，离公寓还有两个街区。她穿过一条小巷，正赶上破晓前转瞬即逝的曙光照亮了天际线。她穿过费尔菲尔德街，走下通往车库栅栏的坡道，在栅栏右侧的键盘上摁下密码。栅栏升了起来，瑞秋走进车库，乘电梯来到十一楼，又下了电梯，走楼梯来到十五楼。没过多久，她就伫立在自家的门口了。

这正是让瑞秋苦苦纠结的一步。假如内德或拉尔斯中间有一个守在她家里，只要一进门，她就会变成一具死尸。但假如崔温·凯斯勒带着搜查令回来破门而入（不该说“假如”，应该说“到了那一刻”），瑞秋总得对凯斯勒会在自己家发现些什么心里有数吧。回来的路上，瑞秋已经权衡过要不要冒这个险，然后认定，内德和拉尔斯会猜她永远不会回来。那样没道理嘛。但当手握着钥匙伫立在自家门外，瑞秋又转念一想：说不定，他们就指望着她犯傻呢。瑞秋从来没有跟那种歹徒打过交道，可对方早已经跟她这样的土包子打过不少交道了。踏进这扇门，要么会一命呜呼，要么会心里有数。再加上布莱恩放在保险柜里的一笔现金。数额不大，几千美金吧，不过，要是凯斯勒已经冻结了瑞秋的信用卡，这笔钱还是够花的。一方面，瑞秋怀疑凯斯勒无权叫停自己的信用卡，但另一方面，对于警方如何处理谋杀案的嫌疑人，她又知道多少？到了现在，这说不定正是她的身份呢——一宗谋杀案的嫌疑人。到上午十点钟左右，她说不定还会变成两宗谋杀案的嫌疑人呢。

瑞秋望望门锁，又望望手里的钥匙，深吸了一口气。抬起手的时候，她的手发起了抖，于是她又垂下手，多呼吸了几口。

布莱恩还活着。布莱恩害她沦落至此。无论如何，瑞秋终究会找到布莱恩，让他付出代价。

或者，她会在三十秒之内没命。

瑞秋把钥匙插进门锁，却没有拧动。她想象着弹雨齐发，射穿了房门，射进她的脑袋，脖子和胸口。她闭上眼睛，竭力命令自己转动钥匙，转动钥匙。可惜的是，一旦真的“转动钥匙”，下一步就只能是向前走，踏进公寓。瑞秋还没有准备好，还没有。

如果他们在房门的另一边，如果他们离门够近，近得能够听出瑞秋插入钥匙的响动，那他们大可以隔着门冲她开枪。不过，对方还没有开枪，并不意味着他们不在她家里。说不定，他们正耐心地在屋里等着，互换着眼色，甚至互相流露出得意的笑容，把消音器拧到手枪上，认真地瞄准着门口，只等瑞秋打开房门的那一刻。

那就跟他们拼拼谁能等吧。如果他们真在屋里，他们会听见钥匙插进门锁的声音。假如她没有进屋，他们迟早会打开房门。

**“不过，瑞秋，你这蠢货，他们说不定正从‘猫眼’里盯着你呢。”**她走到房门右边，从包里掏出手枪，又开了保险。等着。

她等了五分钟。感觉像是五十分钟之久。她又看了一眼表。不，确实是五分钟。

在某个时空，我们一出生便已通通死亡。按照上述逻辑，某处的瑞秋早已经死去，正越过时间之门回望着眼下这一刻，嘲笑尚有肉身的瑞秋是多么大惊小怪。

**“我反正已经死了。”**瑞秋给自己吃定心丸。她拧动门锁里的钥匙，一把推开房门，枪口径直向公寓指去——要是拉尔斯或内德在她的左右两边，这个举动简直是白费功夫。

他们不在屋里。凯莱布依然坐在桌边，皮肤已经没有了血色，脸庞中央凝结着黑色的血块。瑞秋关上门，走到右边，沿着墙一点点往下，直到来到洗手间敞开的门口。看上去没有人。她朝门缝里瞥了一眼，发觉另一头并没有埋伏。

瑞秋向卧室走过去。卧室门是关着的。她伸手握上门把，但她满手都是汗，滑得不得了，因此失了手。瑞秋在裤子上擦擦手，又用衣袖擦擦门把手，伸出左手握住它，右手则握着枪，向里推开门。这时，她想象着拉尔斯坐在她的床上，正在守株待兔。轻轻一声枪响，瑞秋就会面朝天倒下，流出鲜血。

他不在那儿，卧室里似乎空无一人。只不过，眼前的景象坐实了瑞秋踏进公寓时的感受：对方确实比她更擅此道。假如他们在这里，瑞秋已经小命不保了。她进了主卫，接着查了查双人步入式衣橱，心中突然涌起了一种宿命感。自从莱奥甘以来，瑞秋还从来没有感觉这么贴近死亡。她只觉得它透过地板涌了上来，渗入她的身体，融入她的血液，将她拖过地板，拖进黄泉。

那就是正在等待的地方，一直等待着她的地方——黄泉。无论是在头顶还是脚底，无论是白是黑，是暖是冷，那终归不是眼前的这个世界，不会有这个世界的喜与悲，幸与不幸。或许，那里只是一片虚无。没有自我，没有感觉，没有灵魂，没有记忆。

这时瑞秋意识到：在海地，早在营地事件之前，早在太子港之时，早在大街小巷的死尸冒着烟，医院停车场的死尸堆积如山，好像废车场堆积的旧车，受高温炙烤开始胀气鼓起来，早在那个时候，他们死去的真相就已经成为瑞秋自己的真相——我们并无特殊之处。我们被内心的一抹光彩照亮，一旦光焰熄灭，眼睛失去了光泽，我们便仿佛从未存在过。我们的生命并不属于我们，我们只是借用。

瑞秋搜遍了整间公寓，但很明显，内德和拉尔斯不在屋里。她最开始的直觉是对的：如果他们在等着杀她，早在瑞秋进门的一瞬间，他们就会杀了她。她又回到卧室，朝一只背包里装好登山鞋、几双保暖的袜子、一件厚重的羊毛外套。她拎上一只健身袋进了厨房，塞了一把切肉刀、一把水果刀、一个手电筒和电池、半打能量棒、几瓶水、料理台水果碗里装的水果。她把背包和健身袋放在门旁边，回到卧室，换上工装裤、长袖保暖T恤、黑色连帽衫，又把头发梳成马尾辫，用“Newbury Comics”店的球帽盖了起来。她打开步入式衣橱里的保险柜，取出里面的现金，把现金和手枪拿进浴室，放在台子上，凝望着镜中的自己，望了好长一阵子。镜中回望着她的女子显得很憔悴，很恼怒。还有点怕，不过并没有怕得不能动弹。瑞秋用怜悯又威严的口吻对自己说了句“它不是你的错”，活像大姐姐在哄小妹妹。

话说回来，“它”又是什么？

是维蒂，是埃丝特，是前修女薇罗尼卡，是所有死在太子港的人。是瑞秋毒如蛇蝎的母亲，是缺席的父亲，是抛下她的杰里米·詹姆斯，是几乎对她所做一切都会失望的塞巴斯蒂安。那是瑞秋从记事以来就有的感受——她远远不够好，不可饶恕，理应被人抛弃。

而从根本上说，她脑海中的声音是对的：那绝大部分不是她的错。

除了维蒂。维蒂是瑞秋无法洗脱的罪孽。维蒂已经死了四年了。至于害死维蒂的瑞秋，则又老了四岁。

瑞秋从梳妆台上拿起了一张她与布莱恩的合影。是两人非正式的婚礼照。她凝望着布莱恩骗人的双眸和骗人的微笑，心知自己跟他一样是个骗子。从小学到高中，到大学，到研究生院，到职场，一生中大半时间，瑞秋每天都把自己装扮成某个角色。一旦该角色不再与观众共鸣，她就拆掉重新拼出个新角色，如此周而复始。直到海地之后，直到维蒂之后，瑞秋再也没有办法拼出新角色了。当初一手捏造、空空如也的自我，如今只剩下碎片，再加上她背负的满身罪孽。

**我们**都是骗子，布莱恩。我们两个人。

瑞秋走出卧室。到了客厅，她发觉自己的笔记本电脑不在吧台上。当初是搁在吧台上的。她朝四周打量了一会儿，很快断定拉尔斯和内德离开的时候带走了电脑。

也罢，反正有智能手机嘛。

不过她没有车。就算凯斯勒还没有冻结她的信用卡，瑞秋也既不能租车，又不能用 Zipcar 的车，因为那样太容易暴露自己的行踪了。她再次环顾着公寓，好像它能向她透露点线索；她的目光扫过整间屋子，除了餐桌旁的尸体。可是紧接着，瑞秋回过了神：那才是她该查的地方。

车钥匙在凯莱布牛仔裤的右前袋里。当绕过餐桌向凯莱布走去，瑞秋可以看出他的裤兜鼓起了一块。她没有看凯莱布的脸，她做不到。

Haya 呢？瑞秋有些好奇。AB 呢？就在四天前的派对上，凯莱布还在身前高举起自己的女儿，宝宝攥住他的上唇朝自己的身边拉，仿佛那是个抽屉。凯莱布没有拦住宝宝。他哈哈笑起来，尽管显然很痛，等到安娜贝拉放开他的嘴唇，凯莱布把女儿搂到胸前，将脸贴在她的头顶上，呼吸着她的气息。

凯莱布是个演员，跟布莱恩一样。跟她一样。但一切并不全是演戏。凯莱布并没有假扮“父亲”一角，他并不是在假扮挚爱，并不是在假扮他的梦想、欲望和对未来的希望。

瑞秋意识到，凯莱布曾是她的朋友。她一向认定凯莱布是布莱恩的朋友，是布莱恩的合伙人，因为在跟瑞秋结交时，上述角色已经深深地扎下了根。不过，随着时间的推移，他们两个人彼此熟悉起来，相处得颇为融洽，恐怕只能用“友情”一词来形容了。

瑞秋把手伸进了凯莱布的衣兜。牛仔布硬邦邦的，凯莱布的尸体则更加硬邦邦。已经开始尸僵了，瑞秋花了整整一分钟才把钥匙从凯莱布的大腿处掏上来，掏出衣兜。这时，瑞秋猛然想到，假如当初他们两个人没有回到这间公寓好把她的书放在邮件里发给自己，凯莱布说不定现在还活着。

不过，不对。**“不，不，不。”**大姐姐的声音在瑞秋耳边轻声说道。是凯莱布留下来喝酒，是他留下来要在开一个小时车之前定定神。如果这些还不够的话，那不管凯莱布跟布莱恩玩的是哪一套，局早就已经设好了。

瑞秋凝望着凯莱布。望了足足一分钟。

“你的死不是我的错。”眼泪滚落了下来，她把眼泪擦干。“但我会想念你。”她说完迈步出了公寓。

## *Part 28*

# 皮 掮 子

瑞秋给凯莱布的“奥迪”车加了油。想到自己大概已经二十四小时没吃过东西了，她在查尔斯街的 Paramount 餐馆吃了顿早餐。瑞秋并不觉得饿，但她权当自己饿了。她驱车来到科普利广场，停在斯图尔特街的一个咪表车位，然后走过科普利广场酒店和汉考克大厦之间的小巷，经过装卸区和后门——当初在雨中，瑞秋正是见到布莱恩出了这扇门，钻进那辆黑色 Suburban 车。她绕过大楼，沿着圣詹姆斯大道朝前走，一度望见玻璃倒映出了十多个“瑞秋”，成了一条互不相连的丝带，活像彩色硬纸剪出来的一个个“瑞秋”娃娃。当瑞秋转过街角，她们便全都逃之夭夭，瑞秋再也没有见到她们。

差不多快到九点钟了，街上挤满了早晨通勤的人们。瑞秋来到摩天大楼的入口，跟随着人潮穿过旋转门。她在安检台右侧找到了机构名录，一一查看了“A”开头的机构，却没有发现“奥尔登矿业”；又查了“B”开头的机构，依然一无所获。但在“C”开头的机构中，没错——“柯特－麦肯”，格伦·奥唐纳曾经提过的那家风险投资公司。不能百分百确定，但要说布莱恩那天是来这里跟柯特－麦肯的人见面，想脱手他的部分矿业股份，倒也颇有几分道理。

瑞秋走出大厦，步行一个街区回到波士顿公共图书馆。她穿过波士顿公共图书馆麦金楼来到备有电脑的约翰逊大楼，查起了柯特－麦肯公司收购奥尔登矿业股份的消息。结果除了《波士顿环球报》财经摘要栏目里的一篇豆腐块文章，瑞秋什么也没有查到，而那篇文章一定就是格伦的消息来源，因为里面没有任何新线索。

瑞秋点击关闭，又查起了贝克湖，打开了一张卫星地图，点击了好几下放大图标，直到她能够辨认出该地区仅有的几处住宅。湖的东北角，沿着加拿大边境的地方，有八座屋顶，八座屋顶的西边还掩映着三座屋顶，瑞秋差点就漏掉了它们。她打印出该地区的几张图片，每次都把画面拉远一些，直到她对打印出的地图满意为止。她从打印机上取回纸页，关掉所有应用程序，清除了浏览记录，离开了图书馆。

就在海地事件前不久，瑞秋曾经为“小六”制作过一篇报道，主题是马萨诸塞州为吸引好莱坞电影产业来到本地而实行的减税。为了评估减税对本地经济的影响，瑞秋采访了好莱坞电影制片公司的高管、本地演员、采景人和一位选角指导。这位指导名叫菲莉西亚·明；瑞秋记得，她是个没心没肺的长舌妇。瑞秋离开美国奔赴太子港的前几个月，菲莉西亚曾经和瑞秋一起喝过几次东西，之后就失去了联系。不过瑞秋崩溃以后，菲莉西亚倒是给她发过几封好心的电邮，瑞秋的手机里也还保留着菲莉西亚的联系方式。

瑞秋伫立在图书馆前方，给菲莉西亚打了个电话，问她如何才能找到某个在本地演戏的艺人。

“你为什么要找他？”菲莉西亚问。

瑞秋用了个跟真相差不了太远的版本。“有天晚上，他在酒吧里喝醉了，跟我先生发生了争执。”

“噢，说来听听啊。”

“我只是不太好意思。他吃了个瘪，我想道个歉。”

“那一架是为你打的吧，亲爱的？”

瑞秋只希望她的直觉没有错。“恐怕是的，没错。”

“某人又东山再起了嘛。”菲莉西亚·明说。“赶紧重整旗鼓，来跟我们一起，亲爱的，让他们个个匍匐在你的脚下。”

瑞秋挤出一声轻笑。“正有此意。”

“他目前在哪个剧团？”菲莉西亚问。

“Lyric Stage。”

“叫什么名字？”

“安德鲁·加蒂斯。”

“给我一秒钟。”

瑞秋等着，一个流浪汉带着狗从旁边走过。瑞秋想起布莱恩在公园把外套给了穷困流浪汉的那一夜。她拍拍那只狗，给了流浪汉十美金，菲莉西亚又接起了电话。

“他住在湾村的短租公寓。”菲莉西亚把地址给了瑞秋。“既然你又活力四射了，近期愿意出来喝一杯吗？”

瑞秋对撒谎有点过意不去。“好哇。”她说。

二十分钟后，瑞秋站在湾村的一条人行道上，摁响了安德鲁·加蒂斯家的门铃。

对讲机里响起了安德鲁·加蒂斯的声音，听上去有点醉意。“谁呀？”

“加蒂斯先生，我是瑞秋·德拉克洛瓦。”

“谁？”

“布莱恩的太太。”说完这句，对讲机里沉默了好一会儿。瑞秋终于开口说：“加蒂斯先生，你在吗？”

“请你走吧。”

“我不会走的。”瑞秋的声音这么镇定，吓了她自己一跳。“我会在楼下等，一直等到你不得不出门的时候。假如你悄悄从后门溜出去，那我会去你今天晚上的演出现场，在表演期间挑事。所以，我们何不……”

门“嗡嗡”地响了起来，瑞秋攥住门把手，进了楼。大厅闻上去有股来苏水和油毡的味道；来到二楼的楼梯平台，则有股印度食物的味道。一个女人用狗绳牵着一头“呼哧呼哧”的法国斗牛犬经过瑞秋身边，那头狗让瑞秋想到巴哥犬跟袋熊杂交生下来的混种。

加蒂斯在二十四号的门口等着她。他那丝丝缕缕的灰发被尼古丁染上了一层黄，领瑞秋进公寓的时候，他把头发扎成了一个髻。公寓的布局很简单：右边是厨房和起居室，左边是卧室和浴室，起居室深处的窗户正对着一架太平梯。

“喝咖啡吗？”加蒂斯说。

“当然，多谢。”

瑞秋在一只小圆桌边靠窗的位置坐下，加蒂斯给两人各端来一杯咖啡，又在两人中间放上一盒奶精和一碟糖。晨光下，他看上去竟然比星期六晚上瑞秋初见的那个醉鬼还要糟。泛红的皮肤在脱皮，鼻翼两侧爆出了青筋，活像一道闪电，两只眼睛泪汪汪的。

“一个小时后我要排练，我还得冲个澡，所以不能再拖了。”

瑞秋抿了口咖啡。“你跟布莱恩一起演过戏。”

“还有凯莱布。”加蒂斯点点头。“我从来没有见过比布莱恩更有天赋的人，无论遇见他之前还是之后。我们都明白，只要他别搞砸，迟早会成名成星。”

“出了什么事？”

“好几件事吧，我觉得。布莱恩没有耐性。我说不好，也许他并不重视自己的天赋，因为得来太轻松了？谁知道呢？我倒是记得，他揣着一腔怒火。魅力惊人，一腔怒火，在这点上显得相当浪漫。他妈的，小妞们被他迷得要命，别见怪啊。”

瑞秋耸了耸肩膀，喝了口咖啡。安德鲁·加蒂斯倒是冲得一手好咖啡，这一点毋庸置疑。“他为什么一腔怒火？”

“穷，布莱恩不得不工作。我的意思是，我们从早到晚都在上课。我们有表演课、即兴创作课、即兴运动课；有舞蹈课、剧本写作课、舞台艺术课、导演课；有发声课、演讲课，还有一门叫作‘亚历山大技巧’的课程，教的是如何把控身体以便供你驱策，知道吧？按你的意愿去塑造。这些苦功可不是开玩笑的。你会练到六点钟，眼睛都睁不开，头痛欲裂，肌肉疼得不得了。你要么睡一觉，要么去喝一杯。不过，布莱恩可不是这样。布莱恩会去打工，一直工作到凌晨两点钟，早晨七点钟又回头练起。我们大多数人都是二十多岁，见鬼，浑身精力爆棚，但即使是在那种年纪，我们也不知道他怎么办得到。结果到他被踢出去的那天，一切苦功都付诸东流了。”

“他被踢出了‘三一’？”

加蒂斯点点头，喝了一大口咖啡。“现在回头再看，我觉得当时布莱恩在嗑药，以免掉队。不管嗑的是什么药，反正在第二年，他变得越来越烦躁。当时我们有个教授，生来就一副半吊子德行的人渣，名叫奈杰尔·罗林斯。他是那种将学生置之死地而后生的老师，但我一向怀疑，他对其中‘生’的部分其实并不清楚，他只是喜欢把人‘置之死地’。此人因为害学生退学而臭名远扬。有天早晨，他找碴儿找上了学校里唯一一个比布莱恩还穷的学生。那小子跟布莱恩一样穷得叮当响，却没有跟布莱恩一样的天赋，连十分之一也及不上。总之，说回奈杰尔·罗林斯吧。有天早晨，他们在排练某个设在男厕所的场景，对吧？这小子有段独白，讲的是通厕所（反正到了今天，我只记得这点了。那应该是部学生作品，我觉得），可惜那小子就是演不好。老实说，他太他妈的添油加醋了，惹毛了奈杰尔。奈杰尔大骂那小子是个烂演员，是个烂人，丢尽了家里人的脸，丢尽了所有跟他做朋友的倒霉蛋的脸。当时奈杰尔抱怨那小子已经好几个月了，但那天早晨，奈杰尔简直堪称他妈的‘终结者’，没完没了。那小子求他别说了，但奈杰尔身陷怒火之中不能自拔，认定该生就是缠了头发的一团屎，堵住了下水道，而奈杰尔的职责就是把他从班上踢出去，免得他拖其他人下水。于是布莱恩，哎哟（我是说，没有人见到布莱恩是什么时候下场离开舞台的），不过，等到布莱恩回来，他的手里竟然拿着一只货真价实的皮搋子。不是见鬼的舞台道具，那只皮搋子还在往下滴尿呢。布莱恩掀翻了奈杰尔，把皮搋子捂在奈杰尔的脸上，开始……用力捣了起来。等到奈杰尔设法从地上仰起头，抓住布莱恩的腿时，布莱恩一拳狠狠地揍在奈杰尔的面孔中央，在剧场后排都能听到。布莱恩又继续用皮搋子捅奈杰尔的脸，一直捅一直捅，直到奈杰尔失去了知觉。”加蒂斯又坐回来，喝光了咖啡。“第二天早晨，校方就把布莱恩踢了出去。布莱恩在普罗维登斯待了一阵子，送送比萨，不过依我看，把比萨交到以前跟你一起开派对的人手里，又从人家手里接过汗津津的美钞，这种事变得实在太难为情，知道吧。有天他匆匆离开了，我再也没有收到他的消息，呃，有九年之久吧。”

瑞秋回味了片刻，只希望刚才那番话没有入过自己的耳，因为它又害她再次对布莱恩那个撒谎的混球有了好感，哪怕只是一小会儿。“另外一个学生怎么样了呢？被欺负的那个？”

“你是说凯莱布吗？”

瑞秋笑了，又是哀伤，又是惊讶。加蒂斯又给两人满上了咖啡。

瑞秋说：“那天晚上之前，你最后一次见到布莱恩是什么时候？”

“十年前，也有可能是十二年前。”加蒂斯凝望着窗外，望了片刻。“记不清楚了。”

“你知道如果要躲起来的话，他会去哪里吗？”

“缅因州归他所有的那座小屋。”

“贝克湖的那座。”

加蒂斯点点头。

瑞秋给加蒂斯看了一张卫星照片。加蒂斯端详了照片一会儿，从窗台的一个杯子里取出一支记号笔，在三座屋顶上画了个圈。

“那边其他八座小屋？是个狩猎营地的一部分。这三座？归布莱恩所有。二零零五年左右，我们在那里开了场‘三一’同学会。到场的人不算多，但玩得很开心。别问我布莱恩哪来的钱买小屋，因为我没问。布莱恩偏爱中间那座小屋，当时是漆成了绿色，有扇朱红色的门。”

“那是二零零五年的事？”

“也有可能是二零零四年。”加蒂斯冲着洗手间门点点头。“我得去冲个澡。”

瑞秋把卫星照片放回手袋，又感谢加蒂斯花了时间，还请她喝咖啡。

“我说不清楚是不是值得一提，”瑞秋走到门旁，加蒂斯开口说，“不过我还从来没有见过布莱恩用看你的那种眼神看过任何人。”他耸耸肩膀。“不过话说回来，他的演技确实高超。”

加蒂斯在浴室门口停住了脚步。瑞秋与他互相对视着，眼睁睁望见加蒂斯的眼神变了；估计加蒂斯也望见瑞秋变了眼神吧。

“等等。”瑞秋的语调很慢。

安德鲁·加蒂斯果然等了等。

“是他雇你大闹我们那天晚上的派对，对吧？那一架，那一切都是他一手导演的好戏。”

安德鲁·加蒂斯轻抚着浴室的门框。看上去，门框在过去的几十年里已经漆过许多许多次，瑞秋敢说浴室门根本关不紧。“如果是他干的呢？”

“你为什么要帮他？”

加蒂斯微微耸耸肩膀。“我们年轻的时候，在成长的关键阶段，布莱恩跟我一度十分要好。至于现在，他成了那样，我成了这样……”他环顾着四周，这间房突然显得冷酷而又无关紧要，“而我再也说不清我们是谁。当你假扮别人扮得太久，你会连自己的气息也认不出来，也许你只会忠于那些记得你披挂上场前的模样的人。”

“我不明白。”瑞秋说。

加蒂斯又微微耸耸肩。“你还记得我跟你讲过，在‘三一’，不管专攻哪样，不管是舞蹈、表演，还是写作，我们反正样样都要学，对吧？”他的脸上浮现出疏离的轻笑。“嗯，我刚刚说过，布莱恩演技了得。不过，你知道他真正热爱的是什么吗？”

瑞秋摇摇头。

“是导演。”加蒂斯在浴室消失了踪影。他关上门，瑞秋的耳边竟然传来了那扇门关紧的声音，让她有些意外。

# *Part 29*

# 够 了

九十五号州际公路带领瑞秋经过马萨诸塞与新罕布什尔，一路来到缅因州深处的沃特维尔。但从那儿开始，瑞秋就不得不下了州际公路，开上二零一号公路。在那之后，周遭先是多了几分乡土气息，接着添了几分荒凉，随后略有些飘飘如入仙境，绿树葱茏，参天蔽日。没过多久，瑞秋就只看见周围棕色的树干，黑压压的树冠，还有她那“咔嚓”作响的车轮驶过的灰白色的道路。她仿佛行走在厚厚的云层下，很快又像是在夜里驾车，尽管目前是五月底，下午三点钟。

瑞秋来到了两片森林之间的一块空地，好几英里绵延的绿茵。应该是农田吧，不过既没有看见房屋，也没有看见粮仓，只有一大片一大片精心照料的田野，点缀着牛羊和零星的马匹。瑞秋的手机放在汽车的杯托中，她低头望着它好一会儿，确认了这里收不到手机信号。当她再次抬起头，那头绵羊正伫立在离汽车保险杠六米远的地方（也有可能是山羊，瑞秋一向分不清楚）。瑞秋赶紧猛打方向盘，汽车驶离了道路，一头栽进了一条小沟，瑞秋的脑袋撞上了车顶，下巴撞上了方向盘。四个车轮一时间都悬了空。瑞秋以风驰电掣之势开出了那条小沟，左侧的保险杠撞上了路面。

气囊猛地向她迎面扑来，她咬到了舌头，尝到一股血腥味。车尾翘了起来，车头再次离开了路面。随着玻璃打碎的声音、金属的吱嘎声和瑞秋的尖叫声，汽车打了两个滚。

它停了下来。

瑞秋坐得挺直。她摇了几次头，一些碎玻璃飞了出去，听声音像有十几块。瑞秋又在原地坐了一会儿，下巴搁在气囊上，活像把它当成枕头，直到她确定自己身上既没伤也没痛，除了舌头之外也没有流血。她的后脑倒是抽痛得很，脖子僵硬，脊柱周围的肌肉根本动不了，但除此之外，她似乎没有缺胳膊少腿。中控储物盒和手套箱里的东西七零八落地散在仪表板、副驾驶座和搁脚处：地图、保险卡、执照、几沓手帕、零钱、钢笔、一把钥匙。

瑞秋解开安全带。

她向副驾驶座弯下腰，推开一副摔碎的太阳镜，从垫子上捡起了那把钥匙。它小而薄，银色。不是房门钥匙，不是车钥匙。是把储物柜钥匙，或者挂锁钥匙，或者保险箱钥匙。

这就是**那把钥匙**吗？这意味着，它原本就在凯莱布手里，而不是布莱恩。而这又意味着，凯莱布宁死也不肯交出它。

也有可能，这只是一把钥匙而已。

瑞秋把钥匙揣进口袋，下了SUV。汽车正好位于路中央，那头绵羊（或山羊）早已经不见了。新月形的黑痕从路中央蜿蜒拖到了路边，在汽车离地的位置戛然而止。雨点般的玻璃碴则标记出了汽车的回归之路，有些玻璃碴一尘不染，有些则是红色，跟几片铬合金、黑色硬塑料和一个掉下的门把手一起，在路上洒得到处都是。

瑞秋又钻进汽车，千方百计启动那辆SUV。引擎发动以后，瑞秋的耳边传来一阵又一阵“叮叮叮”的声音，提醒她系好安全带。瑞秋用带来的水果刀割掉了安全气囊，打开引擎盖查了查，没有发现什么明显的危险；又查了查轮胎，轮胎看上去也没事。她打开灯——结果车灯出了点问题。右前灯碎了。左前灯裂了缝，但还能用。车尾则恰好相反：司机座一侧的刹车灯只剩下一个金属洞，副驾驶一侧的刹车灯看上去倒足以担当宣传册照片。

瑞秋想了想绵延的农田和身前身后的密林。救援可能要好几个小时才能到吧，也有可能是几分钟。谁也说不清楚。

上次察看里程表，她离贝克湖还有七十英里。那是车祸前十分钟的事情，算下来还有六十五英里吧。布莱恩雇了安德鲁·加蒂斯那天晚上大闹派对，给瑞秋留下了一系列线索。他想让她知道贝克湖。有可能，布莱恩的动机是把瑞秋引到这里来，杀了她。瑞秋已经斟酌了很久。不过，如果布莱恩想杀了她，原本大可以在船上动手。相反，他却借瑞秋的手假死了。瑞秋每次审视地图上的贝克湖，都感觉它像一扇门。一旦越过那个湖泊，你将到达另一个国度。布莱恩是要指引她去往那扇门吗？

不管是不是，抛开坐牢那条路不提，瑞秋已经别无任何选择。到了这一步，要么在缅因找到布莱恩，要么玩完。

“好吧。”瑞秋轻声道。她又钻进车里，开车离开。

她的头顶，太阳正逃之夭夭。

瑞秋在一个叫作“福克斯”[1]的地方下了二零一号公路。该地名不是单数，而是复数。依瑞秋猜，它取这个名字，是因为如果你打算从这里朝东北方向辛苦跋涉踏入荒野，那些在瑞秋的地图上跟X光检查时的静脉一样依稀难辨的道路会从二零一号公路分个岔，然后再一次接一次、一次接一次地分岔，直到归路难寻。到了现在，天色已经变得漆黑，堪比日耳曼童话故事，堪比日食。

瑞秋驶上了格兰杰米尔斯道，开了好几英里（也有可能只有两三英里，那地方车开得慢），才意识到一定是错过了前往老磨坊巷的岔道。她又掉头开回去，驶过沉沉的夜色，直到左手边出现了一条窄得可怜的路。没有路标标示路名，也没有路标标示目的地。瑞秋驶上这条小道，开了大约四百码，前方却没有路了。她打开车上仅剩的远光灯，前方只望见大约四米高的路堤，它的另一侧则是田野。这根本算不上一条路，算不上一条正儿八经的路。

没有地方可以掉头，于是瑞秋将那辆伤痕累累、摇摇欲坠的SUV挂了倒挡；尽管刹车灯坏了一只，她却也竭力在漆黑的夜色中找路，结果两次开上了路肩。当到达格兰杰米尔斯道，她又沿原路返回开了大约三英里，直到在田野边找到了一片空地。她停了车，关了引擎。

她坐在一片黑暗之中。今天晚上不能再开车了。她坐在一片黑暗之中，祈祷布莱恩也同样动不了，至少明早之前动不了。

她坐在一片黑暗之中，意识到自己已经超过三十六个小时没有合眼了。

1 该名在英文中有道路岔口的意思。——译者注瑞秋爬进后座，从背包里取出外套裹在身上，又把背包当作了枕头。

算是躺在黑暗之中了吧，不再是坐在一片黑暗之中。她闭上了眼睛。

阳光唤醒了她。

她看看表。早上六点半。雾气低低地笼罩着田野，当太阳驱散雾气时，它开始沿着田野上缘升腾而起。松垮垮的铁丝网另一侧伫立着一头牛，离瑞秋大约十米，睁着一双牛眼望着她，冲一小群苍蝇晃着尾巴。瑞秋坐起身，只希望自己当初记得带支牙刷。她喝了瓶水，吃了条能量棒，出了汽车伸个懒腰，遥遥望见道路另一头的田野里还有几头牛，还有些腾腾的雾气。尽管太阳已经升起，气温却有点凉，她裹紧了身上的外套，呼吸着清新的空气。瑞秋到车边小便，那头牛漠不关心地凝视着她，尾巴依然像节拍器指针一样摇摆着。瑞秋又回到车里，掉头驶开了。

到贝克湖只有二十五英里路程，瑞秋却花了整整三个小时。再也没有像样的道路了，恐怕往客气了讲才算得上小道，瑞秋十分感激自己昨天夜里没有赶路，因为要不是歇了下来，现在她恐怕不是栽进了沟里，就是落进了池塘。没过多久，她就开进了荒野深处，小径再也没有了名字，地图上标出的某些小道淹没在了杂草和灌木中。瑞秋靠着 SUV 的车载指南继续向正东北方驶去。布满岩石的泥路在她的车轮下发出吱嘎声，底盘从一边震到另一边，活像小孩的游乐设施，碰巧这些游乐设施经常害瑞秋恶心欲吐。不过她紧攥住方向盘，紧盯着车窗外，以防急转或突然冒出些岩层，于是感觉还不赖。

农田已经变成了繁茂的原野，繁茂的原野最终又再度成了林地——布莱恩一向声称，诸如这般的林地，正是其家族史及家族事业中不可或缺的一部分。现在瑞秋回过了神：布莱恩挑选了某种代表自己的象征，其实却恰恰与他的真实面目相反。林木可靠，茁壮，担得起几代人的信赖。

与此相反，布莱恩却是瑞秋所知最厉害的撒谎大王。身为记者，瑞秋可见识过不少撒谎精。

**“他是如何骗过你的法眼的呢？”**

因为我任由他骗我。

**“你又为什么会这么做？”**

因为我希望有安全感。

**“安全感是种错觉，我们用它来哄小孩，好让他们乖乖入睡。”**

那我想当个小孩。

小径的尽头是一小块空地，到了空地就再也没有别的路，只有一小片椭圆形的荒草、黄沙和又一片密林。瑞秋查了查地图，可地图还没有详尽到画出这片空地的地步。她查了查卫星照片，感觉自己可能已经到了其中一张上的某个浅色地点。假如没有猜错，这意味着她在狩猎营地以南大约三英里的位置。瑞秋换上登山鞋，确认P三八零手枪的保险没有打开，然后把枪别进了后背的腰带里。还没有走出十米，后腰的手枪上下挪动，感觉很不舒服，于是她又把枪放进了外套的口袋。

周遭挺拔的巨树遮天蔽日，这样的密林可能栖息着熊吧。瑞秋记不起上次来月经是什么时候，不禁恐慌了片刻。但紧接着，她又想了起来。大约是十天前吧，因此，至少她的血不会招来什么食肉猛兽。不过，从眼前的密林来看，人肉的香味可能就已经足够了，毕竟瑞秋已经有好一阵子没有见过人迹。不管哪个猎人在过去的岁月中干过这等事，瑞秋也相当肯定：

人家一定比她无声无息得多。作为一个尴尬的都市女子，瑞秋在密林中跋涉，“呼哧”喘着气，“噼啪”折断着树枝，“咔嚓”踩着落叶。

还没有见到那个湖，她已经先闻其声。不是“潺潺”水声，不是碧波拍岸的声音，却像是拔走了她左耳边的塞子。没过多久，片片碧色就在树干之间闪耀着光亮。瑞秋向它们转过身。十五分钟以后，她就伫立在了水边。没有湖岸，只有森林的尽头，一截陡坡直落六米跃入水面。瑞秋沿着它走了半个小时，眼前的光线起了变化，树干随之亮起来，她加快步伐越过最后几棵树，踏进了一片空地。

跃入眼帘的第一栋小屋没有窗，也没了一半屋顶，一堵墙凹了进去。旁边的小屋则是加蒂斯曾经提过的那一座：褪了色的绿色镶边，褪了色的朱门，不过显然维护得当，并没有被大地吞噬，宅基没有裂缝，通向小屋的台阶打扫得干干净净，窗户满是灰尘，但却完好无损。

瑞秋踏上通往屋门的四级台阶，木板“吱嘎”响了起来。她从夹克里拔出手枪，试了试门能不能开。门把手在瑞秋手中转了个圈。她推开门。屋里闻起来有股葡萄汁味，但不是霉味，也不是腐烂的味道，还有种森林的气息，好似松树、苔藓和树皮。壁炉清理得很干净，闻上去似乎有段时间没用过了。丁点小的厨房里，台面上积了一层薄灰。冰箱里装满了水，一些没过保质期的调味品，三只高罐装“健力士”啤酒，还有个塑料环把这三罐啤酒捆在一起。

整座小屋不超过五十平方米，私室同样颇为小巧，装点着一座裂了缝的棕色皮沙发、一具摆满探险小说和励志书的小书柜。这是布莱恩的窝，没错。在浴室里，瑞秋发现了布莱恩钟爱的牙膏和洗发水牌子；在卧室里，她发现了一张黄铜大床，坐上去会“吱呀”作响。她又四下里转了转，却没有找到任何最近有人住过的证据。她来到屋外，在小屋周围察看着足迹，却同样一无所获。

瑞秋一屁股坐在门廊上，感觉身心都无比疲惫。她用掌根擦掉了一滴泪珠，接着又擦干一颗，接着猛吸一口气，站起身，晃晃头，好像不小心淋了雨的小狗。并不仅仅因为她必须再辛辛苦苦地走到车边，长途跋涉回到文明世界，而一个白天又跑不完这么长的路，还只有一盏车头灯能亮，她说不定还得停下来在路边过一宿。原因在于，她已经无家可归了。到了现在，警方一定已经发现了凯莱布的尸体，查明了妮可·奥尔登被害期间瑞秋正在普罗维登斯。间接证据也许不足以在庭审中给瑞秋定罪，但极有可能的是，她会在牢里待上一段时间，直到庭审。说不定是一年，或者更长呢。再说了，谁说间接证据不足以给她定罪呢？凯莱布被杀一案无疑就能定罪，有位警察会公开表示，瑞秋曾撒谎声称受害者在她家公寓里，而当时凯莱布已经身亡了。一旦你有了撒谎的记录，无论撒的是什么谎，人家也可以说服陪审团，你样样事情都会撒谎。

所以，瑞秋已经无家可归，人生尽毁。她有两千美元现金，有一袋放在车上的换洗衣服；只要赶到哪个城市，找到一个巴士站，她就必须把那辆车扔掉。

不过，搭巴士去哪儿呢？

无论逃到哪里，当这个国家的每一个电视屏幕、每一个新闻网站都登载着她的照片时，她又如何靠两千美元活下去？

瑞秋一边费力地穿过森林往回走，一边权衡着自己的出路，直到得出一个让人心寒的结论：她只有两条路可以走。要么自首，要么立刻掏出口袋里的手枪，亲手了结自己。

她发现了一块石头，坐了下来。从湖边走来，已经有一小时了，瑞秋的眼前只有绿树。她从衣兜里掏出手枪，用手掂了掂。此时此刻，布莱恩可能已经在万里之外。不管他用奥尔登矿业和巴布亚新几内亚的矿藏设了个什么局，他反正已经收了网，带着落袋的钱逃之夭夭了。

瑞秋被耍了。她被利用了又一脚蹬开，也许是最糟糕的一点。至于被耍得有多狠，瑞秋不知道，她说不清自己在这一切中扮演的角色。她不过是个呆瓜，是个土包子，是没心机得不可饶恕的小卒。

她的尸首要在林间躺多久，才会被人发现？几天？几个秋冬？不然的话，野兽会来大快朵颐吗？几年以后，有人会发现一两块骨头，赶来的州警会发现余下的尸骸。于是，失踪记者涉嫌谋杀两人案终于水落石出。父母们会拿它跟不听话的青少年敲警钟。“瞧，天网恢恢疏而不漏。正义得到伸张，正道得到弘扬，她算是罪有应得。”他们会说。

维蒂伫立在大约五十米远的地方，对瑞秋笑了笑。她的衣服上没有沾血，咽喉没有伤痕。说话的时候，维蒂并没有张嘴，但瑞秋听得很清楚，比鸟鸣还要清楚。

**你已经尽力了。**

“我没有竭尽全力。”

**那你只怕已经死在他们手里了。**

“死就死吧。”

**那我的故事谁来讲呢？**

“没有人会关心你的故事。”

**但我也曾活过一遭啊。**

瑞秋的眼泪滴进了泥土和枯叶。“你过的是贫穷的黑人的一生，在一个鬼才在乎的岛上。”

**你曾经在乎过。**

瑞秋透过树丛凝望着小姑娘。“你死了，因为当初我劝你藏起来。当初你是对的。如果他们早点发现你，他们会强暴你，但不会割断你的喉咙，他们会放你一条生路。”

**什么生路?**

“总之是条生路！”瑞秋尖叫。

**我宁愿不要那样的生路。**

“但我希望你活下去，”瑞秋恳求道。“我需要你活下去。”

**但我已经不在了。让我走吧，瑞秋小姐。让我走吧。**

瑞秋定睛望着她，随后望着绿树，用袖子擦擦眼睛和鼻子，清清嗓子，呼吸着森林的气息。

紧接着，瑞秋的耳边响起了母亲的声音。天哪。一定是因为脱水、疲惫或低血糖，不然的话，也许瑞秋已经把枪对准自己的头开了火，已经一命呜呼了。但不管怎么样，她的耳边确实传来了伊丽莎白·蔡尔兹被烟熏过的嗓音。

“投降吧。”瑞秋的母亲清清楚楚地用慈悲又厌烦的口吻说道，“我们很快就会团聚了。就像你卧病在床的那个星期，我会一刻不离你的身边。你爱吃什么，我通通给你做。”

瑞秋发觉自己一个劲地摇着头，仿佛母亲能够看见她，仿佛树林能够看见她，仿佛她并非独自一人。人们就是这样疯掉的吗？落到在街角自言自语，在门廊里过夜，身上长满了疮？

他妈的。

瑞秋把枪揣进口袋，伫立在那儿，沉浸在环抱着她的绿林中。她心里明白：她不会去死，好让布莱恩、凯斯勒或其他任何认定她脆弱的人的日子好过些。

“我没有疯。”瑞秋告诉她的母亲，告诉丛林。“黄泉之下我也不愿与你团聚，妈妈。”她望了望天空。“见鬼，有你在身边一辈子，已经够受了。”

瑞秋走到SUV旁边时，已经一点钟了。返回二零一号公路需要两个小时，再开三个小时车，才能到达某个大到足以有公交站的城镇。只能盼着公交车晚上六点以后还在小镇里晃悠了，假如够走运，能够驾着一辆千疮百孔的破车顺利到达该城镇的话。

瑞秋坐进驾驶座，开到泥路上。开出去了大约一英里，躺在后座的男人开口说道：“他妈的，凯莱布的车出了什么事？顺便说一声，你看上去很不错。”

他坐起身来，在后视镜里冲她展颜微笑。

布莱恩。

# *Part 30*

# 本 我

瑞秋踩住刹车不放，猛地挂上了驻车挡，解开了安全带。布莱恩刚在后座坐起身，瑞秋就从两个前座间走过来，一拳捶在他的侧脸上。瑞秋还从来没有打过人，尤其是没有握起拳头揍过别人（指节远比预料之中痛多了），但她能凭声音听出有没有击中，而她的拳头揍上布莱恩的脸时，发出的声音又响又脆。瑞秋眼睁睁望着布莱恩的眼睛涌上了泪水，晕头转向起来。

于是，瑞秋又揍了他。她用膝盖锁住布莱恩的肩膀，揍他的耳朵、眼睛和侧脸。他用上身拼命反抗，但瑞秋占尽了上风，而她深知此刻只有一条准则：不要停手，除非不得不停手。她听见布莱恩求她停手，听见她自己一遍遍骂他“浑球”，看见他的眼睛在她疾风暴雨般的拳头面前皱成了一团。布莱恩扭开了被锁住的右肩，害瑞秋别扭地向左转过身，他则从搁脚处和座位上起了身。她从两个前座之间往后退，后座耸起了布莱恩的身影，向她扑了过来。

她一脚踢在他的脸上。

这一脚比她的第一拳更猛。不知道是骨头还是软骨应声而碎，布莱恩的后脑撞到了车窗上。他张了好几次嘴，好像在啃啮空气，紧接着两只眼睛眼珠翻白，晕了过去。

我居然放倒了人。

瑞秋望着布莱恩的眼珠在低垂的眼帘下颤动，忍不住轻笑了一声。她的右手已经肿了，沾了血，变得滑溜溜的。是布莱恩的血。“他的脸伤痕累累啊。”瑞秋又惊讶又担心地意识到。她很肯定，五分钟之前，这张脸上可还没有什么伤。

**是我下的毒手吗？**

她带上车钥匙和枪下了车，站在路上。自从七年前戒烟以来，瑞秋还从来没有像现在这样恨不得抽几口。她呼吸着林间无比清新的空气，简直无法把此刻的自己跟短短几小时前的自己联系起来，那时她可还想着自杀，想要认输呢。

**鬼才认输。除非死掉，不然我不认输。再说了，死也不能死在我自己手里。**

车门吱嘎打开了，车窗上方出现了布莱恩的手掌，他的身子则还在车里。“你完事了吗？”

“完事什么？”

“臭揍我一顿。”

瑞秋的右手痛得很，却依然紧握着枪。“嗯，我想是打完了。”

布莱恩冒出了头，瑞秋用手枪对准了他。

“天哪！”他又缩回了头。

瑞秋迈出三大步绕过汽车，枪口指着布莱恩。“是空包弹吗？”

本来蹲着的布莱恩挺直了腰，放下高举的双手，猛然间认了命。“什么？”

“这把枪里你也放了空包弹吗？”

他摇摇头。

瑞秋用枪对准他的胸口。

“不，是真的！”布莱恩又举起了手。也许也不是那么认命。“该死，这把枪里可是真子弹。”

“是吗？”

布莱恩猛地睁大了眼睛，因为他突然可以望见瑞秋的双眼了，因为他可以望见她的眼神。

瑞秋扣动了扳机。

布莱恩跳到地上。好吧，他先从车里跳了出来，想要冲到左侧躲开子弹。于是他跳出了SUV，双脚踏上了地面，双手却仍然高举着，示意“请别向我开枪”，尽管是全然白费功夫。

“起来。”瑞秋说。

布莱恩站起身，望了望瑞秋从他右侧的瘦松上射下来的那块树皮。鲜血从他的鼻子上滴下来，滴过了他的嘴唇，滴下了他的下巴。他用前臂擦了擦血，朝路边的绿草吐了口鲜红的唾沫。

“看起来倒像是真血。在船上的时候，你嘴里的血是怎么作的假？”

“想猜猜吗？”布莱恩的眼里浮现出了笑意，脸上却没有露出半点笑容。

瑞秋回想着船上的一幕，回想着他们的谈话。她可以看见，当自己质问布莱恩的另一房太太、另一重人生时，他平静地坐在那儿。他只是坐在那儿，吃东西。

“是花生。”瑞秋说。

布莱恩半心半意地向瑞秋竖起大拇指。“其中有两个是引爆装置，没错。”他小心翼翼地瞥了那把枪一眼。“你要在这里干什么，瑞秋？”

“我还没有决定，布莱恩。”她垂下了枪片刻。

布莱恩垂下了双手。“如果你杀了我……我倒不会怪你……你就惨了。没钱，没有任何办法拿到钱，警方要就一宗谋杀案审问你，还有人追杀……”

“两宗谋杀案。”

“两宗？”

瑞秋点了点头。

布莱恩消化了一下她的话，接着说了下去。“还有些杀人不眨眼的家伙追杀你。如果你杀了我，只怕就只有两三天自由日子可过，能让你自己挑自己的衣服穿了。你多爱时尚我很清楚，亲爱的。”

瑞秋又举起了枪。布莱恩举起了双手，朝她挑起一条眉毛。她也朝他挑起一条眉毛。在那一刻，（见鬼了吧？）她只觉得与他心心相通，只觉得想笑。依然一腔怒火，依然感觉被背叛，因为他毁了她的信任、她的人生……然而有那么一瞬间，以往的种种感情，却又跟怒火交织在了一起。

瑞秋费尽了全身力气，才忍住没有露出微笑。

“说到时尚，”她说，“你现在看上去可不怎么时尚。”

布莱恩伸手摸摸脸，结果沾了一手血。他凝视着自己在 SUV 车窗上的倒影。“我觉得，你打伤了我的鼻子。”

“刚才听起来确实是这么回事。”

布莱恩把T恤的下摆掀到了胸口，轻轻擦了擦脸。“我在附近藏了个急救包。我们能回去取急救包吗？”

“我为什么要帮你的忙，亲爱的？”

“因为那边还有一辆我的SUV，看起来不是一副被人开下了桥的倒霉样，亲爱的。”

两人开车回到那片空地，朝森林里走了不到二十米，眼前赫然出现了一辆森绿色的“路虎揽胜”，保护色堪称完美无缺。这是辆上世纪九十年代初的老爷车，轮窝有点锈，后顶盖侧板有点瘪，不过轮胎是新的，看上去还能再跑二十年。布莱恩从车尾的帆布储物箱里取出一只急救包，瑞秋始终用枪指着他。他坐在掀起的尾门下，把储物箱翻了个底朝天，直到找出一个剃须镜。他用外用酒精擦拭着伤口，有时抽搐一下，痛得把面孔皱成了一团。

“我该从哪里讲起？”布莱恩问。

“你能从哪里讲起？”

“噢，很简单。你是在最后关头冒头的，这个局我早就做下了。”

“‘这个局’又是怎么回事？”

“照我们这行的说法，这是个‘加料骗局’[1]。”

---

1 该骗局起源于殖民时期的美国，多为往淡水井中撒盐借以把普通淡水水源假扮成价高的盐水水源。后演变为朝各种不值钱的矿藏中添加高价样品（如黄金）借以以次充好。也有译作“金矿骗局”。——译者注

“你们这行又是哪行？”

布莱恩抬起头，用有些受伤和沮丧的眼神望着瑞秋，活像没能被她认出来的过气电影明星。“我是个骗术师。”

“是个骗子。”

“还是叫‘骗术师’顺耳，有点范儿。‘骗子’听上去像，我说不好，像跟你兜售垃圾股的家伙。”

“这么说，你是个骗术师。”

布莱恩点点头，递给瑞秋一些酒精消毒棉，让她擦拭指节。她点头表示谢意，把枪别进腰带里，从他身边退后几步，才开始清理伤口。

“大约五年前，我偶然发现了巴布亚新几内亚一个破产的矿，于是我成立了一家公司，把矿买了下来。”

“你懂矿？”

“半点也不懂。”他用棉签擦去鼻子里的血。“老天爷，”他用近乎倾慕的语调轻声说，“你害得我好惨，丫头。”

“那个矿。”瑞秋忍住了又一抹笑容。

“于是我们买下了那个矿。与此同时，凯莱布创立了一家咨询公司，为该公司在拉丁美洲捏造了深厚的历史，好几代呢，看上去相当可信，如果不仔细查的话。三年后，这家公司，也就是‘博久工程’，对我的矿实施了‘独立’考察。到那个时候，我们已经加了料。”

“什么叫‘加料’？”

“你在某个矿某些比较容易采到（但也不要太容易采到）的地方洒上些金子。借此有个推断：假如这里发现的黄金占比为X，那可以假定整座矿的含金率达到Y。这就是我们的独立咨询顾问……”

“博久工程”。瑞秋说。

布莱恩作势向她脱帽致意。“这就是经他们查实得出的结论：我们坐拥高达四亿金衡盎司的金矿，而不是四百万金衡盎司。”

“会提振你们公司的股票。”瑞秋说。

“如果我们公司有股票的话，可惜我们没有。不，结果是：对该地区的所有竞争对手来说，我们公司会变成一个潜在的威胁。”

“威特曼。”

“看来你做功课了嘛。”

“我毕竟当了十年记者。”

“没错，那你还查到了些什么？”

“贵公司可能从一家名叫柯特－麦肯的风险投资公司那里获得了一笔贷款。”

布莱恩点了点头。“那他们为什么要贷款给我们？”

“表面上是力撑你们公司，以对抗威特曼的敌意收购，好让你开采出足够的黄金，让打算下手收购的公司无机可乘。”

他又点了点头。

“不过，”瑞秋说，“据传闻，柯特－麦肯可不是善类。”

“绝对不是。”布莱恩附和道。

“所以，他们会把你的小矿和所有利润一起吃干抹净。”

“没错。”

“不过，你们又不会有任何利润。”

这一下，布莱恩定睛端详着瑞秋，轻擦着最后一些伤痕。

“那笔贷款有多少？”瑞秋问道。

他笑了。“七千万。”

“现金？”瑞秋不得不强令自己压低声音。

他点点头。“还有四亿五千万股票期权。”

“但股票期权一文不值。”

“没错。”

瑞秋绕着小圈转悠，脚踩着吱嘎吱嘎的落叶和松针，直到想通了其中关节。“从一开始，你想要的就是那七千万。”

“是的。”

“你拿到那七千万了吗？”

布莱恩把最后几只沾血的棉签扔进了一个塑料袋，把包举到瑞秋的面前。“唔，可不是到手了吗！它正放在大开曼岛的一家银行里，等我去取呢。”

瑞秋把自己沾血的棉签也扔进了袋子。“那你这个妙局是哪里出了岔子呢？”

布莱恩拉下了脸。“岔子出在，从我们把钱从罗得岛账户汇出去的那一刻，我们就要赶时间了。这种事很快就会惹人注目，尤其是柯特-麦肯之类的家伙。我们犯了两个错：我们低估了他们注意到汇款的速度有多快，因为我们哪里知道他们在国土安全部安插了人手，把这笔汇款归入了‘SAR’一类。”

“‘SAR’是？”

“可疑活动报告。我们知道被人盯上了，但通常来说，被盯上之后要过一段时间，付款方才会听说消息。”

“你们还算漏了什么？”

“你有一个小时吗？”布莱恩惨兮兮地说。“这种破事你试试，只怕在出五百个岔子的同时，只有一个环节是顺心的。我们没有算到，他们会在我的车上装个追踪器。而且，当初他们并不是因为疑心我们才安追踪器，而是因为这是他们的标准操作流程。”

“结果他们跟你到了哪里？”

“跟你一样。妮可家。”布莱恩的声音里交织着某种情绪。假如瑞秋不清楚布莱恩的演技有多么了得，恐怕就会认为，那是真心实意的哀伤。“他们可能也就慢了十分钟，因此没有找到我，但他们发现了她，杀了她。”他噘起嘴唇，吸了好几口气，冷不丁从汽车尾门下走了出来，关上尾门，拍了拍手。“还有什么你马上就要知道，一刻也等不了的事情吗？”

“大概还有一百件吧。”

“还有一百件等不了的事情。”布莱恩重复道。

“在港湾的水底，你看上去为什么显得死透了？身上冒血，而且……”瑞秋挥着双手，声音越来越低。

“舞台艺术。”布莱恩说。“制造鲜血小菜一碟，全靠制造枪击效果的引爆装置。我胸口上的装置早在你上船之前就布置好了；我嘴里的是从那袋花生里来的，这点你知道。只要我能及时赶到那块石头，氧气瓶会好端端地等着我。顺便说一句，你潜水潜得还真快，见鬼，我几乎没什么时间安顿下来。”

“还有那副表情。”瑞秋不耐烦地说。“当时你用死气沉沉的眼睛和死气沉沉的面孔紧盯着我。”

“是这样吗？”

恰似有人把一针的士宁毒药注入了布莱恩的头颅，他的双眼失去了光泽，紧接着脸上也失去了光泽。他的脸不仅变得纹丝不动，还变得没有半点生气。

瑞秋在他的眼前挥了挥手，结果布莱恩依然是一副茫然的眼神，眼睛连眨也没有眨一下。

“这副样子你能撑多久？”瑞秋问。

布莱恩吁了一口气。“我可能还能再撑二十秒。”

“如果我一直待在水底望着你呢？”

“唔，我说不定能挺四十秒，最多一分钟。不过，你并没有一直待在水底。高明的骗术师向来仰仗一件事：人们的行为可以预测。”

“如果对方不是柯特-麦肯的话。”

“一针见血哪。”布莱恩又拍拍手，脸上让人心头发毛的死色不见了踪迹。“嗯，我们的时间可不多，介意我们一边上路一边讲吗？”

“去哪儿？”

布莱恩朝北边指了指。“加拿大，凯莱布明天早上会跟我们碰头。”

“凯莱布？”瑞秋说。

“没错。你把他扔在哪儿了，那栋安全屋？”

瑞秋瞪大眼睛盯着布莱恩，不知道该说些什么。

“瑞秋。”布莱恩停下了脚步，手还搁在驾驶座一侧的车门上。“拜托你告诉我，离船之后你们去了安全屋。”

“我们根本没有顺利到达安全屋。”

布莱恩的面孔唰地失去了血色。“凯莱布在哪儿？”

“他死了，布莱恩。”

布莱恩伸出双手捂住了脸，又垂下手，两只手紧贴上“路虎揽胜”的车窗。他低下头，似乎整整一分钟没有呼吸。

“他是怎么死的？”布莱恩说。

“被他们爆了头。”

布莱恩从车上抽回手，凝望着瑞秋。

她点点头。

“是谁干的？”

“我不知道。两个在找一把钥匙的男人。”

布莱恩显得很无助。不，比无助更惨；瑞秋意识到，那是丧亲之痛。他向林间投去疯狂的一瞥，仿佛又要晕倒，随后沿着“路虎揽胜”的车身软瘫了下来，一屁股坐在地上。他微微发抖，流出了眼泪。

三年来，瑞秋还从来没有见过布莱恩这副模样。差得远。布莱恩不会认输，布莱恩不会倒下，布莱恩无须援手。此刻，瑞秋却正亲眼目睹布莱恩心中的基石被活生生敲掉了一块。她关上手枪的保险，别到后腰上，一屁股坐到布莱恩对面的地上。布莱恩揉揉眼睛，用泛着血光的鼻孔呼吸着空气。

他开口说话，双手跟嘴唇一起发着抖：“是你亲眼看着他死的？”

瑞秋点点头。“当时他离我就跟你现在离我一样近，那人给了他一枪。”

“那是些什么人？”布莱恩小口小口地吁着气。

“我不知道。他们看起来像是卖保险的，不是高端保险，是在商场里向人兜售的那种。”

“你又是怎么从他们手里逃脱的？”

于是瑞秋告诉了他，边讲边眼见布莱恩稍微回复了原样。手不再抖了，眼神不再发狂。

“钥匙在他手里。”布莱恩说。“玩完了。他妈的，真的玩完了。”

“什么钥匙？”

“某个银行保险箱的钥匙。”

瑞秋伸手轻抚着衣兜里的钥匙。“开曼群岛的某家银行？”

布莱恩摇摇头。“罗得岛。记得最后那天吗？当时我有种很不妙的感觉，我猜是一种不祥的预感。不然也可以说，我当时像个小屁孩一样吓得够呛。我把我们的护照放在银行里了。我想，如果我落到了别人手里，妮可还可以去取护照。谁知道，落到他们手里的人是妮可。我把钥匙交给了凯莱布。”

“什么护照？”

布莱恩点点头。“我的护照，凯莱布的、Haya 的、孩子的、妮可的，还有你的。”

“我已经没有护照了。”

布莱恩疲惫地站起身，伸出一只手。“不，你有护照。”

瑞秋握住那只手，任由布莱恩把自己拉了起来。“要是我有护照，我自己心里会没数吗。我的护照两年前失效了。”

“我给你另外弄了一份。”布莱恩还没有放开瑞秋的手。

瑞秋还没有抽走她的手。“你哪里来的照片？”

“上次在商场的照相亭里拍的。”

“不坏啊，不坏。”她想。

瑞秋从衣兜里掏出钥匙，举高了它，眼睁睁望着布莱恩的脸一扫死气沉沉的神情——这可是十五分钟里的第二次了。“是这把吗？”瑞秋问。

布莱恩眨了几下眼睛，然后点点头。

瑞秋把钥匙塞回衣兜里。“怎么会在凯莱布那儿？”

“凯莱布原本应该去取护照的，我跟他就算闭着眼睛也可以冒充对方。见鬼，他冒充我签的名比我自己签的名更像我的签名。”布莱恩抬头仰望着刺目的天空。“按说，我们两个人该溜进加拿大，到一个叫作圣普罗斯珀的地方跟其他人碰头。从那里，该死，我们所有人会从那里出发去魁北克市，再搭飞机离开加拿大。”

瑞秋端详着布莱恩的眼睛，布莱恩正视着她的目光。两个人都没有吭声，直到瑞秋开口说：“这么说，按计划，我们六个人本来会一起离开加拿大？”

“按计划是，没错。”

“你，你最铁的死党，他的太太和孩子，再加你的两房太太。”

布莱恩放开了瑞秋的手。“妮可不是我的太太。”

“那她是谁？”

“我妹妹。”

瑞秋后退了一步，定睛审视着布莱恩的面孔，好瞧瞧他是否在说实话。但话说回来，她又能看出些什么？她跟面前的男子同住了三年，却根本不知道他的真名实姓，不知道他干的是哪行，不知道他的过往。就在两天前，此人还让瑞秋一心认定，他已经一命呜呼了，在海底用看不见的双眸目不转睛地盯着她。面前的男人撒起谎来，跟普通人撒谎不可同日而语。

“你妹妹怀孕了吗？”

布莱恩点点头。

“孩子父亲是谁？”

“我们没有时间纠缠这些了。”

“孩子的父亲是谁？”

“一个叫乔尔的家伙，行了吗？跟她一起在银行共事，是个已婚男人，已经有三个孩子了。是段露水情缘，不过，妮可一直想要个孩子，所以即使跟乔尔分手以后，她还是留下了肚子里的孩子。她用不着乔尔帮养小孩，我们马上就要有七千万了。你想见乔尔吗？我可以安排你们见面。你可以问他，他那已经毙命的前任情人肚子里是不是怀着他的亲骨肉，当有人在她家厨房枪杀了她，她正怀着六个月的身孕，因为她的哥哥……”布莱恩迈步走来走去，情绪很激动，“她那个天杀的蠢货哥哥把自己的车扔在了她家前面，自己回了波士顿，打算用杀招让你回归现实。”

瑞秋的笑声听上去跟咆哮差不了多少。“什么？你打算用杀招让我回归现实？”

布莱恩的表情竟然显得很诚挚，清白无辜。“嗯，是的。”

“真是我听过最瞎扯的屁话。”

“我必须让你准备好跑路。我本来以为，该死，还要再过三个月，柯特-麦肯才会猛地一口咬上钩。或者六个月？我本来希望是六个月。谁知道，他们提前咬了钩，因为他们又强势又贪，而且希望按他们的日程行事，不乐意听其他任何人的摆布。我没有料到，他们把钱汇到了我们的账户，又在同一天雇了一家独立咨询公司复核那个矿。可惜，他们偏偏就是这么办的。我没有料到，他们派了两个杀手同时盯上了我跟我的同伙。不过，他们偏偏还是这么办了。所以我只好跳过A计划，扔掉B计划，直接采用了C计划，也就是他妈的把你惊醒的那个计划。结果呢，真是出人意料，居然见效了。”

“见个鬼效。毫无效果……”

“现在你还怕开车吗？”

“不怕。”

“还怕搭出租车吗？”

“不怕。”

“还怕荒野或者开阔的室外空间吗？还怕电梯吗？还怕潜水吗？自从整件事开始，你遇到过恐慌发作吗，瑞秋？”

“我怎么知道？自从我在波士顿亲眼目睹你从那栋楼的后面走出来，你却声称自己在伦敦的时候，我就无时无刻不处于恐慌状态。”

“没错。”布莱恩点点头。“而你战胜了那份恐慌，以便完成必须完成的任务。顺便说一声，其中还包括杀掉我。”

“可你并没有死。”

“嗯，没错，我道歉。”布莱恩把双手搁上瑞秋的肩头。“你不再害怕，因为你不再听从其他任何人，只听从你的本我。要想爬回你的生活，待在原处不动，你手里可捏着一大把‘证据’呢。我可没有把线索拱手呈上，我让你费了好一番工夫。你本来可以信任自己的眼睛——就举一个例子吧，签证上盖的章看上去够真的了——但你信任的是自己的直觉，宝贝。你行事从心，”布莱恩说着指指瑞秋的心口，“而非从理。”他又指指她的头。

瑞秋凝望着布莱恩，望了好久好久。“别叫我‘宝贝’。”

“为什么不呢？”

“因为我恨你。”

布莱恩考虑了一下，耸了耸肩。“通常来说，我们对把自己叫醒的事物都有点记恨。”

# *Part 31*

# 安 全 屋

瑞秋和布莱恩把凯莱布那辆撞毁的SUV扔在了森林里，开着“路虎揽胜”向南行驶三百英里，到了罗得岛的文索基特。文索基特就在马萨诸塞州边境以南，离普罗维登斯大约十五英里。一路上，他们有不少时间聊一聊，但除了不得不聊的事情，他们却并没有聊多少。他们收听了很长时间的广播，发觉他们两个人都已经被警方视为两个州两宗命案的“嫌疑人”。对于普罗维登斯某小镇某银行员工的命案为什么会跟波士顿某商人的命案有关，普罗维登斯与波士顿警方都守口如瓶，但普罗维登斯和波士顿警方都一心想见见布莱恩·奥尔登——普罗维登斯受害者的哥哥兼波士顿受害者的合伙人，也想见见布莱恩·奥尔登的太太，瑞秋·蔡尔兹·德拉克洛瓦。警方没有在两名“嫌疑人”位于后湾的家里找到注册在他们名下的手枪，因此，两人应该是随身携带着武器。

“基本上，就算我能把自己洗刷清白，我的人生也算是毁了。”到了缅因州刘易斯顿附近，瑞秋说。

“这个‘就算’很难啊。”布莱恩说。

“得花一大笔钱。”

“还得在牢里待上好一段时间。”

瑞秋恶狠狠地瞪了布莱恩一眼，不过布莱恩正盯着路，没有看到。“而且人家依然可以用其他罪名告倒我。”

布莱恩点点头。“我能想到的是妨碍司法公正。当你忘了告诉警方，你家餐桌旁边坐着一具死尸的时候，警方通常开心不到哪里去。擅离犯罪现场啦，非法潜逃啦，鲁莽驾驶啦，我确信我还能想出几个罪名。”

“这种事可不好笑。”瑞秋说。

布莱恩的目光落到瑞秋身上。“我什么时候看上去像是觉得很好笑了？”

“现在就像。你又毒舌又凶。”

“我吓破胆的时候就这样。”

“你吓破了胆？我们说的可是你啊。”

布莱恩扬起了眉毛。“岂止是吓破了胆。**如果**那栋安全屋还没有被人发现，在那儿我们可以该干什么干什么，**如果**我们能够不暴露身份顺利溜进普罗维登斯，**如果**我们能摸进银行，接近我藏护照和跑路费用的保险箱，**如果**我们走得出那家银行，离开普罗维登斯，接上 Haya 和宝宝，还能找到一个无人追杀我们的机场，我们的照片还没有铺天盖地登上机场里所有人的主屏幕，登上机场酒吧里调到

CNN 的九台电视，**如果**他们没有派人在阿姆斯特丹等我们，那好，我们说不定能挺过今年。不过依我看，要想成功熬过一关又一关，嗯，我说不好，希望渺茫吧。”

“阿姆斯特丹，”瑞秋说，“我还以为银行在开曼群岛”。

“是的，不过对方肯定会在开曼群岛守株待兔。如果我们去阿姆斯特丹，就能把钱全汇到瑞士。”

“不过，为什么非要去阿姆斯特丹兜一圈呢？”

布莱恩耸耸肩膀。“我向来对阿姆斯特丹颇有好感。你也会喜欢阿姆斯特丹的，古运河很美，不过城里有不少自行车。”

“你说得像是带我去观光一样。”

“嗯，不就是这么打算的吗？”

“我们可不是一对。”瑞秋说。

“不是么？”

“不是，你这个满嘴谎话的混账。从现在开始，我们之间公事公办。”

布莱恩摇下车窗片刻，让拂面的劲风给自己醒醒神，又摇上了车窗。

“好吧，”布莱恩说，“可是我爱你。”

“你根本不懂爱的重中之重。”

“看来我们只能求同存异了。”

“你究竟有没有找过我父亲？”

“什么？”

“我跟你相识的时候，你是个私家侦探。”

“那是个局。实际上，还是我第一次设局呢。”

“所以说，其实你从来没有当过私家侦探？”

布莱恩摇了摇头。“当时，我借那个幌子，是为某家要在该地区开业的科技初创公司做全体雇员的背景调查。”

“你为什么要为了区区背景调查费这么多功夫？”

“如果我没记错的话，那家公司有六十四名员工，那可是六十四个出生日期，六十四个社会保障号码（SSN）[1]，六十四份历史哪。”

“你偷了六十四个身份。”

布莱恩点点头。点得飞快，但充满了自豪感。“其中一个身份就用在了你的护照上。”

“但当我踏进你办公室的时候？”

“我可想尽了办法劝你不要雇我。”

“但几个月后我又回来找你，你却收了我的钱……”

“我查过你父亲的下落，瑞秋。我花了吃奶的力气找他。真希望当时我的脑子够灵光，能想到‘詹姆斯’是他的姓，可惜我没想到。不过，跟我告诉过你的一样，我查了过去二十年里该地区所有名叫‘詹姆斯’的教授。在假扮私家侦探期间，我办的唯一一宗不掺水的案子，就是你的案子。”

“为什么？”

“因为你是个好人。”

“我是什么？”

---

1 社会保障号码（SSN）是美国联邦政府发给本国公民、永久居民、临时（工作）居民的一组九位数字号码，主要目的是为了追踪个人的赋税资料，但近年来已成为实际上的身份证。——译者注

“你是个好人。你是我见过的为数不多的好人之一，你值得为之一战，值得与你为伍。你值得一切。”

“你还真是个撒谎精。该死，现在你就在骗我。”

布莱恩思索了一会儿：终于开了口，“那天晚上，当我跟你在酒吧重逢的时候，凯莱布和妮可一遍又一遍地劝我甩掉你。‘骗术师可没有爱情生活’，他们说，‘只有性生活’。这话可是从我妹妹嘴里说出来的，谁知道她最后会被个已婚男人弄大肚子呢，她居然指点我的恋爱。还有凯莱布，娶了个不会讲英文的女人的小子。给我支招的就是这样两个人。”布莱恩说着摇摇头。“‘千万不要堕入爱河’。该死，我们三个人的下场还真是再妙不过啊。”

瑞秋逼着自己不扭头去望布莱恩，而是望着窗外。

“我倾心于你，因为当你遇见某个女子，而你死前想要见到的是她的面孔，你就会倾心于她。你泥足深陷，越陷越深。如果你够走运，她会与你同堕爱河，你也再不是原来的你，因为假如爱情不是如此甘美，你又怎么会泥足深陷呢。不过，我一旦堕入爱河，就一头栽了下去。当时我刚刚布好局，跟你重逢的那天晚上，我刚办妥了矿藏的文件。凯莱布本来准备在酒吧跟我见面庆祝一下，但我一眼望见了你，于是发短信告诉凯莱布，我午餐吃的金枪鱼不新鲜，他就自己一个人出去吃晚餐了。我遥遥望着酒吧的另一头，心里想：‘那是瑞秋·蔡尔兹。我曾经千方百计查过她父亲的下落，以前还看她的新闻报道呢。’我曾经心里嘀咕：不知道瑞秋·蔡尔兹会垂青哪个走运的家伙。谁知道，接下来，那个醉鬼居然找你的麻烦，我偏偏还救了场；而讽刺的是，你觉得那或许是我下的套。我向来钟爱这事，让我会信上帝信个片刻。接着你离开了酒吧，我一溜烟跑到街上去找你。”布莱恩的目光落到了瑞秋身上。“我找到了你。于是我们一起散步，遇见停电，发现了我们那家绝妙的酒吧。”

“我们进酒吧的时候，放的是谁的曲子？”

“汤姆·威茨。”

“哪支曲子？”

“《漫漫归途》。”

“当时真该放一首《十六颗 .30-06 弹[1]》。”

“嘴巴不要这么毒吧。”布莱恩换了个坐姿，将手腕搁在方向盘上。“你或许不喜欢我的做法，瑞秋，而且我靠骗局为生，或许听上去也不怎么顺耳。所以你可以不再爱我，但我没有办法停止爱你。我不知道怎样才能不爱你。”

瑞秋差一点就信了，有那么片刻买了账。紧接着，她记起了眼前人的真面目：此人是个演员，一个骗子，一个欺诈师，一个职业谎话精。

“真心相爱的人，”瑞秋说，“不会毁掉彼此的人生。”

布莱恩轻笑了一声。“当然会毁掉。这就是爱的本质：一度是一个人，现在是两个人，于是不方便了许多，不安全了许多，乱了许多。你想让我为毁掉你的人生道歉？好啊，我很抱歉。但我又毁掉了什么呢？你妈妈已经过世，你从来没见过你父亲，你的朋友充其量算是有一阵没一阵，你还

1 “.30-.06”是一种美国陆军所开发使用的子弹，“.30”指其口径为 0.30 英寸，而“.06”是指其推出的年份是一九零六年。——译者注

连公寓门也不出。我夺走了什么样的人生，瑞秋？”

“究竟什么样的人生呢？”夕阳西下，两人驾车驶入文索基特时，瑞秋寻思着。

这是座褪色、残破的工业城，点缀着片片生机勃勃的高档化地带，却无法冲散破败的气质。主街上充斥着空荡荡的店面，楼群后面耸立着几家工厂，窗户要么碎了，要么干脆没有，砖块大厦上涂着涂鸦，较低的楼层已经被地面吞噬，地基上裂开了缝隙。眼前是美国工业的大举荒废，从一种创造价值的文化衍变为某种消费价值的文化，且消费对象的价值还颇为可疑；眼前的一切，早在瑞秋降临人世之前就已经发生。瑞秋还没有长大成人，那个美梦已经成为了他人的记忆，它是如此脆弱，或许从降生的一刻便注定灭亡。假如这个国家与它的国民之间曾经有过社会契约的话，此刻它早已经一去不复返，除了从我们的祖先蹒跚着踏出洞穴寻找食物开始便行之有效的霍布斯主义式共识：一旦我找到自己那份，你就靠自己吧。

布莱恩驱车驶过一条条黑暗陡峭的街道，开到四栋长长的四层楼旁。是家倒闭的工厂，位于河边，周围几个街区除了这工厂再也没有别的建筑。每栋砖楼都至少有上百扇窗户面对着街道，上百扇窗户面对着河流。楼群正中高高的窗框简直是其他窗户的两倍大。布莱恩开着车绕过楼群，映入眼帘的是两条封闭式通道，它们把楼房的四楼连通了起来，因此如果从空中望去，这几栋楼显得活像两个“H”。

“这就是你的安全屋？”瑞秋问。

“不，这是家废弃的工厂。”

“那安全屋在哪儿？”

“不远的地方。”

他们从一扇扇破窗和齐到车身的杂草旁经过，轮胎“嘎吱嘎吱”地碾着砾石和块块碎玻璃。

布莱恩取出手机，发了条短信。过了几秒钟，手机收到回信，震动了起来。布莱恩把手机揣回夹克，又绕着工厂开了两圈，在尽头处关掉车头灯，驶上一座小山包。从声音听来，它位于水坝的上游。到了掩映在一片半死不活的树丛中的山顶，映入眼帘的是一座两层小砖楼，有着黑色的复折式屋顶。布莱恩把“路虎揽胜”挂上手刹，但没有关引擎，两个人坐在那儿，遥望着砖楼。

“以前是守夜人的房子。上世纪七十年代工厂倒闭以后，这片地就归市里所有，不过其中大部分可能受了污染，又没人掏得出检验费，于是以超低价把这房子卖给了我们。”布莱恩换了个坐姿。“实际上，这房的底子很不赖，视野极佳，只要有人靠近，根本不可能不被发现。”

“刚才你在跟谁发短信？”瑞秋问。

“Haya。”布莱恩冲着小屋点点头。“她跟安娜贝拉在屋里。我想告诉她一声，我来了。”

“那我们为什么还不进去？”

“我们会进去的。”

“那我们在等什么？”

“等我的满心不耐烦压倒我的满心恐惧。”布莱恩抬头望望小屋。房子深处透出一抹光亮。“假如一切平安的话，Haya本来应该回我一条短信——‘我没事。进来吧。’”

“结果呢？”

“她只发了前半句。”

“嗯，毕竟英文不是她的母语。再说，她很怕吧。”

布莱恩咬着嘴。“我们不能把凯莱布的事告诉她。”

“我们必须告诉她。”

“如果她认为凯莱布只不过是耽误了行程，再过几天就能跟我们在阿姆斯特丹碰头，她会强打起精神。但如果她崩溃了呢？”布莱恩在座位上扭过头，碰了碰瑞秋的手。她把手抽了回来。“我们不能告诉她。瑞秋，瑞秋。”

“什么？”

“如果坏了事，他们会杀了我们所有人，包括宝宝。”

瑞秋的目光越过黑漆漆的“路虎揽胜”，落在布莱恩的身上。

“她本来就有点一惊一乍的，我们不能给她任何理由，让她变得更加一惊一乍。到了阿姆斯特丹，我们再告诉她。”

瑞秋点点头。

“我得听你亲口说出来。”

“到了阿姆斯特丹，我们再告诉她。”瑞秋说。

布莱恩望了瑞秋好一阵，才开口说道：“你的枪还在身上对吧？”

“没错。”

布莱恩伸手探到座位下，取出了一支九毫米“格洛克”枪，别到后腰上。

“原来你一直都有枪。”瑞秋说。

“要命，瑞秋，”布莱恩说着，心烦意乱地叹口气，“我有三把枪呢。”

他们在黑暗中绕着房子走了两圈，布莱恩才领着瑞秋踏上了松垮垮的后台阶。台阶通向一扇房门，门上的油漆多年来已经剥落得所剩无几。一阵不合时令的凉风袭来，与其说像是初夏，不如说像是初秋，脚下的地板“嘎嘎”作响，小屋在风中发出“吱呀”声。

布莱恩沿着门廊往前走，检查了所有窗户和前门，两人才又回到屋后。布莱恩打开门，他们走了进去。

左侧的报警器猛地“哔哔”响了起来，布莱恩在键盘上输入瑞秋的生日，警铃声又哑了。

正中的走道直通后门，又经过一截橡木台阶通向前门。房子闻起来很干净，但有股灰尘的味道，也许还稍微有股霉味；毕竟话说回来，就算把屋子打扫一千遍，霉味说不定还是除不干净呢。布莱恩从外套里掏出两支小手电，递给了瑞秋一支，拧亮了自己的那一支。

前门的投信口下面坐着 Haya，她的右侧是垃圾邮件，手里握着一把枪。

布莱恩冲 Haya 挥挥手，露出温暖的微笑，穿过大厅走到她的身旁。Haya 垂下枪，布莱恩笨拙地搂搂 Haya，两个人站到了她的面前。

“宝宝睡着了。”Haya 指着天花板说。

“你也得睡一觉才行。”布莱恩说。“你看起来累得很。”

“凯莱布人呢？”

“歹徒，Haya，歹徒可能会跟踪凯莱布。他不希望把他们引到这儿来，引到你和安娜贝拉的身旁。你明白吗？”

Haya 的呼吸实在太快了。她咬着上唇，咬得那么紧，瑞秋真怕会喷出鲜血。“他……还活着吗？”

真要命。

“他还活着。”布莱恩说。“他会经由缅因州出境。还记得我们怎么商量的吗？他会越过边境去加拿大，从多伦多搭飞机。在缅因州，没有人找得到凯莱布。我们对那一带了如指掌。你懂什么叫作‘那一带’吗？”

Haya点了两下头。“他会…没事吧？”

“会没事的。”布莱恩用斩钉截铁的口吻说，让瑞秋很看不过眼。

“他不回……他的手机。”

“这点我们解释过了。对方可以追踪电话，Haya。假如我们中间任何一个人认为自己被人跟踪了，就得离手机远点。”布莱恩伸手握住Haya的手。“不会有事的。到了早上，我们所有人就会离开。”

Haya却望着瑞秋——那是女人之间互换的眼神，超越了任何语言障碍，意思是说：**“我可以信这个男人的话吗？”**

瑞秋眨眨眼睛，表示肯定。“去睡会儿吧。你得好好休息一下。”

Haya迈步登上黑暗的楼梯，瑞秋强忍着内心的冲动，不让自己奔到Haya身旁，告诉她，刚才讲的通通都是谎话。Haya的丈夫已经死了。Haya孩子的父亲已经死了。Haya和她的小孩马上就要跟着一对两面三刀的陌生人亡命天涯，这两个人不但拿谎话骗她，还会继续骗下去，直到她再也没有办法搅局为止。

楼梯的尽头，Haya向右转个弯，消失在了瑞秋的视野中。

布莱恩看透了瑞秋的心思。“你想告诉她什么？”

“告诉她，她的丈夫已经死了。”瑞秋低声道。

“好啊，悉听尊便。”布莱恩冲着楼梯挥挥手。

“别这么狠心。”过了一会儿，瑞秋说。

“别指摘别人。”布莱恩说，“除非你愿意说到做到。”

两个人一起一间房接一间房地察看了楼下，楼下没有人。

到了这时，布莱恩才把灯打开。

“你确信开灯是个好主意？”瑞秋问。

“如果他们知道这个地方，”布莱恩说，“他们早就会派人去工厂，不然就到屋里来找她了。不过，没有人来，这意味着，这间安全房目前还算安全。妮可没有漏口风，可能是因为他们没有问她。”

“Haya 的卧室在右边楼上。”布莱恩的身子冷不丁疲惫地泄了气，瑞秋才意识到自己也累得不得了。布莱恩用握枪的手指了指楼梯。“洗手间外面有个放被单毛巾的壁橱。左边第一间卧室有个梳妆台，里面放了些衣服，是你穿的号。我们都去洗个澡吧，我煮点咖啡，我们再回去干活。”

“我们要干什么活？”

“我得教你造点假。”

## *Part 32*

# 自 白

坐在桌边，瑞秋的头发还没有干，杯里盛着咖啡，身穿T恤、连帽衫和卫衣（跟布莱恩允诺的一样，正好是她的号），身边是她的丈夫（**布莱恩还算她的丈夫吗？**）。布莱恩把一叠空白纸和一支笔摆到瑞秋的面前，又在上面放了几份带有他妹妹签名的文件。

“我要扮成妮可？”

“进出那家银行应该需要五分钟，这段时间你得扮成妮可上次冒充的身份。”布莱恩在健身袋里找了找，找出了一小叠用橡皮筋扎起来的ID和信用卡，从中取出了一张罗得岛驾照。驾照属于“妮可·诺索维奇”。布莱恩把驾照摆到瑞秋面前，一径摇着头。瑞秋隐隐感觉到，布莱恩并没有察觉自己正在摇头。

“我跟她长得一点也不像。”瑞秋说。

“骨架差不多。”布莱恩分辩道。

“眼睛很不一样。”

“所以我带了一副彩色隐形眼镜。”

“可是眼睛的形状就不同啊。”瑞秋一针见血地说。“再说，她的眼睛更大，嘴唇更薄。”

“不过，你们的鼻子和下巴很有点相像。”

“是个人就能看出来，我不是她。”

“一个已近中年的直男，跟寻常人家一样有几个孩子，干着世界上最无聊的工作，依我猜，还有着世界上最无聊的老婆？这么一个人，对三个月前到过他办公室的金发美女，他会记得一点：那是个撩人的金发美女。所以，我们把你扮成金发女郎就好，‘美女’已经不用愁了。”

瑞秋没理睬布莱恩的话让自己的虚荣心多么受用。“这里有对路的染发剂吗？”

“有假发。就是她用过的那顶。”

“现在的银行都有面部识别软件了，知道吧。”

“这家银行可没有，”布莱恩说。“这也是我当初选中它的原因。要是拿不准，去找夫妻店。这家银行已经在约翰斯顿传了三代。四年前才有了ATM机，还是在顾客提出要求之后。老板兼任银行经理，所有寄存保管事宜都归他处理。他也就是你要见的人，名字叫作曼弗雷德·索普。”

“少来了。”瑞秋说。

布莱恩跨坐在瑞秋身旁的椅子上。“不，是真的。他告诉我，‘曼弗雷德’这名字在他们家可以追溯到一千年前，说是家里每一代都得给某个孩子取名叫作‘曼弗雷德’，霉运偏偏落到了他头上。”

“你跟他很熟？”

“见过一次。”

“可你知道他的这些底细。”

布莱恩耸耸肩膀。“大家喜欢跟我聊天。我父亲也一样。”

“你父亲究竟是谁？”瑞秋把椅子朝布莱恩转过去。“你的生父。”

“杰米·奥尔登。”布莱恩脆生生地说。“大家叫他‘弃爷’。”

“因为他是个左撇子[1]？”

布莱恩摇摇头。“因为不管是人是物，他总会丢到一边。他连声招呼也没打就离开了军队，扔下了大概二十份工作，遇到我母亲之前扔下了三个老婆，遇到我母亲之后又扔下了两个。在我的生活里，他简直想来就来，想走就走，直到他在费城抢错了人。对方是个珠宝商，武装到了牙齿，‘弃爷’开枪终究还是不行啊。那家伙杀了我爸爸。”布莱恩耸耸肩膀。“舞刀弄剑者，亦死于刀剑之下，我觉得。”

“这是什么时候的事？”

布莱恩抬头望着天花板，回忆着。“我在‘三一’的时候吧。”

“是你被踢出去的时候吗？”

对于瑞秋爆的料，布莱恩歪了歪脑袋，露出一丝微笑，表示赞同。他这样待了片刻，在桌子另一头盯着她，终于点了点头。“得知他去世后第二天，是的，我把奈杰尔·罗林斯教授臭揍了一顿。”

“用的是一把皮搋子。”

“谁让它就在手边呢。”冷不丁地，布莱恩被回忆逗得轻笑了一声。

“什么？”

“那天是个好日子。”他说。

---

1 英文原文可代表左撇子。——译者注

瑞秋摇摇头。“那天你因为攻击别人被表演学校开除了。”

布莱恩点了点头。“还打人。”

“那怎么算得上个好日子？”

“我是按本能行事嘛。我心里明白，他欺负凯莱布不在理，我奋起反抗很在理。就我所知，奈杰尔保住了他的饭碗，说不定现在还在向学生传授二流方法演技窍门呢。但我敢用七千万里我分到的那份钱打赌，奈杰尔再也不会把用在凯莱布和凯莱布之前的倒霉蛋身上的招数用在别的学生身上了。因为，奈杰尔心里会有根弦：班上某个学生说不定就会跟神经病布莱恩·奥尔登一样对他发飙，用皮搋子捅他的脸呢。那天我干的事情，就是我该干的。”

“那我呢？”过了片刻，瑞秋说。

“你怎么啦？”

“我就不按本能行事。我与世隔绝。”

“才不是呢。你只是手生了而已。不过，现在你又东山再起啦，宝贝。”

“别叫我‘宝贝’。”

“好吧。”

“这个矿藏骗局你已经谋划了多久，四年？”

布莱恩想了想，暗自算了算。“差不多，没错。”

“可是，你扮成布莱恩·德拉克洛瓦又有多久了？”

他的脸上浮现出某种近乎于羞愧的表情。“断断续续大概二十年吧。”

“为什么？”

布莱恩沉默了好一会儿，咀嚼着这个问题，活像以前还从来没有人问起过。“早在普罗维登斯的时候，一天晚上，我在比萨店打工，一个同事说：‘你的翻版在街对面的酒吧里呢。’于是我走了过去，果不其然，那是布莱恩·德拉克洛瓦和几个他的同伴，看上去都是富家子弟，旁边还有一群美女。长话短说，我在酒吧里闲荡了好一段时间，终于认出哪件外套是他的，然后下手偷了它。那是件精美的外套，黑色开司米，朱红色内衬。每次披上它，我都觉得……”布莱恩斟酌着字眼。“自己颇有分量。”他的目光恰似在购物中心里迷路的小男孩。“我没办法经常穿那件外套，反正在普罗维登斯不行，太有可能撞上他了。不过等到被撵出‘三一’，我去了纽约，于是到哪儿都穿着那件外套。假如要劝人家给我份工作，我穿上那件外套，工作到手了；看上个中意的姑娘，我穿上那件外套，‘芝麻开门！’，她就到了我床上。很快，我就意识到，原因不在于外套本身，而在于我用那件外套遮住的一切。”

瑞秋冲他眯起了眼睛。

“那件外套”，布莱恩解释说，“遮住了丢下我的老爸、醉鬼老妈；遮住了我们那间受政府补贴的住房，它闻上去总有点像我们搬进之前在那间房子里嗑药过量死翘翘的家伙；遮住了所有不堪回首的圣诞节和我们从不庆祝的生日，遮住了福利食品券和被断掉的电；遮住了那些绕着我妈打转的醉鬼——说不定有朝一日，我也会在某个跟我妈差不多的女人生活中变成那样一个醉醺醺的浑蛋呢。我恐怕会找些跟他们一样不值一提的工作，跟他们一样出入酒吧，跟他们一样弄出些后代，还不把孩子放在心上，直到孩子长大以后恨透了我。不过，在我披上那件外套的一刻，上述种种都从我的未来里面被一笔抹去了。我披上了那件外套，我不再是布莱恩·奥尔登，却成了布莱恩·德拉克洛瓦。就算布莱恩·德拉克洛瓦最不济的日子，也胜过布莱恩·奥尔登最风光的日子。”

这番自白似乎让布莱恩有几分筋疲力尽，又有几分不好意思。他盯着护墙板望了一会儿，叹了口气，目光又落回他妹妹签了名的文件。布莱恩把其中一份翻过来，放在桌子上。“仿冒签名的窍门就是把它看作图形，而不是签名。试试复制那个图。”

“可这图是倒过来的。”

“噢，说得对，我还真是没料到呢。那我们还是别干了。”

瑞秋给了布莱恩一肘。“闭嘴。”

“哎哟。”布莱恩揉揉胸腔。“等你学会倒着描，我再教你如何倒回来。行吗？”

“行啊。”瑞秋的笔挨上了纸页。

备用卧室里，瑞秋能听到隔墙的布莱恩。刚开始，布莱恩在床上翻来覆去，接着打起了鼾。瑞秋知道，眼下布莱恩正仰面躺着呢，因为布莱恩仰卧的时候才会打鼾，侧躺的时候从来不打鼾。他一定还张着嘴。通常这种时候，瑞秋会轻轻推布莱恩几下（轻推就可以了，向来用不着花多少力气），他就会侧躺过来。瑞秋想象着去轻轻推布莱恩几下，不过，那可就意味着要跟布莱恩睡同一张床。瑞秋信不过自己——只怕到了那个时候，她连身上的衣服也守不住。

一方面，目前的局势离谱得很：说不定，明天瑞秋就会死翘翘，甚至有可能是今天晚上，罪魁祸首正是布莱恩。没有其他原因。他从地底的囚笼里放出了恶魔，除非瑞秋没命或者坐牢，否则恶魔不会放过她。所以，瑞秋竟然还对他“性致勃勃”，简直是疯得没治了。

不过，从另一个角度来看，说不定，明天瑞秋就会死翘翘，甚至有可能是今天晚上——想到这点，她感觉自己心潮澎湃，五官猛地变得无比灵敏。所见、所闻、所感，一切都活生生变了个样，变得活色生香。她能听见流水“汩汩”地淌过管道，闻见河中的金属味道，听见啮齿类动物“窸窸窣窣”地沿着地基跑过。她的躯体宛若新生；她敢打赌，假如要猜床单织得究竟有多细密，她估计能猜个八九不离十。她的血液在血管中奔涌，恰似夜晚疾驰着越过沙漠的火车。她合上眼睛，想象着有次她一觉醒来见到的景象（那是两人刚开始交往的头几个月）：他的头埋在她的双腿间，唇舌轻轻游移，那么轻，那么轻，游过她的下体，而它已经跟她梦中那个水汽氤氲的澡一样濡湿。那天早晨，高潮来临时，她的左踵狠狠地踹在了他的臀上，留下了一块淤青。他捂住那块淤青，一张嘴却没有停下，看上去那么傻气，却又那么性感。当时她的高潮还未退去，事实上，跟他道歉的时候，她依然感觉余波未平。当时，她擦也没擦他的嘴就吻了上去，吻得停不下来，直到不得不长吸一口气，不得不贪婪地喘息。这些年，他动不动就提到那个吻，声称是他这辈子最妙的一吻——当时她的舌探得如此之深，他能感觉到她在自己暗无天日的体内游过。等到她将他带到高潮，两人躺在凌乱的床上，一脸大汗，露出傻笑时，她大声问：做爱是不是也有它自己小小的生命周期呢。

“怎么说？”布莱恩问。

“嗯，某个想法或心动孕育了它，总之起源于某些小事，接着渐渐长大。”

布莱恩低头望了望自己。“也有可能缩水。”

“嗯，也对，完事之后吧。不过说到我的看法，它会长啊长，越来越强壮，接着释放，随后是死亡或者垂死，欲火熄灭，通常你会闭上眼睛，失去了意识。”

此刻，瑞秋在陌生的床上睁开了眼睛。竟然想跟一个自己恨着的男人做爱，恐怕是因为目前命在旦夕吧。即使满腔怒火一触即发，她却不得不强忍住不让自己溜下床，放轻脚步，光着脚绕过拐角，踏进布莱恩的房间，用他那天早上唤醒她的那招唤醒他……

接着，瑞秋回过了神：她想要的不是做爱。根本不是，甚至不是触摸。

瑞秋穿过走廊，进了布莱恩的房间。她轻轻地关上门，布莱恩的呼吸声变了。瑞秋知道布莱恩已经醒来，正千方百计让眼睛适应黑暗；与此同时，她脱掉了T恤和内裤，扔在了门口。她钻上了床，但却背靠着床尾的踏脚板，双脚靠着布莱恩的手肘。

“你能看见我吗？”瑞秋说。

“差不多。”布莱恩的一只手搭上了瑞秋的一只脚，却没有动。

“我必须让你看见我。这就是我想要的，此时此刻，再无其他。”

“好的。”

瑞秋花了一分钟镇定心神。她不太说得清楚自己在做什么，只知道非做不可。至关重要。“我跟你讲过维蒂的事。”

“海地的那个小姑娘，没错。”

“被我害死的小姑娘。”

“你没有……”

“她是被我害死的，虽然下手的人不是我。”瑞秋说，“不过，她说得对……如果我听任他们提前四个小时，甚至提前两个小时抓到她，他们也不会那么发狂，他们说不定会给她一条生路。”

“但是什么样的生路？”

“你跟她说的一样。”

“什么？”

“算了。”瑞秋深吸一口气，感觉到布莱恩温暖的手抚着她的脚。“别这样”。

“什么样？”

“爱抚我。”

布莱恩住了手，却没有把手从瑞秋脚上拿开，正如她希望的那样。

“我告诉过你，当时她打算自投罗网，不过我劝她改了主意。谁知道，后来他们还是找到了她。”

“是的。”布莱恩说。

“那这个过程中，我又在哪里？”

布莱恩张开嘴想要说话，可惜一句也没有说出来。“你从来没有告诉过我，”他终于开了口。“我一直以为，你们两个人不在一起。”

“我们一直没有分开，直到最后一刻。他们找到她的时候，我就在她的身边。”

“这么说……？”布莱恩坐直了身子。

瑞秋清了清嗓子。“那群畜生，没有别的词可以形容他们……那群畜生中间领头的，叫作约书亚·达瑟鲁斯。据我所知，实际上，目前他已经算是海地的犯罪头目了，不过当时他还只是个年轻的小混混。”瑞秋望着床那头的丈夫，老房子的窗棂被夜风刮得“吱呀”作响。“就在破晓之前，他们找到了我们，把维蒂从我身边活生生地拖走。我反抗过，可他们把我推到地上，对我吐唾沫。他们狠狠地踩我的后背，打了我的脑袋几拳。维蒂没有尖叫，只是流眼泪，就像那种年纪的小姑娘为死掉的宠物流眼泪，知道吧？比如，为一只仓鼠掉眼泪。我记得当时心想，十一岁的小丫头，掉眼泪也应该是为了仓鼠之死吧。我又想要拦住他们，可惜，天哪，谁知道却惹毛了他们。我或许是个有记者身份的白人女子，强暴杀掉我的风险远比强暴杀掉海地姑娘和海地前修女高得多，但要是我死活不肯放手，他们只怕也顾不上忌惮什么了。他们强行把维蒂拖走的时候，我眼睁睁地盯着她。约书亚·达瑟鲁斯把他那把肮脏的点四五枪管塞进了我的嘴里，像‘老二’一样在我嘴里进进出出，开口说道：‘你是想当好人呢？还是想活命？’”

有那么片刻，瑞秋再也说不下去了。她只是坐在那儿，眼泪一滴接一滴落在身上。

“天哪，”布莱恩低声说。“你知道吧，你不可能……”

“他逼着我说。”

“说什么？”

瑞秋点点头。“他把枪从我嘴里拔了出来，逼我看着她被那群男人拖走，逼我亲口说出那些话。”她擦擦脸，顺势把头发从面前撩开。“我。想。活。命。”她低下了头，任由头发盖上了脸。“我大声说出了口。”

过了一两分钟，瑞秋抬起头，布莱恩一动也没有动。

“出于某种原因，我想把这件事告诉你。”瑞秋说。“但我还说不清是为什么。”

瑞秋从布莱恩的手里抽回了脚，下了床。布莱恩望着瑞秋重新穿上内裤和T恤。瑞秋离开了房间，耳边传来的最后的动静是布莱恩的声音。他悄声说道：“谢谢你。”

# *Part 33*

# 银 行

宝宝的哭声惊醒了瑞秋。

太阳才刚刚升起来。瑞秋穿过走廊，耳边的哭声越来越低，瑞秋发现Haya正在婴儿床边上的尿布台上帮安娜贝拉换尿布。不知道是布莱恩还是凯莱布，居然多留了点心，在婴儿床上方弄了个挂饰，还把墙刷成了粉色。Haya穿着一条男式格子平角短裤，罩了件绿日乐队演唱会T恤（瑞秋认得出，那是凯莱布的T恤）。从乱蓬蓬的床单看来，Haya只怕一整夜都在辗转反侧。Haya把湿漉漉的尿布和湿巾扔进脚边的塑料袋，又从尿布台下面的架子上取出一片新尿布。

瑞秋拿起了塑料袋。“我去扔掉吧。”

Haya自顾自给安娜贝拉换着尿布，仿佛根本没有听见瑞秋在说什么。

安娜贝拉望望自己的妈妈，又望望瑞秋，一双温暖的黑眼睛一直盯着她。

Haya开口说：“美国女人会……有秘密瞒着她们的丈夫吗？”

“有些人会，”瑞秋说，“日本女人呢？”

“我说不清。”Haya用平素那种一字一顿的口吻说道。紧接着，她却换上了非常流利的腔调：“可能是因为我从来没有去过日本。”

冷不丁地，回望着瑞秋的Haya摇身一变，成了个浑身透着灵气的机灵鬼。

“你不是日本人？”瑞秋问。

“我来自该死的圣佩德罗。”Haya低声说，眼睛紧盯着瑞秋身后的门口。

瑞秋走到门旁边，关上了门。“那你为什么……？”

Haya重重地长吁一口气，嘴唇跟着颤动起来。“凯莱布是个凯子。从我遇见他的第一天，我就知道他是个骗子。可他竟然一直没有察觉到我满嘴胡诌，真让我愕然。”

“你怎么会认识他的？我们都怀疑，说不定是邮购新娘之类。”

Haya摇摇头。“我是妓女，他是嫖客。只要是没找过我的新客，老鸨就告诉他们，我到美国才刚刚三个星期，还是个刚入行的新手，等等等等。”Haya耸了耸肩膀。她把安娜贝拉从尿布台上抱起来，用左边的乳房给宝宝喂奶。“好抬价嘛。反正，当初凯莱布来了，事情一下子显得很蹊跷——凯莱布长得太帅，按说不该花钱买春。除非，凯莱布爱玩暴力，不然就有什么重口味的怪癖，可他偏偏都不是。他在床上的风格中规中矩，很温柔。凯莱布第二次来，完事后就说，我堪称他的梦中情人，挑不出一点毛病：我很懂事，有分寸，又不会讲英文。”Haya哀伤地笑了。“当时他还说：‘Haya，你听不懂我的话，不过，我说不定会爱上你。’我望着他的手表，他的西装，说了句：‘爱？’又向他投去探寻的眼神，扮出一副迷途羔羊的模样，朝着他和我之间一指，嘴里说：‘我爱啊。’”Haya轻抚着宝宝的头，望着宝宝吃奶。“凯莱布真信了。两个月以后，他给了应召机构十万块钱，带我走了。从那以后，凯莱布和布莱恩商量这个局，我就一直听着看着。”

“你为什么要告诉我？”

“因为我想要我那份。”

“我没有任何……”

“凯莱布死了吗？”

“没有。”瑞秋断然说道，仿佛这个问题离谱得让她受不了。

“好吧，我可不信你的话。”Haya说。“所以，如果你们俩抛下我，我会赶在你们跑到机场前通风报信。我不单单会通知警方，还会去找柯特-麦肯。他们会抓住你们，把你们活活折腾死。”

瑞秋对此深信不疑。“再问一次，你为什么要跟我交底？”

“因为，假如布莱恩知道了内情，他一定会碰碰运气。至于你，你还没到自寻死路的地步。”

**“没有吗？”**瑞秋心想，**“你真该见识下我昨天那副样子。”**

“我跟你交底，因为你会确保布莱恩到时候回来救我。”Haya指了指宝宝。“回来救我们。”

等到布莱恩给Haya支招（万一他和瑞秋出门后有人找上门来，Haya该如何应付？），Haya已经再次摇身变回了原来的模样。她趁机问布莱恩，凯莱布是不是还活着。

跟瑞秋一样，布莱恩也撒了个谎。“没事，他没事。”接着，他反问Haya，“你该拉哪副窗帘？”

“橙色的那副。”Haya回答。“在……”她伸手指了指。

“在储藏室。”布莱恩说。

“在储藏室。”Haya重复了一遍。

“你会在什么时候把它拉下来？”

“你……发短信的时候。”

布莱恩点点头，把手伸过餐桌。“Haya，不会有事的。”

Haya瞪大眼睛望着布莱恩，什么也没有说。

正如传闻所说，“坎伯兰储蓄与贷款”是罗得岛普罗维登斯县一家历史悠久的家族企业。直到上世纪八十年代末，这家银行毗邻的购物中心还是一片农田。曾经有一阵，罗得岛约翰斯顿几乎每一寸土地都曾是一片农田，索普家族最开始踏足银行业，客户也正是这批人——农民。至于眼下，购物中心取代了农田，潘娜拉面包店取代了蔬果摊，农夫的子女也早就已经不愿去开拖拉机，倒是青睐工业园的格子间和带有石灰华台面的错层式平房。

从潘娜拉面包店前停着的车看来，这家店的生意火爆得很。至于那家银行，瑞秋在早晨九点三十分把车泊进了银行的停车场，却发现停车场里的车比面包店少得多。总共十一辆。其中两辆停在专用车位，靠近银行前门：“行长”车位上停着一辆黑色的“特斯拉”，“坎伯兰储蓄与贷款月度最佳员工”车位上则停着一辆白色丰田Avalon。那辆“特斯拉”害得瑞秋一愣：布莱恩跟瑞秋讲起曼弗雷德·索普时，她脑子里浮现出的是个肥嘟嘟、土兮兮的乡下人，穿着淡棕色运动外套，配着矢车菊颜色的领带，说不定还长着大胸和双下巴呢。眼前这辆“特斯拉”跟瑞秋想象中的画面可格格不入。瑞秋伸手挠挠鼻子，免得别人看见她的嘴。“曼弗雷德开的是辆‘特斯拉’？”

她说。

躺在后座的布莱恩正躲在一张油布下，他开口说："有什么关系呢？"

"只是在想，他会是什么样的一个人。"

"黑头发。年纪轻。爱健身。"

"你之前说，人家是个中年人。"瑞秋又挠挠鼻子，对着手掌说道。她感觉很荒谬。

"我说的是，人家'已近中年'。他大概，三十五岁左右吧。停车场里有什么动静？装作你在打电话好了。"

啊。这招布莱恩倒是提过。

瑞秋拿起手机，贴在耳朵边，装作打电话，开口说道："前门附近停着两辆车。停车场正中有四辆车。停车场尽头的斜坡上还停着五辆员工的车。"

"你怎么知道是员工的车？"

"停车场上有不少很近的空位，那几辆车却偏偏都挤做一处，停在停车场边上。通常表明，那一块是员工停车位。"

"但曼弗雷德的车停在前门附近？"

"没错。停在本月最佳员工的车旁边。"

"银行职员的车有七辆？这么小的一家银行，这个数也太大了吧。这些车里有人吗？"

瑞秋放眼打量。圆丘之上是棵大红枫，说不定第一批清教徒移民还没有踏足美洲，那棵红枫就已经在这里了。枫树的枝丫很长，叶子茂盛，停在树下的五辆车被树荫遮得颇为严实。要说其中哪辆车里可能有人，那一定是中间那辆。停在中间的那一辆车头朝外，其他的车却都是车头冲里。从车标看，瑞秋断定是辆“雪佛兰”。从车身的长度看，瑞秋猜它是辆四门汽车，可惜的是，汽车藏在树荫底下，实在看不清车里的情况。

“说不好。”瑞秋对布莱恩说。“车都在树荫下面呢。”她向变速杆伸出手。“要我开过去瞧瞧吗？”

“不，不用。你已经停好车了。如果再开过去，会显得很怪。你确定看不见车里的情况？”

“基本可以确定。如果我一直盯着这些车看，万一车里真的有人，岂不是也显得很可疑？”

“有道理。”

瑞秋长吁了一口气。她能感觉到浑身热血澎湃，耳边传来“砰砰”的心跳声。她恨不得张嘴尖叫。

“依我看，到了这一步，也没有别的办法，只能撑到底了。”布莱恩说。

“棒极了，”瑞秋对着手机说道。“好，好得不得了，太他妈地好了。”

“银行里面可能也有探子。比方说，有人闲坐着翻翻手册之类。说不定还亮一下假警徽，告诉银行员工，他们有什么‘行动’正在盯梢呢。反正要是换了我，我就会这么干。”

“银行里面的探子有可能脑子够灵光，看得出戴了假发吗？”

“说不好。”

“探子有可能脑子够灵光，就算我乔装打扮，也能认出我吗？”

“我，真，说，不，好。”

“你就这么点能耐？除了孤注一掷，就只知道‘我说不好’？”

“大多数骗局就这德行。欢迎入会哟。每个月底交会费，不要在草坪上停车。”

“滚蛋。”瑞秋下了车。

“等等。”布莱恩说。

瑞秋又伸手回来拿包。“怎么啦？”

“爱你。”布莱恩说。

“你就是个浑蛋。”瑞秋把包往肩头一甩，关上了车门。

瑞秋迈步向银行走去，拼命忍住不去看停车场另一头红枫树荫下停着的五辆车。根据太阳的位置，瑞秋估计，自己走到银行门口的时候，说不定正好能够借借光，可惜她死活想不出怎样才能把头扭过去，还能显得漫不经心。到了银行前门，瑞秋一眼望见了自己的影子：一头披肩的金发，看上去非常不自然（尽管布莱恩告诉瑞秋，这不过是因为她还没有看惯）；浅蓝的、陌生的双眸；搭配的是深蓝色裙子、桃色真丝衬衣和黑色平底鞋，正是中型软件开发公司主管人员的常见打扮，也正合“妮可·诺索维奇”自称的身份。瑞秋的胸衣颜色跟衬衫很搭；之前瑞秋和布莱恩挑了套塑形胸衣，好让她微露“事业线”，露得不多，并不算惹眼，但也会春光乍泄，好让曼弗雷德·索普忍不住不时偷瞥一下。假如脱光衣服跳曲华尔兹能让曼弗雷德·索普不盯着瑞秋细看，瑞秋只怕也会一口答应下来。

离银行前门还有十步，瑞秋只希望转身拔腿就跑。近年来多次恐慌发作，至少已经让瑞秋见惯了抓狂时是什么样子（舌头发干、心悸、热血澎湃、见到的每一幕都太刺眼、听到的每一声都太吵闹），但话说回来，瑞秋也从来用不着在恐慌发作的时候扮正常啊。不过，此时此刻，假如瑞秋拿不出奥斯卡水准的演技来扮镇定，只怕不是送命，就是被捕。实在看不出还有第三条路可走。

瑞秋迈步进了银行。

门口不远处的一块牌匾，再加上一系列照片，记载了本银行的历史。大多数照片都已经隐隐有些发黑，虽然这家银行成立于一九四八年，而不是一九一八年。其中一张照片中，除了银行，还有两个男人穿着不合身的西服，系着又短又花的领带在剪彩；另一张照片中，银行周围是广袤的农田；还有一张照片中，银行周围全是拖拉机和其他农用机械，看上去是个什么节日。

曼弗雷德·索普的办公室大门显得跟第一张照片一样有年头。木板很厚，漆成了红棕色。办公室的玻璃墙被拉上的木制或仿木百叶窗取而代之，根本没有办法看出曼弗雷德是不是在屋里。

这家银行没有客户服务处。瑞秋不得不排在一个上了年纪、很爱叹气的女人后面，直到两个银行出纳员几乎同时办完了手头的客户。身穿红色格子衬衫、系着深色窄领带的男出纳员冲着那个上年纪的女人点点头，女出纳员则开口问道：“小姐，有什么地方能帮到你？”

瑞秋迈步走过去，银行出纳员朝瑞秋淡然一笑，身上隐隐透露出一种气质：看上去，她是个话语间常常心不在焉但又能不穿帮的人。出纳员大约三十岁左右，穿着无袖上衣，更能展示线条优美的手臂和经过喷雾美黑的肌肤。她有一头棕色的披肩直发，左手的无名指上戴着一颗大得不得了的宝石。假如脸上的肌肤不是拉得这么紧绷，害这位出纳员好似不幸在高潮时被闪电劈中了一般，她或许还能算得上美貌。女出纳员闪动着毫无生气的眼睛，问道："今天有什么能为你效劳的吗？"

她的胸牌上写的姓名是：艾希莉。

瑞秋说："我要开我的保险箱。"

艾希莉冲着柜台皱了皱鼻子。"你带证件了吗？"

"带啦，是啊。"瑞秋取出"妮可·诺索维奇"的驾照，放进柜台玻璃隔板下的托盘。

艾希莉用两根手指把驾照推了回来。"这我用不着。留着给索普先生看吧，等他有空的时候。"

"那他什么时候有空呢？"

艾希莉又冲瑞秋淡淡地一笑。"你说什么？"

"索普先生什么时候才会有空？"

"女士，您可不是今天的头一位顾客。"

"我可没说我排在第一个。我只是想问问，索普先生什么时候有空。"

"唔。"艾希莉再次对瑞秋露出了微笑，这次显得很有点不耐烦。她又皱了皱鼻子："马上。"

瑞秋说："那是要等十分钟？还是十五分钟？'马上'究竟怎么讲？"

"麻烦您在等候区坐一会儿，女士。我会通知他，您来办事了。"艾希莉的目光越过瑞秋落在她的身后，算是打发瑞秋走开。她开口问道："能帮您什么，先生？"

瑞秋的位置被一位花白头发的男士顶上了。瑞秋从柜台旁走开，他立刻向瑞秋投来了羞涩又充满歉意的眼神。

瑞秋坐进了等候区，身旁是个二十来岁的姑娘，头发染成了蓝黑色，脖子和手腕上纹了些“新纪元”类型[1]的文身，眼睛是蓝宝石色。年轻女子穿着高档机车靴，高档破洞牛仔裤，白色背心装上面套了件黑色背心装，外面又罩了件白色棉衬衫，熨得十分平整，不过大了足足两个码。她正翻着一本当地房地产杂志。瑞秋瞄了对方几眼，断定那一头染过的头发下面不仅有张漂亮的脸孔，还有一身酷似受过良好教育的淑女和超模的气度。

看上去，这年轻女子不像会为柯特－麦肯卖命，花时间在银行里盯梢的人。事实上，她就几乎没有正眼望过瑞秋，眼神一直牢牢地盯在房地产杂志上。

不过，那可是本郊区房地产杂志，跟这年轻姑娘的气质一点也不沾边，谁让人家姑娘通身流露的气质跟市中心阁楼很搭呢。不过，多年以来，瑞秋自己不也在各色等候室里随手翻阅过很多平时毫不感冒的印刷品么。曾经有一次，在等着修车的时候，瑞秋竟然读完了一整篇关于“哈雷”摩托车售后市场上品质最佳的镀铬件的文章，不禁叹服那篇文章跟几个星期前她在一家发廊里读到的另一篇文章是多么相似，发廊里的那篇写的可是装备春季衣橱的金点子。

即便如此，年轻女子却皱着眉，目光一丝不苟地紧黏在书页上（还是应该说“惹人注目”地紧黏在书页上？）。她读房地产杂志的这副样子，害得瑞秋对姑娘的来意犯起了嘀咕。客户经理杰西・施瓦兹－斯通坐在一间

1　新纪元运动，又译新时代运动，是一种去中心化的社会现象，起源于1970至80年西方的社会与宗教运动。新纪元运动所涉及的层面极广，涵盖了神秘学、替代疗法，并吸收世界各个宗教的元素以及环境保护主义。——译者注

典型的玻璃墙办公室中，正用一支铅笔的橡皮擦敲着台式键盘，银行出纳员目前也没有客户要应付。副总裁科里·马泽蒂也有间玻璃墙办公室，里面空荡荡的。

“姑娘等的应该跟你是同一个人。”瑞秋对自己说。说不定，她也有个保险箱呢。通常来说，二十多岁的年轻人很少会在一家离某中等城市也有二十英里的乡下银行有个保险箱，不过，或许这保险箱是她家传的呢。

谁家会把一个保险箱代代相传，瑞秋？

瑞秋又瞥了那女孩一眼，结果发觉对方正直直地盯着自己。她冲瑞秋露出微笑：是表示确认？是表示胜利？还只是打个招呼？女孩又埋头读起了那本离谱的杂志。

棕色的办公室门打开了，曼弗雷德·索普站在门口，穿着浅色的细条纹衬衫，红色窄领带，深色西装裤。正如布莱恩所说，曼弗雷德·索普的身材看上去很不赖。他长着黑发、黑眼睛，很不讨瑞秋的欢心——他的眼皮似乎有些耷拉下来，尽管可能是因为他的眼眶跟他的脸比起来显得有点大。曼弗雷德·索普望了望等候区的两名女子，说道：“小姐……”他又低头瞧瞧一张纸。“诺索维奇小姐？”

瑞秋站起身，理了理后裙摆，心想：“好吧，见鬼了，那她究竟在等谁？”

曼弗雷德·索普领着瑞秋进了办公室，瑞秋跟他握了握手。他关上门，瑞秋的脑海中浮现出一幕景象：等候区的女孩立刻去取手袋，拿出手机，发了条短信给内德或拉尔斯，写的是：“她在银行里。”

假如，内德和拉尔斯刚才就在那棵大枫树下的某辆车里监视停车场的话，只怕现在就在搜那个停车场。找到布莱恩是小菜一碟——躺在车后座上，罩了块油布，实在算不上什么万无一失。内德和拉尔斯中间会有一个打开车门，把装了消音器的枪口抵上布莱恩的额头，接着“嘭”的一声，布莱恩的脑浆喷上了车后座。然后，收尾工作就只剩下等瑞秋走出银行了。

不，不，瑞秋。他们还得留着布莱恩的命，让布莱恩把钱汇回他们的账户。所以，他们是不会杀布莱恩的。

可是，瑞秋对他们又有什么用？

“有什么能为您效劳的吗？”

曼弗雷德正用异样的神情望着瑞秋，等她开口。

“我要开自己的保险箱。”

曼弗雷德打开了一个抽屉。“当然。我可以看看您的驾照吗？”

瑞秋打开手袋，在里面到处找钱包。她找到了钱包，打开它，取出假驾照，递给办公桌另一头的曼弗雷德。

曼弗雷德没有看驾照。他的眼睛正忙着打量瑞秋。瑞秋倒没有看错他的眼神：即使算不上残忍，曼弗雷德的一双眼睛也堪称冷酷而自得。对他自己和他的地位，曼弗雷德恐怕从来没有小瞧过。

“我们见过面吗？”他说。

“我很确定见过。”瑞秋说。“我丈夫和我大约六个月前租下了这个保险箱。”

曼弗雷德敲了几个键，望着自己的电脑屏幕。“是五个月前。”

**“我不是刚说过吗，大约六个月前嘛。浑蛋。”**瑞秋心想。

“您有察看保险箱的权限。”曼弗雷德又敲了一下键盘。“所以，如果一切妥当，我们可以带你下去。”曼弗雷德把瑞秋的驾照举到屏幕旁边，眯起了眼睛（按瑞秋猜，是在作比照）。他又一屁股坐回椅子上，挪动滚轮将椅子朝后靠了一两英寸，抬眼望望瑞秋，望望屏幕，然后又望望手里的驾照。

瑞秋只觉得嗓子发紧。

紧接着，鼻腔发紧。

吸不上气，也呼不出气。

办公室热得很是没道理，活像坐落在薄薄的岩层之上，岩层下就是座活火山的火山口。

瑞秋的驾照从曼弗雷德的手里掉到了地板上。

曼弗雷德从椅子里歪下身，捡起驾照，在自己的膝盖上敲了敲。他伸手拿电话，瑞秋恨不得从包里掏出枪对准桌子另一头的曼弗雷德，让他带她去该死的保险箱，他妈的，现在就去。

瑞秋实在想象不出来，要是闹成那样的话，能有个什么样的好下场。

“妮可。”曼弗雷德手握着电话，说道。

瑞秋听见自己回答：“嗯？”

“妮可·诺索维奇。”

瑞秋这才意识到：刚才自己深深地咬住了下唇，说不定看上去下巴短了一大截。她张开嘴，望着桌子另一头的曼弗雷德，等着。

曼弗雷德耸了耸肩膀。“名字很酷，好听。”他在电话上按了一个钮。“你健身吗？”

瑞秋笑了。“普拉提。”

“看得出来。”曼弗雷德对着电话说道：“把钥匙拿到办公室来，艾希莉。”他挂断电话，把瑞秋的驾照递还给她。“马上就好。”

瑞秋顿时感觉如释重负，直到曼弗雷德伸手到了抽屉里，嘴里说：“还请您签个名。”

曼弗雷德将签名卡推过办公桌，递给瑞秋。

“你还在用这种老古董？”瑞秋轻声说。

“只要我家老爷子还在。”曼弗雷德抬头望着天花板。“真是谢天谢地他还在，我每天不都这么说吗。”

“嗯，谁让他亲手创立了这一切呢。”

“亲手创立这一切的不是他。是我的祖父。老爷子只是……”曼弗雷德的声音越来越低。“算了。”他从衬衣口袋里取出一支“万宝龙”笔，递给办公桌另一头的瑞秋。“劳驾。”

谢天谢地，瑞秋还没有把驾照放回钱包，倒是放在桌上手肘边。昨天晚上她练了整整两个小时，学到一件事：就算签名是正着的（尤其当签名是正着的时候），仿冒的唯一办法还是把它当作一个图形。昨天晚上，她学签名学得最像的时候，是飞快地瞥一眼签名然后毫不歇气地跟着学。不过那可是在昨晚，在文索基特的餐桌边，签名像不像都没什么要紧。

**我很棒。**

瑞秋望着驾照，瞥瞥签名，将“万宝龙”的笔尖挨上了签名卡。办公室门突然打开时，瑞秋还没有把名签完。

瑞秋没有回头，签完了名。

艾希莉绕到曼弗雷德身旁，递给他一串钥匙。她没有从曼弗雷德身边走开，倒是瞪大眼睛盯着瑞秋，仿佛她明白瑞秋并不叫“妮可”，仿佛她可以一眼看到瑞秋用来别假发的发卡。

曼弗雷德一一查看着那串钥匙，直到找出中意的一把。他注意到了身旁的艾希莉。

“你是在休息吗？”

“你说什么，曼尼？”

“谢谢你带钥匙过来，但我们的银行还得要人管呢。”

艾希莉对曼弗雷德露出了微笑——瑞秋深知，曼弗雷德稍后只怕要为艾希莉的这抹微笑买单。与此同时，瑞秋也深知，曼弗雷德跟艾希莉有一腿。说不清楚合影里那位神情木然的曼弗雷德太太是不是心里有数，不过合影里那两个胖乎乎、满怀希望的男孩很可能蒙在鼓里。艾希莉出了办公室，瑞秋认定：“曼尼”之所以背着太太瞎搞，因为他太太有点木然，而他之所以背着儿子们瞎搞，却是因为他的儿子体重超标。而且，你甚至并不知道，对吧，混帐王八蛋？因为你是个小人。誓言毫无意义，无论是你当初在教堂发下的誓言，还是你原本应该对自己发下的誓言。

曼弗雷德迈步从办公桌后面走出来，连看也没有看签名卡一眼。“我们走吧，好吗？”

两人走出办公室，年轻姑娘已经不在等候区了。难道，刚才姑娘是在等男伴或者女伴？小情侣约好在这儿碰头，因为那年轻姑娘的恋人要打点些银行事务，然后再一起去对街的Chili’s餐馆。银行里已经不见了那女孩的身影，至少瑞秋没有找到。看来就是这么回事，女孩的男友（或女友）来接走了她，小情侣正在对街点龙舌兰酸橙鸡呢。

不然换套情节：年轻女孩认出了瑞秋，已经给内德、拉尔斯或同类人士发了短信，眼下女孩正开车回家。要是警察向女孩问起那个头戴金色假发、今天早上十点十五分左右在停车场被杀的女子，也不知道年轻女孩推诿搪塞的功夫是不是过关。

曼尼在一扇约八米高的保险库大门前停下了脚步。他凑近一个键盘，输入了几个数字，往左迈了一步，用拇指摁上另一个键盘。保险库大门“唰”地打开了。两人面对着另一扇门。曼弗雷德用钥匙串里的一把钥匙开了门，领着瑞秋进了保险库。

他们站在那儿，身边围满了保险箱。瑞秋意识到：她还没有问布莱恩，保险箱的号码是多少。

布莱恩也一直没有告诉她。

你花好几个小时教别人如何仿冒签名，花好几个星期（如果不是好几个月的话）为最坏的情形做准备，又是打造假身份证，又是打造假护照，又是挑选完美的银行……结果却没有把该死的保险箱的该死的号码告诉你太太?

男人哪。

“……如果您需要私人空间的话。”

刚才曼尼一直在跟她说话呢。顺着曼弗雷德的目光，瑞秋望见了自己左侧的一扇黑门。

“您上次来，用过这儿的保密室吗？”

“不，”瑞秋听见自己回答。“没有。”

“今天您要用吗？”

“是的。”瑞秋说。这里的保险箱一定有六百个之多吧。原本是个农业小社区的地方，竟然配备这么多保险箱？大家在这里存些什么呢——桃子派食谱吗？老爹的“天美时”表？

“好吧。”曼尼说。

“好吧。”

曼弗雷德将瑞秋领到中间的一排保险箱前。瑞秋把手伸进手袋去摸钥匙，夹在食指和拇指之间，摸着钥匙上的数字。瑞秋把钥匙收进掌心（数字是“865”），曼尼也正好把自己的钥匙插进了标着“865”的那只保险箱。瑞秋将自己的钥匙插进另一把锁，两人一起转动了钥匙。曼弗雷德取出保险箱，搁在左臂上。

“您刚才说，要一个人待着？”

“是的。”

曼弗雷德朝那扇门抬抬下巴，瑞秋打开了门。里屋很小，除了四面铁墙、一张桌子、两把椅子和白色嵌入式细灯具外什么也没有。

曼尼把保险箱放到了桌上。他直愣愣地望着瑞秋，两人之间只隔了几英寸。瑞秋回过了神：这浑蛋居然期望着他们两个人会有来电的一刻呢，仿佛他是个魅力难挡的万人迷；只要在他的面前，女人就势必变成淫娃荡妇。

“过几分钟我就出来。”瑞秋走到桌子的另一边，从肩上取下手袋。

“当然，当然啦。那就待会见。”

瑞秋根本懒得表示自己听到了曼弗雷德的话。曼弗雷德关上门以后，她才抬了抬头。

瑞秋打开保险箱。

不出所料，保险箱里是四天前瑞秋见到布莱恩带进银行的那只包。难道只有区区四天吗？瑞秋感觉简直足有一千年之久。

瑞秋猛地将包扯出保险箱，拎着提手展平了包。正如布莱恩所说，上面一层是现金，一沓沓百元美钞齐整地用橡皮筋扎着，其中还有千元美钞。瑞秋把钱放进了自己的手袋。现在只剩下六本护照了。

瑞秋将手伸进保险箱，取出护照。当看见只有五本时，她感觉喉头涌上了一口苦水。

不。

不，不，不，不。

瑞秋向嵌入式灯具和冰冷的铁墙企求：拜托，请别这样。别这样对我。别挑现在。别在我熬过这一切之后。拜托了。

**别慌，瑞秋。先瞧瞧护照，再放弃希望不迟。**

瑞秋打开了第一本护照：布莱恩的面孔回望着她。上面还有布莱恩最新的化名：姓“休伊特”，名“蒂莫西”。

瑞秋打开了第二本：是凯莱布的。他的化名姓“布兰奇”，名叫“赛斯”。

瑞秋伸手去取第三本，双手发起了抖。她的手抖得太厉害，不得不歇上一会儿，把手握成拳头抵在一起，接着呼吸，呼吸，再呼吸。

瑞秋打开第三本护照，首先映入眼帘的是人名——姓“卡麦可”，名“琳赛”。

紧接着是照片：

妮可·奥尔登。

瑞秋打开第四本护照：姓“布兰奇”，名叫“清子”。Haya 的面孔回望着瑞秋。瑞秋打开第五本护照，也是最后一本护照：那是宝宝的护照。

瑞秋没有尖叫，没有扔东西，也没有踢翻椅子。她一屁股坐到地板上，双手捂住脸，直愣愣地瞪着眼前的黑暗。

**“我在自己的人生中当了看客。”**瑞秋心想。**“无论哪一步，我都没有行动，而我还美其名曰为‘见证’。可惜的是，实际上，我只是选择了不采取行动。”**

**直到这一刻。**

**瞧瞧那害我落到了什么下场。孤身一人。接下来会送命。其余一切都是粉饰。是包装。是销售与营销。**

越过一沓沓钞票，瑞秋在手袋深处找到了一包纸巾，用几张纸巾擦了擦脸。她发觉自己正瞪大眼睛盯着手袋：手袋的左侧全是钞票，右边则放着瑞秋的钥匙、钱包和那把枪。

瑞秋盯着枪（或许是十分钟，或许是一分钟，她说不清），终于明白了一件事：她绝对没有办法用枪指着布莱恩，再次扣下扳机。她下不了手。

她会放布莱恩一马。

不过，不会让布莱恩带走他的护照（他妈的，护照得乖乖留下），不会让布莱恩带走钱，因为瑞秋会带着钱走人。

不过，她杀不了布莱恩。

为什么？

因为，老天爷啊，她爱他。换句话说，至少她爱幻象中的他。至少如此。爱幻想中他给她带来的种种感受。说的不仅仅是两人婚后虚假的幸福时光，还有最近的几天。弥天大谎如布莱恩，她却也宁可与他相识相交，胜于她生命中其他一切真相。

瑞秋把那包纸巾扔回手袋，又把钞票堆上去。正在这时，她望见了一抹深蓝色。它从两叠钞票之间探出了头，活像用来切牌的卡片。

瑞秋把它从手袋里抽了出来。是本美国护照。

瑞秋打开护照。

瑞秋自己的脸庞注视着她——是三个星期前，下雨的星期六那天，在格乐丽雅购物中心拍下的照片。照片上的女子正千方百计让自己显得坚强，可惜还没有走到那一步。

不过，她在努力。

瑞秋把六本护照和钞票一起通通装进手袋，离开了房间。

# *Part 34*

# 交 手

离开银行的路上，瑞秋又找了找那个脖子上有刺青、风姿翩翩的姑娘。不过，就算女孩还在这栋楼里，瑞秋目力所及的范围内也没有她的踪影。瑞秋右转经过等候区，发现曼尼待在出纳员窗口后，正在跟艾希莉说话，朝艾希莉的肩膀歪着下巴。瑞秋出门左转，他们两个人都抬起了头。曼尼张开了嘴，好像要叫瑞秋一声，但她走出了前门，进了停车场。

到了现在，瑞秋可以再清楚不过地望见停在树下的汽车，太阳也很配合。树下还停着四辆车，只有一辆车里显然有人。是那辆车头朝外的"雪佛兰"，驾驶座上坐着一个男人。光线依然太暗，看不清他的面容，不过毋庸置疑，那肯定是个男人的脑袋——头顶和下巴都方方正正，耳朵足有零钱包大小。说不清对方是来这儿杀她，是来查她，或者只是个上班时间偷溜出来的中层管理人员，是个买春让人家给自己口交的家伙，还是个提前赶来赴约的外地销售员，免得撞上九十五号州际公路普罗维登斯段八点至十点的交通拥堵呢。

瑞秋直视着前方，从"本月最佳员工"的车和一辆停在残疾人车位的厢式货车中间穿了过去。厢式货车也是车头朝外停着的，瑞秋的左肩离车的推拉门不远，她的脑海中闪过一幕景象：推拉门“刺啦”打开，有人从车里伸出手，一把将她拽进了车。

瑞秋经过了厢式货车，右手边却驶来了一辆长长的黑色SUV。驾驶侧的贴膜车窗突然摇了下来，窗户还没有降到底，司机却从车窗开口中伸出了一条胳膊，瑞秋莫名有些漠然地痴望着它。司机身穿黑色西服，袖口探出了一截白色衬衫。瑞秋还没有来得及考虑从手袋里掏出枪，或者至少一溜烟奔回厢式货车后面躲一躲，司机的手臂已经全伸了出来，食指和中指之间夹着一根香烟，脑袋靠在头枕上，心满意足地喷出了一口烟雾。从旁经过的时候，司机慵懒地朝瑞秋笑了笑，仿佛在说：“及时行乐嘛，对吧？”

黑色SUV驶过以后，瑞秋将手伸进手袋，打开P三八零枪的保险，朝“路虎揽胜”走去，一路上手都没有离开枪。她用左手打开车门，钻进车，把包放在副驾驶座上，枪放在身旁的中控台上，手指却仍然没有离开扳机，开着枪的保险。她问：“你还在吗？”

“都已经过了好几个生日了。”布莱恩柔声说。“要命，你怎么去了这么久？”

“不是吧？”瑞秋挪开扳机上的手指，又关上枪保险，把枪搁到她的座位和中控台之间。“你就这么欢迎我？”

“天哪，亲爱的。你看上去美极了。这是新造型吗？你看起来好像还减了好几磅，虽然你什么时候都用不着减肥。”

“滚蛋。”瑞秋惊讶地听到，自己说完那句话，竟然咯咯笑了一声。

布莱恩也笑了。“是我的错。一切顺利吗？顺便说一句，要是我们想接着聊，说不定该启动引擎，你也装作打电话的样子。”

瑞秋启动了车。“他们就不能认为我打电话也不需要用手拿着手机吗？”

“你明明没有戴耳机，开的还是款老爷车。”

瑞秋把手机贴到耳朵边。“有道理。”

“银行里有探子吗？”

瑞秋将车驶出了停车位，朝着出口开去。“很难讲。等候区有个女孩，不过我还说不清她是不是。”

“停车场呢？”

“员工区的一辆车里有个男人，我也不确定他是不是在监视我们。”

他们的车开到了路上。

“右转。”布莱恩说。

他们驶上一个小斜坡，经过一片有着护墙板的房屋，大部分是红房子，也有些蓝房子，其余房屋则褪成了旧棒球那种灰褐色。经过这片房屋后，汽车驶上了一截直道，两侧是绵延好几英里的牧场。瑞秋前方是蔚蓝的天空，她只在梦中或彩色老片里见过如此美景。天空东南角堆起了朵朵白云，四野却依然阳光普照。瑞秋看得出布莱恩挑这条路的理由：数英里之内没有岔路。看上去，约翰斯顿农业社区残留的部分，只怕都在眼前了。

“好吧。”开出大约两英里以后，布莱恩说。

“怎么了？”不知道为什么，瑞秋笑了。

“你能从后视镜里看到什么人吗？”

瑞秋抬起头。身后的道路好似一条青铜色丝带，上面什么也没有。“没有人。”

“你能看到多远？”

“大约两英里吧。”

又过了一分钟，布莱恩问：“现在呢？”

瑞秋又放眼望去：“没有，一个人也没有。”

“瑞秋。”

“布莱恩。”

“瑞秋。”他又说一遍。

“布莱恩……”

布莱恩从后座上坐起身，脸上的笑容灿烂得不得了。

“你今天感觉如何？”布莱恩问。“就现在？糟得很呢，还是好得很？”

后视镜里，瑞秋的目光迎上了布莱恩的眼神。她的眼神恐怕跟布莱恩一样激动吧。“我觉得……”

“说出来。”

“好得很。”

布莱恩鼓起了掌，欢呼着。

瑞秋猛踩油门，往车顶上击了一掌，也怪叫了一声。

又过了十分钟，他们的车开到了另一家小型购物中心。迈进购物中心的时候，瑞秋瞥了瞥：购物中心里有个邮局，一家三明治店，一家酒类专卖店，一家马歇尔百货店，还有一家洗衣店。

“我们来这儿干吗？”布莱恩望了望那些低矮的建筑。除了原来是白色、现在已经褪成了蛋壳色的马歇尔百货店，其余房屋都是灰色。

“我有点小事要办，用不了多久。”

“现在？”

瑞秋点点头。

“瑞秋，”布莱恩的语气中隐隐透露出一丝瞧不起的腔调，“我们没有时间……”

“吵架？”瑞秋说，“我非常同意。马上就回来。”

瑞秋没有拔出点火开关里的钥匙，又把从银行里拎出的手袋放到了布莱恩脚边。在马歇尔百货店里，她花了十分钟，脱下那套“妮可·诺索维奇”着装，换上了牛仔裤、蔓越莓色V领T恤和黑色羊毛衫。瑞秋把标签递给收银员，又把换下来的套装装进一只塑料购物袋，付账离开。

布莱恩望见瑞秋走出来，于是坐起了身。可惜，瑞秋伸出手匆匆朝他一挥，又进了邮局，布莱恩的脸色顿时阴沉下来。

又过了五分钟，瑞秋才出了邮局。等她坐上驾驶座，布莱恩的脸色显得苍白了许多，连身材都似乎缩了水，有些病恹恹的。瑞秋的手袋还在布莱恩脚边搁着，但是很明显，布莱恩已经翻过手袋了，因为一摞钞票从手袋的开口探出了头。

“你翻了我的包，”瑞秋说。“我们之间的信任就这点？”

“信任？”布莱恩的声音又尖又高，活像在打嗝。“我的护照不在包里，你的也不在。”

“嗯。”

“那护照在哪儿？”

“我的护照在我手里。”瑞秋说。

“太棒了。”

“我也觉得。”

“瑞秋。”

“布莱恩。”

布莱恩的声音近乎耳语。“该死，我的护照在哪儿？”

瑞秋把手伸进马歇尔百货的购物袋，取出一张快递单，递给布莱恩。

布莱恩在大腿上把单子展平，瞪着它望了一会儿。“这是什么？”

“这是一张快递单。美国邮政服务，全球速递。右上角就是查询号码。”

“我看得出来。”布莱恩说。“我还看得出来，你把快递寄给了你自己，你的身份是阿姆斯特丹‘洲际酒店’的住客。”

瑞秋点点头。“那家酒店怎么样？你住过吗？网站上看起来很不错，所以我选了它。”

布莱恩凝望着瑞秋，看似恨不得揍人一顿的模样。或许是要揍她，不然就是他自己。也有可能是仪表盘。

不过，有可能还是她。

“你把什么东西寄到了阿姆斯特丹的‘洲际酒店’，瑞秋？”

“你的护照。”瑞秋启动了“路虎揽胜”，开出了停车场。

“你说是我的护照，什么意思？”布莱恩的声音居然压得更低了。布莱恩跟人吵架吵到情绪快要爆发，就是这副模样。

“我的意思是，”瑞秋用专门用来哄小孩、慢吞吞的口吻说道。“我把你的护照寄到了阿姆斯特丹。按计划，明天晚上我应该已经到那儿了。至于你，还会留在美国。”

“你不能这么做。”布莱恩说。

瑞秋扭头望着他。“似乎我已经这么做了。”

“你不能这么做！”布莱恩又重复一遍，不过这次他喊出了声，接着狠狠地捶了下车顶。

瑞秋等待着，想瞧瞧布莱恩会不会砸别的东西。汽车又驶出了大约一英里，瑞秋说：“布莱恩，自从婚前一年，你就一直在骗我，结婚后也是。你真的以为我会完全不计较吗？真的以为我会说：‘天哪，谢谢你对我的照顾？’”在标示着九十五号公路的路牌处，瑞秋驱车左拐，离匝道还有十英里。

“把车掉头。”布莱恩说。

“掉头干什么？”

“把护照拿回来。”

“邮件一旦交付，你可不能再取回来，会妨碍公务之类。”

“给我掉头。”

“你要干什么？”瑞秋惊讶地听见，自己竟咯咯笑了起来。“回去打劫邮局吗？依我猜，邮局可是有监控摄像头的，布莱恩。你或许能拿到护照，不过，到时候你也会摊上柯特－麦肯、本地警方、州警和要命的联邦调查局……这肯定是宗犯了联邦罪行的案子吧。难道你现在真想走这条路吗？”

布莱恩从“路虎揽胜”的另一头怒视着瑞秋。

“这下你恨我了。”瑞秋说。

布莱恩继续怒视着她。

“好吧，”瑞秋说，“通常来说，我们对把自己叫醒的事物都有点记恨。”

布莱恩又狠狠地捶了下车顶。“去你妈的。”

“噢，宝贝，”瑞秋说，“要我给你说说你还有哪些选择吗？”

布莱恩用拳头的一侧开了手套箱，取出一包烟和一只打火机。他点上烟，开了车窗。

“你居然抽烟？”瑞秋说。

“你也提到了‘选择’嘛。”

瑞秋伸出手。“给我来一支。”

布莱恩把手上的烟递给瑞秋，又点了一支。两人驱车驶过空荡荡的道路，抽着烟，一时间她只觉得豪气凌云。

“你可以杀了我。”瑞秋说。

“我不杀人。”布莱恩的语调中带着倦意和怒火，让人感觉既有几分迷人，又有几分无礼。

“不过，如果你杀了我，那就永远也拿不到你的护照了。眼下你可是在风口浪尖，即使你想办法找人再弄一本，他们也说不定会狠狠地敲你一笔，然后还是把你出卖给柯特－麦肯。”

瑞秋凝视着布莱恩的眼睛，看出自己果然命中了要害。

“你已经没有任何人可以信任了，对吧？”

布莱恩从车窗的缝隙里往外掸了掸烟灰。“信任？这就是你要给我的？”

瑞秋摇摇头。“这是我要你给的。”

过了片刻，布莱恩问：“怎么说？”

“有那么几天，你看上去会像只人人喊打的过街老鼠，而我、Haya 还有 AB 在阿姆斯特丹的运河上流连。”

“你很喜欢那幅场景嘛。”布莱恩说。

“然后，在约定的时间和地点，你再取回我寄回美国本土的护照。”

布莱恩狠狠地抽了口香烟，烟草噼里啪啦地烧起来。“你不能这样对我。”

瑞秋把手中的香烟弹出了窗外。“但我已经这么做了，亲爱的。”

“我救了你。”布莱恩说。

“你干了什么？”

“你为自己打造了一座监牢。他妈的，我花了好几年帮你做好准备。如果这不是爱，那什么才算得上……？”

“你想让我相信你爱我吗？”瑞秋在路边停下车，猛地挂到了停车挡。“那就让我离开这个国家，把钱给我，相信我会把护照寄给你。”瑞秋伸出一根手指，朝两人之间指了指，吓了一大跳：自己的怒气竟然来得这么快，这么猛。“布莱恩？因为不然的话，我们根本没什么可谈。”

布莱恩掉开目光，向车窗外灰色的道路、湛蓝的天空和田野望去。田野泛着黄，仿佛预示着夏天的到来。

“这下可好，布莱恩威胁你的时候到了。”瑞秋心想。

“好的。”布莱恩说。

“什么‘好的’？”

“你想要的我会给你。”

“我想要的什么？”

“很显然，”布莱恩说。“一切。”

“不，”瑞秋说，“不过是信心而已。”

布莱恩朝着自己的倒影露出苦涩的笑容。“正如我所说……”

州际公路上，布莱恩给 Haya 发了短信。可惜，Haya 的回复半点也不讨他的欢心，算是二十四小时里的第二次吧。

布莱恩如约写道：

**“一切还好？”**

假如一切都没有问题，Haya 应该回复：

**“好得不得了。”**

假如出了任何岔子，Haya 应该回复：

**“一切都好。”**

结果过了十五分钟，Haya 回复的是：

**“没问题。”**

到了文索基特，布莱恩指引瑞秋上了主坡，往南过了几个街区。他们驶上了一条灰扑扑、乱糟糟的街道，街道尽头堆满了垃圾、碎石膏板和弯曲的钢筋。从这里，两人可以把河流、工厂和守夜人的小屋看个清清楚楚。布莱恩从手套箱里取出一副望远镜，调整着焦距，低头远眺着那幢房。

“储藏室的窗帘还没有放下来。”布莱恩说。

瑞秋胸中的小雀已经忽闪了两下翅膀。

布莱恩把望远镜递给她，瑞秋也瞧了瞧。“说不定她忘记了。”

“说不定。”布莱恩说。

“可是，你当时吩咐得很明白。”

“没错，当时我吩咐得很明白。”布莱恩表示同意。

两人坐下来，又观察了那栋房一会儿，把望远镜递来递去，想瞧瞧屋里的任何动静。有一回，瑞秋觉得自己望见二楼最左边那扇窗的窗帘动了一下，但她不敢确认。

不过，两个人都心里有数。

确实心里有数。

瑞秋感觉喉头泛上了苦水。有那么一瞬间，空气显得太过稀薄。

又观察了片刻，布莱恩驾驶着汽车沿原路穿过街区，比昨晚开得远了些，从再往北好几个街区的地方一点点接近工厂。他们驶上一条与铁轨平行的旧货车运输线；残破的工厂在白天显得既更加可悲，又更加辉煌，仿佛死于非命的神王与他风光一时的随从的枯骨，暴晒在阳光之下。

在离河最近的那栋楼的残骸里，他们发现了一辆泊着的皮卡，往楼里停进了好几码。楼房的北墙已经消失了踪影，二楼也不见了一大半。那是辆表里都很彪悍的黑色全尺寸“Sierra”，车轮和车身都溅上了干泥。

布莱恩把手放到引擎盖上。“不热了，但还有点温。他们才来没多久。”

“有多少个人？”

布莱恩朝驾驶室里瞥了瞥。“很难讲。座位是五个，但我怀疑他们不会带齐五个人。”

“为什么？”

布莱恩耸了耸肩。“现在人手可花钱了。”

“丢掉七千万，也很花钱。”瑞秋说。

布莱恩朝那家工厂四下打量了片刻。瑞秋了解布莱恩，深知这是他在消化信息：尽管看不清，布莱恩的眼睛却在审视着周围的一切。

“你要跟他们正面冲突吗？”瑞秋问。

“我也不想。”布莱恩睁大了眼睛。“但我看不出还有别的路可走。”

“我们可以干脆不回那栋房，直接走人。”

布莱恩点点头。“你愿意抛下 Haya 和宝宝不管吗？”

“我们可以报警。Haya 什么都不知情，她完全可以声称一无所知。”

“如果警察露面，谁能拦住里面的家伙开枪打死 Haya 和宝宝？能拦住他们朝警察开枪？或者挟持人质跟警方僵持？”

“不能。”瑞秋承认道。

“那你还想跑路吗？抛下她们不管？”

“你呢？”

“是我先问你的。”布莱恩冲瑞秋淡淡一笑。“在海地，那浑蛋跟你说的原话是什么？”

“你是想当好人呢？还是想活命？”

布莱恩点点头。

“你能把我们从这儿弄出去吗？”瑞秋问。

“我能把你从这儿弄出去。多亏你干的好事，我自己是没办法全身而退的了，不过，我能把你弄出去，宝贝。”

瑞秋没有理睬布莱恩的挖苦。“现在吗？”

布莱恩点点头。“就现在。”

“我们的胜算有多大？”

“我们的胜算？”

“我的胜算。”瑞秋说。

“大概一半对一半。每多拖一个小时，柯特－麦肯方面就多百分之五的胜算。如果我们能把 Haya 母女从那帮人手里救出来（那帮人对武器可比我们玩得溜），那还得加上一个吓坏了的女人和一个宝宝，你的胜算就更小了。”

“这么说来，眼下的概率是对半开。不过，假如我们冲进那栋房……”瑞秋指着工厂的另一头，“我们很有可能死翘翘。”

布莱恩的眼睛睁得更大了，点了好几下头。“很有可能，没错。”

“假如我说，我想逃跑，你会现在就带我离开这里？”

“我可没有这么说。我说的是，那是其中一种选择。”

瑞秋抬起头，目光越过发黑的椽木和破烂的屋顶，向碧空望去。“其实别无选择。”

布莱恩等待着。

“要走我们四个一起走。”瑞秋飞快地吸了几口气，让她有点头晕。“不然的话，我们一个也别走。”

“好。”布莱恩轻声说。瑞秋看得出来，布莱恩跟她一样心惊。“好的。”

瑞秋干脆出了杀招。“其实 Haya 的英语好极了。”

布莱恩瞥了瑞秋一眼。

“Haya 是在加州长大的，她是在耍凯莱布。”

布莱恩难以置信地尖笑了一声。“为什么？”

“听上去，好让凯莱布把她从水深火热的生活中拯救出来。”

布莱恩摇了好几下头，活像一只刚洗完澡的狗。接着，他露出了微笑。那是“布莱恩式”招牌笑容——世间的峰回路转让人猝不及防，他对此既觉得讶异，又觉得好笑。

“嗯，见鬼。”布莱恩说。“我终于开始有点喜欢她了。”他点点头。“这是 Haya 告诉你的？”

瑞秋点了点头。

“为什么？”

“好让我们明白，我们不能抛下她不管。”

“抛下她不管倒不是没有可能，”布莱恩干脆地说。“不过，我绝不会把凯莱布的孩子留在那儿等死，就算为了七千万也不行。”

布莱恩掀开“路虎揽胜”的工具箱盖板，取出一支带有手枪式握把、又丑又短的霰弹枪。

“你到底要用多少枪？”瑞秋问。

布莱恩一边打量那所房子，一边将子弹装进枪膛。“你见过我开枪，我的水平渣到家了，霰弹枪好歹少吃点亏。”布莱恩关上了汽车的尾门。

无论布莱恩嘴上说得多好听，说什么不会把凯莱布的女儿抛下不管，却始终改变不了一个事实：搞不好，他会用那把难看的霰弹枪要她的命。倒不一定是什么理性的选择，不过在这种节骨眼上，理性选择恐怕堪称一种奢侈。

不过看上去，布莱恩满脑子想的并不是这些，于是瑞秋打开了卡车驾驶座一侧的前车门。座位的脚垫上沾着干泥。瑞秋伸长脖子，望见副驾驶座的脚垫上也沾着干泥。不管对方最近在哪里搜寻瑞秋和布莱恩的踪迹，他们一定在泥地里走过。瑞秋又打开驾驶座一侧的后车门：脚垫一尘不染，简直能闻出崭新的橡胶味。

瑞秋告诉了布莱恩。“对方只有两个人。”

“除非这附近还停着另一辆车。”

瑞秋没有想到这一点。“我还以为你一向积极向上呢。”

“操蛋，算今天状态不佳好了。”

“我的意思是……”瑞秋开了个头，却没有把话说完。她垂下了手。她很久没有觉得这么想吐了，于是告诉了布莱恩。

“需要山达基信徒的时候到了，他们人呢？”布莱恩端起枪，越过一堆堆尘土、垃圾和被捡铜丝的拾荒者扒下来的墙皮，对准了建筑的尽头。“尽头处有截台阶。走台阶下去，你会看到一条非常小的隧道。”

“一条隧道？”

布莱恩点点头。“过去几个月，也就是你认为我在国外的那些时间，凯莱布和我一直在挖地道。”

“真不赖。”

“当初我们想，如果我们在那栋房里，发现对头来害我们，我们可以从地道里溜走，逃到这儿，差不多就从我们现在站的位置逃跑。你可以下去……”

“我下去？”

“我们一起下去，好吧。我们爬过去，然后……”

“这条地道有多窄？”

“嗯，够呛。”布莱恩说。“说它是道槽还差不多。假如我现在吃块比萨，很有可能就会被卡在里面。”

“我不想下去。”瑞秋说。

“你宁愿去死吗？”布莱恩挥舞着霰弹枪，仿佛那是他的一截手臂。

“没错。我宁愿死在地面上，也不愿意死在地下。”

“你有更好的主意吗？”布莱恩的话挺刺耳。

“我还没听到你有什么主意呢。我只听到‘地道’这个词。再说，能不能拜托你把这该死的玩意儿对着地面？”

布莱恩凝视着霰弹枪，耸了耸肩表示歉意，把枪口垂向了地面。

“我的计划，”布莱恩平静地说，“就是我们从地道爬到房子底下，从一楼屋后的卧室进到那栋房里，抓住他们还在窗口张望着等我们的时机。”

“有办法拦住他们冲我们开火吗。”

“我们先发制人？”

“先发制人？”瑞秋说。

“没错。”

“他们可是职业杀手。要是坏人精于动武，好人却是菜鸟，那拿着枪的好人是拼不过拿着枪的坏人的。”

“好吧，”布莱恩说。“该你了。”

“什么？”

“到你了，”布莱恩又说一遍。“给我支个高招啊。”

瑞秋花了一分钟。要是吓慌了神，脑子可不会太好使。除了“逃跑”，瑞秋的脑海里几乎容不下第二个字眼。

她把自己的想法告诉了布莱恩。

瑞秋说完后，布莱恩咬了咬下唇，咬了咬嘴，又咬了咬上唇。“很棒。”

“你真这么觉得？”

布莱恩盯着瑞秋，仿佛在衡量该不该说实话。“不，”他终于承认，“算不上很棒。不过，比我的主意强。”

瑞秋朝布莱恩走近了一步。“这主意有个要命的地方。”

“什么要命的地方？”

“假如你干不好你该干的活，要不了一分钟，我就会没命。”

布莱恩接话道：“说不定还用不了一分钟。”

瑞秋后退一步，朝布莱恩竖起了中指。“那我怎么知道你会不会爽约？”

布莱恩从夹克口袋里掏出香烟，递了一支给瑞秋。她摆摆手表示不用。布莱恩叼上烟，点上火，又把烟盒放回了口袋。

“回头见吧，瑞秋。”布莱恩耸了耸肩，迈步穿过工厂，朝着守夜人的屋子走去，再也没有回头。

# *Part 35*

# 家 人 合 影

瑞秋开着“路虎揽胜”，沿工厂与河流之间的铁轨往前行驶。刚刚经过最后一栋红砖房，她便驶离了铁轨。汽车在煤渣砖和石块上颠簸，瑞秋只盼车底的那些东西别太硬，别太有棱角，免得把油箱划破。汽车一路颠簸着，直到瑞秋望见布莱恩提过的那条小路，汽车随即攀上了通向守夜人小屋的山峦背面。

接近山顶的时候，瑞秋踩了油门，汽车趔趄着越过山脊，狠狠地向左歪去，歪得太厉害，瑞秋简直担心会翻车。她并没有听从本能，反而拼命把油门踩得更狠了，汽车一下子四轮着地，猛地开进了屋后的空地。

内德和拉尔斯都出了屋，到了后门廊，拿着枪。内德歪歪头望着瑞秋，神色中有些惊奇，又有些胜利的意味。从内德那双小眼睛里，瑞秋见到了曾经见过无数次的眼神，那种眼神每次都能让她感觉自己非常渺小，同时又义愤填膺，仿佛对方在说：

“蠢姑娘。”

瑞秋停好“路虎揽胜”，下了车。汽车隔在门廊和瑞秋之间。

“别跑，”内德说。“不然的话，我们只能跟着你追。你的下场反正都一样，但我们就得多劳点神。”

内德手里拿着把“格洛克”枪，正是他用来杀凯莱布的那一把，消声器已经装好。瑞秋担心，自己只怕会随着静悄悄“噗”的一声毙命吧。不过，拉尔斯端的是把大猎枪，能够干掉一头熊的那种，所以，瑞秋也有可能会随着“嘭”的一声毙命。

他们两人同时走下了后门廊。

瑞秋用手枪越过引擎盖，瞄准了他们。“不要再往前走了。”

内德举起了双手，扭头望望拉尔斯。“我觉得，她搞定我们了。”

**布莱恩是不是正躲在什么安全的地方，偷笑着观望这一幕？**

拉尔斯迈步向“路虎揽胜”走去，但他走的是斜线。内德也一样，不过方向跟拉尔斯相反。于是，内德和拉尔斯每迈出一步，就朝“路虎揽胜”更近了一步，但又离对方更远了一些。

“他妈的，给我停下来。”

拉尔斯又优哉游哉向前挪了几步，才停下来。

**说不定，布莱恩还有一本备用护照。他大可以让她去送命，然后花掉所有的钱。**

“这算是哪出？”内德说。“玩‘红绿灯’游戏？”

他又朝瑞秋迈了两步。

**“布莱恩，”**瑞秋恨不得尖叫出声，**“布莱恩！”**

她把手从引擎盖上向前伸。“我说了，‘停下’。”

“你又没有喊‘红灯’。”他又朝前迈了一步。

“停下！”瑞秋的声音在小屋和山峦之间回荡。

内德的腔调依然心平气和。“瑞秋，我敢肯定，你看过好些片，片里的小姑娘拿着枪抗击拿着枪的坏人。不过，宝贝，那一套在现实生活里行不通。你任由我们下了后门廊，又任由我们特意兵分两路。这就意味着，到了我们的现实生活里，你没办法在我们其中一个放倒你之前，把我们两个人都放倒。事实上，要么我会开枪打倒你，要么他会开枪打倒你，反正都不难。”

**布莱恩，老天爷哪！你他妈的到底在哪儿？你是抛下我不管了吗？**

瑞秋的手抖得厉害，她只好把手肘搁到汽车引擎盖上，好稳住自己。她用枪对准内德，可惜这样一来，她就无法兼顾拉尔斯了。

内德冲着瑞秋在引擎盖上发颤的手肘挑起了眉。“瞧瞧，我说什么来着？”

**噢，要命。要命，要命。你真的背弃我了吗？**

用眼角的余光，瑞秋瞥到拉尔斯又走近了两步。

“求你们了。”瑞秋说。“千万别动。”

内德微微一笑。去死吧。

楼上传来了婴儿的哭声。

拉尔斯应声抬起了头，内德依然盯着瑞秋。

正在这时，布莱恩一脚踏上了后门廊，抬起了霰弹枪，开了火。

气浪冲进了拉尔斯的后背，又从他的身前穿了出来。猎枪还在拉尔斯的手中。子弹的碎片夹杂着拉尔斯的血肉，击中了“路虎揽胜”的副驾驶侧，那把枪也飞了出去，砸在了汽车的引擎盖上。拉尔斯双膝着地跪了下去，瑞秋朝内德开了火。

瑞秋记不清自己是如何扣下了扳机，但她一定是扣下了扳机。因为内德放声大吼了起来，仿佛是在吼某个在体育比赛中做出误判的裁判。是透着惊愕和厌恶的“啊啊……”声，紧接着，内德往后门廊的台阶倒了下去，瑞秋发现内德的枪已经不在他手里了。

瑞秋绕过“路虎揽胜”，用枪指着内德。内德望着瑞秋走过去，望着布莱恩也走了过来，用霰弹枪指着他。布莱恩的手臂在发抖（出乎瑞秋意料的是，她自己的手臂倒已经不抖了），不过既然端的是把霰弹枪，手抖不抖倒是无关紧要。

拉尔斯的脸栽倒在泥地上，轻轻发出“噗”的一声。

瑞秋捡起了内德的枪，拿在手里，把自己的那支枪别进了牛仔裤的腰带。他们两个人都站在内德的面前，盘算着下一步该怎么办。

瑞秋射中了内德的肩膀。他的左臂耷拉下来，仿佛失去了所有支撑。瑞秋估计，可能自己的子弹把内德的锁骨打碎了吧。

内德望着她，用嘴巴短促地呼吸着。他看上去很绝望，很失落，好像倒霉了整整一个星期的推销员。鲜血从他米白色的衬衫上淌下来，浸湿了夹克的左襟，那是很多建筑工人爱穿的格纹绒里衬衫式夹克。

“你的手机在哪儿？”布莱恩问。

内德把手伸进灯芯绒裤子的右口袋，脸上露出痛苦的表情。他递给布莱恩一只翻盖手机。

布莱恩打开手机，翻看着通话记录和短信。

“你们什么时候到这儿的？”布莱恩问。

“九点钟左右。”内德说。

布莱恩打开了一条短信。“你告诉别人，‘我们抓住了C’。是什么意思？”

“佩洛夫的太太是目标C，你是目标A。”内德疲惫地冲瑞秋歪了下头。“她是B。”

隔着玻璃和距离，宝宝又哭了起来。

“Haya在哪儿？”瑞秋问。

“在楼上，被绑着呢。”内德说。“跟小孩在同一个房间。小孩在婴儿床里，反正她还没到能爬出来的年纪。她们哪儿都去不了。”

布莱恩又查了一遍通话记录和短信，把手机装进口袋。“九点三十分以后就没有任何电话和短信了，为什么？”

“没什么好上报的。我们在等你，布莱恩，觉得你不会露面。”

“你叫什么名字？”瑞秋问。

“有什么区别吗？”内德说。

瑞秋一时间不知道该如何辩驳。

布莱恩问：“你们是怎么找到这里的？”

内德眨了几下眼睛，在台阶上挪了挪，痛得嘶声倒抽着冷气。“你合伙人的笔记本电脑上有挂名公司的文档。两年前从雅加达租了矿业探测工具的那家公司也买了这个地方。”

“你们还在查些什么？”

“抱歉，”内德说。“就算我能帮你——说不定给瓶水，我就会把知道的一切通通告诉你们——我也只知道那些跟我的活儿和我的部门相关的事情，没有收到其他的消息。”

瑞秋从“路虎揽胜”车里取了一瓶水，正要递给内德，他却费力地单手掏出了钱包，夹出一张照片。他把钱包扔在了后门廊上。假如瑞秋真想知道“内德”的名字，她大可以捡起钱包，瞧瞧里面的驾照。她没有搭理那只钱包。

内德把照片交给瑞秋，接过了水。

照片上是个金发碧眼的女孩，大约十一二岁，宽下巴，大眼睛，笑容有点忐忑。女孩的胳膊搭在一个褐色头发的男孩身上，男孩比女孩要小几岁，长着跟内德酷似的薄嘴唇和大鼻子，笑得比他姐姐更加灿烂，更加自信。

“这是我的子女。”

布莱恩放眼瞥了瞥。“把这该死的玩意儿拿开。”

内德紧盯着瑞秋的眼睛，根本不理会布莱恩的话。“凯莉，是我的女儿，她聪明极了，知道吧？她在学校创立了‘守望相助’项目。那是……”

“住嘴。”瑞秋说。

“那个项目里，年纪大点的孩子，比如她，会指导一二年级的新生。知道吧，跟新生结伴，免得他们害怕。那是凯莉的主意，她心地可善良了。”

“不要再说了。”瑞秋又说一遍。

内德“咕嘟咕嘟”咽下几口水。“还有，嗯，雅各布，我的儿子，他……”

布莱恩用霰弹枪对准了内德。“他妈的给我闭嘴！”

“好的！”瓶里的水泼了些在内德的大腿上。内德以为布莱恩就要扣扳机了。“好的，好的。”

瑞秋望着内德一边喝水一边颤抖，竭力让自己狠下心，可惜没有做到。

内德又喝了几口水，舔了几次嘴唇。“谢谢你，瑞秋。”

突然间，瑞秋不愿意再迎上他的目光。

“我的名字，”他对瑞秋说，“叫作……”

“不要说出来，”瑞秋低声说。“别说。”

他们两人互相对视，内德久久地凝望着瑞秋，久得足以让她看穿了“内德”心中的小男孩，也看穿了“内德”心中的恶徒。紧接着，内德忽闪着眼帘，算是应允。

布莱恩走到山边，举起胳膊，把内德的手机扔了出去。手机划出一道高高的弧线，最后落进河里。布莱恩背对着他们两个人，开了口。“我们该怎么处置你呢？”

“我也在想这件事。”

布莱恩转过身。“我敢说，你肯定想过。”

“你们俩都不是下手杀人的人。”

布莱恩朝拉尔斯歪了歪头。“你的死党可能有不同的说法。”

“刚才他拿枪瞄准你太太呢，分分钟要人命。你别无选择嘛。那跟处决别人不是一回事，完完全全不是一回事。”

“如果我们角色互换一下，你会怎么对待我们？”瑞秋问。

“噢，那你们早已经没命了。”内德说。“不过，我早就葬送了我的灵魂，瑞秋，你可没有。”内德又在台阶上挪了挪。“你们杀了我也好，把我绑起来也好，反正结局都一样。公司会派另外一队人来，说不定他们已经在路上了。他们才懒得管我死活，我只是个该死的苦力嘛。不管他们发现我是死是活，事情都不会变——他们会继续追杀你们。他们把我送去找医生也好，抛下我不管也好，反正他们一定会继续追杀你们。我的意思是，你们要是放我一条生路，结局跟现在杀了我是一样的。只不过，要是你们冷血无情地杀了我，接下来每天晚上，你们只怕都得照照镜子了。”

布莱恩和瑞秋权衡着，也思索着对方。

靠着破栏杆右边的柱子，内德慢慢地站起了身。

“嘿。”布莱恩说。

“要是我会死，我宁愿站着死。”

布莱恩用抓狂的眼神向瑞秋望去，瑞秋用抓狂的眼神回望布莱恩。内德没有说错：刚才不假思索地向内德和拉尔斯开枪，并不算很难。可是现在……

楼上传来宝宝的号啕大哭。这一次又刺耳了些，狂乱了些。

布莱恩说：“听起来不太对劲。你要去瞧瞧她吗？”

谁知道该怎么照看宝宝？瑞秋连保姆也没有当过。假如楼下出了事，待在楼上陷入绝境，只怕比守在这儿更吓人吧。

“我留下盯着他好了。”

布莱恩点点头。“只要他敢乱动，你就开枪。”

**嘴上说得真轻松。**

“还用说吗。”瑞秋说。

布莱恩走上台阶，用霰弹枪的枪管抵住内德的下巴。“别跟她捣乱。”他说。

内德什么也没有说，目光紧锁在近处的工厂上。

布莱恩进了屋。

布莱恩刚刚离开，瑞秋顿时觉得气势弱了一半，心虚翻了一倍。

内德靠着柱子摇摇晃晃。那瓶水从他的手中掉了下来，内德看上去一副快晕倒的样子，却又在最后关头稳住了身子。

“你失血太多了。”瑞秋说。

“我失血太多了。”内德附和道。“能劳驾你把水给我吗？”

瑞秋刚要伸手去捡那瓶水，却又住了手。她发觉内德正盯着她，有那么一瞬间，他显得远没有那么无助。他显得急不可耐，正待出手。

“给我水。”内德说。

“自己去捡。”

内德呻吟了一声，探身去捡那瓶水，手向水瓶上方的木头立板伸去。

楼上的一扇窗户打开了，随后的两三秒里发生了好几件事：

布莱恩高声喊道：“他们杀了 Haya！”

内德拔腿从后门廊上冲下来，一头向瑞秋的胸口撞去。

内德伸手去夺瑞秋的枪。

瑞秋猛地抽回了拿枪的那只手。

内德用没有受伤的肩膀去撞瑞秋的下颌。

布莱恩大喊：“开枪射他！”

瑞秋扣动了扳机并倒在了地上。

瑞秋挣脱了内德，她听见他咕哝了一声，于是又开了一枪。瑞秋的第一枪什么也没有瞄准——纯属自卫。至于第二枪，当时瑞秋一边打滚，一边瞄准内德的腿，因为那两条腿正挣扎着从她身边奔开。等到瑞秋双膝着地跪起身，她又开了最后一枪，瞄准的是内德的屁股，这时内德已经跑到了坡顶。

内德从山坡上栽倒下去。瑞秋说不清楚，自己开第三枪的时候，究竟有没有听到内德发出叫声。也许他喊叫了，也许那只是瑞秋的白日梦。

瑞秋站起身，一溜烟奔到山边，望见内德跪在山脚下。瑞秋纵身跳进灌木丛、草堆、杂草、瓶子和陈旧的汉堡包装纸之中，把枪高举到右耳边，一路奔下了山坡。

内德已经站了起来，蹒跚着向第一栋砖楼走去。等到瑞秋抵达坡底，内德正用手捂着肚子，东倒西歪地走着，走到了一张旧办公椅旁边。办公椅的椅腿和金属框架都生了锈，椅座被人沿水平方向划了一道口，翻出棕色的海绵。内德一屁股在椅子上坐下，眼睁睁望着瑞秋向他走去。

瑞秋的手机震动了起来。她接起电话。

“你还好吗？”布莱恩问。

“我没事。”

她扭头回望山坡，望见布莱恩站在后门廊上，肩上伏着宝宝，另一只手端着霰弹枪。

“要我帮忙吗？”

“不用，”瑞秋说。“我搞得定。”

“他们朝Haya的头开了枪。”布莱恩的声音很沙哑。“就在宝宝的房间里。”

“知道了，”瑞秋说。“会没事的，布莱恩。我马上就回来。”

“快点。”布莱恩说。

“你们为什么非杀她不可？”走到内德身边时，瑞秋问。

内德用一只手捂住伤口。瑞秋的一颗子弹射进了内德的后背，又从他的右臀穿了出来。瑞秋说不清是哪一颗。

“绩效奖金。”内德说。

瑞秋哼了一声，听上去像是发笑。“你刚才说什么？”

内德点点头。“我们的时薪烂得不得了，得靠奖金。”他环顾着残破的工厂，脑袋无力地耷拉着。“我家老头子就在洛厄尔某个跟这里差不多的鬼地方干活。”

“柯特－麦肯可以把这里改建成公寓大楼，或者改建成购物中心，”瑞秋说。“再不济，建个赌场也行啊，真要命。一年就能让他们挣回七千万。”

内德疲惫地挑了挑眉。“这里的土地可能已经被污染了。”

“他们干吗在乎？”要是不住嘴，一个劲跟内德说话，他就会在她面前流血过多死掉吧。“等到大家开始生病，他们肯定早就拿回了钱，远走高飞了。”

内德想了想，点了点头，又耸了耸肩。

“她什么都不知道，她几乎连英文也不怎么讲。”

“警方有翻译。”内德说。“再说，在死前几分钟，她的英文说得很不赖。没骗你。”内德的脸上渐渐失去了血色，但他捂着伤口的那只手看上去依然颇为有力。他向瑞秋抛去满怀歉意的眼神。“规矩不是我定的，瑞秋，我什么也控制不了。我只是打份工，养活家里人，有些时候夜半难眠，跟其他所有父母一样，盼着自己的孩子能过得比我好，盼着他们的选择能比我多。”

顺着内德的目光，瑞秋也环顾着工厂。“你觉得会如愿吗？”

“不。”内德摇摇头。他低下头，望着渗进怀中的鲜血，声音有些嘶哑。“我觉得，那样的日子已经一去不复返了。”

“真好笑，”瑞秋说。“我正开始琢磨，那样的日子是不是从未存在过呢。”

一定是从瑞秋的话里听出了些什么，内德抬起了头。他说的最后一句话是：“等等。”

瑞秋从三米远处瞄准了内德的胸口，但扣动扳机时，她的胳膊抖得太厉害，子弹射进了内德的脖子。有那么一会儿，他僵直地倚着椅背，接着像渴坏了的狗一样喘着气，冲着天空眨眼睛。他动了动嘴唇，却没有发出声音；鲜血淌进了他的喉头，滴进椅架与椅垫之间的缝隙。

内德不再眨眼睛，嘴唇也不动了。

瑞秋又走上了山坡。

布莱恩站着，安娜贝拉伏在他的肩上。她闭着双眼，微微张着嘴。她在睡呢。

“你想要孩子吗？”瑞秋问布莱恩。

“什么？”

“问题很简单啊。”

“是的，”布莱恩回答，“我想要孩子。”

“除了这个之外？”瑞秋说。“她算我们的孩子了，对吧？布莱恩。”

“我们的孩子？”

“没错。”

“我没有护照。”

“没错，你没护照，但你有我们的孩子。你还想再要一个吗？”

“如果我活下来的话？”

“如果你活下来的话。”瑞秋说。

“好啊。”布莱恩说。

“你想跟我生孩子吗？”瑞秋问。

“嗯，不然跟谁生？”布莱恩说。

“把话说出来。”

“我想跟你生孩子。”布莱恩说。“除你之外不做他想。”

“为什么不做他想？”

“因为我爱的不是别人，瑞秋。从来没有爱过别人。”

“噢。”

“其实吧，我还想要不止一个呢。”布莱恩点点头。“说的是孩子。”

“好几个？”

“好几个。”

“孩子你来生吗？”

“好好瞧瞧，”布莱恩冲着肩上的孩子说。“这女人就已经叫起苦表起功来了。”

瑞秋望了望那栋房。“我去跟 Haya 道个别。”她说。

“你用不着进屋。”

“不，我必须去一趟。告个别。”

“他们爆了她的头，瑞秋。”

瑞秋不禁缩了缩。Haya一度执意不肯认命，而瑞秋也不过在几个小时前才见到Haya的真面目；她并不愿意见到半边脸被枪轰烂的Haya，不愿意见到Haya倒在一摊发黑的血泊之中。可是，假如不去看看她，等到瑞秋再度回望，Haya就会变成又一个消失的身影。用不了多久，瑞秋就可以毫不费力地装作Haya并不是个有血有肉的真人。

假如办得到，你必须亲眼见证逝者——瑞秋想大声对布莱恩说出口，但她并没有说。别无他法。你必须踏进那逝者留下的精气神，沐浴其中。说不定，其中会有一丝一缕附到你身上，与你融为一体，借此让逝者得以活下去，或者力争活下去。

事实上，瑞秋开口对布莱恩说的是："总不能因为场面难看，我就躲得掉吧。"

布莱恩不太乐意，不过他只说了一句话："那接下来，我们就得出发。"

"怎么走？"

布莱恩向着河流一指。"我在那儿有艘船。"

"一艘船？"

"一艘大船，带我们去哈利法克斯。你们俩在两天之内就可以离开这个国家。"

"那你怎么办？"

"藏身于众目睽睽之下。"布莱恩将掌心贴上宝宝的头顶，亲了亲她的耳朵尖。"你可能已经注意到了，我对此很在行。"

瑞秋点点头。"也许在行得有点过分。"

布莱恩伤感地歪歪脑袋，什么也没有说。

“要是我们水路走得不顺怎么办？”瑞秋问。“要是我们中间有人受了伤，伤了脚踝之类，怎么办？”

“有个备用方案。”

“你到底有多少个备用方案？”

布莱恩想了想。“好几个呢。”

“顶替我的呢？”

“嗯？”

“你有用来顶替我的备用方案吗？”

布莱恩面对瑞秋站着，孩子在他的肩头熟睡。他任由霰弹枪垂到地面，用拇指和食指轻抚着她的一缕秀发。“对你，没有备用方案。”

瑞秋终于向布莱恩身后的那栋房望去。“我去告个别。”

“我等你。”

瑞秋从布莱恩身边走开，迈步进了屋。窗帘只开了一副，屋里又冷又黑。瑞秋在楼梯底部停下脚步。她想象着Haya的尸体，决心动摇了起来。她差点就要转过身。但紧接着，瑞秋想起了今天早晨在卧室见到的Haya，那个首度露出真面目的人，用一双黑眸凝望着自己，那对眸子那么深邃，那么黑，恰似第一夜，或者最后一夜。她的意志力让瑞秋叹服：那份决心，那般勇气，竟然把自己彻头彻尾地改头换面，改头换面得如此彻底，以至于攻守两个自我之间对主导权的争夺成了一场没有赢家的战争。双方都被拖进了无尽的争斗，无论最后如何收场，没有一方能够全身而退。

在布莱恩·奥尔登披上布莱恩·德拉克洛瓦那件失窃外套的一刻，他也就陷入了相同的处境——瑞秋意识到。伊丽莎白·蔡尔兹如此，杰里米·詹姆斯如此，甚至李·格雷森也如此。一生之中，他们时而是这个版本，时而是那个版本，其中一些版本遭遇了瑞秋，改变了瑞秋的人生，甚至将她带到了人世。然而，他们转身又变成了别的版本，变成了别人。伊丽莎白跟李走得更远一些，到了 Haya 眼下所处的地方。又改头换面了一次。

瑞秋自己呢？假如不是永不停歇，她又是什么样呢？跟所有人一样千变万化，永无尽头。

瑞秋登上了楼梯。上楼时，她可以感觉到在牛仔裤的前兜里，布莱恩的护照正塞在她自己的护照后面。她感到身边的黑暗又浓了几分。

**我不知道会如何收场，我不知道我真正扮演的角色。**她告诉那片黑暗。

可惜，当瑞秋一步步登上楼梯，黑暗对她报以的却是更浓的黑暗。

不过，楼上说不定会有光。更不用说，等到她再踏出这栋房，屋外一定会有光。

假如命运弄人，屋外也是一片黑暗；假如整个世界只余暗夜，再也无从逃脱，那又该怎么办？

到那个时候，她将与暗夜同欢。